冯其庸评点《红楼梦》 二

曹雪芹 著
无名氏 续
冯其庸 评点

青岛出版社

第四十一回　　栊翠庵茶品梅花雪
　　　　　　　怡红院劫遇母蝗虫[一]

话说刘姥姥两只手比着说道:"花儿落了结个大倭瓜。"众人听了哄堂大笑起来。于是吃过门杯,因又逗趣笑道:"实告诉说罢,我的手脚子粗笨,又喝了酒,仔细失手打了这瓷杯。有木头的杯取个子来,我便失了手,掉了地下也无碍。"众人听了,又笑起来。

凤姐儿听如此说,便忙笑道:"果真要木头的,我就取了来。可有一句先说下:这木头的可比不得瓷的,他都是一套,定要吃遍一套,方使得。"_{又出新花样捉弄刘姥姥。}刘姥姥听了心下戬毅道:"我方才不过是趣话取笑儿,谁知他果真竟有。我时常在村庄乡绅大家也赴过席,金杯银杯倒都也见过,_{刘姥姥是见过世面的。}从来没见有木头杯之说。哦,是了,想必是小孩子们使的木碗儿,不过诓我多喝两碗。别管他,横竖这酒蜜水儿似的,_{可见是黄酒一类的酒。}多喝点子也无妨。"想毕,便说:"取来再商量。"

凤姐乃命丰儿:"到前面里间屋里书架子上,有

脂批:"此回栊翠品茶,怡红遇劫。盖妙玉虽以清净无为自守,而怪洁之癖未免有过,老妪只污得一杯,见而勿用,岂似玉兄日享洪福,竟至无以复加而不自知。故老妪眠其床、卧其席,酒屁熏其屋,却被袭人遮过,则仍用其床其席其屋。亦作者特为转眼不知身后事写来作戒,纨袴公子可不慎哉!"
庚辰本回前评。

十个竹根套杯取来。"丰儿听了,答应才然要去,鸳鸯笑道:"我知道你这十个杯还小。况且你才说是木头的,这会子又拿了竹根子的来,倒不好看。不如把我们那里的黄杨根整抠的十个大套杯拿来,灌他十下子。"鸳鸯更是诚心捉弄。凤姐儿笑道:"更好了。"鸳鸯果命人取来。

刘姥姥一看,又惊又喜:惊的是一连十个,挨次大小分下来,那大的足似个小盆子,第十个极小的还有手里的杯子两个大;喜的是雕镂奇绝,一色山水、树木、人物,并有草字以及图印。确是木雕精品。因忙说道:"拿了那小的来就是了,怎么这样多?"凤姐儿笑道:"这个杯没有喝一个的理。我们家因没有这大量的,所以没人敢使他。姥姥既要,好容易寻了出来,必定要挨次吃一遍才使得。"刘姥姥唬的忙道:"这个不敢。好姑奶奶,饶了我罢。"贾母、薛姨妈、王夫人知道他上了年纪的人,禁不起,忙笑道:"说是说,笑是笑,不可多吃了,只吃这头一杯罢。"毕竟老人持重,不像鸳鸯、凤姐淘气。刘姥姥道:"阿弥陀佛!我还是小杯吃罢。把这大杯收着,我带了家去慢慢的吃罢。"说的众人又笑起来。鸳鸯无法,只得命人满斟了一大杯,刘姥姥两手捧着喝。

贾母、薛姨妈都道:"慢些,不要呛了。"薛姨妈又命凤姐儿布了菜。凤姐笑道:"姥姥要吃什么,说出名儿来,我搛了喂你。"刘姥姥道:"我知道什么名儿,实话,一个村妪,哪能知这些菜名。样样都是好的。"贾母笑道:"你把茄

第四十一回　栊翠庵茶品梅花雪　怡红院劫遇母蝗虫

鲞搛些喂他。"_{又是新鲜事物。}凤姐儿听说，依言搛些茄鲞送入刘姥姥口中，因笑道："你们天天吃茄子，也尝尝我们的茄子弄的可口不可口。"刘姥姥笑道："别哄我了，茄子跑出这个味儿来了，我们也不用种粮食，只种茄子了。"众人笑道："真是茄子，我们再不哄你。"刘姥姥诧异道："真是茄子？我白吃了这半日。姑奶奶再喂我些，这一口细嚼嚼。"凤姐儿果又搛了些放入口内。刘姥姥细嚼了半日，笑道："虽有一点茄子香，只是还不像是茄子。告诉我是个什么法子弄的，我也弄着吃去。"

凤姐儿笑道："这也不难。你把才下来的茄子把皮刨了，只要净肉，切成碎钉子，用鸡油炸了，再用鸡脯子肉并香菌、新笋、蘑菇、五香腐干、各色干果子，俱切成钉子，用鸡汤煨干，将香油一收，外加糟油一拌，盛在瓷罐子里封严，要吃时拿出来，用炒的鸡瓜一拌就是。"_{一道茄鲞，却要这许多手工，普通人家如何吃得起。}刘姥姥听了，摇头吐舌说道："我的佛祖！倒得十来只鸡来配他，_{一道菜，光鸡就用十来只配，其靡费可知矣。}怪道这个味儿！"一面说笑，一面慢慢的吃完了酒，还只管细玩那杯。凤姐笑道："还是不足兴，再吃一杯罢。"_{姥姥玩杯是赏其雕工，凤姐却趁机劝酒，真不醉不休矣。}刘姥姥忙道："了不得，那就醉死了。我因为爱这样范，亏他怎么作了。"

鸳鸯笑道："酒吃完了，到底这杯子是什么木的？"刘姥姥笑道："怨不得姑娘不认得，你们在这金门绣

> 刘姥姥自以为多见草木，岂知此木非那木也。

户的，如何认得木头！我们成日家和树林子作街坊，困了枕着他睡，乏了靠着他坐，荒年间饿了还吃他，_{一句话点出生活之艰难，侯门之家，何能梦见，雪芹特写此一笔。}眼睛里天天见他，耳朵里天天听他，口儿里天天讲他，所以好歹真假，我是认得的。让我认一认。"一面说，一面细细端详了半日，道："你们这样人家，断没有那贱东西。那容易得的木头，你们也不收着了。我掂着这杯体重，断乎不是杨木，这一定是黄松的。"_{以为黄松已是珍品了。真野人献曝也。}众人听了，哄堂大笑起来。

只见一个婆子走来请问贾母，说："姑娘们都到了藕香榭，请示下，就演罢，还是再等一会子？"贾母忙笑道："可是倒忘了他们，就叫他们演罢。"那个婆子答应去了。

> 箫管悠扬，穿林渡水，加上爽秋天气，欢悦人情，气氛自然不同。

不一时，只听得箫管悠扬，笙笛并发。正值风清气爽之时，那乐声穿林度水而来，自然使人神怡心旷。_{两句雅极，令人一振。}宝玉先禁不住，拿起壶来，斟了一杯，一口饮尽。_{自然宝玉要趁兴而饮。}复又斟上，才要饮，只见王夫人也要饮，_{原以为王夫人要止住他，岂知王夫人也要饮，可见情因景生，兴致不浅。}命人换暖酒来，宝玉连忙将自己的杯捧了过来，送到王夫人口边，_{脂批："妙极，忽写宝玉如此，便是天地间母子之至情至性，献芹之民之意，令人酸鼻。"}王夫人便就他手内吃了两口。一时暖酒来了，宝玉仍归旧坐，王夫人提了暖壶下席来，众人皆都出了席，_{王夫人来劝酒，众皆出席，气氛何等欢洽。}薛姨妈也立起来，贾母忙命李、凤二人接过壶来："让你姨妈坐了，大家才两

第四十一回　栊翠庵茶品梅花雪　怡红院劫遇母蝗虫

便。"王夫人见如此说，方将壶递与凤姐，自己归坐。

贾母笑道："大家吃上两杯，今日着实有趣。"_{贾母兴致甚高。}说着，擎杯让薛姨妈，又向湘云、宝钗道："你姐妹两个也吃一杯。你妹妹虽不大会吃，也别饶他。"说着自己已干了。_{贾母自己先干。}湘云、宝钗、黛玉也都干了。

当下刘姥姥听见这般音乐，且又有了酒，越发喜的手舞足蹈起来。_{刘姥姥此时酒兴已发，亦已忘情矣。}宝玉因下席过来向黛玉笑道："你瞧刘姥姥的样子。"黛玉笑道："当日圣乐一奏，百兽率舞，如今才一牛耳。"_{黛玉雅谑，但终嫌刻薄，毕竟官宦子女，于下层实隔也。}众姐妹都笑了。须臾乐止，薛姨妈出席笑道："大家的酒想也都有了，且出去散散再坐罢。"贾母也正要散散，于是大家出席，都随着贾母游玩。贾母因要带着刘姥姥散闷，遂携了刘姥姥至山前树下盘桓了半晌，又说与他这是什么树，这是什么石，这是什么花。_{可见此处之树、石、花，均非乡村所有也。}刘姥姥一一的领会，又向贾母道："谁知城里不但人尊贵，连雀儿也是尊贵的。偏这雀儿到了你们这里，他也变俊了，也会说话了。"众人不解，因问什么雀儿变俊了，会讲话。刘姥姥道："那廊下金架子上站的绿毛红嘴是鹦哥儿，我是认得的。那笼子里黑老鸹子怎么又长出凤头来，也会说话呢？"_{不识八哥，却叫黑老鸹子长出凤头，又新奇。}众人听了，都笑将起来。

一时，只见丫鬟们来请用点心。贾母道："吃了两杯酒，倒也不饿。也罢，就拿了这里来，大家随便吃些罢。"丫鬟听说,便去抬了两张几来,又端了两个小捧盒。揭开看时,每个盒内两样。这盒内是两样蒸食,〔二〕一样是藕粉桂花糖糕,一样是松穰鹅油卷;那盒内是两样炸的,〔三〕一样是只有一寸来大的小饺儿。贾母因问什么馅儿。婆子们忙回是螃蟹的。贾母听了,皱眉说:"这油腻腻的,谁吃这个!"又看那一样,是奶油炸的各色小面果,也不喜欢。因让薛姨妈吃,薛姨妈只拣了一块糕。贾母拣了一个卷子,只尝了一尝,剩的半个递与丫鬟了。

几道细点,何等精致。

刘姥姥因见那小面果子都玲珑剔透,各式各样,便拣了一朵牡丹花样的,笑道:"我们那里最巧的姐儿们,剪子也不能铰出这么个纸的来。我又爱吃,又舍不得吃,包些家去给他们做花样子去倒好。"众人都笑了。贾母道:"家去我送你一磁坛子。你先趁热吃这个罢。"别人不过拣各人爱吃的拣了一两点就罢了。刘姥姥原不曾吃过这些东西,且都作的小巧,不显盘堆的,他和板儿每样吃了些,就去了半盘子。真是食量大如牛。剩的,凤姐又命攒了两盘并一个攒盒,拿与文官等吃去。

忽见奶子抱了大姐儿来,大家哄他顽了一会。那大姐儿因抱着一个大柚子顽的,忽见板儿抱着一个佛手,便也要佛手。脂批:"小儿常情,遂成千里伏线。"丫鬟哄他取去,大姐儿等不得,便哭了。众人忙把柚子与了板儿,将板儿的

第四十一回　栊翠庵茶品梅花雪　怡红院劫遇母蝗虫

佛手哄过来与他才罢。那板儿因顽了半日佛手，此刻又两手抓着些果子吃，又忽见这柚子又香又圆，更觉好顽，且当球踢着顽去，也就不要佛手了。脂批："柚子即今香橼之属也，应与缘通。佛手者，正指迷津者也。以小儿之戏，暗透前后通部脉络，隐隐约约，毫无一丝漏泄，岂独为刘姥姥之俚言博笑而有此一大回文字哉。"

当下贾母等吃过茶，又带了刘姥姥至栊翠庵来。妙玉忙接了进去。众人至院中，见花木繁盛。贾母笑道："到底是他们修行的人，没事常常修理，比别处越发好看。"一面说，一面便往东禅堂来。妙玉笑往里让，贾母道："我们才都吃了酒肉，你这里头有菩萨，冲了罪过。我们这里坐坐，把你的好茶拿来，我们吃一杯就去了。"妙玉听了，忙去烹了茶来。自去烹茶，可见茶道之精。东坡赠黄鲁直诗"磨成不敢付童仆，自看雪汤生玑珠"也。

宝玉留神看他是怎么行事。只见妙玉亲自捧了一个海棠花式雕漆填金云龙献寿的小茶盘，里面放一个成窑五彩小盖钟，雕漆填金云龙献寿茶盘，成窑五彩小盖钟，均是器用中之极精者，即此可见妙玉其人。捧与贾母。贾母道："我不吃六安茶。"妙玉笑说："知道。这是老君眉。"贾母接了，又问是什么水。妙玉笑回："是旧年蠲的雨水。"好水。贾母便吃了半盏，便笑着递与刘姥姥说："你尝尝这个茶。"原是贾母喝的成窑五彩茶杯，经刘姥姥一喝，此杯危矣。刘姥姥便一口吃尽，真是刘姥姥喝法。笑道："好是好，就是淡些，再熬浓些更好了。"绿茶贵清淡，刘姥姥不懂茶，自然嫌淡了。贾母众人都笑起来。然后众人都是一色的官窑脱胎填白盖碗。都是名瓷。

那妙玉便把宝钗和黛玉的衣襟一拉，二人随他出

至栊翠庵，妙玉至栊翠庵后，尚是初写。

靖本眉批："尚记丁巳春日，谢园送茶乎？展眼二十年矣！丁丑仲春，畸笏。"

喝茶是一种高等文化，一要茶具讲究，如妙玉此两件茶具，均可称为上品，成窑五彩钟，瓷器中之上品也。六安茶，安徽名茶，产自霍山，品类甚多。老君眉，亦安徽名茶，产于六安，叶细长，有白毫，今尚产。

用旧年储存的雨水，亦已难得，好茶当有好泉水，此处不用泉水而用旧年雨水，见其精心也。

去。宝玉悄悄的随后跟了来。只见妙玉让他二人在耳房内，宝钗坐在榻上，黛玉便坐在妙玉的蒲团上。妙玉自向风炉上扇滚了水，另泡一壶茶。再写妙玉自己烹茶。宝玉便走了进来，笑道："偏你们吃梯己茶呢。"二人都笑道："你又赶了来饕茶吃。这里并没你的。"妙玉刚要去取杯，只见道婆收了上面的茶盏来。妙玉忙命："将那成窑的茶杯别收了，搁在外头去罢。"宝玉会意，知为刘姥姥吃了，他嫌脏不要了。妙玉孤癖高洁，因为刘姥姥用了，连成窑茶杯都不要了，可见其孤傲之甚。又见妙玉另拿出两只杯来，一个旁边有一耳，杯上镌着"𤿯瓟斝"三个隶字，后有一行小真字，是"晋王恺珍玩"，又有"宋元丰五年四月眉山苏轼见于秘府"一行小字。妙玉便斟了一斝，递与宝钗。那一只形似钵而小，也有三个垂珠篆字，镌着"杏犀㿮"。妙玉斟了一㿮与黛玉。仍将前番自己常日吃茶的那只绿玉斗来斟与宝玉。将自用的绿玉斗给宝玉用，其意甚深，宝玉聪明，何一时糊涂也。

宝玉笑道："常言'世法平等'，《金刚经》："是法平等，无有高下。"谢灵运注："人无贵贱，法无好丑，荡然平等。"此语妙在有意无意之间。雪芹借宝玉戏言，提出"平等"的思想，自戏言观之，则随意之言也，无心之言也；自庄言观之，则是寓诸于庄，自有深意存焉，何况雪芹反复慨叹"谁解其中味？"以望读者之细心解味乎！他两个就用那样古玩奇珍，我就是个俗器了。"妙玉道："这是俗器？不是我说句狂话，只怕你家里未必找的出这么一个俗器来呢。"妙玉目空贾府。宝玉笑道："俗说'随乡入乡'，到了你这里，自然把那金玉珠宝一概贬为俗器了。"

妙玉听如此说，十分欢喜，遂又寻出一只九曲十

𤿯瓟斝，葫芦器。于葫芦成长前套以器范，葫芦即随范形而长。至老取以琢成器。予曾见多种，皆非斝形。妙玉此器有王恺、苏轼题记，则其珍可知，自是作者夸张之词。

杏犀㿮，用犀角作成的茶杯。犀之奇珍者灯下呈杏黄色，故称杏犀。今别本作"点犀㿮"，取李商隐"心有灵犀一点通"之意。据查，列藏本、蒙府本、戚序本均与庚辰本同，作"杏"，甲戌、己卯、舒序本均缺，甲辰、杨藏、程甲本作"点"，可见庚辰等早期抄本均作"杏犀㿮"。作"点犀㿮"可能是从甲辰本开始的。

第四十一回　栊翠庵茶品梅花雪　怡红院劫遇母蝗虫

环一百二十节蟠虬整雕竹根的一个大盒出来，_{亦是奇器，妙玉何藏之富也。}笑道："就剩了这一个，你可吃的了这一海？"宝玉喜的忙道："吃的了。"妙玉笑道："你虽吃的了，也没这些茶糟蹋。_{脂批："茶下糟蹋二字，成窑杯已不屑再要，妙玉真清洁高雅，然亦怪谲孤僻甚矣，实有此等人物，但罕耳。"}岂不闻'一杯为品，二杯即是解渴的蠢物，三杯便是饮牛饮骡了'。你吃这一海便成什么？"说的宝钗、黛玉、宝玉都笑了。妙玉执壶，只向海内斟了约有一杯。宝玉细细吃了，果觉轻淳〔四〕无比，赏赞不绝。妙玉正色道："你这遭吃的茶是托他两个福，独你来了，我是不给你吃的。"_{妙玉此话是说给钗黛听的。}宝玉笑道："我深知道的，我也不领你的情，只谢他二人便是了。"_{宝玉亦是顺势而答。}妙玉听了，方说："这话明白。"

黛玉因问："这也是旧年的雨水？"妙玉冷笑道："你这么个人，竟是大俗人，_{连黛玉都是大俗人，可见妙玉之孤高。}连水也尝不出来。_{要能尝出水味，亦是一番参究，因皆酸咸之外味也。}这是五年前我在玄墓_{玄墓，在苏州邓尉，至今仍叫玄墓。}蟠香寺住着，收的梅花上的雪，共得了那一鬼脸青的花瓮一瓮，_{梅花雪水，能得一瓮，亦是难能。玄墓近香海，梅花如林，或能多得。}总舍不得吃，埋在地下，今年夏天才开了。我只吃过一回，这是第二回了。你怎么尝不出来？来年蠲的雨水那有这样轻淳，如何吃得？"_{则可见刚才外面所喝只是隔年雨水，虽已讲究，还非最上之品。}黛玉知他天性怪僻，_{黛玉都嫌其怪僻，则其僻甚矣。}不好多话，亦不好多坐，吃完茶，便约着宝钗走了出来。

宝玉和妙玉陪笑道："那茶杯虽然脏了，白撂了

_{靖本眉批："玉兄独至岂真无吃茶，作书人又弄狡猾，不瞒不过老朽，然不知落笔时作者如何想。丁亥夏。"}

_{看后文第五十回宝玉独向妙玉乞红梅，妙玉即允，并未钗黛同去，照样给宝玉。故知如宝玉独来，亦必得好茶喝也。}

749

> 成窑五彩茶杯，在今日其价无比，宝玉说给他卖了度日，则可见当时亦甚贵也。

岂不可惜？依我说，不如就给那贫婆子罢，他卖了也可以度日。你道可使得？"妙玉听了，想了一想，点头说道："这也罢了，幸而那杯子是我没吃过的。若是我吃过的，〔五〕我就砸碎了也不能给他。^{怪僻至甚，并非好事。}你要给他，我也不管你，只交给你，快拿了去罢。"宝玉笑道："自然如此，你那里和他说话授受去，越发连你也脏了。只交与我就是了。"妙玉便命人拿来递与宝玉。

宝玉接了，又道："等我们出去了，我叫几个小幺儿来，河里打几桶水来洗地如何？"妙玉笑道："这更好了，只是你嘱咐他们，抬了水只搁在山门外头墙根下，别进门来。"^{洗地是要的，人不能进来。}

> 妙玉洁癖，可与倪高士并称。

宝玉道："这是自然的。"说着，便袖着那杯，递与贾母房中小丫头拿着，说："明日刘姥姥家去，给他带去罢。"交代明白，贾母已经出来要回去。妙玉亦不甚留，送出山门，回身便将门闭了。不在话下。

且说贾母因觉身上乏倦，便命王夫人和迎春姊妹陪了薛姨妈去吃酒，自己便往稻香村来歇息。凤姐忙命人将小竹椅抬来，贾母坐上，两个婆子抬起，凤姐、李纨和众丫鬟婆子围随着去了，不在话下。

这里薛姨妈也就辞出。王夫人打发文官等出去，将攒盒散与众丫鬟们吃去，自己便也乘空歇着，随便

第四十一回　栊翠庵茶品梅花雪　怡红院劫遇母蝗虫

歪在方才贾母坐的榻上，命一个小丫头放下帘子来，又命他捶着腿，吩咐他："老太太那里有信，你就叫我。"说着，也歪着睡着了。

> 贾母、薛姨妈、王夫人俱各安歇，以下独留刘姥姥另开生面。

宝玉、湘云等看着丫鬟们将攒盒搁在山石上，也有坐在山石上的，也有坐在草地下的，也有靠着树的，也有傍着水的，倒也十分热闹。一时又见鸳鸯来了，要带着刘姥姥各处去逛，众人也都赶着取笑。

一时来至"省亲别墅"的牌坊底下，刘姥姥道："嗳呀！这里还有个大庙呢。"说着，便爬下磕头。众人笑弯了腰。刘姥姥道："笑什么，这牌楼上的字我都认得。我们那里像这样的庙宇最多，都是这样的牌坊，那字就是庙的名字。"众人笑道："你认得这是什么庙？"刘姥姥便抬头指那字道："这不是'玉皇宝殿'四字？"众人笑的拍手打脚。

> 刘姥姥固不识"省亲别墅"字样，然亦何至当作"玉皇宝殿"，莫非姥姥亦有意逗趣乎？

还要拿他取笑时，刘姥姥觉得腹内一阵乱响，〖妙极，意想不到之文。〗忙的拉着一个小丫头，要了两张纸就解衣。〖把大观园当村间地头。〗众人又是笑，又忙喝他："这里使不得！"忙命一个婆子带了东北角上去了。那婆子指与他地方，便乐得走开去歇息。

那刘姥姥因喝了些酒，他脾气不与黄酒相宜，且吃了许多油腻饮食，发渴多喝了几碗茶，不免通泻起来，蹲了半日方完。及出厕来，酒被风禁，且年迈之人，蹲了半天，忽一起身，只觉得眼花头眩，辨不出路径。〖如此年岁，忙乎半日，又饱吃饱喝，安得不出麻烦。〗四顾一望，皆是树木山石、楼

台房舍，却不知那一处是往那里去的了，只得认着一条石子路，慢慢的走来。〖带路的婆子不该走开，才使刘姥姥乱跑。〗

及至到了房舍跟前，又找不着门，再找了半日，忽见一带竹篱，刘姥姥心中自忖道："这里也有扁豆架子。"〖是姥姥意中之事。〗一面想，一面顺着花障走了来，得了一个月洞门进去。只见迎面忽有一带水池，只有七八尺宽，石头砌岸，里面碧浏清水流往那边去了，上面有一块白石横架在上面。刘姥姥便度石过去，顺着石子甬路走去。〖借刘姥姥之眼，细写怡红院景色。〗

转了两个弯子，只见有一房门。于是进了房门，〖第一重门。〗只见迎面一个女孩儿，满面含笑迎了出来。刘姥姥忙笑道："姑娘们把我丢下来了，要我碰头碰到这里来。"说了，只觉那女孩儿不答。刘姥姥便赶上来拉他的手，"咕咚"一声，便撞到板壁上，把头碰的生疼。细瞧了一瞧，原来是一幅画儿。刘姥姥自忖道："原来画儿有这样活凸出来的。"〖画得生动传神，竟以为是活凸出来的。〗一面想，一面看，一面又用手摸去，却是一色平的，点头叹了两声。〖此是西洋画才能有此效果，即画家所谓凹凸法也，可与乾隆宫廷意大利画家郎世宁之画相印证。亦西方文化东渐之一证也。〗

一转身，方得了一个小门，〖第二重门。〗门上挂着葱绿撒花软帘。刘姥姥掀帘进去，抬头一看，只见四面墙壁玲珑剔透，琴剑瓶炉皆贴在墙上，锦笼纱罩，金彩珠光，连地下踮的砖，皆是碧绿凿花，竟越发把眼花了。找门出去，那里有门？左一架书，右一架屏。〖已入怡红院内，其豪华精致，另是一番气象。〗

第四十一回　　栊翠庵茶品梅花雪　怡红院劫遇母蝗虫

刚从屏后得了一门，转去，_{屏后又得一门，入内室矣。}只见他亲家母也从外面迎了进来。刘姥姥诧异，忙问道："你想是见我这几日没家去，亏你找我来。那一位姑娘带你进来的？"他亲家只是笑，不还言。刘姥姥笑道："你好没见世面，见这园里的花好，你就没死活戴了一头。"他亲家也不答。便心下忽然想起："常听见说大富贵人家有一种穿衣镜，这别是我在镜子里头呢罢？"_{以前从未见过镜子，今日始见。}说毕伸手一摸，再细一看，可不是，四面雕空紫檀板壁，将镜子嵌在中间。因说："这已经拦住，如何走出去呢？"一面说，一面只管用手摸。这镜子原是西洋机括，可以开合。不意刘姥姥乱摸之间，其力巧合，便撞开消息，掩过镜子，露出门来。_{第三重门，入卧室矣。}

刘姥姥又惊又喜，迈步出来。忽见有一副最精致的床帐，他此时又带了七八分醉，又走乏了，便一屁股坐在床上。只说歇歇，不承望身不由己，前仰后合的，朦胧着两眼，一歪身就睡熟在床上。_{已经困极倦极。}

且说众人等他不见，板儿见没了他姥姥，急的哭了。_{写板儿，一笔不漏。}众人都笑道："别是掉在茅厕里了，快叫人去瞧瞧。"因命两个婆子去找，回来说没有。众人各处搜寻不见。袭人忖度其道路："定是他醉了迷了路，顺着这一条路往我们后院子里去了。若进了花障子到后房门进去，虽然碰头，还有小丫头们知道；若不进花障子再往西南上去，若绕出去还好，若绕不出

乡下人从未有镜子，故自己认不得自己也。

老年人一路摸索，倦极困极，加之酒力，自必朦胧欲睡矣，笔笔入情入理。

是袭人的想法。

去，可够他绕回子好的。我且瞧瞧去。"一面想，一面回来，进了怡红院便叫人，谁知那几个房子里小丫头已偷空顽去了。〖意想不到之事，因大丫头都走开也。〗

袭人一直进了房门，转过集锦槅子，就听的鼾齁如雷。〖先闻其声。〗忙进来，只闻见酒屁臭气，〖次闻其味。〗满屋一瞧，只见刘姥姥扎手舞脚〖好姿态，是因极之故。〗的仰卧在床上。袭人这一惊不小，慌忙赶上来将他没死活的推醒。

那刘姥姥惊醒，睁眼见了袭人，连忙爬起来道："姑娘，我失错了！〖姥姥酒醒亦心惊矣。〗并没弄脏了床帐。"一面说，一面用手去掸。袭人恐惊动了人被宝玉知道了，只向他摇手，〖如画。〗不叫他说话。忙将当地大鼎内贮了三四把百合香，〖添香以驱秽气。〗仍用罩子罩上。些须收拾收拾，所喜不曾呕吐，忙悄悄的笑道："不相干，有我呢。你随我出来。"

刘姥姥答应着，跟了袭人出至小丫头们房中。命他坐了，向他说道："你就说醉倒在山子石上打了个盹儿。"刘姥姥答应知道。〖袭人此一嘱咐不可少，否则出去如何交代。〗又与他两碗茶吃，方觉酒醒了，因问道："这是那个小姐的绣房，〖把公子卧室当作小姐绣房。上回是把绣房当书房，写错落有致。〗这样精致？我就像到了天宫里的一样。"袭人微微笑道："这个么，是宝二爷的卧室。"那刘姥姥吓的不敢作声。〖一听是宝玉卧室，自然知道闯祸矣。〗袭人带他从前面出去，见了众人，只说他在草地下睡着了，带了他来的。众人都不理会，也就罢了。〖多亏袭人一语掩盖过去。〗

一时贾母醒了，就在稻香村摆晚饭。贾母因觉懒懒的，也不吃饭，便坐了竹椅小敞轿，回至房中歇息，命凤姐儿等去吃饭。他姊妹方复进园来。

　　要知端的，且听下回分解。

【回后评】

刘姥姥游大观园，是千古佳话。这句话流传之广，远远超过《红楼梦》本身，可见其所含内容之典型性。贾母与刘姥姥同是老人，却有天壤之别，令人感悟到人生之千差万别，没有别的更好的词语来加以表达，只好借助于"命运"一词，然而"命运"一词，又何能阐释人生于万一。

贾母初宴大观园，是在鸳鸯凤姐导演下，让刘姥姥上演一出笑剧。刘姥姥念"老刘，老刘，食量大似牛，吃一个老母猪不抬头"，引得哄堂大笑，人仰马翻。接着是刘姥姥用"老年四楞象牙镶金的筷子"夹鸽蛋，结果是一两银子一个的鸽蛋落地无声，就此没了。二宴大观园是刘姥姥喝套杯酒，吃茄鲞。一道茄鲞用十来只鸡来配，成为千古美谈。然而在这欢乐热烈到极点的两宴之中，却蕴涵着丰富的人生哲理，令人回味无穷。

栊翠庵品茶，妙玉于宝玉无情而有情也，深情也。观她"仍将前番自己常日吃茶的那只绿玉斗来斟与宝玉"则可知矣。贾母喝过后又经刘姥姥喝的"成窑五彩小盖钟"则弃而不用，嫌其脏也。而于宝玉，则径将自己常用的绿玉斗为宝玉斟茶，宝玉喝后，自己岂非仍将常用乎？则其亲厚之深意可知矣。

上回贾母带领刘姥姥在游园时，游了潇湘馆、秋爽斋、蘅芜苑。此回却让刘姥姥在酒足饭饱之后独游怡红院，而且醉卧于宝玉床上，弄得酒屁熏天却反被袭人轻轻瞒过，宝玉一无所知，若无其事，令人感到世事茫茫，眼不见为净也。

第四十一回　栊翠庵茶品梅花雪　怡红院劫遇母蝗虫

【校记】

〔一〕回目：庚辰本、列藏本同（列本"栊"作"拢"）。上联，蒙本、戚本、杨本、甲辰本、程甲本作"贾宝玉品茶栊翠庵"（蒙本、戚本"栊"作"拢"），下联蒙本、杨本、甲辰本作"刘姥姥醉卧怡红院"。戚本作"刘老妪醉卧怡红院"，程甲本"姥姥"作"老老"。

〔二〕"是两样蒸食"五字，据列藏本、蒙本、戚序本、杨本、甲辰本、程甲本各本增。

〔三〕"是两样炸的"五字，同前增。

〔四〕"轻淳无比"，庚辰本作"轻浮"。甲戌、己卯、舒序本皆缺。列藏、杨藏、甲辰、程甲、程乙本均作"轻淳"，蒙府本作"清香无比"，戚序本作"轻清无比"。此从列藏、杨藏、甲辰、程甲诸本改。

〔五〕据杨藏、列藏等本改。

第四十二回　蘅芜君兰言解疑癖
　　　　　　　潇湘子雅谑补余香[一]

脂批:"钗玉名虽二个,人却一身,此幻笔也。今书至三十八回时已过三分之一有余,故写是回,使二人合而为一。请看黛玉逝后宝钗之文字,便知余言不谬矣。"

庚辰本回前评。

　　话说他姊妹复进园来,吃过饭,大家散出,都无别话。_{贾母两宴、刘姥姥游园,至此俱已结束。}

　　且说刘姥姥带着板儿,先来见凤姐儿,说:"明日一早定要家去了。虽住了两三天,日子不多,却把古往今来没见过的,没吃过的,没听见过的,都经验了。_{山中方七日,世上已千年也。}难得老太太和姑奶奶并那些小姐们,连各房里的姑娘们,都这样怜贫惜老照看我。我这一回去后,没别的报答,惟有请些高香,天天给你们念佛,保佑你们长命百岁的,_{姥姥确亦无可报者,唯有念佛焚香而已,岂知复有后来贾家败落,巧姐落难之事乎?}就算我的心了。"

　　凤姐儿笑道:"你别喜欢。都是为你,老太太也被风吹病了,睡着说不好过;我们大姐儿也着了凉,在那里发热呢。"_{一场欢乐后忽起波澜,贾母受凉,大姐发热,皆文章之余波,不如此不知生活之波澜也。}刘姥姥听了,忙叹道:"老太太有年纪的人,不惯十分劳乏的。"凤姐儿道:"从来没像昨儿高兴。往常也进园子逛去,

第四十二回　蘅芜君兰言解疑癖　潇湘子雅谑补余香

不过到一二处坐坐就回来了。昨儿因为你在这里，要叫你逛逛，一个园子倒走了多半个。大姐儿因为找我去，太太递了一块糕给他，谁知风地里吃了，就发起热来。"刘姥姥道："小姐儿只怕不大进园子，生地方儿，小人儿家原不该去。比不得我们的孩子，会走了，那个坟圈子里不跑去？一则风扑了也是有的；二则只怕他身上干净，眼睛又净，或是遇见什么神了。依我说，给他瞧瞧祟书本子，<small>乡村老妪之常见也。刘姥姥说出，逼真如此。</small>仔细撞客着了。"

一语提醒了凤姐儿，便叫平儿拿出《玉匣记》来，着彩明来念。彩明翻了一回，念道："八月二十五日，病者在东南方得遇花神。用五色纸钱四十张，向东南方四十步送之，大吉。"凤姐儿笑道："果然不错，园子里头可不是花神！只怕老太太也是遇见了。"一面命人请两分纸钱来，着两个人来，一个与贾母送祟，一个与大姐儿送祟。果见大姐儿安稳睡了。<small>脂批："岂真送了就安稳哉，盖妇人之心意皆如此，即不送岂有一夜不睡之理，作者正描愚人之见耳。"</small>

凤姐儿笑道："到底是你们有年纪的人经历的多。我这大姐儿时常肯病，也不知是个什么原故。"刘姥姥道："这也有的事。富贵人家养的孩子多太娇嫩，自然禁不得一些儿委曲；再他小人儿家，过于尊贵了，也禁不起。以后姑奶奶倒少疼他些就好了。"<small>此是实话，并非瞎说。</small>

凤姐儿道："这也有理。我想起来，他还没个名字，你就给他起个名字。一则借借你的寿；二则你们是庄

（旁批）

补叙贾母游园之特笔。一个园子倒走了多半个，可见贾母兴致之高。

"撞客着了"，南方称邪祟为"客"，予幼年在家乡犹常闻老人此言。

今时之人，恐未见《玉匣记》之类书，岂知六七十年前，予在家乡农村犹常见之，可见世移时异也。

"太娇嫩"者，太娇养也，自小养尊处优，不经风日，岂能健壮。

家人，不怕你恼，到底贫苦些，你贫苦人起个名字，只怕压的住他。"一篇妇人之见，却合情合理。脂批："一篇愚妇无理之谈，实是世间必有之事。"刘姥姥听说，便想了一想，笑道："不知他几时生的？"凤姐儿道："正是生日的日子不好呢，可巧是七月初七日。"刘姥姥忙笑道："这个正好，就叫他是巧哥儿。这叫作'以毒攻毒，以火攻火'的法子。刘姥姥真积世老妪也，名字随口而出，且自有一套说法。姑奶奶定要依我这名字，他必长命百岁。日后大了，各人成家立业，或一时有不遂心的事，不想竟被说着。必然是遇难成祥，逢凶化吉，却从这'巧'字上来。"凤姐儿听了，自是欢喜，忙道谢，又笑道："只保佑他应了你的话就好了。"说着，叫平儿来吩咐道："明儿咱们有事，恐怕不得闲儿。你这空儿把送姥姥的东西打点了，他明儿一早就好走的便宜了。"刘姥姥忙说："不敢多破费了，已经遭扰了几日，又拿着走，越发心里不安起来。"凤姐儿道："也没有什么，不过是随常的东西。好也罢，歹也罢，带了去，你们街坊邻舍看着也热闹些，也是上城一次。"说着，只见平儿走来说："姥姥过这边瞧瞧。"

靖本眉批："应了这话固好，批书人焉能不心伤。狱庙相逢之日，始知'遇难成祥'，'逢凶化吉'实伏线千里。哀哉伤哉。此后文字，不忍卒读。辛卯冬日。"

刘姥姥忙赶了平儿到那边屋里，只见堆着半炕东西。平儿一一的拿与他瞧着，说道："这是昨日你要的青纱一匹，奶奶另外送你一个实地子月白纱作里子。这是两个茧绸，作袄儿裙子都好。这包袱里是两匹绸子，年下做件衣裳穿。这是一盒子各样内造点心，也

第四十二回　蘅芜君兰言解疑癖　潇湘子雅谑补余香

有你吃过的，也有你没吃过的，拿去摆碟子请客，比你们买的强些。这两条口袋是你昨日装瓜果子来的。如今这一个里头，装了两斗御田粳米，_{写得细，一笔不漏。来是装瓜果，去是装御田粳米，高下大不相同。}熬粥是难得的。这一条里头是园子里的果子和各样干果子。_{来是农家地里果子，去是大观园果子。}这一包是八两银子。这都是我们奶奶的。_{凤姐所赠。}这两包，每包里头五十两，共是一百两，是太太给的，_{王夫人所赠。王夫人百两之赠，刘姥姥平地小富矣！}叫你拿去或者作个小本买卖，或者置几亩地，以后再别求亲靠友的。"_{此是真情实话。}说着，又悄悄笑道："这两件袄儿和两条裙子，还有四块包头，一包绒线，可是我送姥姥的。衣裳虽是旧的，我也没大狠穿。你要弃嫌，我就不敢说了。"_{平儿亦有所赠，平儿心善也。}

平儿说一样，刘姥姥就念一句佛，已经念了几千声佛了，又见平儿也送他这些东西，又如此谦逊，_{最为难得。}忙念佛道："姑娘说那里话，这样好东西我还弃嫌！我便有银子，也没处去买这样的呢。只是我怪臊的，收了又不好，不收又辜负了姑娘的心。"_{也是实话。}平儿笑道："休说外话，咱们都是自己，我才这样。你放心收了罢，我还和你要东西呢。到年下，你只把你们晒的那个灰条菜干子和豇豆、扁豆、茄子、葫芦条儿各样干菜带些来，我们这里上上下下都爱吃。这个就算了，别的一概不要，别枉费了心。"_{大观园难得此等蔬菜，平儿所嘱，亦是家常实话。}刘姥姥千恩万谢答应了。平儿道："你只管睡你的去。我替你收拾妥当了，就

放在这里。明儿一早,打发小厮们雇辆车装上,不用你费一点心的。"_{照顾十分周到。}

刘姥姥越发感激不尽,过来又千恩万谢的辞了凤姐儿,过贾母这一边睡了一夜。次早梳洗了,就要告辞。

因贾母欠安,众人都过来请安,命人出去传请大夫。一时婆子回说,大夫来了。老嬷嬷请贾母进幔子去坐。贾母道:"不用这们着,我也老了,那里养不出那阿物儿来,_{老气横秋,目空一切。}还怕他不成!不要放幔子,就这样瞧罢。"众婆子听了,便拿过一张小桌儿来,放下一个小枕头,便命人请大夫。

一时只见贾珍、贾琏、贾蓉三个人将王太医领来。王太医不敢走甬路,_{写得细。}只走旁阶,跟着贾珍到了阶矶上。早有两个婆子在两边打起帘子,两个婆子在前导引进去,又见宝玉迎了出来。只见贾母穿着青绉绸一斗珠的羊皮褂子,端坐在榻上。两边四个未留头的小丫鬟,都拿着蝇帚、漱盂等物,又有五六个老嬷嬷雁翅摆在两旁。碧纱厨后隐隐约约有许多穿红着绿、戴宝簪珠的人。王太医便不敢抬头,忙上来请了安。_{何等气象,何等派势。}

贾母见他穿着六品服色,便知是御医了,也便含笑问:"供奉好?"因问贾珍:"这位供奉贵姓?"贾珍等忙回:"姓王。"贾母道:"当日太医院正堂王君效,好脉息。"王太医忙躬身低头,含笑回说:"那是晚生的家叔祖。"_{原来家学渊源。}贾母听了,笑道:"原来这样,也

第四十二回　蘅芜君兰言解疑癖　潇湘子雅谑补余香

是世交了。"一面说，一面慢慢的伸手放在小枕上。老嬷嬷端着一张小杌，连忙放在小桌前，略偏些。王太医便屈一膝坐下，歪着头诊了半日，又诊了那只手，忙欠身低头退出。贾母笑说："劳动了。珍儿让出去好生看茶。"

贾珍、贾琏等忙答了几个"是"，复领王太医出到外书房中。王太医说："太夫人并无别症，偶感一点风凉，究竟不用吃药，不过略清淡些，暖着一点儿，就好了。如今写个方子在这里。若老人家爱吃，便按方煎一剂吃；若懒待吃，也就罢了。"〔王太医诊断正确，处置平妥，无丝毫夸饰之意。〕说着，吃过茶，写了方子。

刚要告辞，只见奶子抱了大姐儿出来，笑说："王老爷，也瞧瞧我们。"王太医听说，忙起身，就奶子怀中，左手挽着大姐儿的手，右手诊了一诊，又摸了一摸头，又叫伸出舌头来瞧瞧，笑道："我说姐儿又骂我了，只是要清清净净的饿两顿就好了。不必吃煎药，我送丸药来，临睡时用姜汤研开，吃下去就是了。"说毕，作辞而去。贾珍等拿了药方，来回明贾母原故，将药方放在桌上出去。不在话下。

这里王夫人和李纨、凤姐儿、宝钗姊妹等见大夫出去，方从橱后出来。王夫人略坐一坐，也回房去了。〔原来王夫人、李纨、凤姐都在橱后。〕

刘姥姥见无事，方上来和贾母告辞。贾母说："闲了再来。"又命鸳鸯来："好生打发刘姥姥出去。我身上不好，不能送你了。"刘姥姥道了谢，又作辞，方同鸳鸯出来。

到了下房，鸳鸯指炕上一个包袱说道："这是老太太的几件衣服，都是往年间生日节下众人孝敬的，老太太从不穿人家做的，收着也可惜，却是一次也没穿过的。昨日叫我拿出两套儿送你带去，或是送人，或是自己家里穿罢，别见笑。这盒子里是你要的面果子。这包儿里是你前儿说要的药，梅花点舌丹也有，紫金锭也有，活络丹也有，催生保命丹也有，每一样是一张方子包着，总包在里头了。这是两个荷包，带着顽罢。"_{考虑周到之至。}说着，便抽开系子，掏出两个笔锭如意的锞子来给他瞧，又笑道："荷包拿去，这个留下给我罢。"_{鸳鸯会调皮。}刘姥姥已喜出望外，早又念了几千声佛，听鸳鸯如此说，便说道："姑娘只管留下罢了。"鸳鸯见他信以为真，便笑着仍与他装上，笑道："哄你顽呢，我有好些呢。留着年下给小孩子们罢。"

说着，只见一个小丫头拿了个成窑钟子来递与刘姥姥，道："这是宝二爷给你的。"_{一笔不漏，补叙栊翠庵事。}刘姥姥道："这是那里说起。我那一世修了来的，今儿这样。"说着，便接了过来。鸳鸯道："前儿我叫你洗澡，换的那衣裳是我的，你不弃嫌，我还有几件，也送你罢。"_{琐琐屑屑，写来平实而动人。}刘姥姥又忙道谢。鸳鸯果然又拿出两件来，与他包好。

_{老太太另有所赠，可见人情之富。}

第四十二回 蘅芜君兰言解疑癖 潇湘子雅谑补余香

刘姥姥又要到园中辞谢宝玉和众姊妹、王夫人等去。<small>礼所必有也。</small>鸳鸯道："不用去了。他们这会子也不见人，回来我替你说罢。闲了再来。"又命一个老婆子，吩咐他："二门上叫两个小厮来，帮着姥姥拿了东西送出去。"婆子答应了，又和刘姥姥到了凤姐儿那边，一并拿了东西，在角门上命小厮们搬了出去，直送刘姥姥上车去了。不在话下。<small>以上结刘姥姥之事。</small>

且说宝钗等吃过早饭，又往贾母处问过安，回园至分路之处，宝钗便叫黛玉道："颦儿跟我来，有一句话问你。"<small>意外之笔。</small>黛玉便同了宝钗，来至蘅芜苑中。

进了房，宝钗便坐了，笑道："你跪下，我要审你。"黛玉不解何故，因笑道："你瞧，宝丫头疯了！审问我什么？"宝钗冷笑道："好个千金小姐！好个不出闺门的女孩儿，满嘴里说的是什么？<small>宝钗早已记在心里，到此时才算账。</small>你只实说便罢。"黛玉不解，只管发笑，心里也不免疑惑起来，口里只说："我何曾说什么？你不过要捏我的错儿罢了。你倒说出来我听听。"宝钗笑道："你还装憨儿。昨儿行酒令，你说的是什么？我竟不知是那里来的。"<small>你既不知是哪里来的，又何能问罪。</small>

黛玉一想，方想起来昨儿失于检点，把《牡丹亭》《西厢记》说了两句，不觉红了脸，便上来搂着宝钗，笑道："好姐姐，原是我不知道随口说的。

你教给我,再不说了。"宝钗笑道:"我也不知道,听你说的怪生的,所以请教你。"黛玉道:"好姐姐,你别说与别人,我以后再不说了。"

_{不说哪里来的而说随口说的,囫囵得妙}
_{明明知道偏说不知道。}
_{实际是怪熟的。}
_{狡猾之甚。}
_{此句是关键。若说与别人,黛玉的"名节"坏矣!}

宝钗见他羞得满脸飞红,满口央告,便不肯再往下追问,因拉他坐下吃茶,款款的告诉他道:"你当我是谁,我也是个淘气的。从小七八岁上也够个人缠的。我们家也算是个读书人家,祖父手里也爱藏书。先时人口多,姊妹弟兄都在一处,都怕看正经书。弟兄们也有爱诗的,也有爱词的,诸如这些《西厢》《琵琶》以及《元人百种》,无所不有。他们是偷背着我们看,我们却也偷背着他们看。后来大人知道了,打的打,骂的骂,烧的烧,才丢开了。所以咱们女孩儿家不认得字的倒好。男人们读书不明理,尚且不如不读书的好,何况你我。就连作诗写字等事,这不是你我分内之事,究竟也不是男人分内之事。男人们读书明理,辅国治民,这便好了。只是如今并不听见有这样的人,读了书倒更坏了。这是书误了他,可惜他也把书糟蹋了,所以竟不如耕种买卖,倒没有什么大害处。你我只该做些针黹纺绩的事才是,偏又认得了字;既认得了字,不过拣那正经

_{可见黛玉此时的处境。封建时代,此事非同一般也。}
_{因《西厢记》《牡丹亭》被官方目为淫邪之书,女孩儿不能看,故黛玉羞得满脸飞红,不敢说书名也。}
_{这是实话。}
_{原来《西厢》也早读过。}
_{可见读得不少,且是偷读的。}
_{原来经过打骂,归于"正道"了。}
_{一番经邦治国的大道理。}
_{总不离仕途经济。}
_{确有这种人。}
_{是书误他,还是他自误,不能一概而论。}
_{书是书,人是人,人坏了,不能说书也坏了,看你用什么心思读书,又是读的什么书,有人读《红楼梦》,专爱读贾琏多姑娘一段,难道是书也被糟蹋了,或者是书教坏他了?}
_{所谓女子无才便是德也。}

第四十二回　蘅芜君兰言解疑癖　潇湘子雅谑补余香

的书看也罢了，_{何谓"正经书"，宝钗之意当是《四书》《五经》之类也。}最怕见了那些杂书，移了性情，就不可救了。"_{《西厢》《牡丹》等杂书，是与封建正统相对立的书，故读此类书便"移了性情"，变成反封建传统思想也。然依李卓吾之说，则读了封建正统之书，也是"移了性情"，把人天生的自然本性，变成封建正统的一套，把一个原本天真无邪的童心、真心，变成封建正统的、世故虚伪的假心了。}一席话，说的黛玉垂头吃茶，心下暗服，只有答应"是"的一字。_{黛玉毕竟天真，易受训耳。}

> 一番皇皇大道理，全从《女戒》《女四书》等上来，宝钗于此已将自己的天然本性移了，移作封建正统的规范性情了。自正统者来说，已经可救了！
>
> 宝钗此一番训教，使黛玉心服而释疑，原怕宝钗把黛玉读《西厢》之事张扬开去，使黛玉不得见人，今宝钗答应不再追问，不传与别人，使她放下了心，所以感激不尽也，钗、黛之芥蒂从此解开。故此后钗黛关系出现了新情况，黛玉也不再疑"金玉姻缘"，因此前宝玉已再三对她明心也。故此下黛玉心情开朗也。

忽见素云进来说："我们奶奶请二位姑娘商议要紧的事呢。二姑娘、三姑娘、四姑娘、史姑娘、宝二爷都在那里等着呢。"宝钗道："又是什么事？"黛玉道："咱们到了那里就知道了。"说着，便和宝钗往稻香村来，果见众人都在那里。

李纨见了他两个，笑道："社还没起，就有脱滑儿的了，四丫头要告一年的假呢。"黛玉笑道："都是老太太昨儿一句话，又叫他画什么园子图儿，惹得他乐得告假了。"探春笑道："也别要怪老太太，都是刘姥姥一句话。"林黛玉忙笑道："可是呢，都是他一句话。他是那一门子的姥姥，直叫他是个'母蝗虫'就是了。"说着，大家都笑起来。

> 黛玉说话，新而尖，然是俏皮而不是刻薄。

宝钗笑道："世上的话，到了凤丫头嘴里也就尽了。幸而凤丫头不认得字，不大通，不过一概是市俗取笑。_{是凤姐的评。}更有颦儿这促狭嘴，他用'春秋'的法子，将市俗的粗话，撮其要，删其繁，再加润色，比方出来一句是一句。这'母蝗虫'三字，把昨儿那些形景都现出来了。亏他想的倒也快。"

> 原来宝钗亦同此意。

众人听了，都笑道："你这一注解，也就不在他两个以

下。"^{的评。}

李纨道:"我请你们大家商议,给他多少日子的假?我给了他一个月,他嫌少。你们怎么说?"黛玉道:"论理一年也不多。这园子,盖才盖了一年,如今要画,自然也得二年的工夫呢。又要研墨,又要蘸笔,又要铺纸,又要着颜色,又要——"刚说到这里,众人知道他是取笑惜春,便都笑问说:"还要〔二〕怎样?"黛玉也自己撑不住笑道:"又要照着这样儿慢慢的画,可不得二年的工夫!"众人听了,都拍手笑个不住。宝钗笑道:"'又要照着这个慢慢的画',这落后一句最妙——他可不画去,怎么就有了呢?〔三〕所以昨儿那些笑话儿虽然可笑,回想是没味的。你们细想颦儿这几句话虽是淡的,回想却有滋味。我倒笑的动不得了。"脂批:"看他刘姥姥笑后复一笑,亦想不到之文也,听宝卿之评,亦千古定论。" 惜春道:"都是宝姐姐赞的他越发逞强,这会子拿我也取笑儿。"

黛玉忙拉他笑道:"我且问你,还是单画这园子呢,还是连我们众人都画在上头呢?"惜春道:"原说只画这园子的,昨儿老太太又说,单画了园子成个房样子了,^{确论。}叫连人都画上,就像'行乐'似的才好。我又不会这工细楼台,又不会画人物,又不好驳回,正为这个为难呢。"黛玉道:"人物还容易,你草虫上不能。"李纨道:"你又说不通的话了。这个上头那里又用的着草虫?或者翎毛倒要点缀一两样。"^{李纨并未明白黛玉之意。}

旁注:黛玉层层说来,句句取笑,总是俏皮话。

第四十二回 蘅芜君兰言解疑癖 潇湘子雅谑补余香

黛玉笑道:"别的草虫不画罢了,昨儿'母蝗虫'不画上,岂不缺了典!"众人听了,又都笑起来。黛玉一面笑的两手捧着胸口,一面说道:"你快画罢,我连题跋都有了,起个名字,就叫作《携蝗大嚼图》。"

众人听了,越发哄然大笑的前仰后合。只听"咕咚"一声响,不知什么倒了,急忙看时,原来是湘云伏在椅子背儿上,那椅子原不曾放稳,被他全身伏着背子大笑,他又不提防,两下里错了劲,向东一歪,连人带椅都歪倒了,幸有板壁挡住,不曾落地。众人一见,越发笑个不住。宝玉忙赶上去扶了起来,方渐渐止了笑。

宝玉和黛玉使个眼色儿。黛玉会意,便走至里间将镜袱揭起,照了一照,只见两鬓略松了些。忙开了李纨的妆奁,拿出抿子来,对镜抿了两抿,仍旧收拾好了,方出来,指着李纨道:"这是叫你带着我们作针线、教道理呢,你反招我们来大顽大笑的。"李纨笑道:"你们听他这刁话。他领着头儿闹,引着人笑了,倒赖我的不是。真真恨的我只保佑着明儿你得一个利害婆婆,再得几个千刁万恶的大姑子、小姑子,试试你那会子还这么刁不刁了。"

林黛玉早红了脸,拉着宝钗说:"咱们放他一年的假罢。"宝钗道:"我有一句公道话,你们听听。藕丫头虽会画,不过是几笔写意。如今画这园子,非离

> 黛玉尽情嘲讽,语仍尖利,然亦仍是俏皮话,非刻薄话,且亦见其心情宽畅,因兰言解疑后,故较前不同也。

> 与前刘姥姥念"老刘老刘"引人大笑时又是一番情景。

> 可见黛玉欢畅之极。

> 黛玉此时心情确实欢畅无比,故笑语不断也。

> 没想到引起李纨此种反攻,黛玉不得不脸红也。

769

> "非离了"此句，各本异文甚多。"非离了"者，不能离了也，亦即"离不了"也，全句是说这个园子，必须是肚子里有几副丘壑的才能画成。
>
> 是宝钗一番画论。

了肚子里头有几副丘壑的才能成画。这园子却是像画儿一般，山石树木，楼阁房屋，远近疏密，也不多，也不少，恰恰的是这样。你只照样儿往纸上一画，是必不能讨好的。这要看纸的地步远近，该多该少，分主分宾，该添的要添，该减的要减，该藏的要藏，该露的要露。这一起了稿子，再端详斟酌，方成一幅图样。第二件，这些楼台房舍，是必要用界尺划的，一点不留神，栏杆也歪了，柱子也塌了，门窗也倒竖过来，阶矶也离了缝，甚至于桌子挤到墙里去，花盆放在帘子上来，岂不倒成了一张笑'话'儿了。第三，要插人物，也要有疏密，有高低。衣褶裙带，手指足步，最是要紧。一笔不细，不是肿了手，就是跏了腿，染脸撕发倒是小事。依我看来，竟难的很。如今一年的假也太多，一月的假也太少，竟给他半年的假，再派了宝兄弟帮着他。并不是为宝兄弟知道教着他画，那就更误了事；为的是有不知道的，或难安插的，宝兄弟好拿出去问问那会画的相公，就容易了。"

> 宝钗论画，句句在行。

宝玉听了，先喜的说："这话极是。詹子亮的工细楼台就极好，程日兴的美人是绝技。如今就问他们去。"宝钗道："我说你是无事忙，说了一声你就问去！等着商议定了再去。如今且拿什么画？"宝玉道："家里有雪浪纸，又大又托墨。"宝钗冷笑道："我说你不中用！那雪浪纸写字、画写意画儿，或是会山水的画

第四十二回　蘅芜君兰言解疑癖　潇湘子雅谑补余香

南宗山水，托墨，禁得皴染。拿了画这个，又不托色，又难滃，画也不好，纸也可惜。我教你一个法子。原先盖这园子，就有一张细致图样，虽是匠人描的，那地步、方向是不错的。你和太太要了出来，也比着那纸的大小，和凤丫头要一块重绢，叫相公矾了，叫他照着这图样删补着，立了稿子，添了人物就是了。就是配这些青绿颜色并泥金泥银，也得他们配去。你们也得另炀上风炉子，预备化胶、出胶、洗笔。还得一张粉油大案，铺上毡子。你们那些碟子也不全，笔也不全，都得从新再置一份儿才好。"惜春道："我何曾有这些画器？不过随手写字的笔画画罢了。就是颜色，只有赭石、广花、藤黄、胭脂这四样。再有不过是两支着色的笔就完了。"

宝钗道："你该早说，这些东西我却还有，只是你也用不着，给你也白放着。如今我且替你收着，等你用着这个的时候我送你些。也只可留着画扇子，若画这大幅的也就可惜了的。今儿替你开个单子，照着单子和老太太要去。你们也未必知道的全，我说着，宝兄弟写。"宝玉早已预备下笔砚了，原怕记不清白，要写了记着，听宝钗如此说，喜的提起笔来静听。

宝钗说道："头号排笔四支，二号排笔四支，三号排笔四支，大染四支，中染四支，小染四支，大南蟹爪十支，小蟹爪十支，须眉十支，大着色二十支，

> "皴染"原作"皴搜"，庚辰、蒙府、戚序、列藏、甲辰诸本同，均作"皴搜"。杨藏本、程甲本、程乙本、王雪香本、金玉缘本、妙复轩本均作"皴染"。按"皴染"是国画的一种技法。"皴"指画山石的纹理脉络，有披麻皴、斧劈皴、荷叶皴等诸多名称。"染"指染色，即画好山石脉络纹理后的着色，亦称染色，因染色要多次用水，如纸质不好，就易破，经不起皴染。庚辰等本作"皴搜"，疑"搜"字是"染"字之误。故从杨藏等本改。又"搜"亦可能是"擦"字之误，因国画技法中亦有"皴擦"的技法，但"擦"是用干笔，且"擦"字无版本依据，故用"皴染"。

> 惜春并非正式作画，不过随意画画而已，观其只用此四种颜色，大概是画写意花卉。

> 宝钗竟深通绘事，看来曾认真学过画，否则不能如此熟悉。

小着色二十支，开面十支，柳条二十支。箭头朱四两，南赭四两，石黄四两，石青四两，石绿四两，管黄四两，广花八两，蛤粉四匣，胭脂十片，大赤飞金二百帖，青金二百帖，广匀胶四两，净矾四两。矾绢的胶矾在外，别管他们，你只把绢交出去叫他们矾去。这些颜色，咱们淘澄飞跌着，又顽了，又使了，包你一辈子都够使了。再要顶细绢箩四个，粗绢箩四个，掸笔四支，大小乳钵四个，大粗碗二十个，五寸粗碟十个，三寸粗白碟二十个，风炉两个，沙锅大小四个，新瓷罐二口，新水桶四只，一尺长白布口袋四条，浮炭二十斤，柳木炭一斤，三屉木箱一个，实地纱一丈，生姜二两，酱半斤。"黛玉忙道："铁锅一口，锅铲一个，"黛玉不知姜酱用处，故尔凑趣。仍是说俏皮话。宝钗道："这作什么？"倒把宝钗难住。黛玉笑道："你要生姜和酱这些作料，我替你要铁锅来，好炒颜色吃的。"奇语。众人都笑起来。宝钗笑道："你那里知道。那粗色碟子保不住不上火烤，不拿姜汁子和酱预先抹在底子上烤过了，一经了火，是要炸的。"众人听说，都道："原来如此。"

　　黛玉又看了一回单子，笑着拉探春悄悄的道："你瞧瞧，画个画儿又要这些水缸、箱子来了。想必他糊涂了，把他的嫁妆单子也写上了。"探春"嗳"了一声，笑个不住，说道："宝姐姐，你还不拧他的嘴！你问问他编排你的话。"宝钗笑道："不用问，狗嘴里还有

黛玉一路心情欢畅，俏皮话不断，皆兰言解疑之故也。

第四十二回　蘅芜君兰言解疑癖　潇湘子雅谑补余香

象牙不成！"一面说，一面走上来，把黛玉按在炕上，便要拧他的脸。黛玉笑着忙央告道："好姐姐，饶了我罢！颦儿年纪小，只知说，不知道轻重，作姐姐的教导我。姐姐不饶我，表面讨饶，骨子里仍说俏皮话。还求谁去？"众人不知话内有因，都笑道："说的好可怜见的，连我们也软了，饶了他罢。"

宝钗原是和他顽，忽听他又拉扯前番说他胡看杂书的话，便不好再和他厮闹了，便放起他来。黛玉笑道："到底是姐姐，要是我，再不饶人的。"宝钗笑指他道："怪不得老太太疼你，众人爱你伶俐，今儿我也怪疼你的了。过来，我替你把头发拢一拢。"黛玉果然转过身来，宝钗用手拢上去。宝玉在旁看着，只觉更好看，不觉后悔不该令他抿上鬓去，宝玉终是情痴。也该留着，此时叫他替他抿去。正自胡思，只见宝钗说道："写完了，明儿回老太太去。若家里有的就罢，若没有的，就拿些钱去买了来，我帮着你们配。"宝玉忙收了单子。

兰言解疑，钗黛谐和，钗为拢发，黛玉转身相就，是其证也。

大家又说了一回闲话。至晚饭后，又往贾母处来请安。贾母原没有大病，不过是劳乏了，兼着了些凉，温存了一日，又吃了一剂药疏散一疏散，至晚也就好了。

不知次日又有何话，且听下回分解。

【回后评】

刘姥姥回去，贾府诸人各有所赠，王夫人赠银一百两，凤姐赠八两，连鸳鸯、平儿都有馈赠，贾母则赠衣、赠药、赠果点、赠荷包、赠笔锭如意锞子等，宝玉则赠以栊翠庵的成窑五彩杯，贾府诸人与刘姥姥可谓广结善缘矣。本回文字，叙刘姥姥回家竟占约一半，虽未列回目，却可见其重要，实是为贾家后事预留伏笔也。

回目"蘅芜君兰言解疑癖，潇湘子雅谑补余香"，虽是两句，却总共只占半回。"兰言解疑癖"，或以为钗、黛爱情上的矛盾从此因"兰言"而消除。此论未为得解。盖宝、黛爱情，经二十八回宝玉对黛玉说："除了别人说什么金什么玉，我心里要有这个想头，天诛地灭，万世不得人身！""我心里的事也难对你说，日后自然明白。除了老太太、老爷、太太这三个人，第四个就是妹妹了。要有第五个人，我也说个誓。"二十九回独特的心理描写："宝玉的心内想的是：别人不知我的心，还有可恕，难道你就不想我的心里眼里只有你！""那林黛玉心里想着：你心里自然有我，虽有'金玉相对'之说，你岂是重这邪说不重我的。""那宝玉心中又想着：'我不管怎么样都好，只要你随意，我便立刻因你死了也情愿。'""那林黛玉心里又想着：'你只管你，你好我自好，你何必为我而自失。殊不知你失我自失。'"三十回宝玉砸玉以后的和好，三十二回林黛玉背地里听到宝玉说："林姑娘从来说过这些混账话不曾？若他也说过这些混账话，我早和他生分了。"之后宝玉又当面对黛玉说"你放心"三个字。黛玉听了，"如轰雷掣电，细细思之，竟比自己肺腑中掏出来的还觉恳切，竟有万句言语，满心要说，只是半个字也不能吐"。最后说："有什么可说的。

第四十二回　蘅芜君兰言解疑癖　潇湘子雅谑补余香

你的话我早知道了！"到三十四回宝玉挨打后让晴雯送两块旧帕子给黛玉，黛玉解出其深意后，"不觉神魂驰荡……"经过以上这许多描写，宝黛爱情可以说已经两心相印，再无疑虑了，而且黛玉深知宝玉只爱她自己，宝玉对她的爱情是不移的。所以她原有的疑虑，至此应已消除。至于宝钗在婚姻上的争夺，她深知光凭爱情是无用的，她非常清楚，这不是爱情的时代，而是礼法的时代。所以最必须的是父母之命，有了父母之命，即使没有爱情也能达到婚姻的目的。因此她走的是上层关系，而不是单凭自身作爱情的争夺战。由此，这里的"兰言解疑癖"，实际上并不是指爱情，而是指黛玉在说酒令时说了一句《西厢记》的话，一句《牡丹亭》的话，被宝钗捉住，训以"大义"。黛玉深知自己犯了大错，求宝钗说："好姐姐，你别说与别人，我以后再不说了。"宝钗见她羞得满脸飞红，满口央告，才不再往下追问。然后现身说法，恳切教诲。"一席话说的黛玉垂头吃茶，心下暗服，只有答应'是'的一字。"这才是"兰言解疑癖"的实质性问题。宝钗既不将此事"说与别人"，坏她的名声，又恳切地训以封建大义，自然让她感动得心服口服。因为黛玉最怕的是"说与别人"，而宝钗答应不说，这就令她感动不已了。所以宝钗的一席"兰言"，解除了黛玉心头的重压和疑虑。其实宝钗也不好将此事扩散，因进而追问，就会露出原来宝钗自己也读过此类书的马脚来，否则你如何知道这个句子是《西厢》上的？可是天真而真诚的黛玉就不会想到这一层了。

　　在宝钗一顿诚恳的教训和"不扩散"的承诺下，黛玉自然心情大舒，放下包袱，因此妙语连珠，一回儿是"母蝗虫"，一回儿是"携蝗大嚼图"，一回儿是开李纨的玩笑，一回儿又说要"铁锅一口，锅铲一个"，"好炒颜色吃"，一回儿又说宝钗"把他的嫁妆单子也写上了",惹得宝钗把她"按在炕上,便要拧他的脸"。在《红楼梦》对黛玉的以往描写中,这是黛玉最欢悦的一次,而她的许多新奇的说法,不论是"母蝗虫""携蝗大嚼图",还是用铁锅炒颜色吃,都是属于俏皮话,是雅谑,而不是恶意的讽刺,所以回目说"潇湘子雅谑补余香",这是完全准确的。但是这样一位拥有绝代容貌的旷世才女,老天爷又能给她多少这样的欢乐日子呢!这是百世而后,读《红楼梦》的人人人叹息的!

【校记】

〔一〕回目:庚辰本、列藏本同。蒙本、戚本"疑癖"作"疑语"。甲辰、程甲本"余香"作"余音"。

〔二〕"这里"至"还要"共十九字,庚辰本抄漏,杨本、列藏、甲辰、程甲本均缺,据蒙本、戚本补。

〔三〕据戚序、甲辰各本补。

第四十三回　　闲取乐偶攒金庆寿
　　　　　　　不了情暂撮土为香[一]

话说王夫人因见贾母那日在大观园不过着了些风寒，不是什么大病，请医生吃了两剂药也就好了，便放了心，因[二]命凤姐来吩咐他预备给贾政带送东西。

正商议着，只见贾母打发人来请，王夫人忙引着凤姐儿过来。王夫人又请问："这会子可又觉大安些？"贾母道："今日可大好了。方才你们送来的野鸡崽子汤，我尝了一尝，倒有味儿，又吃了两块肉，心里很受用。"王夫人笑道："这是凤丫头孝敬老太太的。算他的孝心虔，不枉了素日老太太疼他。"贾母点头笑道："难为他想着。若是还有生的，再炸上两块，咸浸浸的，吃粥有味儿。那汤虽好，就只不对稀饭。"凤姐听了，连忙答应，命人去厨房传话。

这里，贾母又向王夫人笑道："我打发人请你来，不为别的。初二是凤丫头的生日，上两年我原早想替他做生日，偏到跟前有大事，就混过去了。今年人又

> 贾母真会品味，真会享用。

> 汤不能对稀饭，这是常理。

> 又是凤姐的生日，又是享乐的日子。

齐全,料着又没事,咱们大家好生乐一日。" _{脂批:"贾母犹云:'好生乐一日。'可见逐日虽乐,皆还不趁心也。所以世人无论贫富,各有愁肠,终能时时遂心如意。此是至理,非不足语也。"} 王夫人笑道:"我也想着呢。既是老太太高兴,何不就商议定了?"贾母笑道:"我想,往年不拘谁作生日,都是各自送各自的礼,这个也俗了,也觉很生分似的。今儿我出个新法子,又不生分,又可取笑。"王夫人忙道:"老太太怎么想着好,就是怎么样行。"贾母笑道:"我想着,咱们也学那小家子大家凑分子, _{脂批:"原来请(凑)分子是小家的事。近见多少人家红白事一出,且筹算分子之多寡,不知何说。"} 多少尽着这钱去办,你道好顽不好顽?" _{脂批:"看他写与宝钗作生日后,又偏写与凤姐作生日。阿凤何人也,岂不为彼之华筵大用一回笔墨哉。只是亏他如何想来,特写于宝玉之后,较姊妹胜而有余;于贾母之前,较诸父母相去不远。一部书中,若一个一个只管写过生日,复成何文哉。故起用宝钗,盛用阿凤,终用贾母,各有妙义,各有妙景。余者诸人,或一笔不写,或偶因一语带过,或丰或简,其情当理合,不表可知,岂必谆谆死笔,按数而写众人之生日哉。迥不犯宝钗。"} 王夫人笑道:"这个很好,但不知怎么凑法?"贾母听说,益发高兴起来,忙遣人去请薛姨妈、邢夫人等,又叫请姑娘们并宝玉,那府里珍儿媳妇并赖大家的等有头脸管事的媳妇,也都叫了来。

众丫头婆子见贾母十分高兴,也都高兴起来, _{妙。贾母高兴,大家也都高兴。高兴也随主子起落。} 忙忙的各自分头去请的请,传的传,没顿饭的工夫,老的、少的、上的、下的,乌压压挤了一屋子。只薛姨妈和贾母对坐,邢夫人、王夫人只坐在房门前两张椅子上,宝钗姊妹等五六个人坐在炕上,宝玉坐在贾母怀前,地下满满的站了一地。贾母忙命拿几个小机子来,给赖大母亲等几个高年有体面

旁批:
- 不论如何新法子,总是享乐而已。
- 大家子偏学小家子,也算新法子。
- 各人坐次,依主客长幼而序。

第四十三回　闲取乐偶攒金庆寿　不了情暂撮土为香

的妈妈坐了。

贾府风俗，年高服侍过父母的家人，比年轻的主子还有体面，_{补叙一笔贾府规矩。}所以尤氏、凤姐儿等只管地下站着，那赖大的母亲等三四个老妈妈告个罪，都坐在小机子上了。

贾母笑着把方才一席话说与众人听了。众人谁不凑这趣儿？再也有和凤姐儿好的，有情愿这样的；有畏惧凤姐儿的，巴不得来奉承的。况且都是拿的出来的，所以一闻此言，都欣然应诺。

> 无论与凤姐好的还是畏惧凤姐的，都得奉承。

贾母先道："我出二十两。"薛姨妈笑道："我随着老太太，也是二十两了。"邢夫人、王夫人道："我们不敢和老太太并肩，自然矮一等，每人十六两罢了。"尤氏、李纨也笑道："我们自然又矮一等，每人十二两罢。"贾母忙和李纨道："你寡妇失业的，那里还拉你出这个钱，我替你出了罢。"_{脂批："必如是方妙。"}凤姐忙笑道："老太太别高兴，且算一算账再揽事。老太太身上已有两分呢，这会子又替大嫂子出十二两，说着高兴，一会子回想，又心疼了。过后儿又说'都是为凤丫头花了钱'，使个巧法子，哄着我拿出三四分子来暗里补上，我还做梦呢。"说的众人都笑了。贾母笑道："依你怎么样呢？"_{脂批："又写阿凤一评，更妙。若一笔直下有何趣哉。"}凤姐笑道："生日没到，我这会子已经折受的不受用了。我一个钱饶不出，惊动这些人实在不安，不如大嫂子这一分我替他出了

> 凤姐之舌，自生妙莲，随景而发，变化无尽。

779

罢了。^{凤姐此话难得。}我到了那一日,多吃些东西,就享了福了。"邢夫人等听了,都说:"很是。"贾母方允了。

凤姐儿又笑道:"我还有一句话呢。我想,老祖宗自己二十两,又有林妹妹、宝兄弟的两分子。姨妈自己二十两,又有宝妹妹的一分子,这倒也公道。只是二位太太每位十六两,自己又少,又不替人出,这有些不公道。老祖宗吃了亏了!"贾母听了,忙笑道:"到底是我的凤姐儿向着我,这说的很是。要不是你,我叫他们又哄了去了。"凤姐笑道:"老祖宗只把他姐儿两个^{指黛玉、宝玉。别本作"哥儿两个"。}交给两位太太,一位占一个,派多派少,每位替出一分就是了。"贾母忙说:"这很公道,就是这样。"赖大的母亲忙站起来,笑说道:"这可反了!我替二位太太生气。在那边是儿子媳妇,在这边是内侄女儿,倒不向着婆婆、姑娘,倒向着别人。这儿媳妇成了陌路人,内侄女儿竟成了个外侄女儿了。"说的贾母与众人都大笑起来了。^{脂批:"写阿凤全副精神,虽一戏亦人想不到之文。"}

赖大之母因又说道:"少奶奶们十二两,我们自然也该矮一等了。"贾母听说,道:"这使不得。你们虽该矮一等,我知道你们这几个都是财主,果位虽低,钱却比他们多。^{脂批:"惊魂夺魄,只此一句,所以一部书,全是老婆舌头,全是讽刺世事,反面春秋也。所谓痴子弟正照风月鉴。若单看了家常老婆舌头,岂非痴子弟乎。"}你们和他们一例才使得。"众妈妈听了,连忙答应。

贾母又道:"姑娘们不过应个景儿,每人照一个

旁批:
- 凤姐又出新招,总是讨好贾母。
- 想不到赖嬷嬷竟发此不平之鸣,令人一震,"外侄女儿",语既尖利,亦不减凤姐舌莲。
- "果位",佛家语,指修行所得正果之品级也。

第四十三回　闲取乐偶攒金庆寿　不了情暂撮土为香

月的月例就是了。" _{姑娘们亦不免。}又回头叫鸳鸯来，"你们也凑几个人，商议凑了来。"鸳鸯答应着，去不多时，带了平儿、袭人、彩霞等，还有几个小丫鬟来，也有二两的，也有一两的。贾母因问平儿："你难道不替你主子作生日，还入在这里头？"平儿笑道："我那个私自另外有了，这是官中的，也该出一分。"贾母笑道："这才是好孩子。" _{平儿一人出两分。}

凤姐又笑道："上下都全了。还有二位姨奶奶，他出不出，也问一声儿。尽到他们是理，不然，他们只当小看了他们了。"_{脂批："纯写阿凤，以衬后文。"} 贾母听了，忙说："可是呢，怎么倒忘了他们！只怕他们不得闲儿，叫一个丫头问问去。"说着，早有丫头去了。半日，回来说道："每位也出二两。"贾母喜道："拿笔砚来算明，共计多少。" _{赵姨娘、周姨娘亦不能免。}

尤氏因悄骂凤姐道："我把你这没足厌的小蹄子！这么些婆婆、婶子来凑银子给你过生日，你还不足，又拉上两个苦瓠子作什么？"凤姐也悄笑道："你少胡说，一会子离了这里，我才和你算账。他们两个为什么苦呢？有了钱也是白填送别人，不如拘了来咱们乐。"_{脂批："纯写阿凤以衬后文，二人形景如见，语言如闻，真描画的到。"} _{尤氏骂得是，此等处凤姐最不放过人，是其结怨处，借尤氏一骂，以快人心。}

说着，早已合算了，共凑了一百五十两有余。贾母道："一日戏酒用不了。"尤氏道："既不请客，酒席又不多，两三日的用度都够了。头等，戏不用钱，省在这上头。"贾母道:"凤丫头说那一班好,就传那一班。"凤姐儿道:"咱们家的班子都听熟了,倒是花几个钱叫一班来听听罢。"贾母道:"这件事,我交给珍哥媳妇了。越性叫凤丫头别操一点心,受用一日才算。"_{脂批:"所以特(忒)受用了,才有琏卿之变,乐极生悲,自然之理。"}尤氏答应着,又说了一回话,都知贾母乏了,才渐渐的都散出来。

_{当时富贵人家都养家乐。曹、李两家亦都有家乐。此处凤姐不用家乐,反请外班,亦一翻新也。}

尤氏等送邢夫人、王夫人二人散去,便往凤姐房里来商议怎么办生日的话。凤姐儿道:"你不用问我,你只看老太太的眼色行事就完了。"_{这是凤姐行事的准则,于此说出。}尤氏笑道:"你这阿物儿,也忒行了大运了。我当有什么事叫我们去,原来单为这个。出了钱不算,还要我来操心,你怎么谢我?"凤姐笑道:"你别扯臊,我又没叫你来,谢你什么?你怕操心,你这会子就回老太太去,再派一个就是了。"尤氏笑道:"你瞧他兴的这样儿!我劝你收着些儿好。太满了就泼出来了。"_{尤氏之语,却是忠告。所谓"满招损,谦受益"也。}二人又说了一回方散。

_{凤姐说话如此呛人,正风顺水急之时也。}

次日,将银子送到宁国府来。尤氏方才起来梳洗,因问是谁送过来的,丫鬟们回说:"是林大娘。"尤氏便命叫了他来。_{是下人们先送来。}丫鬟走至下房,叫了林之孝家的过来。尤氏命他脚踏上坐了,一面忙着梳洗,一面问他:"这一包银子共多少?"林之孝家的回说:"这是我们底下人的银子,凑了先送过来。老太太和太太们的还没有呢。"正说着,丫鬟们回说:"那府里太太

和姨太太打发人送分子来了。"尤氏笑骂道:"小蹄子们,专会记得这些没要紧的话。昨儿不过老太太一时高兴,故意的要学那小家子凑分子,你们就记得了,到了你们嘴里就当正经的说,还不快接了进来好生待茶,再打发他们去。"丫鬟应着忙接了银子进来,一共两封,连宝钗、黛玉的都有了。尤氏问还少谁的,林之孝家的道:"还少老太太、太太、姑娘们的,和底下姑娘们的。"尤氏道:"还有你们大奶奶的呢?"林之孝家的道:"奶奶过去,这银子都从二奶奶手里发,一共都有了。"

尤氏于凑分子为凤姐过生日,颇有微词。

说着,尤氏已梳洗了,命人伺候车辆。一时来至荣府,先来见凤姐。只见凤姐已将银子封好,正要送去。尤氏问:"都齐了?"凤姐儿笑道:脂批:"'笑'字就有神情。""都有了,快拿了去罢,丢了我不管。"一语想蒙混过去。尤氏笑道:"我有些信不及,倒要当面点一点。"说着,果然按数一点,只没有李纨的一分。当面戳穿,李纨的一份,凤姐当着贾母、王夫人的面说由她承担,实际上是赖账。此等处均写凤姐之刻而奸也。尤氏早就料到。尤氏笑道:"我说你奁鬼呢,怎么你大嫂子的没有?"凤姐儿笑道:"那么些还不够使?短一分儿也罢了。等不够了我再给你。"脂批:"可见阿凤处处心机。"尤氏道:"昨儿你在人跟前作人,今儿又来和我赖,这个断不依你。我只和老太太要去。"尤氏这着是狠着。凤姐儿笑道:"我看你利害。明儿有了事,我也丁是丁,卯是卯的,你也别抱怨。"尤氏笑道:"你一般的也怕。不看你素日孝敬我，我才是不依你呢。"_{尤氏也退兵了。}说着，把平儿的一分拿了出来，说道："平儿，来！把你的收起去，等不够了，我替你添上。"平儿会意，因说道："奶奶先使着，若剩下了再赏我一样。"尤氏笑道："只许你那主子作弊，就不许我作情儿？"平儿只得收了。_{尤氏乐得做一次人情。}尤氏又道："我看着你主子这么细致，弄这些钱那里使去！使不了，明儿带了棺材里使去。"_{脂批："此言不假，伏下后文短命。尤氏亦能干事矣，惜不能劝夫治家，惜哉痛哉。"}

> 过一次生日，也有种种私弊，雪芹于世情味之熟矣。

　　一面说着，一面又往贾母处来。先请了安，大概说了两句话，便走到鸳鸯房中和鸳鸯商议，只听鸳鸯的主意行事，何以讨贾母的喜欢。_{要讨贾母的欢喜，先走鸳鸯的门路。世情都是如此。}二人计议妥当。

　　尤氏临走时，也把鸳鸯二两银子还他，说："这还使不了呢。"_{又做一次人情。}说着，一径出来，又至王夫人跟前说了一回话。因王夫人进了佛堂，把彩云的一分也还了他。见凤姐不在跟前，〔三〕一时把周、赵二人的也还了。_{尤氏大做人情，连周、赵二人也做到，亦是难得。}他两个还不敢收。_{脂批："阿凤声势亦甚矣。"}尤氏道："你们可怜见的，那里有这些闲钱。凤丫头便知道了，有我应着呢。"二人听说，千恩万谢的方收了。_{脂批："尤氏亦可谓有才矣。论有德比阿凤高十倍。惜乎不能谏夫治家，所谓人各有当也。此方是至理至情。最恨近之野史中。恶则无往不恶，美则无一不美，何不近情理之如是耶。"}于是尤氏一径出来，坐车回家。不在话下。〔四〕

第四十三回　闲取乐偶攒金庆寿　不了情暂撮土为香

展眼已是九月初二日，园中人都打听得尤氏办得十分热闹，不但有戏，连耍百戏并说书的男女先儿全有，都打点取乐顽耍。李纨又向众姊妹道："今儿是正经社日，可别忘了。脂批："看书者已忘，批书者亦已忘了，作者竟未忘，忽写此事，真忙中愈忙，紧处愈紧也。"宝玉也不来，想必他只图热闹，把清雅就丢开了。"脂批："此独宝玉乎？亦骂世人。余亦谓宝玉忘了，不然，何不来耶。"说着，便命丫鬟去瞧作什么呢，快请了来。丫鬟去了半日，回说："花大姐姐说，今儿一早就出门去了。"脂批："奇文。"众人听了，都诧异说："再没有出门之理。这丫头糊涂，不知说话。"因又命翠墨〔五〕去。一时翠墨回来说："可不真出了门了。说有个朋友死了，凤姐生日，偏说有朋友死了，令人奇怪。出去探丧去了。"脂批："奇文，信有之乎？花团锦簇之日，偏如此写法。"探春道："断然没有的事。探春断然不信。凭他什么，再没今日出门之理。你叫袭人来，我问他。"

刚说着，只见袭人走来。李纨等都说道："今儿凭他有什么事，也不该出门。头一件，你二奶奶的生日，老太太都这等高兴，两府上下众人来凑热闹，他倒走了。第二件，又是头一社的正日子，他也不告假，就私自去了！"袭人叹道："昨儿晚上就说了，今儿一早起有要紧的事到北静王府里去，就赶回来的。劝他不要去，他必不依。今儿一早起来，又要素衣裳穿，想必是北静王府里的要紧姬妾没了，也未可知。"李纨等道："若果如此，也该去走走，只是也该回来了。"说着，大家又商议："咱们只管作诗，等他回来罚他。"

凤姐生日，宝玉出门，确无此理。谁能想到宝玉行止。

千不该万不该于今日出门。只好抬出北静王来，说是北静王府里要紧姬妾没了，让北静王倒一次霉。

刚说着，只见贾母已打发人来请，便都往前头来了。袭人回明宝玉的事，贾母不乐，_{贾母自然不乐。}便命人去接。

原来宝玉心里有件私事，_{意外之事，谁也猜想不到。}于头一日就吩咐茗烟："明日一早要出门，备下两匹马，在后门口等着，不要别一个跟着。说给李贵，我往北府里去了。_{确是说去北府里了。}倘或要有人找我，叫他拦住不用找，只说北府里留下了，横竖就来的。"茗烟也摸不着头脑，只得依言说了。今儿一早，果然备了两匹马在园后门等着。天亮了，只见宝玉遍体纯素，从角门出来，一语不发，跨上马，一弯腰，顺着街就趱下去了。_{不知意欲何往。}茗烟也只得跨马加鞭赶上，在后面忙问："往那里去？"宝玉道："这条路是往那里去的？"茗烟道："这是出北门的大道。出去了，冷清清没有可顽的。"宝玉听说，点头道："正要冷清清的地方好。"说着，越性加了鞭。那马早已转了两个弯子，出了城门，茗烟越发不得主意，只得紧紧跟着。_{连茗烟都被蒙着。}

一气跑了七八里路出来，人烟渐渐稀少，宝玉方勒住马，回头问茗烟道："这里可有卖香的？"_{渐渐露出来了。}茗烟道："香倒有，不知是那一样？"宝玉想道："别的香不好，须得檀、芸、降三样。"茗烟笑道："这三样可难得。"宝玉为难。茗烟见他为难，因问道："要香作什么使？_{自然要问。}我见二爷时常小荷包有散香，何不找一找。"一句提醒了宝玉，便回手向衣襟上掏出一

第四十三回　闲取乐偶攒金庆寿　不了情暂撮土为香

个荷包来，摸了一摸，竟有两星沉速，心内欢喜："只是不恭些。"再想自己亲身带的，倒比买的又好些。于是又问炉炭。又是一种私念。茗烟道："这可罢了。荒郊野外那里有？用这些何不早说，带了来岂不便宜。"宝玉道："糊涂东西，若可带了来，又不这样没命的跑了。"没命的跑，是为怕人撞见。脂批："奇奇怪怪，不知为何，看他下文怎样。"

茗烟想了半日，笑道："我得了个主意，不知二爷心下如何？我想二爷不止用这个呢，只怕还要用别的。这也不是事。如今我们往前再走二里地，就是水仙庵了。"茗烟聪明，已有些门道。宝玉听了忙问："水仙庵就在这里？更好了，正中下怀。我们就去。"说着，就加鞭前行，一面回头向茗烟道："这水仙庵的姑子长往咱们家去，咱们这一去到那里，和他借香炉使使，他自然是肯的。"茗烟道："别说他是咱们家的香火，就是平白不认识的庙里，和他借，他也不敢驳回。只是一件，我常见二爷最厌这水仙庵的，如何今儿又这样喜欢了？"宝玉道："我素日因恨俗人不知原故，混供神，混盖庙，这都是当日有钱的老公们和那些有钱的愚妇们，听见有个神，就盖起庙来供着，也不知那神是何人，因听些野史小说，便信真了。脂批："近闻刚丙庙，又有三教庵，以如来为尊，太上为次，先师为末，真杀有余辜。所谓此书救世之溺不假。"比如这水仙庵里面，因供的是洛神，故名水仙庵。殊不知古来并没有个洛神，那原是曹子建的谎话，谁知这起愚人就塑了像供着。今儿却合我的

心事，故借他一用。" <用来不是敬洛神，而是借用。>

说着，早已来至门前。那老姑子见宝玉来了，事出意外，竟像天上掉下个活龙来的一般，忙上来问好，命老道来接马。宝玉进去，也不拜洛神之像，却只管赏鉴。虽是泥塑的，却真有"翩若惊鸿，婉若游龙"之态，"荷出绿波，日映朝霞"之姿。<脂批："妙极。用洛神赋赞洛神，本地风光，愈觉新奇。"> 宝玉不觉滴下泪来。<对着塑像掉泪，更令人莫明其妙。>

<不想竟有如此美妙神像，当合宝玉之意矣。>

老姑子献了茶。宝玉因和他借香炉。那姑子去了半日，连香供纸马都预备了来。宝玉道："一概不用。"说着，便命茗烟捧着炉出至后院中，拣一块干净地方儿，竟拣不出。茗烟道："那井台儿上如何？" <无意说中。>宝玉点头，一齐来至井台上，将炉放下。<脂批："妙极之文。宝玉心中拣定是井台上了，故意使茗烟说出，使彼不犯疑猜矣。宝玉亦有欺人之才，盖不用耳。">

<一件件做来，读者如看戏，终还不知是演何戏耳！>

茗烟站过一旁。宝玉掏出香来焚上，含泪施了半礼，<脂批："奇文。云只施半礼，终不知为何事也。"> 回身命收了去。

<茗烟亦是乖觉，一篇绝妙祷祝，可当祭文读。>

茗烟答应着，且不收，忙爬下磕了几个头，口内祝道："我茗烟跟二爷这几年，二爷的心事，我没有不知道的。只有今儿这一祭祀没有告诉我，我也不敢问。只是这受祭的阴魂虽不知名姓，想来自然是那人间有一，天上无双，极聪明、极俊雅的一位姐姐妹妹了。二爷心事不能出口，<心事不能出口，索性点穿。>让我代祝：若芳魂有感，香魄多情，虽然阴阳间隔，既是知己之间，时常来望候二爷，未尝不可。你在阴间保佑二爷来生也

第四十三回　闲取乐偶攒金庆寿　不了情暂撮土为香

变个女孩儿，和你们一处相伴，再不可又托生这须眉浊物了。"说毕，又磕几个头，才爬起来。^{脂批："忽插入茗烟一篇流言，粗看则小儿戏语，亦甚无味。细玩则大有深意。试思宝玉之为人，岂不应有一极伶俐乖巧小童哉。此一祝，亦如《西厢记》中双文降香，第三炷则不语，红娘则代祝数语，直将双文心事道破。此处若写宝玉一祝，则成何文字。若不祝，直成一哑谜，如何散场。故写茗烟一祝，直祝到宝玉心中，又发出前文，又可收后文。又写茗烟素日之乖觉可人，且衬出宝玉直似一个守礼待嫁的女儿一般，其素日脂香粉气不待写而全现出矣。今看此回，直欲将宝玉当作一个极轻俊着怯的女儿看，茗烟则极乖觉可人之丫鬟也。"}宝玉听他没说完，便撑不住笑了，^{脂批："方一笑。盖原可发笑，且说的合心，愈见可笑也。"}因踢他道："休胡说，^{恰恰不是胡说，是说着了。}看人听见笑话。"^{脂批："也知人笑，更奇。"}

茗烟起来，收过香炉，和宝玉走着，因道："我已经和姑子说了，二爷还没用饭，叫他随便收拾了些东西，二爷勉强吃些。我知道今儿咱们里头大排筵宴，热闹非常，二爷为此才躲了出来的。横竖在这里清净一天，也就尽到礼了。若不吃东西，断使不得。"宝玉道："戏酒既不吃，这随便素的吃些何妨。"^{已经祭毕，终未说穿。}^{原来避开戏酒不吃，也是为了祭神。}茗烟道："这便才是。还有一说，咱们来了，还有人不放心。若没有人不放心，便晚了进城何妨？若有人不放心，二爷须得进城回家去才是。第一，老太太、太太也放了心。第二，礼也尽了，不过如此。就是家去了，看戏吃酒，也并不是二爷有意，原不过陪着父母尽孝道。二爷若单为了这个，不顾老太太、太太悬心，就是方才那受祭的阴魂也不安生。二爷想我这话如何？"^{茗烟真会说话，听茗烟一番话，头头是道。}宝玉笑道："你的意思我猜着了。你想着，只你一个跟了我出来，回来你怕担不是，所以拿这大题目来劝我。^{脂批："亦知这个大，妙极。"}我才来了，不过为尽个礼,再去吃酒看戏,并没说一日不进城。这已完了心愿,赶着进城,大家放心,岂不两尽其道。" 脂批:"这是大通的意见,世人不及的去处。" 茗烟道:"这更好了。"

说着,二人来至禅堂,果然那姑子收拾了一桌素菜。宝玉胡乱吃了些,茗烟也吃了。

二人便上马仍回旧路。茗烟在后面只嘱咐:"二爷好生骑着,这马总没大骑的,手里提紧着。" 脂批:"看他偏不写凤姐那样热闹,却写这般清冷,真世人意料不到这一篇文字也。" 一面说着,早已进了城,仍从后门进去,忙忙来至怡红院中。袭人等都不在房里,只有几个老婆子看屋子,见他来了,都喜的眉开眼笑,说道:"阿弥陀佛,可来了!把花姑娘急疯了! 侧写一笔。 上头正坐席呢,二爷快去罢。"宝玉听说,忙将素服脱了,自去寻了华服换上,问在什么地方坐席,老婆子回说:"在新盖的大花厅上。"

宝玉听说,一径往花厅来,耳内早已隐隐闻得歌管之声。先听歌管之声。 刚至穿堂那边,只见玉钏儿独坐在廊檐下垂泪。玉钏垂泪,已点题。 脂批:"总是千奇百怪的文字。" 一见他来,便收泪说道:"凤凰来了,奇语。 快进去罢。再一会子不来,都反了。" 脂批:"是平常言语,却是无限文章,无限情理,看至后文,再细思此言,则可知矣。" 宝玉陪笑道:"你猜我往那里去了?" 偏问玉钏,可知其意矣。 玉钏儿不答,只管擦泪。脂批:"无限情理。" 宝玉忙进厅里,见了贾母、王夫人等,众人真如得了凤凰一般。宝玉忙赶着与凤姐儿行礼。补礼。 贾母、王夫人都说他不知道好歹,"怎么也不说声就私自跑了,

第四十三回　闲取乐偶攒金庆寿　不了情暂撮土为香

这还了得！明儿再这样，等老爷回家来，必告诉他打你。"说着，又骂跟的小厮们都偏听他的话，说那里去就去，也不回一声儿。一面又问他到底那去了，可吃了什么，可唬着了。怎么可说一声呢。 脂批："奇文毕肖。"

宝玉只回说："北静王的一个爱妾昨日没了，给他道恼去。他哭的那样，不好撇下就回来，所以多等了一会子。"贾母道："以后再私自出门，不先告诉我们，一定叫你老子打你。"宝玉答应着。因又要打跟的小子们，众人又忙说情，又劝道："老太太也不必过虑了，他已经回来，大家该放心乐一回了。" 胡扯一通，活让北静王受晦气。

贾母先不放心，自然发狠，如今见他来了，喜且有余，那里还恨，也就不提了。还怕他不受用，或者别处没吃饱，路上着了惊怕，反百般的哄他。袭人早过来服侍。大家仍旧看戏。当日演的是《荆钗记》。贾母、薛姨妈等都看的心酸落泪，也有叹的，也有骂的。 点明《荆钗记》，为下文张本。

要知端的，下回分解。

冯其庸评点《红楼梦》

【回后评】

　　刘姥姥游园刚回不久，贾母病方愈，即逢凤姐生日，又是好题目。贾母又出新题集宴，且用攒金法，使人人出资。贾母真能取乐，可见富贵之家，唯享乐而已，其他更有何事。

　　一攒金庆寿事耳，亦有种种情弊，凤姐于贾母面前自愿承担李纨一分，以博贾母欢心，其实是虚承也，因彼意仍由其主其事，则此款不出亦出矣。不想贾母将此事交尤氏，尤氏又细点分数，毫不马虎，才使凤姐弄虚作假之狡狯伎俩一泄无余。然凤姐仍耍赖，尤氏乘机当面将平儿一分退还，凤姐亦无话可说。转身又将鸳鸯、彩云、周、赵二姨娘的都退了，一则是见尤氏人情，二则亦是凤姐以虚额邀实名之还报也。

　　凤姐生日喜事，宝玉偏服丧外出，并说是北静王府姬妾死了。而宝玉当是去祭另一真死者。宝玉未必有意使凤姐喜日背晦，然白衣素服，哭祭死者，于凤姐生日，终非佳兆。

　　宝玉素服出门，一语不说，茗烟虽陪同而实不知所往。前后匆匆一祭而终未言明所祭何人，然读者可于井台、水仙、玉钏之泪悟之。茗烟虽不明所祭何人，但其一篇祷词，却是谐而庄、奇而正，言未明而意已尽也，茗烟不愧为宝玉之小厮。

　　宝玉于凤姐生日万不可离之日，竟然离家，不顾众口之扰扰，我行我素，且牢记金钏生日，临井哭祭，其情意亦深而笃矣。金钏虽死，亦藉可告慰于万一。

【校记】

　　〔一〕回目：杨本、蒙本、戚本、列藏、甲辰、程甲各本同。其余各本缺。

第四十三回　闲取乐偶攒金庆寿　不了情暂撮土为香

〔二〕"便放了心，因"五字，庚本缺，据蒙本、戚本补。

〔三〕"说了一回话"至"见凤姐不在跟前"共二十九字，庚本无，从蒙府、戚序、列藏等本补。

〔四〕"于是尤氏一径出来，坐车回家，不在话下"十六字，庚本无，从蒙府、戚序本补。

〔五〕"翠墨"，庚辰本作"翠云"，从各本改。

第四十四回　变生不测凤姐泼醋
　　　　　　　喜出望外平儿理妆

　　话说众人看演《荆钗记》，宝玉和姐妹一处坐着。林黛玉因看到《男祭》这一出上，便和宝钗说道："这王十朋也不通的很，不管在那里祭一祭罢了，必定跑到江边子上来作什么？_{黛玉慧心巧舌，借题发挥。}俗语说，'睹物思人'，天下的水总归一源，不拘那里的水，舀一碗看着哭去，也就尽情了。"宝钗不答，_{黛玉与宝钗说，宝钗亦心知而不答也。}宝玉回头要热酒敬凤姐儿。_{宝玉是故意避其话锋。}

　　原来贾母说今日不比往日，定要叫凤姐痛乐一日。本来自己懒待坐席，只在里间屋里榻上歪着和薛姨妈看戏，随心爱吃的拣几样放在小几上，随意吃着说话儿；将自己两桌席面赏那没有席面的大小丫头，_{贾母能惜下。}并那应差、听差的妇人等，命他们在窗外廊檐下也只管坐着随意吃喝，不必拘礼。_{贾母难得如此不拘礼法。}王夫人和邢夫人在地下高桌上坐着，外面几席是他姊妹们坐。

　　贾母不时盼咐尤氏等："让凤丫头坐在上面，你

_{凤姐受宠至极。}

第四十四回　变生不测凤姐泼醋　喜出望外平儿理妆

们好生替我待东，难为他一年到头辛苦。"尤氏答应了，又笑回说道："他坐不惯首席，坐在上头横不是，竖不是的，酒也不肯吃。"贾母听了，笑道："你不会，等我亲自让他去。"凤姐儿听说，忙也进来笑说："老祖宗别信他们的话，我吃了好几钟了。"贾母笑着，命尤氏："快拉他出去，按在椅子上，你们都轮流着敬他。他再不吃，我当真的就亲自去了。"

贾母如此一闹，不想终于闹出事来了。

尤氏听说，忙笑着又拉他出来坐下，命人拿了台盏斟了酒，笑道："一年到头，难为你孝顺老太太、太太和我。我今儿没什么疼你的，亲自斟杯酒，你乖乖儿的在我手里喝一口。"凤姐儿笑道："你要安心孝敬我，跪下我就喝。"凤姐已是满而纵矣，说话不知分寸至此！尤氏笑道："说的你不知是谁！我告诉你说，好容易今儿这一遭，过了后儿，知道还得像今儿这样不得了？趁着今儿又体面，尽力灌丧两钟罢。"脂批："闲闲一戏语，伏下后文，令人可伤。所谓盛筵难再。"凤姐儿见推不过，只得喝了两钟。接着，众姊妹也来敬酒，凤姐也只得每人的喝一口。赖大妈妈见贾母尚这等高兴，也少不得来凑个趣儿，领着些嬷嬷们也来敬酒。凤姐儿也难推脱，只得喝了两口。经不起如此轮番敬酒，凤姐安得不醉。

尤氏此话分量亦重。

鸳鸯等也来敬，凤姐儿真不能了，忙央告道："好姐姐们，饶了我罢，我明儿再喝罢。"鸳鸯笑道："真个的，我们是没脸的了？就是我们在太太跟前，太太还赏个脸儿呢。往常倒有些体面，今儿当着这些人，

倒拿起主子的款儿来了。我原不该来。不喝,我们就走。"说着,真个回去了。凤姐儿忙赶上拉住,笑道:"好姐姐,我喝就是了。"_{不得不喝。人情不可缺也。}说着,拿过酒来,满满的斟了一杯喝干。鸳鸯方笑了散去,然后又入席。

凤姐儿自觉酒沉了,心里突突的似往上撞,_{写酒醉逼真。}要往家去歇歇,只见那耍百戏的上来,便和尤氏说:"预备赏钱,我要洗洗脸去。"尤氏点头。凤姐儿瞅人不防,便出了席,往房门后檐下走来。平儿留心,也忙跟了来,_{毕竟平儿细心。}凤姐儿便扶着他。才至穿廊下,只见他房里的一个小丫头子正在那里站着,见他两个来了,回身就跑。_{奇怪。}凤姐儿便疑心,忙叫:"站住!"那丫头先只装听不见,无奈后面连平儿也叫,只得回来。

凤姐儿越发起了疑心,忙和平儿进了穿堂,叫那小丫头子也进来,把槅扇关了,凤姐儿坐在小院子的台矶上,命那丫头子跪了,喝命平儿:"叫两个二门上的小厮来,拿绳子、鞭子,把那眼睛里没主子的小蹄子打烂了!"那小丫头子已经唬的魂飞魄散,哭着只管碰头求饶。凤姐儿问道:"我又不是鬼,你见了我,不说规规矩矩站住,怎么倒往前跑?"_{此时尚未想到其他,只问他为何跑。}小丫头子哭道:"我原没看见奶奶来。我又记挂着房里没人,所以跑了。"_{说谎。}

第四十四回　变生不测凤姐泼醋　喜出望外平儿理妆

凤姐儿道："房里既没人，谁叫你来的？你便没看见我，我和平儿在后头扯着脖子叫了你十来声，越叫越跑。离的又不远，你聋了不成？你还和我强嘴！"问得是。说着，便扬手一掌打在脸上，打的那小丫头子一栽；这边脸上又一下，登时小丫头子两腮紫胀起来。平儿忙劝："奶奶仔细手疼。"凤姐便说："你再打着问他跑什么。他再不说，把嘴撕烂了他的！"

那小丫头子先还强嘴，后来听见凤姐儿要烧了红烙铁来烙嘴，方哭道："二爷在家里，打发我来这里瞧着奶奶的，招出真情来了。若见奶奶散了，先叫我送信儿去的。不承望奶奶这会子就来了。"凤姐儿见话中有文章，便又问道："叫你瞧着我作什么？难道怕我家去不成？必有别的原故，快告诉我，我从此以后疼你。你若不细说，立刻拿刀子来割你的肉。"说着，回手向头上拔下一根簪子来，向那丫头嘴上乱戳。凤姐的手段。唬的那丫头一行躲，一行哭求道："我告诉奶奶，可别说我说的。"平儿一旁劝，一面催他，叫他快说。丫头便说道："二爷也是才来房里的，睡了一会子醒了，打发人来瞧瞧奶奶，说才坐席，还得好一会才来呢。二爷就开了箱子，拿了两块银子，还有两根簪子，两匹缎子，叫我悄悄的送与鲍二的老婆去，叫他进来。他收了东西就往咱们屋里来了。二爷叫我来瞧着奶奶。底下的事，我就不知道了。"和盘托出。

> 大喜事不想竟遇大气事。

凤姐听了,已气的浑身发软,忙立起身来一径来家。刚至院门,只见又有一个小丫头在门前探头儿,一见了凤姐,也缩头就跑。_{脂批:"如见其形。"} 凤姐儿提着名字喝住。那丫头本来伶俐,见躲不过了,越性跑了出来,笑道:"我正要告诉奶奶去呢,可巧奶奶来了。"

> 又是一个。
> 如此巧舌,恐瞒不过去。

凤姐儿道:"告诉我什么?"那小丫头便说二爷在家这般,如此如此,将方才的话也说了一遍。

凤姐啐道:"你早作什么了?这会子我看见你了,你来推干净儿!"说着,也扬手一下,打的那丫头一个趔趄,便蹑手蹑脚的走至窗前,往里听时,只听里头说笑。那妇人笑道:"多早晚你那阎王老婆死了,就好了。"贾琏道:"他死了,再娶一个也是这样,又怎么样呢?"那妇人道:"他死了,你倒是把平儿扶了正,只怕还好些。"贾琏道:"如今连平儿他也不叫我沾一沾了。平儿也是一肚子委曲不敢说。我命里怎么就该犯了'夜叉星'?"

> 岂能骗过凤姐。
> 几句话如火上浇油。

凤姐听了,气的浑身乱战,又听他俩都赞平儿,便疑平儿素日背地里自然也有埋怨话了,那酒越发涌了上来,也并不忖度,回身把平儿先打了两下。一脚踢开门进去,也不容分说,抓着鲍二家的撕打一顿。又怕贾琏走出去,便堵着门,站着骂道:"好淫妇!你偷主子汉子,还要治死主子老婆!平儿过来!你们淫妇忘八一条藤儿,多嫌着我,外面儿你哄

> 平儿真冤哉枉也。
> 其势不可挡。

第四十四回　变生不测凤姐泼醋　喜出望外平儿理妆

我！"说着，又把平儿打几下，_{凤姐早已气昏了。脂批："奇怪。先打平儿，可是世人想得着的。"}打的平儿有冤无处诉，只气得干哭，骂道："你们做这些没脸的事，好好的又拉上我做什么！"说着，也把鲍二家的撕打起来。_{平儿受冤自然只能找鲍二家的。}

贾琏也因吃多了酒，进来高兴，未曾作的机密，一见凤姐来了，已没了主意，又见平儿也闹起来，把酒也气上来了。凤姐儿打鲍二家的，他已又气又愧，只不好说的。今见平儿也打，便上来踢骂道："好娼妇！你也动手打人！"平儿怯打，忙住了手，哭道："你们背地里说话，为什么拉我呢？"凤姐见平儿怕贾琏，越发生了气，又赶上来打着平儿，偏叫打鲍二家的。平儿急了，便跑出来找刀子要寻死。外面众婆子、丫头忙拦住解劝。平儿两边受气，真是冤哉枉也。

这里凤姐见平儿寻死去，便一头撞在贾琏怀里，叫道："你们一条藤儿害我，被我听见了，倒都唬起我来。你也勒死我罢！"贾琏气的墙上拔出剑来，说道："不用寻死，我也急了，一齐杀了，我偿了命，大家干净。"好一场大闹，以前还未见过。

正闹的不开交，只见尤氏等一群人来了，说："这是怎么说，才好好的，就闹起来。"贾琏见了人，越发倚酒三分醉，逗起威风来，_{脂批："天下小人大都如是。"}故意要杀凤姐儿。凤姐儿见人来了，便不似先前那般泼了，_{脂批："天下奸雄妒妇恶妇，大都如是。只是恨无阿凤之才耳。"}丢下众人，便哭着往贾母那边跑。贾琏无耻蛮横，封建主义下夫权社会的男人形象之一。

此时戏已散出。凤姐跑到贾母跟前,爬在贾母怀里,只说:"老祖宗救我!琏二爷要杀我呢!"贾母、邢夫人、王夫人等忙问:"怎么了?"凤姐儿哭道:"我才家去换衣服,不防琏二爷在家和人说话,我只当是有客来了,唬的我不敢进去。在窗户外头听了一听,原来是和鲍二家的媳妇商议,说我利害,要拿毒药给我吃了治死我,把平儿扶了正。我原生了气,又不敢和他吵,原打了平儿两下子,问他为什么要害我。他臊了,就要杀我。"贾母等听了,都信以为真,说:"这还了得!快拿了那下流种子来!"

<small>脂批:"瞧他称呼。"</small>

<small>凤姐着意夸张,竟说成是要拿毒药害死她,以求贾母出来保护她。</small>

一语未完,只见贾琏拿着剑赶来,后面许多人跟着。贾琏明仗着贾母素习疼他们,所以连母亲、婶母也无碍,故逞强闹了来。邢夫人、王夫人见了,气的忙拦住骂道:"这下流种子!你越发反了,老太太在这里呢!"贾琏乜斜着眼,道:"都是老太太惯的他,他才这样,连我也骂起来了!"邢夫人气的夺下剑来,只管喝他快出去。那贾琏撒娇撒痴,涎言涎语的还只乱说。贾母气的说道:"我知道你也不把我们放在眼睛里,叫人把他老子叫来,看他去不去!"贾琏听见这话,方趔趄着脚儿出去了,赌气也不往家去,便往外书房来。

<small>贾琏下作无赖,此次出尽洋相。</small>

<small>贾琏只怕父亲。</small>

这里邢夫人、王夫人也说凤姐儿。贾母笑道:"什么要紧的事!小孩子们年轻,馋嘴猫儿似的,那里保

第四十四回　变生不测凤姐泼醋　喜出望外平儿理妆

的住不这么着。从小儿世人都打这么过的。都是我的不是，他多吃了两口酒，又吃起醋来了。"说的众人都笑了。

　　贾母又道："你放心，等明儿我叫他来替你赔不是。你今儿别要过去臊着他。"因又骂："平儿那蹄子，素日我倒看他好，怎么暗地里这么坏？"尤氏等笑道："平儿没有不是，是凤丫头拿着人家出气。两口子不好对打，都拿着平儿煞性子。平儿委曲的什么似的呢，老太太还骂人家。"贾母道："原来这样，我说那孩子倒不像那狐媚魇道的。既这么着，可怜见的，白受他们的气。"因叫琥珀来："你出去告诉平儿，就说我的话：我知道他受了委曲，_{贾母倒转得快。}明儿我叫凤姐儿来替他赔不是。今儿是他主子的好日子，不许他胡闹。"

　　原来平儿早被李纨拉入大观园去了。_{脂批："可知吃蟹一回非闲文也。"}平儿哭的哽咽难止。宝钗劝道："你是个明白人。_{脂批："必用宝钗评出方是身份。"}素日凤丫头何等待你，今儿不过他多吃了一口酒。他可不拿你出气，难道倒拿别人出气不成？别人又笑话他吃醉了。你只管这会子委曲，素日你的好处，岂不都是假的了？"_{宝钗一番道理，尽是封建礼法。}正说着，只见琥珀走来，说了贾母的话。平儿自觉面上有了光辉，方才渐渐的好了，也不往前头来。宝钗等歇息了一回，方来看贾母、凤姐。

听贾母之语，可见封建礼法皆虚伪也。

亏尤氏说了公道话，为平儿辩冤。

"哽咽难止"，各本皆作"哽咽难抬"，词意难通。予意原文当作"止"，过录时音误作"治"，再录形误作"抬"，今溯其本义，作"哽咽难止"。是否有当，敬请高明赐正。

801

宝玉便让平儿到怡红院中来。袭人忙接着,笑道:"我先原要让你的,只因大奶奶和姑娘们都让你,我就不好让的了。"平儿也陪笑说:"多谢。"因又说道:"好好儿的,从那里说起,无缘无故白受了一场气。"袭人笑道:"二奶奶素日待你好,这不过是一时气急了。"平儿道:"二奶奶倒没说的,只是那淫妇治的我,他又偏拿我凑趣,况还有我们那糊涂爷,倒打我。"平儿此时才得勉强诉说冤情。说着,便又委曲,禁不住落泪。宝玉忙劝道:"好姐姐,别伤心,我替他两个赔个不是罢。"平儿笑道:"与你什么相干?"正是与你何干。宝玉笑道:"我们弟兄姊妹都一样,他们得罪了人,我替他赔个不是,也是应该的。"又道:"可惜这新衣裳也沾了,这里有你花妹妹的衣裳,何不换了下来,拿些烧酒喷了熨一熨。把头也另梳一梳。"一面说,一面便吩咐了小丫头子们舀洗脸水,烧熨斗来。宝玉体贴入微,此等事平儿亦未曾经过。

平儿素习只闻人说宝玉专能和女孩儿们接交。宝玉素日因平儿是贾琏的爱妾,又是凤姐儿的心腹,故不肯和他厮近,因不能尽心,也常为恨事。平儿今日见他这般,心中也暗暗的战嗫:果然话不虚传,色色想的周到。又见袭人特特的开了箱子,拿出两件不大穿的衣裳来与他换,便赶忙的脱下自己的衣服,忙去洗了脸。细写两人心理,因皆初经也。宝玉一旁笑劝道:"姐姐还该擦上些脂粉,不然倒像是和凤姐姐赌气了似的。况且又是他的好日

第四十四回　变生不测凤姐泼醋　喜出望外平儿理妆

子，而且老太太又打发了人来安慰你。"_{宝玉想得色色周到。}平儿听了有理，便去找粉，只不见粉。宝玉忙走至妆台前，将一个宣窑瓷盒揭开，里面盛着一排十根玉簪花棒，拈了一根递与平儿。又笑向他道："这不是铅粉。这是紫茉莉花种，研碎了兑上香料制的。"平儿倒在掌上看时，果见轻、白、红、香，四样俱美，摊在面上也容易匀净，且能润泽肌肤，不似别的粉青、重、涩、滞。然后看见胭脂也不是成张的，却是一个小小的白玉盒子，里面盛着一盒，如玫瑰膏子一样。宝玉笑道："那市卖的胭脂都不干净，颜色也薄。这是上好的胭脂，拧出汁子来，淘澄净了渣滓，配了花露蒸叠成的。只用细簪子挑一点儿抹在手心里，用一点水化开抹在唇上；手心里就够打颊腮了。"_{何等地道在行。胜于普通人家女儿。}平儿依言妆饰，果见鲜艳异常，且又甜香满颊。宝玉又将盆内的一枝并蒂秋蕙用竹剪刀撷了下来，与他簪在鬓上。忽见李纨打发丫头来唤他，方忙忙的去了。_{脂批："忽使平儿在绛芸轩中梳妆，非}_{亲为平儿簪花，于宝玉应视为为平儿略略尽心。}（但）世人想不到，宝玉亦想不到者也。作者费尽心机了。写宝玉最善闺阁中事，诸如胭粉等类，不写成别致文章，则宝玉不成宝玉矣。然要写又不便，特为此费一番笔墨，故思及借人发端。然借人又无人，若袭人辈则逐日皆如此，又何必拣一日细写，似觉无味。若宝钗等又系姊妹，更不便来细搜袭人之妆奁，况也是自幼知道的了。因左想右想，须得一个又甚亲，又甚疏，又可唐突，又不可唐突，又和袭人等极亲，又和袭人等不大常处，又得袭人辈之美，又不得袭人辈之修饰一人来，方可发端，故思及平儿一人方如此，故放手细写绛芸轩中之什物也。"

宝玉因自来从未在平儿前尽过心——且平儿又是个极聪明、极清俊的上等女孩儿，_{为平儿一评。}比不得那起俗拙蠢物——深为恨怨。今日是金钏儿的生日，_{点出金钏生日，则祭井之事明矣。}故一日不乐。_{脂批："原来为此。宝玉之私祭，玉钏之潜哀，俱针对矣。然于此刻补明，又一法也。真千变万}

不想落后闹出这件事来,竟得在平儿前稍尽片心,亦今生意中不想之乐也。因歪在床上,心内怡然自得。忽又思及贾琏惟知以淫乐悦己,并不知作养脂粉。又思平儿并无父母、兄弟姊妹,独自一人,供应贾琏夫妇二人。贾琏之俗,凤姐之威,他竟能周全妥贴,今儿还遭荼毒,想来此人薄命,比黛玉犹甚。想到此间,便又伤感起来,不觉洒然泪下。因见袭人等不在房内,尽力^{两字奇妙}落了几点痛泪。^{真正痴极情极}复起身,又见方才的衣裳上喷的酒已半干,便拿熨斗熨了叠好;见他的手帕子忘去,上面犹有泪渍,又拿至脸盆中洗了晾上。又喜又悲,闷了一回,也往稻香村来,说一回闲话,掌灯后方散。

化之文。万法俱备,毫无脱漏,真好书也。

痴公子一片痴情痴想,体贴平儿入微,于贾琏之淫之俗,于凤姐之辣之威,皆素所习知,故愈为平儿遭遇伤感也。

宝玉种种行止,皆出于常人,既非邪念,亦非爱情,只是痴情耳。

平儿就在李纨处歇了一夜,凤姐儿只跟着贾母。贾琏晚间归房,冷清清的,又不好去叫,写贾琏之淫而俗。只得胡乱睡了一夜。次日醒了,想昨日之事,大没意思,后悔不来。邢夫人记挂着昨日贾琏醉了,忙一早过来,叫了贾琏过贾母这边来。贾琏只得忍愧前来,在贾母面前跪下。

贾母问他:"怎么了?"贾琏忙陪笑说:"昨儿原是吃了酒,惊了老太太的驾了,今儿来领罪。"贾母啐道:"下流东西,真是下流东西,一点不假。灌了黄汤,不说安分守己的挺尸去,倒打起老婆来了!凤丫头成日家说嘴,霸王似的一个人,昨儿唬得可怜。要不是我,你要伤

第四十四回　变生不测凤姐泼醋　喜出望外平儿理妆

了他的命，这会子怎么样？"贾琏一肚子的委屈，_{还有委屈，奇怪之至。}不敢分辩，只认不是。贾母又道："那凤丫头和平儿还不是个美人胎子？你还不足！成日家偷鸡摸狗，脏的臭的都拉了你屋里去。_{一点不错。}为这起淫妇打老婆，又打屋里的人，你还亏是大家子的公子出身，活打了嘴了。若你眼睛里有我，你起来，我饶了你，乖乖的替你媳妇赔个不是，拉了他家去，我就喜欢了。要不然，你只管出去，我也不敢受你的跪。"贾琏听如此说，又见凤姐儿站在那边，也不盛妆，哭的眼睛肿着，也不施脂粉，黄黄的脸儿，_{脂批："大妙大奇之文，此一句便伏下病根了，草草看去，便可惜了作者行文苦心。"}比往常更觉可怜可爱。_{写贾琏庸俗无赖，直写入骨。}想着："不如赔了不是，彼此也好了，又讨老太太的喜欢了。"想毕，便笑道："老太太的话，我不敢不依，只是越发纵了他了。"_{还如此说，真是胡说。}贾母笑道："胡说！我知道他最有礼的，再不会冲撞人。他日后得罪了你，我自然也作主，叫你降伏就是了。"

贾琏听说，爬起来，便与凤姐儿作了一个揖，笑道："原来是我的不是，二奶奶饶过我罢。"满屋里的人都笑了。贾母笑道："凤丫头，不许恼了。再恼，我就恼了。"说着，又命人去叫了平儿来，命凤姐儿和贾琏两个安慰平儿。

贾琏见了平儿，越发图不得了，所谓"妻不如妾，妾不如偷"，听贾母一说，便赶上来说道："姑娘昨日

> 贾琏本是无赖,赔个不是,家常便饭。

受了委屈了,都是我的不是。奶奶得罪了你,也是因我而起。我赔了不是不算外,还替你奶奶赔个不是。"说着,也作了一个揖,引的贾母笑了,凤姐儿也笑了。贾母又命凤姐儿来安慰他。平儿忙走上来给凤姐儿磕头,说:"奶奶的千秋,我惹了奶奶生气,平儿真受委屈。是我该死。"凤姐儿正自愧悔昨日酒吃多了,不念素日之情,浮躁起来,为听了旁人的话,无故给平儿没脸。今反见他如此,又是惭愧,又是心酸,忙一把拉起来,落下泪来。

> 凤姐尚能有自愧之心,毕竟胜贾琏多多。

平儿道:"我服侍了奶奶这么几年,也没弹我一指甲。就是昨儿打我,我也不怨奶奶,都是那淫妇治的,不敢说贾琏,只好如此说耳,其实贾琏是祸首。怨不得奶奶生气。"说着,也滴下泪来了。脂批:"妇人女子之情毕肖,但世之大英雄羽翼偶摧,尚按剑生悲,况阿凤与平儿哉。所谓此书真是哭成的。"

贾母便命人将他三人送回房去,"有一个再提此事,即刻来回我,我不管是谁,拿拐棍子给他一顿"。三个人从新给贾母、邢、王二位夫人磕了头,老嬷嬷答应了,送他三人回去。

至房中,凤姐儿见无人,方说道:"我怎么像个阎王,又像夜叉?那淫妇咒我死,你也帮着咒我。千日不好,也有一日好。可怜我熬的连个淫妇也不如了,我还有什么脸来过这个日子。"说着,又哭了。

> 凤姐这段话,自在情理之中,不能不说也。

> 亏贾琏竟能问得出谁的不是多,真是无耻又无赖也。

脂批:"辖治丈夫此是首计,懦夫来看此句。"贾琏道:"你还不足,你细想想,昨儿谁的不是多?脂批:"妙,不敢自说没不是,只论多少,懦夫来看。"今儿当着人还是我跪了一跪,又赔不是,你也争足了光了。这会子还叨叨,

第四十四回　变生不测凤姐泼醋　喜出望外平儿理妆

难道还叫我替你跪下才罢？太要足了强也不是好事。"说的凤姐儿无言可对，平儿嗤的一声又笑了。贾琏也笑道："又好了！真真我也没法了。"

正说着，只见一个媳妇来回说："鲍二媳妇吊死了。"脂批："倒也有气性，只是又是情累一个，可怜。"贾琏、凤姐儿都吃了一惊。自然要吃惊。凤姐忙收了怯色，反喝道："死了罢了，有什么大惊小怪的！"脂批："写阿凤如此。"一时，只见林之孝家的进来悄回凤姐道："鲍二媳妇吊死了，他娘家的亲戚要告呢。"凤姐儿笑道：脂批："偏于此处写阿凤笑，坏哉阿凤。""这倒好了，我正想要打官司呢！"凤姐于此等处又露出本性。林之孝家的道："我才和众人劝了他们，又威吓了一阵，又许了他几个钱，也就依了。"凤姐儿道："我没一个钱！凤姐何狠心至此也。有钱也不给，只管叫他告去。也不许劝他，也不用震吓他，只管让他告去。告不成，倒问他个'以尸讹诈'！"脂批："写阿凤如此。"

鲍二媳妇之死，贾琏之罪也，贾琏不去招她来，岂能有此事。

林之孝家的正在为难，见贾琏和他使眼色儿，心下明白，便出来等着。贾琏道："我出去瞧瞧，看是怎么样。"凤姐儿道："不许给他钱。"贾琏一径出来，和林之孝来商议，着人去作好作歹许了二百两发送才罢。贾琏生恐有变，又命人去和王子腾说了，将番役忤作人等叫了几名来，帮着办丧事。以钱买过，再加官势。那些人见了如此，纵要复辨亦不敢辨，只得忍气吞声罢了。贾琏又命林之孝将那二百银子入在流年帐上，分别添补开销过去。脂批："大敌小敌，无一不到。"又梯己给鲍二些银两，安慰

并非贾琏仁心，是贾琏怕官司也。

二百两银子，又了了一条人命。

他说:"另日再挑个好媳妇给你。"鲍二又有体面,又有银子,有何不依,便仍然奉承贾琏,_{脂批:"为天下夫妻一哭。"}不在话下。

> 鲍二夫妻如此,令人浩叹。雪芹又写一对夫妇,又是一桩婚姻悲剧。

里面凤姐心中虽不安,面上只管佯不理论,因房中无人,便拉平儿笑道:"我昨儿灌丧了酒了,你别埋怨。打了那里,让我瞧瞧。"平儿道:"也没打重。"只听得说,奶奶、姑娘们都进来了。

要知端的,下回分解。

第四十四回　变生不测凤姐泼醋　喜出望外平儿理妆

【回后评】

　　黛玉慧心巧舌，又借祭江婉讽宝玉，不知其何以知之也。意者，金钏生日，黛玉原或知之，凤姐生日而宝玉不到，则必有以矣。则必为祭金钏而至有井水处矣，是以借王十朋祭江以发也。不仅此也，贾母、王夫人等等宝玉不至，已急之甚矣，听玉钏说"凤凰来了"一语即可知矣。实则黛玉盼宝玉亦已久而急矣，故有"必定跑到江边子上来作什么"之说，玩其语气可知也。至于北静王府爱妾丧事之说，自不可信，黛玉心中自是了然也。

　　凤姐生日大喜事，而偏遇大气事，贾琏丑事被凤姐撞破败露，至泼天大闹，贾琏借酒仗剑威胁欲杀凤姐，平儿则两面受气。平心而论，凤姐之怒之闹，情之必也。非故诱贾瑞于死可比也，亦非因贪财而致张金哥与未婚夫双双自尽可比也。第二十一回贾琏已有与多姑娘之丑事，此处又与鲍二家的胡搞。《红楼梦》中男性之无行丧德者，前有贾瑞、贾珍，此处复再写贾琏之丑事。贾琏为贾府男性中之管家者，其行已如此秽臭，且此后更有种种败行。总之《红楼梦》中贾府之男性，贾政是封建官僚僵而腐者，贾赦是色鬼，贾敬是迷信致死者，贾珍、贾琏、贾蓉是乱伦败德秽不可闻者。意者，雪芹借贾琏、贾珍诸人，写男权社会中男性之秽浊，写世家子弟之败行，写封建官僚家庭之一代不如一代也。

　　平儿为凤姐之左右手，李纨称他是凤姐的一把钥匙，亦是诸丫头中之佼佼者，品貌亦不群，而处境艰难，左右极难周旋，故宝玉常存怜惜之心而不得通其意，此次借琏、凤大闹之机会，平儿得至怡红院受宝玉之温意慰抚，稍慰其不幸，而平儿亦藉知宝玉之真意，两情得以沟通。然宝玉是情而痴也，平儿是情而纯也。作者写宝玉于平儿之温存，一则以显贾琏之粗俗，二则亦写宝玉爱惜女儿之痴情真情，三则亦写女儿之薄命，不得其婚姻也。

第四十五回　　金兰契互剖金兰语
　　　　　　　　风雨夕闷制风雨词

话说凤姐儿正抚恤平儿，忽见众姊妹进来，忙让坐了，平儿斟上茶来，凤姐儿笑道："今儿来的这么齐，倒像下帖子请了来的。"

探春笑道："我们有两件事。一件是我的，一件是四妹妹的，还夹着老太太的话。"凤姐儿笑道："有什么事，这么要紧？"探春笑道："我们起了个诗社，头一社就不齐全，众人脸软，所以就乱了。我想，必得你去作个监社御史，铁面无私才好。再四妹妹为画园子，用的东西这般那般不全，回了老太太，老太太说：'只怕后头楼底下还有当年剩下的，找一找。若有呢，拿出来；若没有，叫人买去。'"凤姐笑道："我又不会作什么'湿的''干的'，要我吃东西去不成？"探春道："你虽不会作，也不要你作。你只监察着我们里头有偷安怠惰的，该怎么样罚他就是了。"

凤姐儿笑道："你们别哄我，我也猜着了：那里

"抚恤"，亦作"抚卹"。意即抚慰。《后汉书·西羌传·东号子麻奴》："贤抚恤不至，常有怨心。"《晋书·华谭传》："兵乱之后，境内饥馑，谭倾心抚恤。"冰心《最后的安息》："便拿翠儿当作苦人的代表，去抚恤、安慰。"瞿秋白《饿乡纪程》二："良朋密友，有情意的亲戚，温情厚意的抚恤，现在都成一梦了。"以上都是安慰之意。另有"抚惜"一词，亦同义，见宋吴淑《江淮异人传·张训妻》。本回"抚恤"一词，常为人误解，不明"抚恤"的本意即安慰爱抚。至有擅改此词者。殊不知对死者及其家属的救助安慰，反是此词的另义。

监社御史，名称新鲜。真耶假耶，读者细看。

"湿的""干的"诙谐得妙。

> 凤姐聪明,一猜就着,想不到二百年前的雪芹,已写出为文学事业拉赞助的先例。

是请我作监社御史,分明是叫我作个进钱的铜商!你们弄什么社,必是要轮流作东道的。你们的月钱不够花了,想出这个法子来拘了我去,好和我要钱。可是这个主意?"一席话说的众人都笑起来了。

李纨笑道:"真真你是个水晶心肝玻璃人。" _{好词,形容透彻。因凤姐一点就明也。}凤姐儿笑道:"亏你是个大嫂子呢!把姑娘们原交给你带着念书,学规矩、针线的,他们不好,你要劝。这会子他们起诗社,能用几个钱,你就不管了?老太太、太太罢了,原是老封君。你一个月十两银子的月钱,_{记住,这是李纨的月例,以此可算出凤姐的月例。}比我们多两倍银子。老

> 还未拿到她的钱,先就给李纨算起账来了。盖凤姐实不愿出此钱而又不得不出,故为李纨算账,意为李纨该出钱也。

太太、太太还说你寡妇失业的,可怜,不够用,又有个小子,足的又添了十两,和老太太、太太平等。又给你园子地,各人收租子。年中分年例,你又是上上分儿。你娘儿们,主子奴才共总没十个人,吃的穿的仍旧是官中的。一年通共算起来,也有四五百银子。

> 账算得点滴不漏,故李纨亦不能反驳,只说她是"无赖泥腿市俗专会打细算盘分斤掰两的话"。

这会子你就每年拿出一二百两银子来陪他们顽顽,能几年的期限?他们各人出了阁,难道还要你赔不成?这会子你怕花钱,调唆他们来闹我,我乐得去吃一个河涸海干,我还通不知道呢!"

李纨笑道:"你们听听,我说了一句,他就疯了,说了两车的无赖泥腿市俗专会打细算盘分斤掰两的话出来。_{脂批:"心直口拙之人急了,恨不得将万句话来并成一句,说死那人。毕肖。"}这东西,亏他托生在诗书大宦名门之家做小姐,出了嫁又是这样,他还是这

第四十五回　金兰契互剖金兰语　风雨夕闷制风雨词

么着；若是生在贫寒小户人家，作个小子，还不知怎么下作贫嘴恶舌的呢！天下人都被你算计了去！_{李纨无可驳她，故只能作此不答之答。}昨儿还打平儿呢，亏你伸的出手来！那黄汤难道灌丧了狗肚子里去了？气的我只要给平儿打抱不平儿。忖夺了半日，好容易'狗长尾巴尖儿'的好日子，又怕老太太心里不受用，因此没来，究竟气还未平。你今儿又招我来了。给平儿拾鞋也不要，_{话说得似假似真，亦假亦真，话中的刺尖能入骨。}你们两个只该换一个过儿才是。"说的众人都笑了。

"天下人都被你算计了去"，一句话顶一万句。

又引出平儿事来，是李纨被她算账一激，气犹未平也，故揭出平儿之事来，因凤姐打平儿，明明理亏，众目所见，各有心评也。凤姐被抓住此点，故不得不向平儿赔礼也。

凤姐儿忙笑道："竟不是为诗为画来找我，这脸子竟是为平儿来报仇的。_{亦是真假参半的话。}我竟不承望平儿有你这一位仗腰子的人。早知道，便有鬼拉着我的手打他，我也不打了。_{说得妙。}平姑娘，过来！我当着大奶奶、姑娘们替你赔个不是，担待我酒后无德罢。"_{凤姐此点难得，毕竟非一般人也。}说着，众人又都笑起来了。

李纨笑问平儿道："如何？我说必定要给你争争气才罢。"平儿笑道："虽如此，奶奶们取笑，我禁不起。"_{平儿回答得妙，得体，总以谦以上。}李纨道："什么禁不起，有我呢。快拿了钥匙，叫你主子开了楼房找东西去。"

平儿回答极得体，于是一场剑拔弩张之争，以一笑化解之。平儿可人也，更见作者之笔如游龙也。

凤姐儿笑道："好嫂子，你且同他们回园子里去，我才要把这米账和他们算一算，那边大太太又打发人来叫，又不知有什么话说，_{暗伏下文情节。}须得过去走一趟。还有年下你们添补的衣服，还没打点给他们做去。"

李纨笑道:"这些事我都不管,你只把我的事完了,我好歇着去,省得这些姑娘小姐闹我。"凤姐忙笑道:(说得何等软和,凤姐亦是能屈能伸之才。)"好嫂子,赏我一点空儿,你是最疼我的,怎么今儿为平儿就不疼我了?往常你还劝我说,事情虽多,也该保养身子,捡点着偷空儿歇歇。你今儿反倒逼我的命了。(说得何等可疼,且是以子之矛攻子之盾。)况且误了别人的年下衣裳无碍,他姊妹们的若误了,却是你的责任。老太太岂不怪你不管闲事,连一句现成的话也不说?我宁可自己落不是,岂敢带累你呢。"

李纨笑道:"你们听听,说的好不好?把他会说话的!我且问你,这诗社你到底管不管?"(李纨一丝不松。)凤姐儿笑道:"这是什么话?我不入社花几个钱,不成了大观园的反叛了,还想在这里吃饭不成?明儿一早就到任,下马拜了印,先放下五十两银子,(究竟是大款,一句话就是五十两。)给你们慢慢的作会社东道。过后几天,我又不作诗作文,只不过是个俗人罢了。'监察'也罢,不'监察'也罢,有了钱了,你们还撑出我来!"(凤姐答得妙,答得亲热,真是可人。)说的众人又都笑起来。(句句说到根子上。)

凤姐儿道:"过会子我开了楼房,凡有这些东西都叫人搬出来你们看。若使得,留着使;若少什么,照你们单子,我叫人替你们买去就是了。画绢我就裁出来。那图样没有在太太跟前,还在那边珍大爷那里呢。说给你们别碰钉子去。我打发人取了来,一并叫

第四十五回　金兰契互剖金兰语　风雨夕闷制风雨词

人连绢交给相公们砚去，如何？"李纨点首笑道："这难为你，果然这样还罢了。既如此，咱们家去罢，等着他不送了去，再来闹他。"说着，便带了他姊妹就走。

凤姐儿道："这些事再没两个人，都是宝玉生出来的。"李纨听了，忙回身笑道："正是为宝玉来，反忘了他。头一社是他误了。我们脸软，你说该怎么罚他？"凤姐想了一想，说道："没有别的法子，只叫他把你们各人屋子里的地，罚他扫一遍才好。"众人都笑道："这话不差。"

说着，才要回去，只见一个小丫头扶了赖嬷嬷进来。凤姐儿等忙站起来，笑道："大娘坐。"又都向他道喜。赖嬷嬷向炕沿上坐了，笑道："我也喜，主子们也喜。若不是主子们的恩典，我们这喜从何来？昨儿奶奶又打发彩哥儿赏东西，我孙子在门上朝上磕了头了。"李纨笑道："多早晚上任去？"赖嬷嬷叹道："我那里管他们，由他们去罢。前儿在家里给我磕头，我没好话，我说：'哥哥儿，你别说你是官儿了，就横行霸道的。你今年活了三十岁，虽然是人家的奴才，一落娘胎胞，主子的恩典，就放你出来。上托着主子的洪福，下托着你老子娘，也是公子哥儿似的读书认字，也是丫头、老婆、奶子捧凤凰似的。长了这么大，你那里知道那'奴才'两字是怎么写的！只知道享福，也不知道你爷爷和你老子受的那苦恼，熬了两三辈子，

一应杂事，都由凤姐应办。

李纨口气，句句压凤姐一头。"等着他不送了去再来闹他"一句，尚留余势。

罚宝玉为诸钗洒扫，罚得当，罚得妙，罚得深中宝玉之怀，亦深合诸钗之意，可见凤姐最是知宝玉者。

此周瑜打黄盖，两厢情愿也。

依仗贾府权势，连家奴都做官，此是作者史笔。

"你那里知道'奴才'两字是怎么写的"一句话，包含作者家世多少辛酸，自曹振彦起，曹家即为正白旗包衣，后归内务府，故曹家五世均为包衣老奴。雪芹写此，亦略寓史笔。

好容易挣出你这么个东西来。从小儿三灾八难，花的银子也照样打出你这么个银人儿来了。到二十岁上，又蒙主子的恩典，许你蠲个前程在身上。你看那正根正苗的，忍饥挨饿的要多少？<mark>指老老实实做家奴，不作非分之谋者。</mark>你一个奴才秧子，仔细折了福！如今乐了十年，不知怎么弄神弄鬼的，求了主子，又选了出来。<mark>明明指出是依仗主子之势也。</mark>州县官儿虽小，事情却大。为那一州的州官，就是那一方的父母。你不安分守己，尽忠报国，教敬主子，只怕天也不容你。'"

李纨、凤姐儿都笑道："你也多虑。我们看他也就好了。先那几年还进来了两次，这有好几年没来了，年下生日，只见他的名字就罢了。前儿给老太太、太太磕头来，在老太太那院里，见他又穿着新官的服色，倒发的威武了，比先时也胖了。<mark>一番暴发气象。</mark>他这一得了官，正该你乐呢，反倒愁起这些来！他不好，还有他父亲呢，你只受用你的就完了。闲了坐个轿子进来，和老太太斗一日牌，说一天话儿，谁好意思的委屈了你。家去一般也是楼房厦厅，谁不敬你，自然也是老封君似的了。"

<mark>贾府正在衰败中，而赖家却正新发。此是史笔。</mark>

平儿斟上茶来，赖嬷嬷忙站起来接了，笑道："姑娘不管叫那个孩子倒来罢了，又折受我。"说着，一面吃茶，一面又道："奶奶不知道。这些小孩子们全要管的严。饶这么严，他们还偷空儿闹个乱子来叫大

第四十五回　金兰契互剖金兰语　风雨夕闷制风雨词

人操心。知道的，说小孩子们淘气；不知道的，人家就说仗着财势欺人，连主子名声也不好。恨的我没法儿，常把他老子叫来骂一顿，才好些。"〖可见此类事不少。〗因又指宝玉道："不怕你嫌我，如今老爷不过这么管你一管，老太太护在头里。当日老爷〖指贾政〗小时挨你爷爷的打，〖此句与三十三回贾母责贾政说"当初你父亲怎么教训你来"不相应。〗谁没看见的。老爷小时何曾像你这么天不怕地不怕的了。还有那大老爷，〖贾赦〗虽然淘气，也没像你这扎窝子的样儿，〖指窝在家里，不出去谋仕途经济也。〗也是天天打。还有东府里你珍哥儿的爷爷，〖应是指贾代化，然书中代化未出现，此处只虚写一笔耳。〗那才是火上浇油的性子，说声恼了，什么儿子，竟是审贼！如今我眼里看着，耳朵里听着，那珍大爷管儿子，〖指管贾蓉〗倒也像当日老祖宗的规矩，只是管的到三不着两的。他自己也不管一管自己，〖一句说得正着。〗这些兄弟侄儿怎么怨的不怕他？你心里要明白，就喜欢我说这个话；要不明白，嘴里不好意思说，心里不知怎么骂我呢。"

正说着，只见赖大家的来了，接着，周瑞家的、张材家的都进来回事情。凤姐儿笑道："媳妇来接婆婆来了。"赖大家的笑道："不是接他老人家，倒是打听打听奶奶、姑娘们赏脸不赏脸。"

赖嬷嬷听了，笑道："可是我糊涂了，正经特来说的话且不说，且说陈谷子烂芝麻的混捣熟。因为我们小子选了出来，众亲友要给他贺喜，少不得家里摆

〖仗着财势欺人，特写一笔，莫作闲话看。〗

〖从赖嬷嬷嘴里再作今昔之比。〗

〖作者借已告老之赖嬷嬷细评往事，既评赖家仗势当官，又说贾府家教隳堕。是作者用侧笔以醒读者也。〗

个酒。我想,摆一日酒,请这个也不是,请那个也不是。又想了一想,托主子洪福,想不到的这样荣耀,就倾了家,我也是愿意的。因此吩咐他老子连摆三日酒。头一日在我们破花园子里摆几席酒,一台戏,请老太太、太太们,奶奶、姑娘们去散一日闷;外头大厅上一台戏,摆几席酒,请老爷们、爷们去增增光。第二日,再请亲友。第三日,再把我们两府里的伴儿们请一请。热闹三天,也是托着主子的洪福一场,光辉光辉。"李纨、凤姐儿都笑道:"多早晚的日子?我们必去,只怕老太太高兴要去也定不得。"赖大家的忙道:"择了十四的日子,只看我们奶奶的老脸罢了。"凤姐笑道:"别人不知道,我是一定要去的。先说下,我是没有贺礼的,也不知道放赏,吃完了一走,可别笑话。"赖大家的笑道:"奶奶说那里话?〔一〕奶奶要赏,赏我们三二万银子就有了。"

> 奴才当官,也摆阔,连庆三日。雪芹书此,亦是史笔。

> 奴才仗主子威风而已。

赖嬷嬷笑道:"我才去请老太太,老太太也说去,可算我这脸还好。"说毕,又叮咛了一回,方起身要走。因看见周瑞家的,便想起一事来,因说道:"可是还有一句话问奶奶,这周嫂子的儿子犯了什么不是,撵了他不用?"凤姐儿听了,笑道:"正是我要告诉你媳妇,事情多,也忘了。赖嫂子回去说给你老头子,两府里不许收留他小子,叫他各人去罢。"赖大家的只得答应着。周瑞家的忙跪下央求。

> 又藉赖嬷嬷讨情。

第四十五回　金兰契互剖金兰语　风雨夕闷制风雨词

赖嬷嬷忙道："什么事？说给我评评。"凤姐儿道："前日我生日，里头还没吃酒，他小子先醉了。老娘那边送了礼来，他不说在外头张罗，他倒坐着骂人，礼也不送进来。两个女人进来了，他才带着小幺们往里抬。小幺们倒好，他拿的一盒子倒失了手，撒了一院子馒头。人去了，打发彩明去说他，他倒骂了彩明一顿。这样无法无天的忘八羔子，不撑了作什么！"赖嬷嬷笑道："我当什么事情，原来为这个。奶奶听我说：他有不是，打他骂他，使他改过，撵了去断乎使不得。他又比不得是咱们家的家生子儿，他现是太太的陪房。奶奶只顾撵了他，太太脸上不好看。依我说，奶奶教导他几板子，以戒下次，仍旧留着才是。不看他娘，也看太太。"凤姐儿听说，便向赖大家的说道："既这样，打他四十棍，以后不许他吃酒。"赖大家的答应了。周瑞家的磕头起来，又要与赖嬷嬷磕头，赖大家的拉着方罢。然后他三人去了，李纨等也就回园中来。

　　至晚，果然凤姐命人找了许多旧收的画具出来，送至园中。宝钗等选了一回，各色东西可用的只有一半，将那一半又开了单子，与凤姐儿去照样置买，不必细说。

　　一日，外面矾了绢，起了稿子进来。宝玉每日便

凤姐生日，连遭晦气。福兮祸所伏也。

赖嬷嬷的声口，倚老卖老。

说得多决断。

提醒是太太的陪房。

凤姐只好听赖嬷嬷的话。

在惜春这里帮忙。脂批："自忙不暇，又加上一'帮'字，可笑可笑，所谓春秋笔法。"探春、李纨、迎春、宝钗等也常往那里闲坐，一则观画，二则便于会面。

宝钗因见天气凉爽，夜复渐长，脂批："'复'字妙，补出宝钗每年夜长之事，皆春秋字法也。"遂至母亲房中商议打点些针线来。日间至贾母处、王夫人处省候两次，不免又承色陪坐，闲话半时，日日在贾母、王夫人等处下工夫也。园中姊妹处也要度时闲话一回，故日间不大得闲，每夜灯下女工必至三更方寝。脂批："代下收夕。写针线下'商议'二字，直将寡母训女多少温存活现在纸上。不写阿呆兄，已见阿呆兄终日醉饱优游，怒则吼，喜则跃，家务一概无闻之形景毕露矣。春秋笔法。"

> 宝钗时时注意承色陪坐以博贾母、王夫人等之欢心，宝钗固深知婚姻之权在上而不在下也。

黛玉每岁至春分秋分之后，必犯嗽疾。今秋又遇贾母高兴，多游玩了两次，未免过劳了神，近日又复嗽起来，觉得比往常又重，所以总不出门，只在自己房中将养。有时闷了，又盼个姊妹来说些闲话排遣；及至宝钗等来望候他，说不得三五句话，又厌烦了。是病情加重之状。众人都体谅他病中，且素日形体娇弱，禁不得一些委屈，所以他接待不周，礼数粗忽，也都不苛责。

> 黛玉病情又增。

> 黛玉平时只是孤独自处，从不作趋奉讨好之举，加之病增，更无可如何矣。

这日，宝钗来望他，因说起这病症来。宝钗道："这里走的几个太医虽都还好，只是你吃他们的药总不见效，不如再请一个高明的人来瞧一瞧，治好了岂不好？每年间闹一春一夏，又不老又不小，成个什么，不是个常法。"黛玉道："不中用。我知道我这样病是不能好的了。且别说病，只论好的日子我是怎么形景，就可知了。"宝钗点头道："可正是这话。古人说'食谷

> 黛玉自知。

> 黛玉说："我这样病是不能好的了。"宝钗却说："可正是这话。古人说'食谷者生'，你素日吃的竟不能添养精神气血，也不是好事。"有如此问病者乎？细味此话，可知宝钗内心之秘矣。读者千万莫呆看。

第四十五回　金兰契互剖金兰语　风雨夕闷制风雨词

者生'，你素日吃的竟不能添养精神气血，也不是好事。"黛玉叹道："'生死有命，富贵在天'，也不是人力可强的。今年比往年反觉又重了些似的。"说话之间，已咳嗽了两三次。宝钗道："昨儿我看你那药方上，人参、肉桂觉得太多了。虽说益气补神，也不宜太热。依我说，先以平肝健胃为要，肝火一平，不能克土，胃气无病，饮食就可以养人了。每日早起拿上等燕窝一两，冰糖五钱，用银铫子熬出粥来，若吃惯了，比药还强，最是滋阴补气的。"

黛玉叹道："你素日待人，固然是极好的，然我最是个多心的人，<small>黛玉亦自知其短处。</small>只当你心里藏奸。从前日你说看杂书不好，又劝我那些好话，竟大感激你。往日竟是我错了，实在误到如今。细细算来，我母亲去世的早，又无姊妹兄弟，我长了今年十五岁，<small>脂批："黛玉才十五岁，记清。"</small>竟没一个人像你前日的话教导我。怨不得云丫头说你好。我往日见他赞你，我还不受用；昨儿我亲自经过，才知道了。比如若是你说了那个，我再不轻放过你的；你竟不介意，<small>此话是关键，因黛玉总怕宝钗将前事说出去，而宝钗竟不说，是以感动也。岂知宝钗实亦不可说也。因一说，即明其亦读此类书也。黛玉何能想到此点。</small>反劝我那些话，可知我竟自误了。若不是从前日看出来，今日这话再不对你说。<small>说得多坦诚，于此可知钗黛之别。</small>你方才说叫我吃燕窝粥的话，虽然燕窝易得，但只我因身上不好了，每年犯这个病，也没什么要紧的去处。请大夫，熬药，人参、肉桂，已经闹了

<small>可见上回宝钗答应不告诉别人并加以训导，黛玉感激不尽。黛玉是真心人。胸中无埋藏，不比宝钗。黛玉总是以己心度人，故向宝钗坦诚披露。</small>

个天翻地覆,这会子我又兴出新文来,熬什么燕窝粥,老太太、太太、凤姐姐这三个人便没话说,那些底下的婆子、丫头们,未免不嫌我太多事了。你看这里这些人,因见老太太多疼了宝玉和凤丫头两个,他们尚虎视眈眈,背地里言三语四的,何况于我?况我又不是他们这里正经主子,原是无依无靠投奔了来的,^{此是黛玉实感。}他们已经多嫌着我了。如今我还不知进退,何苦叫他们咒我?"

> 黛玉尽倾肺腑。
>
> 依附于外祖家,终是孤零身世,其所感受他人何能尽知,只有身经者才知其痛耳!

宝钗道:"这样说,我也是和你一样。"黛玉道:"你如何比我?^{确实不可比。}你又有母亲,又有哥哥,这里又有买卖地土,家里又仍旧有房有地。你不过是亲戚的情分,白住了这里,一应大小事情,又不沾他们一文半个,要走就走了。我是一无所有,吃穿用度,一草一纸,皆是和他们家的姑娘一样,那起小人岂有不多嫌的。"宝钗笑道:"将来也不过多费得一副嫁妆罢了,如今也愁不到这里。"^{黛玉正痛心倾诉时,宝钗却如此说,实见其心之不诚也。脂批:"宝钗此一戏,直抵过通部黛玉之戏宝钗矣,又恳切,又真情,又平和,又雅致,又不穿凿,又不牵强。黛玉因识得宝钗后方吐真情,宝钗亦识得黛玉后方肯戏也。此是大关节、大章法,非细心看不出。细心(思)二人此时好看之极,真是儿女小窗中喁喁也。"}黛玉听了,不觉红了脸,笑道:"人家才拿你当个正经人,把心里的烦难告诉你听,你反拿我取笑儿。"^{确是如此。}宝钗笑道:"虽是取笑儿,却也是真话。你放心,我在这里一日,我与你消遣一日。你有什么委屈烦难,只管告诉我,我能解的,自然替你解一日。我虽有个哥哥,你也是知道的。只有个母亲比

> 作者故意将两人一比。

第四十五回　金兰契互剖金兰语　风雨夕闷制风雨词

你略强些。咱们也算得同病相怜。你也是个明白人，何必作'司马牛之叹'？_{脂批："通部众人必从宝钗之评定配，然宝钗亦必从颦儿之评始可，何妙之至。"}你才说的也是，多一事不如省一事。我明日家去和妈妈说了，只怕我们家里还有，与你送几两，每日叫丫头们就熬了，又便宜，又不惊师动众的。"黛玉忙笑道："东西事小，难得你多情如此。"宝钗道："这有什么放在口里的！只愁我人人跟前失于应候罢了。只怕你烦了，我且去罢。"黛玉道："晚上再来和我说句话儿。"_{黛玉以其为知心，故求其晚间再来，宝钗应之而不来，于此可知其人其应矣！}宝钗答应着，便去了。不在话下。

黛玉病深，宝钗已深知矣。

这里黛玉喝了两口稀粥，仍歪在床上，不想日未落时天就变了，渐渐沥沥下起雨来。秋霖脉脉，阴晴不定，那天渐渐的黄昏，且阴的沉黑，兼着那雨滴竹梢，更觉凄凉。知宝钗不能来，便在灯下随便拿了一本书，却是《乐府杂稿》，有《秋闺怨》《别离怨》等词。黛玉不觉心有所感，亦不禁发于章句，遂成《代别离》一首，拟《春江花月夜》之格，乃名其词曰《秋窗风雨夕》。其词曰：

黛玉病中缠绵，秋风秋雨又助其凄凉。

　　秋花惨淡秋草黄。耿耿秋灯秋夜长。
　　已觉秋窗秋不尽，那堪风雨助凄凉。
　　助秋风雨来何速。惊破秋窗秋梦绿。
　　抱得秋情不忍眠，自向秋屏移泪烛。
　　泪烛摇摇爇短檠。牵愁照恨动离情。
　　谁家秋院无风入，何处秋窗无雨声。

诗意缠绵，正是此时黛玉心情之写照。

823

罗衾不奈秋风力。残漏声催秋雨急。

连宵脉脉复飕飕,灯前似伴离人泣。

寒烟小院转萧条,疏竹虚窗时滴沥。

不知风雨几时休,已教泪洒窗纱湿。

吟罢搁笔,方要安寝,丫鬟报说:"宝二爷来了。"_{宝钗未来,宝玉来了,文章变化,出人之意。}一语未完,只见宝玉头上带着大箬笠,身上披着蓑衣。黛玉不觉笑了,说:"那里来的一个渔翁?"宝玉忙问:"今儿好些?吃了药没有?今儿一日吃了多少饭?"_{宝玉殷殷问病,其情弥切。}一面说,一面摘了笠,脱了蓑衣,忙一手举起灯来,一手遮住灯光,向黛玉脸上照了一照,觑着眼细瞧了一瞧,笑道:"今儿气色好了些。"

黛玉看脱了蓑衣,里面只穿半旧红绫短袄,系着绿汗巾子,膝下露出油绿绸撒花裤子,底下是掐金满绣的绵纱袜子,靸着蝴蝶落花鞋。黛玉问道:"上头怕雨,底下这鞋、袜子是不怕雨的?也倒干净。"宝玉笑道:"我这一套是全的。有一双棠木屐,才穿了来,脱在廊檐上了。"黛玉又看那蓑衣斗笠,不是寻常市上卖的,十分细致轻巧,因说道:"是什么草编的?怪道穿上不像那刺猬似的。"宝玉道:"这三样都是北静王送的。他闲了下雨时在家里也是这样。你喜欢这个,我也弄一套来送你。别的都罢了,惟有这斗笠有趣,竟是活的。头上的这顶儿是活的,冬天下雪,带上帽子,就把竹信子抽了,去下顶子来,只剩了这圈

第四十五回　金兰契互剖金兰语　风雨夕闷制风雨词

子。下雪时男女都戴得。我送你一顶，冬天下雪戴。"黛玉笑道："我不要他。戴上那个，就成了画儿上画的和戏上扮的渔婆了。"画上戏上皆幻也。及说了出来，方想起话未忖度，与方才说宝玉的话相连，后悔不及，羞的脸飞红，便伏在桌上嗽个不住。脂批："妙极之文，使黛玉自己直说出夫妻来，却又云画的扮的。本是闲谈，却是暗隐不吉之兆，所谓'画儿中爱宠'是也，谁曰不然。"

宝玉却不留心，脂批："必云不留心方好，方是宝玉。若留心又有何文字，且直是一时时猎色之贼矣。"因见案上有诗，遂拿起来看了一遍，又不禁叫好。黛玉听了，忙起来夺在手内，向灯上烧了。宝玉笑道："我已背熟了，烧了也无碍。"黛玉道："我也好了许多，谢你一天来几次瞧我，下雨还来。这会子夜深了，我也要歇着，你且请回去，明儿再来。"宝玉听说，回手向怀中掏出一个核桃大小的金表来，瞧了一瞧，那针已指到戌末亥初之间，忙又揣了，说道："原该歇了，又扰的你劳了半日神。"说着，披蓑戴笠出去了，又翻身进来问道："你想什么吃，告诉我，我明儿一早回老太太，岂不比老婆子们说的明白？"脂批："直与后部宝钗之文遥针对，想彼姊妹房中，婆子丫鬟皆有，随便皆可遣使。今宝玉独云婆子而不云丫鬟者，心内已度定丫鬟之为人。一言一事，无论大小，是万无错谬者也，一何可笑。"黛玉笑道："等我夜里想着了，明儿早起告诉你。你听，雨越发紧了。快去罢。可有人跟着没有？"有两个婆子答应道："有人，外面拿着伞，点着灯笼呢。"黛玉笑道："这个天点灯笼？"宝玉道："不相干，是明瓦的，不怕雨。"黛玉听说，回手向书架上把个玻璃绣球灯拿了下来，命点一支小蜡来，递与宝玉，道："这个又比那个亮，正是雨里点的。"宝玉道："我也有这么一个，怕他们失脚滑倒了、打破了，所以没点来。"

黛玉道："跌了灯值钱，跌了人值钱？（黛玉爱惜宝玉于此可见。）你又穿不惯木屐子。那灯笼命他们前头照着。这个又轻巧又亮，原是雨里自己拿着的。你自己手里拿着这个，岂不好？（自己拿着，脚下就亮堂了。）明儿再送来。就是失了手，也有限的。怎么忽然又变出这'剖腹藏珠'的脾气来！"宝玉听说，连忙接了过来，前头两个婆子打着伞，提着明瓦灯，后头还有两个小丫鬟打着伞。宝玉便将这个灯递与一个小丫头捧着，宝玉扶着他的肩，一径去了。

宝黛深情，于此一段淡淡叙述，更见其真。

就有蘅芜苑的一个婆子，也打着伞提着灯，送了一大包上等燕窝来，还有一包子洁粉梅片雪花洋糖。说："这比买的强。姑娘说了：姑娘先吃着，完了再送来。"黛玉道："回去说'费心'。"命他外头坐了吃茶。婆子笑道："不吃茶了，我还有事呢。"黛玉笑道："我也知道你们忙。如今天又凉，夜又长，越发该会个夜局,痛赌两场了。"（随笔带出夜赌事。）婆子笑道："不瞒姑娘说，今年我大沾光儿了，横竖每夜各处有几个上夜的人，误了更也不好，不如会个夜局，又坐了更，又解了闷儿。今儿又是我的头家。如今园门关了，就该上场了。"

脂批："几句闲话，将潭潭大宅夜间所有之事，描写一尽。虽偌大一园，且值秋冬之夜，岂不寥落哉。今用老妪数语，更写得每处夜深人定之后，各处灯光灿烂，人烟簇集，柳陌之（上），（花）巷之中，或提灯同酒，或寒月烹茶者，竟仍有络绎人迹不绝，不但不见寥落，且觉更胜于日间繁华矣。此是大宅妙景，不可不写出。又伏下后文，且又村出后文之冷落。此

第四十五回　金兰契互剖金兰语　风雨夕闷制风雨词

黛玉听说，笑道："难为你。误了你发财，冒雨送来。"命人给他几百钱，打些酒吃，避避雨气。那婆子笑道："又破费姑娘赏酒吃。"说着，磕了一个头，外面接了钱，打着伞去了。

闲话中写出，正是不写之写也。脂砚斋评。

紫鹃收起燕窝，然后移灯下帘，服侍黛玉睡下。黛玉自在枕上感念宝钗，一时又羡他有母兄；一面又想宝玉虽素习和睦，终有嫌疑。又听见窗外竹梢蕉叶之上，雨声淅沥，清寒透幕，不觉又滴下泪来。直到四更将阑，方渐渐的睡了。暂且无话。

黛玉多感而难睡，总是病深之兆也。

要知端的，下回分解。

【回后评】

　　李纨、探春请凤姐为监社御史，是真是假，未见分明，然凤姐直说"分明是叫我作个进钱的铜商"，众人即哄然而应，之后即允给五十两，则要钱是实也。今时有文化事皆请实业家赞助，不意大观园中已先行之矣。

　　李纨称凤姐是"水晶心肝玻璃人"，是赞凤姐也，因凤姐知诗社之请她是为钱而一语道破也。故李纨赞之，不意此一赞反引出凤姐为李纨之月入算细账，盖凤姐以为探春向凤姐要钱是李纨之所使，故为李纨细算之。因之李纨又还以"天下人都被你算计了去"，且为平儿大伸冤气，说凤姐"给平儿拾鞋也不要，你们两个只该换一个过儿才是"，语言谐而含刺，李纨已微愠矣。凤姐之打平儿，凤姐自知理亏，故李纨之责不可辩驳，不得不向平儿赔礼，平儿则以"奶奶们取笑，我禁不起"一语化解之，于是一场唇枪舌剑，以凤姐善让、李纨稍胜而收场。细读此段文字，其机锋所交，则语语相扣，足见作者笔如粲花，随处烂漫也。

　　赖嬷嬷来，是为其孙赖尚荣当州官，请主子赏光赴宴也，乃先叙往事，说"那里知道那'奴才'两字是怎么写的"，继叙贾府先辈庭训之严，言下之意是今非昔比，家教已隳堕也。作者家世原是包衣老奴，由赖嬷嬷提"奴才"两字之辛酸，亦有忆昔感今之意否？其叙赖尚荣当官荣耀，亦是写仗贾府之势，鸡犬升天之意，亦作者史笔也。

　　黛玉入秋后病情日重，他自知"我这样病是不能好的了"。宝钗来探望，黛玉为其日前的教训和答应"别说与别人"，又为其今日之关切所感，竟坦诚倾怀，自认多心，然后将自己身世之痛，寄人篱下之悲，切切相诉，而宝钗却报以"将来

第四十五回　金兰契互剖金兰语　风雨夕闷制风雨词

也不过多费得一副嫁妆罢了"一语，一则真而诚，一则嬉而浮，两人心胸判然而别。由此可知宝钗之关切，盖由见黛玉之病深也。

《秋窗风雨夕》是黛玉之悲怀倾诉，宝钗原答应黛玉之求，"晚上再来和我说句话儿"，乃因风雨而不来；宝玉原未有约，忽于风雨之夕冒雨来探，且问好、问药、问食，殷切之意，溢于言辞。宝钗之答应来而不来，明其关切是虚也，非诚也。宝玉之不约而来，明其时刻在心也，是未须臾忘也！

【校记】

〔一〕庚辰本于"我是没有贺"下旁添"礼的"二字，旁添文字仍有脱漏，兹据各脂本于旁添"礼的"二字下，增"也不知道"以下二十七字。

第四十六回　　尴尬人难免尴尬事
　　　　　　　鸳鸯女誓绝鸳鸯偶[一]

话说林黛玉直到四更将阑，方渐渐的睡去，暂且无话。

如今且说凤姐儿因见邢夫人叫他，不知何事，忙另穿戴了一番，坐车过来。邢夫人将房内人遣出，悄向凤姐儿道："叫你来不为别事，有一件为难的事，老爷托我，我不得主意，先和你商议。老爷因看上了老太太使的鸳鸯，要他在房里，叫我和老太太讨去。我想这倒平常有的事。<u>邢夫人又是一种类型人物，既昏庸又无能而更左性。世间人固千类万类也。</u>只是怕老太太不给，你可有法子？"

凤姐儿听了，忙道："依我说，竟别碰这个钉子去。老太太离了鸳鸯，饭也吃不下去的，那里就舍得了？况且平日说起闲话来，老太太常说老爷，如今上了年纪，作什么左一个小老婆右一个小老婆放在屋里？<u>可见小老婆已不少。</u>没的耽误了人家。放着身子不保养，官儿也不好生作去，成日家和小老婆喝酒。太太听这话，很喜

脂批："此回亦有本而笔，非泛泛之笔也。只看他题纲用'尴尬'二字于邢夫人，可知包藏含蓄文字之中莫能量也。"

庚辰本回前评。

才息贾琏的丑事，又来贾赦的歪事。贾府诸男子皆须眉浊物也。

先是正面劝，好意也。凤姐一番直话、实话，揭出贾赦平日作为。

第四十六回　尴尬人难免尴尬事　鸳鸯女誓绝鸳鸯偶

欢老爷呢？这会子回避还恐回避不及，反倒拿草棍儿戳老虎的鼻子眼儿去了！太太别恼，我是不敢去的。明放着不中用，而且反招出没意思来。老爷如今上了年纪，行事不妥，太太该劝才是。比不得年轻，作这些事无碍。如今兄弟、侄儿、儿子、孙子一大群，还这么闹起来，怎样见人呢？"

<small>一番道理，讲得极正当，如能听此，则无后来出丑矣，然能听此话，也就不是贾赦、邢夫人了。</small>

邢夫人冷笑道："大家子三房四妾的也多，偏咱们就使不得？我劝了也未必依。就是老太太心爱的丫头，这么胡子苍白了，又作了官的一个大儿子，要了作房里人，也未必好驳回的。我叫了你来，不过商议商议，你先派上了我一篇不是。也有叫你要去的理？自然是我说去。你倒说我不劝，你还不知道那性子的，劝不成，先和我恼了。"

<small>可见邢夫人之左性，不识大体，不知好坏，不明进退，一至于此！与此类人无话可说矣。</small>

凤姐儿知道邢夫人禀性愚强，<small>"愚强"两字极确。</small>只知承顺贾赦以自保，次则婪聚财货为自得，家下一应大小事务，俱由贾赦摆布。凡出入银钱事务，一经他手，便克啬<small>"克啬"必是此等人之常理。</small>异常，以贾赦浪费为名，"须得我就中俭省，方可偿补"，儿女奴仆，一人不靠，一言不听的。如今又听邢夫人如此的话，便知他又弄左性，劝了不中用，连忙陪笑说道："太太这话说的极是。我能活了多大，知道什么轻重？<small>凤姐转得快，转得妙，于此等人不能讲正理也，因其不知正理也。凤姐随即自我批评，并连连顺说，才算转过弯来。</small>想来父母跟前，别说一个丫头，就是那么大的一个活宝贝，不给老爷给谁？背地里的话那里信得？

> 一扯顺风帆，立即行舟，且以贾琏为例，哄得愚蠢左性的邢夫人回嗔作喜，此类人真可怜也！

我竟是个呆子。琏二爷或有日得了不是，老爷、太太恨的那样，恨不得立刻拿来一下子打死。及至见了面，也就罢了，依旧拿着老爷、太太心爱的东西赏他。如今老太太待老爷，自然也是那样了。依我说，老太太今儿喜欢，要讨今儿就讨去。我先过去哄着老太太发笑，等太太过去了，我搭讪着走开，把屋子里的人我也带开，_{借机自己先躲开，绝妙避祸法。}太太好和老太太说的。给了更好，不给也没妨碍，众人也不得知道。"

邢夫人见他这般说，便又喜欢起来，又告诉他道："我的主意，先不和老太太要。老太太要说不给，这事便作死了。我心里想着，先悄悄的和鸳鸯说。_{邢夫人还自以为有主意。可笑而可怜。}他虽害臊，我细细的告诉了他，他自然不言语，就妥了。_{她把别人想得与自己一样，太蠢了。}那时再和老太太说。老太太虽不依，搁不住他愿意，_{想用釜底抽薪法。}常言'人去不中留'，自然这就妥了。"凤姐儿笑道："到底是太太有智谋，这是千妥万妥的。_{凤姐学乖了，赞得好，对此类蠢物，只能用此法。所谓"哄死人，不偿命"也。}别说是鸳鸯，凭他是谁，那一个不想巴高望上、不想出头的？这半个主子不做，倒愿意做个丫头，_{句句说到邢夫人心坎里，邢夫人只爱听此类话。}将来配个小子就完了。"邢夫人笑道："正是这个话了。别说鸳鸯，就是那些执事的大丫头，谁不愿意这样呢？你先过去，别露一点风声，我吃了晚饭就过来。"_{自以为得计。}

凤姐儿暗想："鸳鸯素习是个可恶的，虽如此说，

> 用釜底抽薪法对付老太太，邢夫人何曾有一丝孝心，贾赦则更无一点孝心矣，所以所谓书礼之家的"孝"，实是假孝也，作者于此又揭出封建孝道的虚伪性。或曰：鸳鸯是贾母的一把钥匙，贾赦如得鸳鸯，是得贾母之钥匙矣，故邢夫人之釜底抽薪，是抽贾母之钥匙也。此说亦不为无因。

第四十六回　尴尬人难免尴尬事　鸳鸯女誓绝鸳鸯偶

保不严他就愿意。凤姐又怕鸳鸯竟愿意了。我先过去了，太太后过去。若他依了，便没话说；倘或不依，太太是多疑的人，只怕就疑我走了风声，使他拿腔作势的。那时太太又见了应了我的话，羞恼变成怒，拿我出起气来，倒没意思。不如同着一齐过去了，他依也罢，不依也罢，就疑不到我身上了。"凤姐想得周到之至，总为保护自己不受疑惑也。

凤姐随机应变，总是不着痕迹。

想毕，因笑道："方才临来的时候，舅母那边送了两笼子鹌鹑，我吩咐他们炸了，原要赶太太晚饭上送过来的，我才进大门时，见小子们抬车，说太太的车拔了缝，拿去收拾去了。不如这会子坐了我的车，一齐过去倒好。"干脆坐凤姐的车过去，更见凤姐热心此事，且同坐一车过去，更无走漏消息之嫌也。邢夫人听了，便命人来换衣服，凤姐忙着服侍了一回。娘儿两个坐车过来。凤姐儿又说道："太太过老太太那里去，我若跟了去，老太太若问起我过去作什么的，倒不好。不如太太先去，我脱了衣裳再来。"又寻脱身之计。

邢夫人听了有理，便自往贾母处来，和贾母说了一回闲话，便出来假托往王夫人房里去，从后门出去，打鸳鸯的卧房前过。只见鸳鸯正坐在那里做针线，见了邢夫人，忙站起来。邢夫人笑道："做什么呢？我瞧瞧，你扎的花儿越发好了。"一面说，一面便接他手内的针线瞧了一瞧，只管赞好。放下针线，又浑身打量，只见他穿着半新的藕合色的绫袄，青缎掐牙背心，下面水绿裙子。蜂腰削背，鸭蛋脸面，乌油头发，

邢夫人着着都在凤姐安排之中。

835

高高的鼻子，两边腮上微微的几点雀斑。_{既写鸳鸯，亦是写邢夫人也。}

鸳鸯见这般看他，自己倒不好意思起来，心里便觉诧异，_{如此作为，自然要诧异。}因笑问道："太太，这会子不早不晚的，过来做什么？"邢夫人使个眼色儿，跟的人退出。邢夫人便坐下，拉着鸳鸯的手，笑道："我特来给你道喜来了。"鸳鸯听了，心中已猜着三分，_{不仅写鸳鸯聪明，更写其必将有之事也。}不觉红了脸，低了头不发一言。听邢夫人道："你知道，你老爷跟前竟没有个可靠的人，_{脂批："说得得体，我正想开口一句，不知如何说，如此则妙极是极，如闻如见。"}心里再要买一个，又怕那些人牙子家出来的不干不净，也不知道毛病儿，买了来家，三日两日，又要吆鬼吊猴的。因满府里要挑一个家生女儿收了，又没个好的。不是模样儿不好，就是性子不好；有了这个好处，没了那个好处。因此冷眼选了半年，_{还是千选万选选出来的，好不侥幸。}这些女孩子里头，就只你是个尖儿，模样儿，行事作人，温柔可靠，一概是齐全的。意思要和老太太讨了你去，收在屋里。你比不得外头新买的，你这一进去了，进门就开了脸，就封你姨娘，_{进门就开了，是利诱也。}又体面，又尊贵。你又是个要强的人，俗语说的，'金子终得金子换'，_{贾赦比一堆烂铁都不如。}谁知竟被老爷看重了你。如今这一来，你可遂了素日志大心高的愿了，_{你怎知鸳鸯志大心高是想当小老婆。}也堵一堵那些嫌你的人的嘴。_{是谁嫌鸳鸯。}跟了我回老太太去！"说着，拉了他的手就要走。_{看来她以为一说就成，真是白日做梦。}鸳鸯红了脸，夺手不行。

邢夫人知他害臊，_{你怎知她是害臊。}因又说道："这有什么

第四十六回　尴尬人难免尴尬事　鸳鸯女誓绝鸳鸯偶

臊处？你又不用说话，只跟着我就是了。"鸳鸯只低了头不动身。邢夫人见他这般，便又说道："难道你不愿意不成？若果然不愿意，可真是个傻丫头了。放着主子奶奶不作，倒愿意作丫头！三年二年，不过配上一个小子，还是奴才。你跟了我们去，你知道我的性子又好，又不是那不容人的人。老爷待你们又好。过一年半载，生下个一男半女，你就和我并肩了。家里人你要使唤谁，谁还不动？现成主子不做去，错过这个机会，后悔就迟了。"鸳鸯只管低了头，仍是不语。〔邢夫人自己一厢情愿，以为别人也必如此想。岂知鸳鸯自有主张，然邢夫人所说一套，亦正是封建社会世俗常情之一套也，读者于此可见封建社会之一角。〕

邢夫人又道："你这么个响快人，怎么又这样积黏起来？有什么不称心之处，只管说与我，〔最不称心处就是你来找我。〕我管你遂心如意就是了。"鸳鸯仍不语。邢夫人又笑道："想必你有老子娘，你自己不肯说话，怕臊。你等他们问你，这也是理。让我问他们去，叫他们来问你，有话只管告诉他们。"〔愚蠢之极的邢夫人，想得倒很周到。〕说毕，便往凤姐儿房中来。

凤姐儿早换了衣服，因房内无人，便将此话告诉了平儿。平儿也摇头笑道："据我看，此事未必妥。平常我们背着人说起话来，听他那主意，未必是肯的。也只说着瞧罢了。"凤姐儿道："太太必来这屋里商议。〔早已料到，凤姐真料事如神也。〕依了还可，若不依，白讨个臊，当着你们，岂不脸上不好看。你说给他们炸些鹌鹑，再有什么配几样，预备吃饭。你且别处逛逛去，估量着去了再来。"

平儿听说,照样传给婆子们,便逍遥自在的往园子里来。

这里鸳鸯见邢夫人去了,必在凤姐儿房里商议去了,亦早已料到。必定有人来问他的,不如躲了这里,脂批:"终不免女儿气,不知躲在那里方无人来啰唣,写得可怜可爱。"因找了琥珀说道:"老太太要问我,只说我病了,没吃早饭,往园子里逛逛就来。"琥珀答应了。

鸳鸯也往园子里来,各处游玩,不想正遇见平儿。平儿还与她开玩笑。平儿因见无人,便笑道:"新姨娘来了!"鸳鸯听了,便红了脸,说道:"怪道你们串通一气来算计我!等着我和你主子闹去就是了。"平儿听了,自悔失言,平儿确是失言。便拉他到枫树底下,脂批:"随笔带出妙景,正愁园中草木黄落,不想看此一句,便恍如置身于千霞万锦绛雪红霜之中矣。"坐在一块石上,越性把方才凤姐过去回来所有的形景言词、始末原由告诉与他。鸳鸯红了脸,向平儿冷笑道:"这是咱们好,比如袭人、琥珀、素云、紫鹃、彩霞、玉钏儿、麝月、翠墨,跟了史姑娘去的翠缕,死了的可人和金钏,去了的茜雪,脂批:"余按此一算,亦是十二钗,真镜中花、水中月、云中豹、林中之鸟、穴中之鼠,无数可考,无人可指,有迹可追、有形可据,九曲八折,远响近影,迷离烟灼,纵横隐现,千奇百怪,眩目移神,现千手千眼大游戏法也。脂砚斋。"连上你我,这十来个人,从小儿什么话儿不说?什么事儿不作?这如今因都大了,各自干各自的去了,脂批:"此语已可伤,犹未各自干各自去,后日更有各自之处也,知之乎。"然我心里仍是照旧,有话、有事并不瞒你们。这话我先放在你心里,且别和二奶奶说:别说

第四十六回　尴尬人难免尴尬事　鸳鸯女誓绝鸳鸯偶

大老爷要我做小老婆，就是太太这会子死了，他三媒六聘的娶我去做大老婆，我也不能去。"_{鸳鸯有志气。}平儿方欲笑答，只听山石背后哈哈的笑道："好个没脸的丫头，亏你不怕牙碜。"二人听了，不免吃了一惊，忙起身向山石背后找寻，不是别个，却是袭人_{意外出来了袭人。}笑着走了出来，问："什么事情？告诉我。"说着，三人坐在石上。平儿又把方才的话说与袭人听，袭人道："真真这话论理不该我们说，这个大老爷太好色了，_{袭人之论，可见贾赦好色之甚。}略平头正脸的，他就不放手了。"平儿道："你既不愿意，我教你个法子，_{什么好法子。}不用费事就完了。"鸳鸯道："什么法子？你说来我听。"平儿笑道："你只和老太太说，就说已经给了琏二爷了，大老爷就不好要了。"_{平儿还拿她开玩笑。}鸳鸯啐道："什么东西！你还说呢！前儿你主子不是这么混说的？谁知应到今儿了！"_{回应前文。}

袭人笑道："他们两个都不愿意，我就和老太太说，叫老太太说把你已经许了宝玉了，大老爷也就死了心了。"_{还拿她开玩笑，真何心也！}鸳鸯又是气，又是臊，又是急，因骂道："两个蹄子不得好死的！人家有为难的事，拿着你们当正经人，告诉你们，与我排解排解，你们倒替换着取笑儿。你们自为都有了结果了，将来都是做姨娘的。据我看，天下的事未必都遂心如意。你们且收着些儿，别忒乐过了头儿！"_{气得鸳鸯不得不如此说。}

二人见他急了，忙陪笑央告道："好姐姐，别多心。

咱们从小儿都是亲姊妹一般,不过无人处偶然取个笑儿。你的主意,告诉我们知道,也好放心。"鸳鸯道:"什么主意!我只不去就完了。"_{干脆得很,坚决得很。}平儿摇头道:"你不去,未必得干休。大老爷的性子,你是知道的。虽然你是老太太房里的人,此刻不敢把你怎么样,将来难道你跟老太太一辈子不成?_{"茫茫大难愁来日"也。}也要出去的。那时落了他的手,倒不好了。"

> 其意已决,则无所惧矣!
>
> 此是千逼万逼逼出来的话。是决心、狠心、伤心,好好一辈子,却断送在此辈之手也。雪芹写此,即写又一种命运也!

鸳鸯冷笑道:"老太太在一日,我一日不离这里。若是老太太归西去了,他横竖还有三年的孝呢,没个娘才死了他先放_{安置也,收也。}小老婆的!等过了三年,知道又是怎么个光景,那时再说。纵到了至急为难,我剪了头发做姑子去。不然,还有一死。一辈子不嫁男人,又怎么样?乐得干净呢!"_{悲极壮极气极愤极!}平儿、袭人笑道:"真这蹄子没了脸,越发信口儿都说出来了。"

鸳鸯道:"事到如此,臊一会怎么样!你们不信,慢慢的看着就是了。_{说在前头。}太太才说了,找我老子娘去。我看他南京找去!"平儿道:"你的父母都在南京看房子,没上来,终久也寻的着。现在还有你哥哥、嫂子在这里。可惜你是这里的家生女儿,不如我们两个人是单在这里。"鸳鸯道:"家生女儿怎么样?牛不吃水强按头?我不愿意,_{其意甚决,其气甚壮。}难道杀我的老子娘不成?"

> 好个"我不愿意",是顶天立地之声,世间千万男儿独少此声。
>
> "我不愿意"这句话,已将"我"字放在主位,可见其自我意识之觉醒也。

正说着,只见他嫂子从那边走来。袭人道:"他

第四十六回　尴尬人难免尴尬事　鸳鸯女誓绝鸳鸯偶

们当时找不着你的爹娘，一定和你嫂子说了。"鸳鸯道："这个娼妇专管是个'九国贩骆驼的'，可见以卖买牲口为惯也。听了这话，他有个不奉承去的！"早已料到。

说话之间，已来到跟前。他嫂子笑道："那里没找到，姑娘跑了这里来了！你跟了我来，我和你说话。"平儿、袭人都忙让他坐。他嫂子说："姑娘们请坐，我找我们姑娘说句话。"袭人、平儿都装不知道，笑道："什么话这样忙？我们这里猜谜儿赢手批子打呢，等猜了这个再去。"鸳鸯道："什么话？你说罢。"他嫂子笑道："你跟我来，到那里我告诉你，横竖有好话儿。"鸳鸯道："可是大太太和你说的那话？"他嫂子笑道："姑娘既知道，还奈何我！快来，我细细的告诉你，可是天大的喜事。"鸳鸯听说，立起身来，照他嫂子脸上下死劲啐了一口，指着他骂道："你快夹着你那屄嘴离了这里，好多着呢！什么'好话'！宋徽宗的鹰，赵子昂的马，都是好画儿。什么'喜事'！状元痘儿灌的浆儿又满，是喜事。怪道成日家羡慕人家的女儿做了小老婆，此句骂得痛快。一家子都仗着他横行霸道的，一家子都成了小老婆了！骂得好！看的眼热了，也把我送在火坑里去。我若得脸呢，你们在外头横行霸道，自己就封了自己是舅爷了；我若不得脸败了时，你们把忘八脖子一缩，生死由我去。"一面说，一面哭，平儿、袭人拦着劝。

写鸳鸯嫂子声口嘴脸有声有色，如绘如画。

鸳鸯啐得好，啐得有气势。

鸳鸯痛骂一顿，大伸正气，可见鸳鸯已有自我觉醒意识，心目中根本无小老婆之类之想。雪芹写鸳鸯，亦是借此写此时代人的意识之潜移。这个时代，应是新的意识尚在朦胧之中萌生，旧的意识仍占主要地位，故既有平儿、袭人，亦有鸳鸯，各适其适，相与共处。

他嫂子脸上下不来，因说道："愿意不愿意，你也好说，不犯着牵三挂四的。俗语说，'当着矮人，别说短话'。姑奶奶骂我，我不敢还言。这二位姑娘并没惹着你，小老婆长、小老婆短，人家脸上怎么过得去？"〖故意要往平儿、袭人身上拉。〗袭人、平儿忙道："你倒别这么说，他也并不是说我们，你倒别牵三挂四的。你听见那位太太、太爷们封了我们做小老婆了？况且我们两个也没有爹娘、哥哥、兄弟在这门子里仗着我们横行霸道的。他骂的人自有他骂的，我们犯不着多心。"〖驳得好，尤其是后几句，直是痛骂！〗鸳鸯道："他见我骂了他，他臊了，没的盖脸，又拿话挑唆你们两个，幸亏你们两个明白。原是我急了，也没分别出来，他就挑出这个空儿来。"他嫂子自觉没趣，赌气去了。〖灰溜溜地走了。〗

鸳鸯气得还骂，平儿、袭人劝他一回，方才罢了。平儿因问袭人道："你在那里藏着做甚么的？我们竟没看见你。"袭人道："我因为往四姑娘房里瞧我们宝二爷去的，谁知去迟了一步，说是来家里来了。我疑惑怎么不遇见呢，想要往林姑娘家里找去，又遇见他的人说也没去。我这里正疑惑是出园子去了，可巧你从那里来了，我一闪，你也没看见。后来他又来了。我从这树后头走到山子石后，我却见你两个说话来了，谁知你们四个眼睛全没见我。"

一语未了，又听身后笑道："四个眼睛没见你，

第四十六回　尴尬人难免尴尬事　鸳鸯女誓绝鸳鸯偶

你们六个眼睛竟没见我！"三人唬了一跳，回身一看，不是别个，正是宝玉走来。脂批："通部情案，皆必从石兄挂号，各有各稿，穿插神妙。"袭人先笑道："叫我好找，你打那里来？"宝玉笑道："我从四妹妹那里出来，迎头看见你来了，我就知道是找我去的，我就藏了起来哄你。看你趥着头过去了，进了院子就出来了，逢人就问，我在那里好笑，只等你到了跟前唬你一跳的。后来见你也藏藏躲躲的，我就知道也是要哄人了。我探头往前看了一看，却是他两个，所以我就绕到你身后。你出去，我就躲在你躲的那里了。"平儿笑道："咱们再往后找找去，只怕还找出两个人来，也未可知。"宝玉笑道："这可再没了。"

鸳鸯已知话俱被宝玉听了去，只伏在石头上装睡。宝玉推他笑道："这石头上冷，咱们回房里去睡，岂不好？"说着拉起鸳鸯来，又忙让平儿来家坐，吃茶。平儿和袭人都劝鸳鸯走，鸳鸯方立起身来，四人竟往怡红院来。

宝玉将方才的话俱已听见，心中自然不快，只默默的歪在床上，任他三人在外间说笑。

那边邢夫人因问凤姐儿鸳鸯的父母，凤姐因回说："他爹的名字叫金彩，脂批："姓金名彩，由鸳鸯二字化出，因文而生文也。"两口子都在南京看房子，从不大上京。他哥哥金文翔，现在是老太太那边的买办。他嫂子也是老太太那边浆洗的头儿。"

文章随机生花，变化无穷。

趥，读"寝"，低着头快走。亦作"趍"。《集韵》："低首疾趋，谓之趥，或从今。"

补叙。

843

脂批："只鸳鸯一家，写的荣府中人各有各职，如目已睹。"

邢夫人便令人叫了他嫂子金文翔媳妇来，细细说与他。金家媳妇自是喜欢，兴兴头头去找鸳鸯，只望一说必妥，不想被鸳鸯抢白一顿，又被袭人、平儿说了几句，羞恼回来，便对邢夫人说："不中用，他倒骂了我一场。"因凤姐儿在旁，不敢提平儿，只说："袭人也帮着他抢白我，也说了许多不知好歹的话，回不得主子的。太太和老爷商议再买罢。谅那小蹄子也没有这么大福，我们也没有这么大造化。"邢夫人听了，因说道："又与袭人什么相干？他们如何知道的？"又问："还有谁在跟前？"金家的道："还有平姑娘。"凤姐儿忙道：凤姐故意如此说。"你不该拿嘴巴子打他回来？我一出了门，他就逛去了，回家来连一个影儿也摸不着他！他必定也帮着说什么呢！"金家的道："平姑娘没在跟前，远远的看着倒像是他，可也不真切，不敢得罪凤姐。不过是我白忖度。"凤姐便命人去：说给邢夫人听，演给邢夫人看。"快打了他来。告诉他我来家了，太太也在这里，请他来帮个忙儿。"丰儿忙上来回道："林姑娘打发了人下请字，请了三四次，他才去了。奶奶一进门，我就叫他去的。林姑娘说：'告诉你奶奶，我烦他有事呢。'"凤姐儿听了方罢，故意的还说："天天烦他，有些什么事！"

邢夫人无计，吃了饭回家，晚间告诉了贾赦。贾赦想了一想，即刻叫贾琏来，说："南京的房子还有人看着，不止一家，即刻叫上金彩来。"贾琏回道："上

第四十六回　尴尬人难免尴尬事　鸳鸯女誓绝鸳鸯偶

次南京信来，金彩已经得了痰迷心窍，那边连棺材银子都赏了。不知如今是死是活？便是活着，人事不知，叫来也无用。他老婆子又是个聋子。"贾赦听了，喝了一声，又骂："下流囚攮的，偏你这么知道，还不离了我这里！"唬得贾琏退出。

一时又叫传金文翔。贾琏在外书房伺候着，又不敢家去，又不敢见他父亲，只得听着。一时金文翔来了，小幺儿们直带入二门里去，隔了五六顿饭的工夫，才出来去了。贾琏暂且不敢打听。隔了一会，又打听贾赦睡了，方才过来。至晚间，凤姐儿告诉他，方才明白。

鸳鸯一夜没睡。至次日，他哥哥回贾母说，接他家去逛逛。贾母允了，命他出去。鸳鸯意欲不去，又怕贾母疑心，只得勉强出来。他哥哥只得将贾赦的话说与他，又许他怎么体面，又怎么当家作姨娘。鸳鸯只咬定牙不愿意。

他哥哥无法，少不得去回复了贾赦。贾赦怒起来，因说道："我这话告诉你，叫你女人向他说去，就说我的话'自古嫦娥爱少年'，他必定嫌我老了，大约他恋着少爷们，多半是看上了宝玉，只怕也有贾琏。果有此心，叫他早早歇了心，我要他不来，此后谁还敢收？此是一件。第二件，想着老太太疼他，将来自然往外聘作正头夫妻去。叫他细想，凭他嫁到谁家去，也难出我的手心。除非他死了，或是终身不嫁男人，

> 叫鸳鸯无路可走，只有死路一条，其霸可知。

我就伏了他！若不然时，叫他趁早回心转意，有多少好处。"贾赦说一句，金文翔应一声"是"。贾赦道："你别哄我，我明儿还打发你太太过去问鸳鸯。你们说了，他不依，便没你们的不是；若问他，他再依了，仔细你的脑袋！"金文翔忙应了又应，退出回家，也

> 仗势欺人一至于此。

不等得告诉他女人转说，竟自己对面说了这话。把个鸳鸯气的无话可回，想了一想，便说道："便愿意去，也须得你们带了我回声老太太去。"他哥嫂听了，只当回想过来，都喜之不胜。他嫂子即刻带了他上来见贾母。

可巧王夫人、薛姨妈、李纨、凤姐儿、宝钗等姊妹并外头的几个执事有头脸的媳妇，都在贾母跟前凑趣儿呢。_{好机会，难得有这么多人。}鸳鸯喜之不尽，拉了他嫂子，到贾

> 千回百折，至此不得不一泻而下。

母跟前跪下，一行哭，一行说，把邢夫人怎么来说，园子里他嫂子又如何说，今儿他哥哥又如何说，"因为不依，方才大老爷越性说我恋着宝玉，不然要等着往外聘，我到天上，这一辈子也跳不出他的手心去，终久要报仇。我是横了心的，当着众人在这里，我这

> 鸳鸯已下定决心，与贾赦抗争到底。

一辈子，莫说是'宝玉'，便是'宝金''宝银''宝天王''宝皇帝'，横竖不嫁人就完了！就是老太太逼着我，我一刀抹死了，也不能从命！若有造化，我死在老太太之先；若没造化，该讨吃的命，服侍老太太归了西，我也不跟着我老子娘、哥哥去，我或是寻死，

第四十六回　尴尬人难免尴尬事　鸳鸯女誓绝鸳鸯偶

或是剪了头发当尼姑去！若说我不是真心，暂且拿话来支吾，日后再图别的，天地鬼神，日头月亮照着嗓子，从嗓子里头长疔烂了出来，烂化成酱在这里！"

原来他一进来时，便袖了一把剪子，一面说着，一面左手打开头发，右手便铰。众婆娘、丫鬟忙来拉住，已剪下半绺来了。众人看时，幸而他的头发极多，铰的不透，连忙替他挽上。

贾母听了，气的浑身乱战，口内只说："我通共剩了这么一个可靠的人，他们还要来算计！"因见王夫人在旁，便向王夫人道："你们原来都是哄我的！外头孝敬，暗地里盘算我。有好东西也来要，有好人也要，剩了这么个毛丫头，见我待他好了，你们自然气不过，弄开了他，好摆弄我！"王夫人忙站起来，不敢还一言。_{脂批："千奇百怪，王夫人亦有罪乎，老人家迁怒之言，必应如此。"}薛姨娘见连王夫人怪上，反不好劝的了。李纨一听见鸳鸯的话，早带了姊妹们出去。

探春有心的人，想王夫人虽有委曲，如何敢辩；薛姨妈也是亲姊妹，自然也不好辩的；宝钗也不便为姨母辩；李纨、凤姐、宝玉一概不敢辩。这正用着女孩儿之时，迎春老实，惜春又小，因此在窗外听了一听，便走进来，陪笑向贾母道："这事与太太什么相干？老太太想一想，也有大伯子要收屋里的人，小婶子如何知道？便知道，也推不知道。"

旁注：
- 鸳鸯一番话，是对封建官僚势力的控诉，是争取人身自主的宣言！
- 一点不假，确是算计。
- 没有想到殃及王夫人。
- 贾母最清楚，确是"弄开了他，好摆弄我"也。
- 问得好。

犹未说完，贾母笑道："可是我老糊涂了！^{贾母气极，才有刚才的话，被探春提醒，即知错矣！}姨太太别笑话我。你这个姐姐他极孝顺我，不像我那大太太一味怕老爷，婆婆跟前不过应景儿。可是委屈了他了。"薛姨妈只答应"是"，又说："老太太偏心，多疼小儿子媳妇，也是有的。"贾母道："不是偏心！"因又说道："宝玉，^{反问宝玉。}我错怪了你娘，你怎么也不提我，看着你娘受委屈？"宝玉笑道："我偏着娘说大爷、大娘不成？通共一个不是，我娘在这里不认，却推谁去？我倒要认是我的不是，老太太又不信。"贾母笑道："这也有理。你快给你娘跪下，你说太太别委屈了，老太太有年纪了，看着宝玉罢。"宝玉听了，忙走过去，便跪下要说。王夫人忙笑着拉他起来，说："快起来，快起来。断乎使不得。终不成你替老太太给我赔不是不成？"宝玉听说，忙站起来。^{脂批："宝玉亦有罪了。"}

贾母又笑道："凤姐儿也不提我。"^{脂批："阿凤也有了罪。奇奇怪怪之文，所谓《石头记》不是作出来的。"}凤姐儿笑道："我倒不派老太太的不是，老太太倒寻上我了？"贾母听了，与众人都笑道："这可奇了！倒要听听这不是。"凤姐儿道："谁教老太太会调理人，调理的水葱儿似的，怎么怨得人要？我幸亏是孙子媳妇，若是孙子，我早要了，还等到这会子呢。"贾母笑道："这倒是我的不是了？"凤姐儿笑道："自然是老太太的不是了。"^{文章变化无穷，想不到凤姐如此说。这是倒卷帘法，表面说贾母不是，实际上是赞贾母会调理人。}

^{独有凤姐敢驳回贾母。}

贾母笑道:"这样,我也不要了,你带了去罢!"凤姐儿道:"等着修了这辈子,来生托生男人,我再要罢。"贾母笑道:"你带了去,给琏儿放在屋里,看你那没脸的公公还要不要了?"〖一句话骂透贾赦。〗凤姐儿道:"琏儿不配,就只配我和平儿这一对烧糊了的卷子和他混罢。"说的众人都笑起来了。

忽见丫鬟回说:"大太太来了。"王夫人忙迎了出去。要知端的,下回分解。

【回后评】

　　此回写邢夫人为贾赦向贾母要鸳鸯作小老婆。先商之凤姐，凤姐先以正言阻之，乃邢夫人反不以为然，薄怒凤姐，凤姐立即转篷，自认见识浅，不懂事，邢夫人立即回嗔作喜，自以为必能说动鸳鸯，岂知鸳鸯毫不为所动；又找鸳鸯之嫂来劝说，又被鸳鸯严辞斥退；再找鸳鸯之兄金文翔来连压带劝，仍被鸳鸯坚拒。终于逼得鸳鸯当贾母之面剪发自誓，尽情控诉，遂使贾母大怒，痛斥邢夫人。按《红楼梦》中，邢、王二夫人并称，而于王夫人叙述独多，此回则特写邢夫人。通过邢夫人为贾赦要鸳鸯一事，逼真写出邢夫人之庸懦、昏聩、愚蠢而又刚愎自用，于贾赦则又唯夫之命是从。于此作者写出了封建社会用封建妇女道德教育出来的一个独特的妇女形象。无怪贾母说她"你倒也三从四德的，只是这贤慧也太过了"。当然邢夫人有她不同于王夫人和其她女性的特点，这就是他的庸懦、昏聩、愚蠢而又刚愎自用，还要加上她的贪婪和克啬。细读《红楼梦》，虽然邢、王二夫人常常并提，但读者却丝毫也不会把两者混淆。只要稍加回味，两个人的形象及其举止声口，便会跃然纸上而又绝不相犯，这就是作者的绝世才华。

　　鸳鸯抗婚，是《红楼梦》中掷地作金声的文字，这里且引几段鸳鸯的话，鸳鸯对平儿说："这话我先放在你心里，且别和二奶奶说，别说大老爷要我做小老婆，就是太太这会子死了，他三媒六聘的娶我去做大老婆，我也不能去。""纵到了至急为难，我剪了头发做姑子去。不然，还有一死。一辈子不嫁男人，又怎么样，乐得干净呢！""家生女儿怎么样？牛不吃水强按头？我不愿意，难道杀我的老子娘不成？"当鸳鸯的嫂子劝她答应时，她"立起身来，照她嫂子脸上下死

第四十六回　尴尬人难免尴尬事　鸳鸯女誓绝鸳鸯偶

劲啐了一口，指着他骂道：'你快夹着你那屁嘴离了这里，好多着呢！……怪道成日家羡慕人家的女儿做了小老婆，一家子都仗着他横行霸道的，一家子都成了小老婆了！看的眼热了，也把我送在火坑里去。'"鸳鸯到贾母前控诉时，"拉了他嫂子，到贾母跟前跪下，一行哭，一行说，把邢夫人怎么来说，园子里他嫂子又如何说，今儿他哥哥又如何说，'因为不依，方才大老爷越性说我恋着宝玉，不然要等着往外聘，我到天上，这一辈子也跳不出他的手心去，终久要报仇。我是横了心的，当着众人在这里，我这一辈子，莫说是"宝玉"，便是"宝金""宝银""宝天王""宝皇帝"，横竖不嫁人就完了！就是老太太逼我，我一刀抹死了，也不能从命！若有造化，我死在老太太之先；若没造化，该讨吃的命，服侍老太太归了西，我也不跟着我老子娘、哥哥去，我或是寻死，或是剪了头发当尼姑去！若说我不是真心，暂且拿话来支吾，日后再图别的，天地鬼神，日头月亮照着嗓子，从嗓子里头长疔烂了出来，烂化成酱在这里！'……一面说着，一面左手打开头发，右手便铰……"上面这一大段话，是一个被压迫的奴隶要求自由、要求自主权的强烈呼声，是对压逼者的愤怒反抗和血泪控诉，是一个被压迫、被损害者用自己的生命来捍卫自己的尊严，是一个觉醒者震撼长空的吼声！曹雪芹的时代，是历史的转型期，在欧洲已经爆发了资产阶级革命，在中国已经是资本主义萌芽、发展的时期，所以人的觉醒意识也随着历史的缓慢转型，在自然地萌生，鸳鸯以一个"家生女儿"而强烈呼出的"我不愿意"这句话，具有特定的历史内涵。这个"我"字，是人的历史性的自我觉醒的反映。雪芹的巨笔，生动而真实地描写了这种人的自我意识萌生的历史真实。本回对鸳鸯的描写，是鸳鸯的正传。

贾赦是荣府的长房,是袭了官的,于此可见贾政、贾雨村以外另一个封建官僚的标本。他威胁鸳鸯的一段话,特别是"一辈子也跳不出他的手心去"这句话,活画出一个横行霸道的封建官僚和奴隶主的嘴脸来。贾赦还只是袭爵,不是在任的官,那么有权有势的现任官如贾雨村之流者,其凶狠虐民更可知了。

本回脂批说:"此回亦有本而笔,非泛泛之笔也。"本回的故事只有一个,就是鸳鸯抗婚,然则此事真有所本矣。

【校记】

〔一〕回目:庚辰本、杨本、甲辰本、程甲本同。列本下联"绝"作"却"。蒙本、戚序下联"偶"作"侣"。

第四十七回　　呆霸王调情遭苦打
　　　　　　　冷郎君惧祸走他乡〔一〕

　　话说王夫人听见邢夫人来了，连忙迎了出去。邢夫人犹不知贾母已知鸳鸯之事，正还要来打听信息，进了院门，早有几个婆子悄悄的回了他，他方知道。待要回去，里面已知，又见王夫人接了出来，少不得进来，先与贾母请安，见贾母一声儿不言语，_{其兆不祥。}自己也觉得愧悔。_{到此始愧悔，已是迟了。}凤姐儿早指一事回避了，_{避之唯恐不及。}鸳鸯也自回房去生气。薛姨妈、王夫人等恐碍着邢夫人的脸面，也都渐渐的退了。邢夫人且不敢出去。_{邢夫人岂敢逃避。}

　　贾母见无人，方说道："我听见你替你老爷说媒来了。_{开口便教邢夫人难堪。语虽轻，实有千斤之重。}你倒也三从四德的，只是这贤慧也太过了！_{看似赞之，而实责之。贤慧也有过头的，真是新鲜。}你们如今也是孙子、儿子满眼了，_{不想想自己。}你还怕他，_{怕丈夫，书之教也。}劝两句都使不得，还由着你老爷那性儿闹。"_{责其不识自身的身份，责其庸懦无能。}邢夫人满面通红，_{你不是说三房四妾的也多吗？有什么可脸红的。}回道："我劝过几次不依。老太太

里面已知道，王夫人又接了出来，想躲已躲不掉了，活画出蠢妇进退两难之尴尬状，真尴尬人也。

贾母的话说得恰如其分。原来"三从四德"就是如此！所谓"出嫁从夫"也。

> 贾母说得是，想推托也推不了，何况事实是何曾劝过，只是听命效力而已。

还有什么不知道呢，我也是不得已儿。"贾母道："他逼着你杀人，你也杀去？_{问得好，一句话就问倒了。}如今你也想想，你兄弟媳妇本来老实，又生得多病多痛，上上下下那不是他操心？你一个媳妇虽然帮着，也是天天丢下笆儿弄扫帚。凡百事情，我如今都自己减了。他们两个就有一些不到的去处，有鸳鸯，那孩子还心细些，我的事情他还想着一点子。该要去的，他就要了来。该添什么的，他就瞅空儿告诉他们添了。鸳鸯再不这样，他娘儿两个，里头外头，大的小的，那里不忽略一件半件，我如今反倒自己操心去不成？还是天天盘算和你们要东西去？我这屋里有的没的，剩了他一个，年纪也大些。我凡百的脾气性格儿，他还知道些。二则他还投主子们的缘法，也并不指着我和这位太太要衣裳去，又和那位奶奶要银子去。_{赞鸳鸯。}所以这几年一应事情，他说什么，从你小婶和你媳妇起，以至家下大大小小，没有不信的。所以不单我得靠，连你小婶、媳妇也都省心。我有了这么个人，便是媳妇和孙子媳

> 一番大道理，既责之，又绝之。

妇有想不到的，我也不得缺了，也没气可生了。这会子要他去了，你们弄个什么人来我使？你们就弄他那么一个真珠的人来，不会说话也无用。我正要打发人和你老爷说去，他要什么人，我这里有钱，叫他只管一万八千的买，就只这个丫头不能。留下他服侍我几年，就比他日夜服侍我尽了孝的一般。你来的也巧，

第四十七回　呆霸王调情遭苦打　冷郎君惧祸走他乡

你就去说,更妥当了。"_{邢夫人到此,才知碰了硬钉子。}

说毕,命人来:"请了姨太太、你姑娘们来说个话儿。才高兴,怎么又都散了?"丫头们忙答应着去了。众人忙赶着又来。只有薛姨妈向丫鬟道:"我才来了,又作什么去呢?你就说我睡了觉了。"那丫头道:"好亲亲的姨太太,姨祖宗!我们老太太生气呢,你老人家不去,没个开交了,只当疼我们罢。你老人家嫌乏,我背了你老人家去。"_{不知此丫头名字,真是个玲珑剔透之人。}薛姨妈道:"小鬼头儿,你怕些什么?不过骂几句完了。"说着,只得和这小丫头子走来。贾母忙让坐,又笑道:"咱们斗牌罢,姨太太的牌也生,咱们一处坐着,别叫凤姐儿混了我们去。"薛姨妈笑道:"正是呢,老太太替我看着些儿。就是咱们娘儿四个斗呢,还是再添个呢?"王夫人笑道:"可不只四个。"_{脂批:"老实人言语。"}凤姐儿道:"再添一个人热闹些。"贾母道:"叫鸳鸯来,叫他在这下手里坐着。姨太太眼花了,咱们两个的牌都叫他瞧着些儿。"凤姐儿叹了一声,向探春道:"你们白知书识字的,倒不学算命!"探春道:"这又奇了。这会子你倒不打点精神赢老太太几个钱,又想算命。"凤姐儿道:"我正要算算命,今儿该输多少呢,我还想赢呢!你瞧瞧,场子没上,左右都埋伏下了。"说的贾母、薛姨妈都笑起来。

一时鸳鸯来了,便坐在贾母下手,鸳鸯之下便是

_{此事已一笔撇过,不怕你再闹。}

_{可见鸳鸯须臾不能离也。}

_{凤姐之话,随机生发,触处生春。}

凤姐儿。铺下红毡,洗牌告幺,五人起牌。斗了一回,鸳鸯见贾母的牌已十严,只等一张二饼,便递了暗号与凤姐儿。凤姐儿正该发牌,便故意踌躇了半晌,笑道:"我这一张牌,定在姨妈手里扣着呢。我若不发这一张,再顶不下来的。"薛姨妈道:"我手里并没有你的牌。"凤姐儿道:"我回来是要查的。"薛姨妈道:"你只管查。你且发下来,我瞧瞧是张什么。"凤姐儿便送在薛姨妈跟前。故意送到薛姨妈处,实是送贾母也。薛姨妈一看,是个二饼,便笑道:"我倒不稀罕他,只怕老太太满了。"凤姐儿听了,忙笑道:"我发错了。"贾母笑的已掷下牌来,说:"你敢拿回去!谁叫你错的不成?"凤姐儿道:"可是我要算一算命呢,这是自己发的,也怨埋伏!"贾母笑道:"可是呢,你自己该打着你那嘴,问着你自己才是。"又向薛姨妈笑道:"我不是小器爱赢钱,原是个彩头儿。"薛姨妈笑道:"可不是这样!那里有那样糊涂人说老太太爱钱呢?"凤姐儿正数着钱,听了这话,忙又把钱穿上了,向众人笑道:"够了我的了。竟不为赢钱,单为赢彩头儿。我到底小器,输了就数钱,快收起来罢。"

贾母规矩是鸳鸯代洗牌,因和薛姨妈说笑,不见鸳鸯动手,贾母道:"你怎么恼了,连牌也不替我洗?"鸳鸯拿起牌来,笑道:"二奶奶不给钱。"贾母道:"他不给钱,那是他交运了。"便命小丫头子:"把他那一

贾母被逗得高高兴兴,以为真是自己赢了,岂知都是"假作真"耳,然非此人情不悦耳。

凤姐凑趣,越发逗人。

第四十七回　呆霸王调情遭苦打　冷郎君惧祸走他乡

吊钱都拿过来。"小丫头子真就拿了，搁在贾母旁边。凤姐儿笑道："赏我罢，我照数儿给就是了。"薛姨妈笑道："果然是凤丫头小器，不过是顽儿罢了。"

凤姐听说，便站起来拉着薛姨妈，回头指着贾母素日放钱的一个木匣子，笑道："姨妈瞧瞧，那个里头不知顽了我多少去了。这一吊钱顽不了半个时辰，那里头的钱就招手儿叫他了。只等把这一吊也叫进去了，(凤姐直把钱也说活了。)牌也不用斗了，老祖宗的气也平了，又有正经事差我办去了。"话说未完，引的贾母众人笑个不住。偏有平儿怕钱不够，又送了一吊来。凤姐儿道："不用放在我跟前，也放在老太太的那一处罢。一齐叫进去倒省事，不用做两次，叫箱子里的钱费事。"贾母笑的手里的牌撒了一桌子，推着鸳鸯，叫："快撕他的嘴！"

平儿依言放下钱，也笑了一回，方回来。至院门前遇见贾琏，问他："太太在那里呢？老爷叫我请过去呢。"平儿忙笑道："在老太太跟前呢，站了这半日还没动呢。(邢夫人站着，贾母没有让她坐，可见贾母对她有气。)趁早儿丢开手罢。老太太生了半日气，这会子亏二奶奶凑了半日趣儿，才略好了些。"贾琏道："我过去只说讨老太太的示下，十四往赖大家去不去，好预备轿子的。又请了太太，又凑了趣儿，岂不好？"平儿笑道："依我说，你竟不去罢。合家子连太太、宝玉都有了不是，这会子你又填限去

凤姐的话，如春花烂漫，满席皆春，既逗人欢喜，又不见造作，皆风生涟漪，自然成文。

更进一层，更生一重波澜。

859

了。"贾琏道:"已经完了,难道还找补不成?况且与我又无干。〔你自己碰上来了,岂能无干。〕二则老爷亲自吩咐我请太太的,这会子我打发了人去,倘或知道了,正没好气呢,指着这个拿我出气罢。"〔又怕贾赦生气。〕说着就走。平儿见他说得有理,也便跟了过来。

贾琏到了堂屋里,便把脚步放轻了,往里间探头,〔可见十分小心。〕只见邢夫人站在那里。凤姐儿眼尖,先瞧见了,使眼色儿不教他进来,又使眼色与邢夫人。邢夫人不便就走,只得倒了一碗茶来,放在贾母跟前。贾母一回身,贾琏不防,便没躲伶俐。〔越想躲越没有躲掉。〕贾母便问:"外头是谁?倒像个小子一伸头。"〔贾母眼尖。〕凤姐儿忙起身说:"我也恍惚看见一个人影儿,让我瞧瞧去。"〔凤姐随声附和。〕一面说,一面起身出来。

贾琏忙进去,陪笑道:"打听老太太十四可出门?好预备轿子。"贾母道:"既这么样,怎么不进来,〔问得是。〕又作鬼作神的?"贾琏陪笑道:"见老太太玩牌,不敢惊动。不过叫媳妇出来问问。"贾母忙道:"那里就忙到这一时?等他家去,你问多少问不得?那一遭儿你这么小心来着!又不知是来作耳报神的,也不知是来作探子的?〔贾母一看就明白,岂能瞒过。两句话,已直射贾赦。〕鬼鬼祟祟的,倒唬了我一跳。什么好下流种子!你媳妇和我顽牌呢,还有半日的空儿,你家去再和那赵二家的商量治你媳妇去罢。"说着,众人都笑了。

〔究竟还是与你有干了。〕

第四十七回　呆霸王调情遭苦打　冷郎君惧祸走他乡

鸳鸯笑道："鲍二家的，老祖宗又拉上赵二家的。"贾母也笑道："可是，我那里记得什么抱着背着的！贾母误听得妙。提起这些事来，不由我不生气。我进了这门子作重孙子媳妇起，到如今我也有了重孙子媳妇了，连头带尾五十四年，凭着大惊大险、千奇百怪的事，也经了些，从没经过这些事。还不离了我这里呢！"一身经历，看透种种花样。

两句贾赦、贾琏都骂在内。

贾琏一声儿不敢说，忙退了出来。平儿站在窗外悄悄的笑道："我说着你不听，到底碰在网里了。"正说着，只见邢夫人也出来，贾琏道："都是老爷闹的，如今都搬在我和太太身上。"邢夫人道："我把你这没孝心的、雷打的下流种子！人家还替老子死呢，可见邢夫人愚蠢至极，难道能为此事替老子死吗？可见"三从四德"之害人也。白说了几句，你就抱怨了。你还没遇见他生气的时候呢，这几日肯生气，仔细他捶你。"贾琏道："太太快过去罢，叫我来请了好半日了。"说着，送他母亲出来，过那边去。

邢夫人将方才的话只略说了几句，贾赦无法，又含愧，自此便告病，且不敢见贾母，只打发邢夫人及贾琏每日过去请安。只得又各处遣人购求寻觅，终久费了八百两银子，此银只好自花，不敢向贾母要也。买了一个十七岁的女孩子来，名唤嫣红，收在屋内。不在话下。究竟还怕贾母。

这里斗了半日牌，吃晚饭才罢。此一二日间无话。

> 奴才家也建花园，且有"泉石林木，楼阁亭轩，也有好几处惊人骇目的"。可见其兴发之象。

> 特写柳湘莲。

> 所谓"优伶一类"，即供人玩弄之男妓也。乾隆时盛此风，清人笔记多有记载，蒋士铨《忠雅堂诗集》有《戏旦》一诗云："朝为俳优暮狎客，行酒灯筵逞颜色。士夫嗜好诚未知，风气妖邪此为极……酒阑客散壶签促，笑伴官人花底宿……不道衣冠乐贵游，官妓居然是男子。"阅此诗可知当时此风之盛。雪芹书此，亦当时社会之写真也。

展眼到了十四日，黑早，赖大的媳妇又进来请。贾母高兴，便带了王夫人、薛姨妈及宝玉姊妹等，到赖大花园中坐了半日。那花园虽不及大观园，却也十分齐整宽阔，泉石林木，楼阁亭轩，也有好几处惊人骇目的。外面厅上，薛蟠、贾珍、贾琏、贾蓉并几个近族的。很远的也没来，贾赦也没来。赖大家内也请了几个现任的官长并几个世家子弟作陪。

因其中有柳湘莲，薛蟠自上次会过一次，已念念不忘；又打听他最喜串戏，且串的都是生旦风月戏文，不免错会了意，误认他作了风月子弟。正要与他相交，恨没有个引进，这日可巧遇见，乐得无可无不可。且贾珍等也慕他的名，酒又盖住了脸，就求他串了两出戏。下来，移席和他一处坐着，问长问短，说此说彼。

那柳湘莲原是世家子弟，读书不成，父母早丧，素性爽侠，不拘细事，酷好耍枪舞剑，赌博吃酒，以至眠花卧柳，吹笛弹筝，无所不为。因他年纪又轻，生得又美，不知他身份的人，却误认作优伶一类。那赖大之子赖尚荣与他素习交好，故他今日请来作陪。不想酒后别人犹可，独薛蟠又犯了旧病。_{薛蟠旧病发作，不可自止矣。}他心中早已不快，得便意欲走开完事，无奈赖尚荣死也不放。_{柳湘莲早想走开，无奈赖尚荣不放。}赖尚荣又说："方才宝二爷又嘱咐我，才一进门虽见了，只是人多不好说话，叫我嘱咐你散的时候别走，他还有话说呢。你既一定要去，等

第四十七回　呆霸王调情遭苦打　冷郎君惧祸走他乡

我叫出他来，你两个见了再走，与我无干。"说着，便命小厮们到里头找一个老婆子，悄悄告诉："请出宝二爷来。"那小厮去了。没一盏茶时，果见宝玉出来了。赖尚荣向宝玉笑道："好叔叔，把他交给你，我张罗人去了。"说着，一径去了。

宝玉便拉了柳湘莲到厅侧小书房中坐下，问他这几日可到秦钟的坟上去了。_{脂批："忽提此人，使我堕泪。近几回不见提此人，自谓不表矣，乃忽于此处柳湘莲提及，所谓方以类聚，物以群分也。"}湘莲道："怎么不去？前日我们几个人放鹰去，离他坟上还有二里。我想今年夏天的雨水勤，恐怕他的坟站不住。我背着众人，走去瞧了一瞧，果然又动了一点子。回家来就便弄了几百钱，第三日一早出去，雇了两个人收拾好了。"

宝玉道："怪道呢，上月我们大观园的池子里头结了莲蓬，我摘了十个，叫茗烟出去到坟上供他去。回来我也问他，可被雨冲坏了没有。他说，不但不冲，且比上回又新了些。我想着，不过是这几个朋友新筑了。我只恨我天天圈在家里，一点儿做不得主，行动就有人知道，不是这个拦就是那个劝的，能说不能行。虽然有钱，又不由我使。"湘莲道："这个事，也用不着你操心，外头有我呢。你只心里有了就好，就是眼前十月一，我已经打点下上坟的花消。你知道我一贫如洗，家里是没的积聚，纵有几个钱来，又随手就光的，不如趁空儿留下这一分，省得到了跟前扎手。"

> 补叙一段，可见柳湘莲、宝玉都还念着秦钟。

> "十月一"，北方民间为已故亲人上坟送寒衣之日。谚云："十月一，神鬼要棉衣。"已嫁之女必于是日回家为已故父祖辈上坟，曰"送寒衣"，至今仍存此俗，即称是日为"十月一"，而不称"十月初一"。此处正写宝玉、湘莲为秦钟上坟之事，可证当时已有此俗。庚辰本作"十月一"，是。别本作"十月初一"，误。足见庚辰本之可贵。
> 此条承河北读者萧凤芝见告，谢谢。

宝玉道："我也正为这个，要打发茗烟找你，你又不大在家，知道你天天萍踪浪迹，没个一定的去处。"湘莲道："这也不用找我。这个事，不过各尽其道。眼前我还要出门去走走，外头逛个三年五载再回来。" 特写一笔柳湘莲要远行，为下文预伏。 宝玉听了，忙问道："这是为何？"柳湘莲冷笑道："你不知道我的心事，等到跟前，你自然知道。我如今要别过了。"宝玉道："好容易会着，晚上同散岂不好？"湘莲道："你那令姨表兄还是那样，再坐着未免有事， 柳湘莲总想避开薛蟠，免得惹事。 不如我回避了倒好。"宝玉想了一想道："既是这样，倒是回避他为是。只是你要果真远行，必须先告诉我一声，千万别悄悄的去了。"说着，便滴下泪来。柳湘莲道："自然要辞的。你只别和别人说就是了。"说着，便站起来要走，又道："你就进去罢，不必送我。"一面说，一面出了书房。

刚至大门前，早遇见薛蟠在那里乱嚷乱叫 薛蟠原来候在这里。 说："谁放了小柳儿走了！"柳湘莲听了，火星乱迸，恨不得一拳打死，复思酒后挥拳，又碍着赖尚荣的脸面，只得忍了又忍。

写薛蟠，活是一个花花公子，呆霸王。 薛蟠忽见他走出来，如得了珍宝，忙趔趄着走上来一把拉住，笑道："我的兄弟，你往那里去了？"湘莲道："走走就来。"薛蟠笑道："好兄弟，你一去都没兴了，好歹坐一坐，你就疼我了。凭你有什么要紧的事，交给哥，你只别忙。有你这个哥，你要做官

第四十七回　呆霸王调情遭苦打　冷郎君惧祸走他乡

发财都容易。"

湘莲见他如此不堪，_{正是不堪之极。}心中又恨又愧，早生一计，便拉他到避人之处，笑道："你真心和我好，假心和我好呢？"薛蟠听这话，喜的心痒难挠，乜斜着眼_{一副贼相。}忙笑道："好兄弟，你怎么问起我这话来？我要是假心，立刻死在眼前！"湘莲道："既如此，这里不便。等坐一坐，我先走，你随后出来，跟到我下处，咱们替另喝一夜酒。我那里还有两个绝好的孩子，从没出门去。你可连一个跟的人也不用带，到了那里，服侍的人都是现成的。"_{服侍你一顿拳脚，毫不费力。}

薛蟠听如此说，喜得酒醒了一半，说："果然如此？"湘莲道："如何人拿真心待你，你倒不信了？"薛蟠忙笑道："我又不是呆子，_{明明是呆霸王，偏说不是呆子。}怎么有个不信的呢！既如此，我又不认得，你先去了，我在那里找你？"湘莲道："我这下处在北门外头。你可舍得家，城外住一夜去？"薛蟠笑道："有了你，我还要家做什么！"湘莲道："既如此，我在北门外头桥上等你，咱们席上且吃酒去。你看我走了之后，你再走，他们就不留心了。"薛蟠听了，连忙答应。

于是二人复又入席，饮了一回。那薛蟠难熬，只拿眼看湘莲，心内越想越乐，左一壶右一壶，并不用人让，自己便吃了又吃，_{自得其乐，以为好事在眼前也。}不觉酒已八九分了。_{写薛蟠直是一个浑人，能得其神髓。}湘莲便起身出来，瞅人不防去了。至门外，命小厮杏奴："先家去罢，我到城外就来。"说毕，已跨马直出北门，桥上等候薛蟠。

没顿饭时工夫，只见薛蟠骑着一匹大马，远远的赶了来，张着嘴，瞪着眼，头似拨浪鼓一般不住左右乱瞧。_{写得活脱逼真。}及至从湘莲马前过去，_{写得妙，活画薛蟠。}只顾望远处瞧，不曾留心近处，反踩过去了。湘莲又是笑，又是恨，便也撒马随后赶来。

薛蟠往前看时，渐渐人烟稀少，便又圈马回来再找，不想一回头见了湘莲，如获奇珍，忙笑道："我说你是个再不失信的。"湘莲笑道："快往前走，仔细人看见跟了来，就不便了。"说着，先就撒马前去，薛蟠也紧紧的跟来。

湘莲见前面人迹已稀，且有一带苇塘，便下马，将马拴在树上，向薛蟠笑道："你下来，咱们先设个誓，日后要变了心，告诉人去的，便应了誓。"薛蟠笑道："这话有理。"_{薛蟠大老粗，岂能想到吃亏就在眼前。}连忙下了马，也拴在树上，便跪下说道："我要日久变心，告诉人去的，天诛地灭！"一语未了，_{想不到话未说完已变心了。}只听"嗖"的一声，颈后好似铁锤砸下来，只觉得一阵黑，满眼金星乱迸，身不由己，便倒下来。湘莲走上来瞧瞧，知道他是个笨家，不惯挨打，_{挨打岂能惯，令人发笑。}只使了三分气力，向他脸上拍了几下，登时便开了果子铺。

薛蟠先还要挣挫起来，又被湘莲用脚尖点了两点，仍旧跌倒,口内说道:"原是两家情愿,你不依,只好说,为什么哄出我来打我?"一面说,一面乱骂。湘莲道:"我把你瞎了眼的,你认认柳大爷是谁!你不说哀求,你还伤我!我打死你也无益,只给你个利害罢。"说着,便取了马鞭过来,从背至胫,打了三四十下。薛蟠酒已醒了大半,_{用马鞭醒酒,是专治薛蟠酒醉之法。}觉得疼痛难禁,不禁有"嗳哟"之声。

> 白日做梦,还说两家情愿。

湘莲冷笑道:"也只如此!我只当你是不怕打的。"一面说,一面又把薛蟠的左腿拉起来,朝苇中泞泥处拉了几步,滚的满身泥水。_{打完还要浆洗一番。}又问道:"你可认得我了?"薛蟠不应,只伏着哼哼。湘莲又掷下鞭子,用拳头向他身上擂了几下。薛蟠便乱滚乱叫,说:"肋条折了。我知道你是正经人,因为我错听了旁人的话了。"湘莲道:"不用拉别人,你只说现在的。"薛蟠道:"现在也没什么说的。不过你是个正经人,我错了。"湘莲道:"还要说软些才饶你。"薛蟠哼哼着道:"好兄弟。"湘莲便又一拳,_{一句好兄弟,偿一拳。}薛蟠"嗳哟"了一声道:"好哥哥。"湘莲又连两拳。_{又是两拳。}薛蟠忙"嗳哟"叫道:"好老爷,饶了我这没眼睛的瞎子罢!从今以后我敬你怕你了。"湘莲道:"你把那水喝两口。"

> 还不肯求饶。

_{喝酒以后再喝水。}薛蟠一面听了,一面皱眉道:"那水脏得很,怎么喝得下去!"湘莲举拳就打。薛蟠忙道:"我喝,我喝。"说着说着,只得俯头向苇根下喝了一口,犹

未咽下去，只听"哇"的一声，把方才吃的东西都吐了出来。湘莲道："好脏东西，你快吃尽了饶你。"薛蟠听了，真是难为薛大爷了。叩头不迭道："好歹积阴功饶我罢！这至死不能吃的。"湘莲道："这样气息，倒熏坏了我。"说着，丢下薛蟠，便牵马认镫去了。这里薛蟠见他已去，心内方放下心来，后悔自己不该误认了人。待要挣挫起来，无奈遍身疼痛难禁。

谁知贾珍等席上忽不见了他两个，各处寻找不见。有人说："恍惚出北门去了。"薛蟠的小厮们素日是惧他的，他吩咐不许跟去，谁还敢找去？脂批："亦如秦法自误。"后来还是贾珍不放心，命贾蓉带着小厮们寻踪问迹的直找出北门。下桥二里多路，忽见苇坑边薛蟠的马拴在那里。众人都道："可好了，有马必有人。"一齐来至马前，只听苇中有人呻吟。大家忙走来一看，只见薛蟠衣衫零碎，面目肿破，没头没脸，遍身内外，滚的似个泥猪一般。好比喻，真像。

贾蓉心内已猜着九分了，忙下马令人搀了出来，笑道："薛大叔天天调情，今儿调到苇子坑里来了。必定是龙王爷也爱上你风流，要你招驸马去，你就碰到龙犄角上了。"薛蟠羞的恨没地缝儿，钻不进去，那里爬的上马去。还要讽刺两句，自然少不得。活现世，全被人看得一清二楚。贾蓉只得命人赶到关厢里，雇了一乘小轿子，薛蟠坐了，一齐进城。贾蓉还要抬往赖家去赴席，故意捉弄。薛蟠百般央告，又命他不要

第四十七回　呆霸王调情遭苦打　冷郎君惧祸走他乡

告诉人，贾蓉方依允了，让他各自回家。

贾蓉仍往赖家回复贾珍，并说方才形景。贾珍[二]也知为湘莲所打，也笑道："他须得吃个亏才好。"至晚散了，便来问候。薛蟠自在卧房将养，推病不见。

贾母等回来，各自归家时，薛姨妈与宝钗见香菱哭得眼睛肿了。问其原故，忙赶来瞧薛蟠时，脸上身上虽有伤痕，并未伤筋动骨。薛姨妈又是心疼，又是发恨，骂一回薛蟠，又骂一回柳湘莲，意欲告诉王夫人，遣人寻拿柳湘莲。

宝钗忙劝道："这不是什么大事，不过他们一处吃酒，酒后反脸常情，谁醉了，多挨几下子打，也是有的。况且咱们家的无法无天，也是人所共知的。妈不过是心疼的缘故，要出气也容易，等三五天哥哥养好了出的去时，那边珍大爷、琏二爷这干人也未必白丢开了，自然备个东道，叫了那个人来，当着众人，给哥哥赔不是认罪就是了。如今妈先当件大事告诉众人，倒显得妈偏心溺爱，纵容他生事招人，今儿偶然吃了一次亏，妈就这样兴师动众，倚着亲戚之势，欺压常人。"薛姨妈听了，道："我的儿，到底是你想的到，我一时气糊涂了。"宝钗笑道："这才好呢，他又不怕妈，又不听人劝，一天纵似一天，吃过两三个亏，他倒罢了。"

薛蟠睡在炕上，痛骂柳湘莲，又命小厮们去拆他

<small>还是宝钗明智，张扬开去，更叫薛家难堪。</small>

<small>薛姨妈只是护薛蟠，可见也是糊涂人。</small>

的房子,打死他,和他打官司。薛姨妈禁住小厮们,只说柳湘莲一时酒后放肆,如今酒醒,后悔不及,惧罪逃走了。薛蟠听见如此说了,气方渐平。

　　要知端的——

第四十七回　呆霸王调情遭苦打　冷郎君惧祸走他乡

【回后评】

邢夫人以为自己釜底抽薪之计一蹴即成，岂知一遇鸳鸯即碰壁，再使鸳鸯兄嫂亦无用，终于不得不来见贾母，尚未见面，已知事情糟糕，进退不得，真成尴尬人。见贾母后贾母第一句就是"我听见你替你老爷说媒来了"，这句话看似平平，其实是冷嘲热讽与切责均在其内矣。接着说"你倒也三从四德的，只是这贤慧也太过了"。"三从四德"本是封建妇道，只有嫌其不足，而贾母却说她"贤慧也太过了"，就是说她"太过分了"，也就是责她不贤慧，贤慧过头，当然就是不贤慧，所谓过犹不及。接下去说："你们如今也是孙子、儿子满眼了，你还怕他。"这是直接说她不顾自己的年纪身份，干这些叫儿孙看了都看不过去的事，这句话连贾赦都一起切责在内。下面一句更是重点在责贾赦，而亦及邢夫人，邢夫人稍欲申辩，贾母即严词以斥："他逼着你杀人，你也杀去？"一句话，责得邢夫人再也无言以对。以下便是讲自己绝不可少鸳鸯，你们做儿女的不来孝顺，还要把服侍我的人要走，万万不能。这一席话，虽未说他们不孝，而已见其意。这也是严责，因封建时代，不孝也是一项重罪。贾母这番看似薄责，实际上却是十分严峻的话，却丝毫也不涉及鸳鸯愿意不愿意之事，亦即与鸳鸯无关，而是老太太绝不许可。这既避免鸳鸯再受难为，更使贾赦、邢夫人知道是贾母绝不容许，即使找鸳鸯也无用。然后即叫她将此话转告贾赦。说完就立即找人打牌取乐，再不提此事，显得此事已经决断，再无可商量。由此可见贾母析理之清楚、处事之果决。

贾母等打牌，凤姐连篇笑话，不仅写凤姐捷才，亦使文章于前段紧张肃穆后文情为之一转，变紧张为轻松。正当文情荡漾之际,又忽来贾琏。贾琏虽然小心翼翼,探头探脑地进去,还是被老太太一眼就看见,说:"那一遭儿你这么小心来着!又不知是来作耳报神的,也不知是来作探子的,鬼鬼祟祟的,倒唬了我一跳,什么好下流种子!你媳妇和我顽牌呢,还有半日的空儿,你家去再和那赵二家的商量治你媳妇去罢。""说着,众人都笑了。鸳鸯笑道:'鲍二家的,老祖宗又拉上赵二家的。'贾母也笑道:'可是,我那里记得什么抱着背着的!提起这些事来,不由我不生气。我进了这门子作重孙媳妇起,到如今我也有了重孙子媳妇了,连头带尾五十四年,凭着大惊大险、千奇百怪的事,也经了些,从没经过这些事。还不离了我这里呢!'"贾母这一大段话,既骂贾赦又骂贾琏,"耳报神""探子"是骂贾赦也。"赵二家的","抱着背着的"是骂贾琏也。末两句是贾赦、贾琏合骂。文章合笑声骂声于一腔,此天下之奇文也。

赖家孙子做官演戏,而贾府正在衰落,子孙如此不肖,是荣枯各异,恰成两相对照。然赖家之富是仗贾家之势,而荣枯恰相反,是亦时世趋势之一端也。雪芹写此,亦为社会留一角真面乎!

薛蟠自抢英莲以后,逍遥法外,一贯仗势欺人,寻欢作乐,从未受过惩处,乃忽遇柳湘莲,不仅被痛打一顿,而且叩头求饶,"滚的似个泥猪一般"。贾蓉更说:"薛大叔天天调情,今儿调到苇子坑里来了。必定是龙王爷也爱上你风流,要你招驸马去,你就碰到龙犄角上了。"薛蟠羞得恨没地缝儿钻不进去。此大快人心之笔:不惩薛蟠,不足以快读者之心;不惩薛蟠,亦不足以称《红楼》之文。

第四十七回　呆霸王调情遭苦打　冷郎君惧祸走他乡

【校记】

〔一〕回目：庚辰本、杨本、列藏本、戚序本、蒙府本、甲辰本、程甲本均同，文字小有出入。戚序、蒙府本"苦打"作"毒打"。庚辰本"遭"误书作"遣"。

〔二〕"并说方才形景。贾珍"以上八字庚辰本缺，据蒙府、戚序、列藏本补。

第四十八回　滥情人情误思游艺
　　　　　　　慕雅女雅集苦吟诗

脂批:"题曰'柳湘莲走他乡',必谓写湘莲如何走。今却不写,反细写阿呆兄之'游艺',了却湘莲之分内。走者而不细写其走,反写阿呆,不应走而写其走。文牵歧路,令人不识者如此。至'情小妹'回中方写湘莲文字,真神化之笔。"

庚辰本回前评。

霸王而挨打,难见人,要躲一年半载,可见此霸王非拔山扛鼎之霸王,乃横行霸道之霸王耳。

自知文不文、武不武,还算有点自知之明。

名义上是学做生意,实际上是逛逛山水,躲避躲避。

　　且说薛蟠听见如此说了,气方渐平。三五日后,疼痛虽愈,伤痕未平,只装病在家,愧见亲友。

　　展眼已到十月,因有各铺面伙计内有算年账要回家的,少不得家内治酒钱行。内有一个张德辉,年过六十,自幼在薛家当铺内揽总,家内也有二三千金的过活,今岁也要回家,明春方来。因说起:"今年纸札、香料短少,明年必是贵的。明年先打发大小儿上来当铺内照管,赶端阳前我顺路贩些纸札、香扇来卖。除去关税花销,亦可以剩得几倍利息。"薛蟠听了,心中忖度:"我如今挨了打,正难见人,想着要躲他个一年半载,又没处去躲。天天装病,也不是事。况且我长了这么大,文又不文,武又不武,虽说做买卖,究竟戥子算盘从没拿过,地土风俗、远近道路又不知道,不如也打点几个本钱,和张德辉逛一年来。赚钱也罢,不赚钱也罢,且躲躲羞去。二则逛逛山水,也

第四十八回　滥情人情误思游艺　慕雅女雅集苦吟诗

是好的。"心内主意已定，至酒席散后，便和张德辉说知，命他等一二日一同前往。

晚间，薛蟠告诉了他母亲。薛姨妈听了虽是欢喜，但又恐他在外生事，花了本钱倒是末事，因此不命他去。只说："好歹你守着我，我还能放心些。况且也不用做这买卖，也不等着这几百银子来用。你在家里安分守己的，就强似这几百银子了。"这是实在话。

薛蟠主意已定，那里肯依，只说："天天又说我不知世事，这个也不知，那个也不学。如今我发狠把那些没要紧的都断了，如今要成人立事，学习着做买卖，又不准我了，叫我怎么样呢？我又不是个丫头，把我关在家里，何日是个了日？况且那张德辉又是个年高有德的，咱们和他世交，我同他去，怎么得有舛错？有依靠。我就一时半刻有不好的去处，他自然说我劝我。就是东西贵贱行情，他是知道的，自然色色问他，何等顺利，倒不叫我去。过两日，我不告诉家里，私自打点了一走，明年发了财回家，呆霸王要发财，新鲜事。那时才知道我呢。"说毕，赌气睡觉去了。

项羽是学书不成去学剑，又不成，去学万人敌。薛蟠是学书不成去学生意，学生意不成即去游逛。

薛姨妈听他如此说，因和宝钗商议。宝钗笑道："哥哥果然要经历正事，正是好的了。只是他在家时说着好听，到了外头旧病复犯，正愁这一点。越发难拘束了。但也愁不得许多。他若是真改了，是他一生的福；若不改，妈也不能又有别的法子。一半尽人力，一半听

明知他不能成事，也不能改老脾气，但终不能不让他试试。

875

天命罢了。这么大人了，若只管怕他不知世路，出不得门，干不得事，今年关在家里，明年还是这个样儿。他既说的名正言顺，妈就打谅着丢了八百一千银子，竟交与他试一试。横竖有伙计们帮着，也未必好意思哄骗他的。二则他出去了，左右没有助兴的人，又没了倚仗的人，到了外头，谁还怕谁？_{谁还怕谁，这是实话。}有了的吃，没了的饿着，举眼无靠。他见这样，只怕比在家里省了事，也未可知。"_{脂批："作书者曾吃此亏，批书者亦曾吃此亏，故特于此注明，使后人深思默戒。脂砚斋"}薛姨妈听了，思忖半晌，说道："倒是你说的是。花两个钱，叫他学些乖来也值了。"商议已定，一宿无语。

> 宝钗说得头头是道，真是只有出去，没有不让出去之理。

至次日，薛姨妈命人请了张德辉来，在书房中，命薛蟠款待酒饭，自己在后廊下，隔着窗子，向里千言万语嘱托张德辉照管薛蟠。张德辉满口应承，吃过饭告辞，又回说："十四日是上好出行日期，大世兄即刻打点行李，雇下骡子，十四一早就长行了。"薛蟠喜之不尽，将此话告诉了薛姨妈。

薛姨妈便和宝钗、香菱并两个老年的嬷嬷连日打点行装，派下薛蟠之乳父老苍头一名，当年谙事旧仆二名，外有薛蟠随身常使小厮二人，主仆一共六人，雇了三辆大车，单拉行李使物，又雇了四个长行骡子。薛蟠自骑一匹家内养的铁青大走骡，外备一匹坐马。诸事完毕，薛姨妈、宝钗等连夜劝戒之言，自不必备说。

> 出外做生意而带侍候之人五人，还有四个长行骡子，自骑铁青大走骡，另备坐马，如此派势，安得不遇盗。

至十三日，薛蟠先去辞了他舅舅，然后过来辞了

第四十八回　滥情人情误思游艺　慕雅女雅集苦吟诗

贾宅诸人。贾珍等未免又有饯行之说，也不必细述。至十四日一早，薛姨妈、宝钗等直同薛蟠出了仪门。母女两个四只泪眼看他去了，方回来。

薛姨妈上京带来的家人，不过四五房，并两三个老嬷嬷、小丫头，今跟了薛蟠一去，外面只剩了一两个男子。因此，薛姨妈即日到书房，将一应陈设玩器，并帘幔等物，尽行搬了进来收贮，命那两个跟去的男子之妻一并也进来睡觉。又命香菱将他屋里也收拾严紧："将门锁了，晚间和我去睡。"

宝钗道："妈既有这些人作伴，不如叫菱姐姐和我作伴去。我们园里又空，夜长了，我每夜做活，越多一个人岂不越好。"薛姨妈听了，笑道："正是我忘了，原该叫他同你去才是。我前日还同你哥哥说，文杏又小，道三不着两的，莺儿一个人不够服侍的，还要买一个丫头来你使。"宝钗道："买的不知底里，倘或走了眼，花了钱小事，没的淘气。倒是慢慢的打听着，有知道来历的，买个还罢了。"脂批："闲言过耳无迹，然已伏下一事矣。"一面说，一面命香菱收拾了衾褥妆奁，命一个老嬷嬷并臻儿送至蘅芜苑去。然后宝钗和香菱才同回园中来。脂批：

<small>薛蟠出门，为香菱入园之由。</small>

<small>"细想香菱之为人也，根基不让迎探，容貌不让凤秦，端雅不让纨钗，风流不让湘黛，贤惠不让袭平，所惜者青（幼）年罹祸，命运乖蹇，足（致）为侧室。且虽曾读书，不能与林湘辈并驰于海棠之社耳。然此一人岂可不入园哉。故欲令入园，终无可入之隙。筹划再四，欲令入园必呆兄远行后方可。然阿呆兄又如何方可远行？曰：名不可，利不可，正事不可，必得万人想不到自己忽一发机之事方可。因此思及情之一字，及（乃）呆素所误者，故借'情误'二字生出一事，使阿呆游艺之志已坚，则菱卿入园之隙方妥。回思因欲香菱入园，是写阿呆情误，因</small>

^{欲阿呆情误，先写一赖尚华（荣）；}香菱笑向宝钗道："我原要和奶
^{实委婉严密之甚也。脂砚斋评。"}
奶说的，大爷去了，我〔一〕和姑娘作伴儿去。又恐怕奶奶多心，说我贪着园里来顽。谁知你竟说了。"宝钗笑道："我知道你心里羡慕这园子，不是一日两日的了，只是没个空儿。就每日来一趟，慌慌张张的，也没趣儿。所以趁着这机会，越性住上一年，我也多个作伴的，你也遂了心。"香菱笑道："好姑娘，你趁着这个工夫，教给我作诗罢。"^{脂批："写得何其有趣。今忽见菱卿此句，合卷从纸上另走出一姣小美人来，并不是湘林探凤等一样口气声色，真神骏之技，虽驰驱万里而不见有倦怠之色。"}

> 香菱欲学作诗，而不知诗为何物，以为一学就能，所以说："趁着这个工夫，教给我作诗罢。"然今人有学诗者，亦是香菱这种想法，可发一笑。
>
> 尚未进园，先"从老太太起，各处各人，你都瞧瞧，问候一声儿，也不必特意告诉他们说搬进园来"。香菱，薛蟠之妾耳，如何叫他"从老太太起，各处各人，你都瞧瞧"。无乃太唐突乎，此举真不可解。

宝钗笑道："我说你'得陇望蜀'呢。我劝你今儿头一日进来，先出园东角门，从老太太起，各处各人，你都瞧瞧，问候一声儿。也不必特意告诉他们说搬进园来。若有提起因由，你只带口说我带了你进来作伴儿就完了。回来进了园，再到各姑娘房里走走。"^{进了园到各姑娘房里走走，尚属正理。}

香菱应着才要走时，只见平儿忙忙的走来。^{脂批："忙忙二字奇，不知有何妙文。"}香菱忙问了好，平儿只得陪笑相问。^{"只得"二字，写出平儿意外突然之感。}宝钗因向平儿笑道："我今儿带了他来作伴儿，正要去回你奶奶一声儿。"^{宝钗先尽礼数。}平儿笑道："姑娘说的是那里话？我竟没话答言了。"宝钗道："这才是正理。店房也有个主人，庙里也有个住持。虽不是大事，到底告诉一声。便是园里坐更上夜的人，知道添了他两个，也好关门候户的了。^{说得事事周到。}你回去告诉一声罢，

第四十八回　滥情人情误思游艺　慕雅女雅集苦吟诗

我不打发人去了。"平儿答应着,因又向香菱笑道:"你既来了,也不拜一拜街坊邻舍去?" 脂批:"是极,恰是戏言,实欲支出香菱去也。" 宝钗笑道:"我正要叫他去呢。"平儿道:"你且不必往我们家去,二爷病了在家里呢。" 有内情,不能明言。 香菱答应着去了,先从贾母处来,不在话下。

且说平儿见香菱去了,便拉宝钗忙说道:"姑娘可听见我们的新文了?"宝钗道:"我没听见什么新文。因连日打发我哥哥出门,所以你们这里的事,一概也不知道,连姊妹们这两日也没见。"平儿笑道:"老爷把二爷打了个动不得,难道姑娘就没听见?"宝钗道:"早起恍惚听见了一句,也信不真。我也正要瞧你奶奶去呢,不想你来了。又是为了什么打他?" 贾赦打贾琏,真是新文。

平儿咬牙骂道:"都是那贾雨村什么风村,半路途中那里来的饿不死的野杂种!认了不到十年,生了多少事出来! 总括一句,可见雨村坏事做绝。 今年春天,老爷不知在那个地方看见了几把旧扇子,回家来看家里所有收着的这些好扇子都不中用了,立刻叫人各处搜求。谁知就有一个不知死的冤家,混号儿世人叫他作石呆子,穷的连饭也没的吃,偏他家就有二十把旧扇子,死也不肯拿出大门来。二爷好容易烦了多少情,见了这个人,说之再三,把二爷请到他家里坐着,拿出这扇子略瞧了一瞧。据二爷说,原是不能再有的,全是湘妃、棕竹、麋鹿、玉竹的, 从文物来看,此类亦非连城之宝。 皆是古人写画真迹, 痛骂贾雨村。贾雨村久不提矣,才一提及,开口便骂。 世上自有此种钟情于文玩古董者,世俗人不懂,或以为是呆子耳。 琏二爷是否懂文玩字画,不要如薛蟠把唐寅当庚黄。所说四种扇骨,皆非重宝,而古人字画,连名字都没有,究竟是否珍贵,尚不可知。

879

回来告诉了老爷。老爷便叫买他的，要多少银子给他多少。偏那石呆子说：'我饿死冻死，一千两银子一把，我也不卖！' 老爷没法子，天天骂二爷没能为。已经许了他五百两，先兑银子后拿扇子。他只是不卖，只说：'要扇子，先要我的命！' 姑娘想想，这有什么法子？谁知雨村那没天理的听见了，便设了个法子，讹他拖欠了官银，拿他到衙门里去，说所欠官银，变卖家产赔补，把这扇子抄了来，作了官价送了来。那石呆子如今不知是死是活。老爷拿着扇子问着二爷说：'人家怎么弄了来了？'二爷只说了一句：'为这点子小事，弄得人坑家败业，也不算什么能为！'老爷听了就生了气，说二爷拿话堵老爷。因此这是第一件大的。这几日还有几件小的，我也记不清。所以都凑在一处，就打起来了。也没拉倒用板子、棍子，就站着，不知拿什么混打一顿，脸上打破了两处。我们听见姨太太这里有一种丸药，上棒疮的，姑娘快寻一丸子给我。"

宝钗听了，忙命莺儿去要了一丸来与平儿。宝钗道："既这样，替我问候罢，我就不去了。"平儿答应着去了，不在话下。

且说香菱见过众人之后，吃过晚饭，宝钗等都往

批注：
- 究竟是哪些古人。
- 此类事前人早有过，未足为怪。
- 雨村之法，最是省事，既欠官银，便必抄家，既抄家，此物自然到手，毫不费力。
- 可想性命难保，有谁管他死活。
- 贾琏有不少丑事，但这句话却是真话。琏爷敢讲此话，还算不错，虽挨了打，亦值得令人同情。
- 连脸上都打破了，可见贾赦气极狠极，亦可见贾赦浑极横极。

第四十八回　滥情人情误思游艺　慕雅女雅集苦吟诗

贾母处去了，自己便往潇湘馆中来。_{"读书者自得师"也。}此时黛玉已好了大半，见香菱也进园来住，自是欢喜。香菱因笑道："我这一进来了，也得了空儿，好歹教给我作诗，就是我的造化了！"_{找到黛玉学诗，算是找对了。}黛玉笑道："既要作诗，你就拜我作师。我虽不通，大略也还教得起你。"香菱笑道："果然这样，我就拜你作师。你可不许腻烦的。"_{先不许老师腻烦，这个学生特殊。}

_{黛玉自愿任师，一则于诗有自负，二则于香菱有所爱。}

黛玉道："什么难事，也值得去学！不过是起承转合，当中承转是两副对子，平声对仄声，虚的对实的，实的对虚的。若是果有了奇句，连平仄虚实不对都使得的。"香菱笑道："怪道我常弄一本旧诗偷空儿看一两首，又有对的极工的，又有不对的，又听见说'一三五不论，二四六分明'。看古人的诗上亦有顺的，亦有二四六上错了的，所以天天疑惑。如今听你这一说，原来这些格调规矩竟是末事，只要词句新奇为上。"_{虽是末事，却不能不讲究，不能不精到，如一味新奇，而不讲规矩，便入魔道，此千万不能误解者。}黛玉道："正是这个道理。词句究竟还是末事，第一是立意要紧。_{立意第一，自是正理。}若意趣真了，连词句不用修饰，自是好的，这叫做'不以词害意'。"_{此话也只能适度，俱不修饰，岂有诗中老杜、义山、山谷诸人。}

_{几句话，已说尽作诗之法，自聪明能诗者观之，亦只是此数语而已，然如从诗学深处而论，则岂能一言而尽。}

香菱笑道："我只爱陆放翁的诗，'重帘不卷留香久，古砚微凹聚墨多'，说的真有趣！"黛玉道："断不可看这样的诗。你们因不知诗，所以见了这浅近的就爱。一入了这个格局，再学不出来的。"_{此类诗，格局小，思路仄，确不可多学。}

你只听我说,你若真心要学,我这里有《王摩诘全集》,你且把他的五言律读一百首,细心揣摩透熟了,然后再读一二百首老杜的七言律,次再李青莲的七言绝句读一二百首。肚子里先有了这三个人作了底子,然后再把陶渊明、应玚、谢、阮、庾、鲍等人的一看。你又是一个极聪敏伶俐的人,不用一年的工夫,不愁不是诗翁了!" _{说得那么容易。}

> 就这几句话,十年未必能读精读透也,然所举诸人,自是学诗之必不可少者。

香菱听了,笑道:"既这样,好姑娘,你就把这书给我拿出来,我带回去夜里念几首,也是好的。"黛玉听说,便命紫鹃将王右丞的五言律拿来,递与香菱,又道:"你只看有红圈的,都是我选的,有一首念一首。不明白的,问你姑娘,或者遇见我,我讲与你就是了。"

香菱拿了诗,回至蘅芜苑中,诸事不顾,只向灯下一首一首的读起来。宝钗连催他数次睡觉,他也不睡。宝钗见他这般苦心,只得随他去了。

一日,黛玉方梳洗完了,只见香菱笑吟吟的送了书来,又要换杜律。黛玉笑道:"共记得多少首?"香菱笑道:"凡红圈选的我尽读了。"黛玉道:"可领略了些滋味没有?"香菱笑道:"我倒领略了些滋味,不知可是不是,说与你听听。"黛玉笑道:"正要讲究讨论,方能长进。你且说来我听。"

香菱笑道:"据我看来,诗的好处,有口里说不

> 学诗如不下苦心,岂能有所获,犹忆予幼年,正值抗日战争开始,失学在家,无书可读,偶得《古诗源》,读之甚久,后又得《唐诗三百首》,从此二书为予学诗之入门书矣,此或即林黛玉诗法乎?一笑。

第四十八回　滥情人情误思游艺　慕雅女雅集苦吟诗

出来的意思，想去却是逼真的。有似乎无理的，想去竟是有理有情的。"黛玉笑道："这话有了些意思，但不知你从何处见得？"香菱笑道："我看他'塞上'一首，那一联云：'大漠孤烟直，长河落日圆。'想来烟如何直？日自然是圆的。这'直'字似无理，'圆'字似太俗。合上书一想，倒像是见了这景的。若说再找两个字换这两个，竟再找不出两个字来。再还有'日落江湖白，潮来天地青'，这'白''青'两个字也似无理。想来，必得这两个字才形容得尽，念在嘴里倒像有几千斤重的一个橄榄。还有'渡头余落日，墟里上孤烟'，这'余'字和'上'字难为他怎么想来！我们那年上京来，那日下晚便湾住船，岸上又没有人，只有几棵树，远远的几家人家作晚饭，那个烟竟是碧青，连云直上。谁知我昨日晚上读了这两句，倒像我又到了那个地方去了。"虽然如此，香菱能悟及此，已非易事了。

此仍不过是凭空想象耳。诗从生活中来，欲领略王辋川《塞上》诗，如无此生活，即想象亦是空泛之想。予曾七次进大漠，一次入居延海，始知此两句无穷真意、无际妙境也。

　　正说着，宝玉和探春也来了，也都入座听他讲诗。宝玉笑道："既是这样，也用不着念诗。会心处不在多，听你说了这两句，可知三昧你已得了。"黛玉笑道："你说他这'上孤烟'好，你还不知他这一句还是套了前人来的。我给你这一句瞧瞧，更比这个淡而现成。"说着，便把陶渊明的"暧暧远人村，依依墟里烟"翻了出来，递与香菱。香菱瞧了，点头叹赏，笑道："原来'上'字是从'依依'两个字上化出来的。"宝玉

更见自然，更见澹泊。

大笑道:"你已得了,不用再讲,越发倒学杂了。你就作起来,必是好的。"探春笑道:"明儿我补一个柬来,请你入社。"_{写得如此容易,自是小说耳,莫作真学诗看也。}香菱笑道:"姑娘何苦打趣我,我不过是心里羡慕,才学着顽罢了。"探春、黛玉都笑道:"谁不是顽?难道我们是认真作诗呢!若说我们认真成了诗,出了这园子,把人的牙还笑倒了呢。"_{大家都不是认真,大家都不过是玩玩,如此说还可以。}宝玉道:"这也算自暴自弃了。前日我在外头和相公们商议画儿,他们听见咱们起诗社,求我把稿子给他们瞧瞧。我就写了几首给他们看看,谁不真心叹服。他们都抄了刻去了。"探春、黛玉忙问道:"这是真话么?"宝玉笑道:"说谎的是那架上的鹦哥。"黛玉、探春听说,都道:"你真真胡闹!且别说那不成诗,便是成诗,我们的笔墨也不该传到外头去。"宝玉道:"这怕什么!古来闺阁中的笔墨不要传出去,如今也没有人知道了。"_{宝玉是通情达理之论,事实上与雪芹同时的诗人袁枚就收了不少女弟子学诗,有《女弟子诗选》。}说着,只见惜春打发了入画来请宝玉,宝玉方去了。

香菱又逼着黛玉换出杜律来,又央黛玉、探春二人:"出个题目,让我诌去。诌了来,替我改正。"黛玉道:"昨夜的月最好,我正要诌一首,竟未诌成,你竟作一首来。十四寒的韵,由你爱用那几个字去。"

香菱听了,喜的拿回诗来,又苦思一回作两句诗,又舍不得杜诗,又读两首。如此茶饭无心,坐卧不定。宝钗道:"何苦自寻烦恼。_{学诗从来就是要着魔的。香菱着魔,自是常事。}都是颦儿引

第四十八回　滥情人情误思游艺　慕雅女雅集苦吟诗

的你，我和他算账去。你本来呆头呆脑的，再添上这个，越发弄成个呆子了。"_{脂批："'呆头呆脑的'，有趣之至。最恨野史有一百个女子，皆曰聪敏伶俐，究竟看来，他行为也只平平，今以呆子为香菱定评，何等妩媚之至也。"}香菱笑道："好姑娘，别混我。"_{脂批："如闻如见。"}一面说，一面作了一首，先与宝钗看。宝钗看了笑道："这个不好，不是这个作法。你别怕臊，只管拿了给他瞧去，看他是怎么说。"香菱听了，便拿了诗找黛玉。

"你别怕臊"一句倒是要言，只有不怕臊，勤问勤改，才能入其堂奥，如怕臊，则一步不能前矣。

黛玉看时，只见写的是：

　　月挂中天夜色寒。清光皎皎影团团。
　　诗人助兴常思玩，野客添愁不忍观。
　　翡翠楼边悬玉镜，珍珠帘外挂冰盘。
　　良宵何用烧银烛，晴彩辉煌映画栏。

八句竟是初学诗人的习作，亏作者写得出来。此学诗第一阶段之义也，千万勿以为作一首诗即可另入新境。

黛玉笑道："意思却有，只是措词不雅。_{批得对。}皆因你看的诗少，被他缚住了。把这首丢开，再作一首，只管放开胆子去作。"

香菱听了，默默的回来，越性连房也不入，只在池边树下，或坐在山石上出神，或蹲在地下抠土。来往的人都诧异。

李纨、宝钗、探春、宝玉等听得此信，都远远的站在山坡上瞧着他，只见他皱一回眉，又自己含笑一回。宝钗笑道："这个人定要疯了！昨夜嘟嘟哝哝直闹到五更天才睡下，没一顿饭的工夫天就亮了。我就听见他起来了，忙忙碌碌梳了头，就找颦儿去。一回

从旁人眼中看香菱学诗。

来了,呆了一日。作了一首,又不好。这会子自然另作呢。"宝玉笑道:"这正是'地灵人杰'。老天生人,再不虚赋情性的。我们成日叹说可惜他这么个人竟俗了。谁知到底有今日,可见天地至公。"_{此话有道理,香菱遭际如此,故至今日始得亲文墨耳。}宝钗听了,笑道:"你能够像他这苦心就好了,学什么有个不成的?"_{此语即含仕途经济。}宝玉不答。_{宝玉不答,是深知其意,故不予答也。}

_{宝钗之论,并非要宝玉像香菱一样学诗,不过仍是仕途经济一套耳。}

只见香菱兴兴头头的又往黛玉那边去了。探春笑道:"咱们跟了去,看他有些意思没有。"说着,一齐都往潇湘馆来。只见黛玉正拿着诗和他讲究。众人因问黛玉作的如何。黛玉道:"自然算难为他了,只是还不好。这一首过于穿凿了,_{所谓过犹不及也。}还得另作。"众人因要诗看时,只见作道:

_{此学诗之第二阶段也,亦非此一首即可飞升入另境也。诗自当经研磨之境。}

> 非银非水映窗寒。试看晴空护玉盘。
> 淡淡梅花香欲染,丝丝柳带露初干。
> 只疑残粉涂金砌,恍若轻霜抹玉栏。
> 梦醒西楼人迹绝,余容犹可隔帘看。

宝钗笑道:"不像吟月了。'月'字底下添一个'色'字,倒还使得。你看,句句倒是月色。这也罢了,原是诗从胡说来,再迟几天就好了。"

_{"诗从胡说来",并非无理,能悟此,亦已不易,然"胡说"并非随意胡编,是要敢于想象也。}

香菱自为这首妙绝,听如此说,自己扫了兴,不肯丢开手,便要思索起来。因见他姊妹们说笑,便自己走至阶前竹下闲步,挖心搜胆,耳不旁听,目不别

第四十八回　滥情人情误思游艺　慕雅女雅集苦吟诗

视。一时探春隔窗笑说道："菱姑娘，你闲闲罢。"香菱怔怔答道："'闲'字是十五删的，你错了韵了。"众人听了，不觉大笑起来。宝钗道："可真是诗魔了。都是颦儿引的他！"黛玉道："圣人说，'诲人不倦'，他又来问我，我岂有不说之理？"李纨笑道："咱们拉了他，往四姑娘房里去，引他瞧瞧画儿，叫他醒一醒才好。"

<small>真正入魔了，耳中听来，字字皆诗韵。</small>

说着，真个出来拉了他，过藕香榭，至暖香坞中，惜春正乏倦，在床上歪着睡午觉，画缯立在壁间，用纱罩着。众人唤醒了惜春，揭纱看时，十停方有了三停，香菱见画上有几个美人，因指着笑道："这一个是我们姑娘，那一个是林姑娘。"探春笑道："凡会作诗的，都画在上头。你快学罢。"说着，顽笑了一回。

各自散后，香菱满心中还是想诗。至晚间，对灯出了一回神；至三更以后，上床卧下，两眼鳏鳏；直到五更，方才朦胧睡去了。

<small>初学诗时，常常如此。</small>

一时天亮，宝钗醒了，听了一听，他安稳睡了，心下想："他翻腾了一夜，不知可作成了？这会子乏了，且别叫他。"正想着，只听香菱从梦中笑道："可是有了，难道这一首还不好？"宝钗听了，又是可叹，又是可笑，连忙唤醒了他，问他："得了什么？你这诚心都通了仙了，学不成诗，还弄出病来呢。"一面说，一面梳洗了，会同姊妹往贾母处来。

<small>学诗常有梦中作诗事，余至今仍常有，唯不易记住全首。古人作诗亦常有梦中得句。东坡集中多有此类诗，故香菱梦中作诗亦常情也。</small>

原来香菱苦志学诗，精血诚聚，日间做不出，忽于梦中得了八句。梳洗已毕，便忙录出来，自己并不知好歹，便拿来又找黛玉。刚到沁芳亭，只见李纨与众姊妹方从王夫人处回来，宝钗正告诉他们说他梦中作诗说梦话。<u>脂批："一部大书，起是梦，宝玉情是梦，贾瑞淫又是梦，秦之（氏）家计长策又是梦，今作诗也是梦，一并风月鉴亦从梦中所有，故曰《红楼梦》也。余今批评，亦在梦中，特为梦中之人特作此一大梦也。脂砚斋。"</u>众人正笑，抬头见他来了，便都争着要诗看。且听下回分解。

第四十八回　滥情人情误思游艺　慕雅女雅集苦吟诗

【回后评】

薛蟠外出游艺，从薛蟠来说，被打受辱后无脸见人，故思外出躲避，亦藉此游览也。回目称"滥情人"指薛蟠情之滥也，则其人可知矣。"情误"者，指误认柳湘莲故遭痛打也。是情之误也。薛蟠之被痛打，且喊爹叫爷，滚得如泥猪一般，则其人龌龊污滥可知矣，亦雪芹以笔墨惩之也。从小说情节来说，如薛蟠不外出，则香菱不得入大观园，而香菱是十二钗副册上的人物，自当入大观园，故以薛蟠外出游艺，使香菱得入园之机也。

此回贾赦勾结贾雨村，以拖欠官银之罪，抄没石呆子家产，掠取其所藏古人字画名扇，置石呆子于生死不知之地。因贾琏说了一句"为这点子小事，弄得人坑家败业，也不算什么能为"，致使贾赦大怒，痛打贾琏。因之平儿大骂贾雨村，说："都是那贾雨村什么风村，半路途中那里来的饿不死的野杂种！认了不到十年，生了多少事出来！"贾赦勾结贾雨村掠夺民财，是贾赦之罪也。雨村用官势掠夺民财以讨好贾赦，是雨村枉法虐民也。平儿骂雨村说"认了不到十年，生了多少事出来"，是雨村仗势虐民，巴结贾府已非一次矣。是则平儿之骂预为后部贾家之败伏笔也。第十七回元妃省亲演戏，第一出《豪宴》下脂批云："《一捧雪》中，伏贾家之败。"平儿之骂雨村，当与上引脂批有关，暗示雨村先是贪缘贾府，继而出卖贾府，致贾府之败。贾府之败，其因当非一端，雨村之构陷，当是其罪之一端耳。此处写贾赦之贪酷，亦为后部贾府之败伏笔。故此段情节，实为贾府衰败之预示，非率尔之笔也。

香菱学诗，黛玉教诗，皆只是诗学之大要，香菱三首诗，实学诗之三阶段也。非三首诗即能学会作诗，亦非学诗一日而能成也，读者千万不能误会。诗学之深，诗学之艰，自非小说可以尽之，学者有志于此，自当另觅新途，另登艰程也。

【校记】

〔一〕"笑向"以下十八字，据蒙府、戚序、列藏诸本改。此处庚辰本原文为"香菱道我久要"五字，今删去。

第四十九回　　琉璃世界白雪红梅
　　　　　　　　脂粉香娃割腥啖膻[一]

话说香菱见众人正说笑，他便迎上去笑道："你们看这一首。若使得，我便还学；若还不好，我就死了这作诗的心了。"说着，把诗递与黛玉及众人看时，只见写道是：

　　精华欲掩料应难。影自娟娟魄自寒。
　　一片砧敲千里白，半轮鸡唱五更残。
　　绿蓑江上秋闻笛，红袖楼头夜倚栏。
　　博得嫦娥应借问，缘何不使永团圆。

众人看了，笑道："这首不但好，而且新巧有意趣。可知俗语说：'天下无难事，只怕有心人。'社里一定请你了。"香菱听了，心下不信，料着是他们瞒哄自己的话，还只管问黛玉、宝钗等。

正说之间，只见几个小丫头并老婆子忙忙的走来，都笑道："来了好些姑娘、奶奶们，我们都不认得。奶奶、姑娘们快认亲去。"李纨笑道："这是那里的话？

脂批："此回系大观园十二正钗之文。"庚辰本回前评。

此诗老成，香菱学诗之第三阶段也。首两句自叙，次二句"千里白""五更残"，平生遭际也，"绿蓑"一联，"江上""楼头""秋闻笛""夜倚栏"，思妇情怀，末句凄伤无已。此诗句句是月而句句灵活，意淡神远，就诗而论，自是佳作。

学诗岂能如此速成，此毕竟是小说耳，读者千万莫误解。

意外中忽来新人，文章另起新枝。

你到底说明白了,是谁的亲戚?"那婆子、丫头都笑道:"奶奶的两位妹子都来了。还有一位姑娘,说是薛大姑娘的妹妹。还有一位爷,说是薛大爷的兄弟。我这会子请姨太太去呢,奶奶和姑娘们先上去罢。"说着,一径去了。

宝钗笑道:"我们薛蝌和他妹妹来了不成?"李纨也笑道:"我们婶子又上京来了不成?他们也不能凑在一处,这可是奇事。"大家纳闷,来至王夫人上房,只见乌压压一地的人。

原来邢夫人之兄嫂,带了女儿岫烟进京来投邢夫人的。邢夫人一支。可巧凤姐之兄王仁也正进京,王夫人、凤姐一支。两亲家一处打帮来了。走至半路,泊船时,正遇见李纨之寡婶,带着两个女儿——大名李纹,次名李绮——也上京。李纨一支。大家叙起来,又是亲戚,因此三家一路同行。后有薛蟠之从弟薛蝌,薛姨妈一支。因当年父亲在京时,已将胞妹薛宝琴许配都中梅翰林之子为婚,正欲进京发嫁,闻得王仁进京,他也带了妹子随后赶来。所以今日会齐了,来访投各人亲戚。

四路人马同时会齐,自然热闹无比。

于是大家见礼叙过,贾母、王夫人都欢喜非常。贾母因笑道:"怪道昨日晚上灯花爆了又爆,结了又结,原来应到今日。"一面叙些家常,一面收看带来的礼物,一面命留酒饭。凤姐儿自不必说,忙上加忙。李纨、宝钗自然和婶母、姊妹叙离别之情。黛玉见了,

第四十九回 琉璃世界白雪红梅 脂粉香娃割腥啖膻

先是欢喜,次后想起众人皆有亲眷,独自己孤单,无个亲眷,不免又去垂泪。宝玉深知其情,十分劝慰了一番方罢。

然后宝玉忙忙来至怡红院中,向袭人、麝月、晴雯等笑道:"你们还不快看人去!谁知宝姐姐的亲哥哥是那个样子,他这叔伯兄弟,形容举止另是一样了,倒像是宝姐姐的同胞兄弟似的。先叙一笔薛蝌。更奇在你们成日家只说宝姐姐是绝色的人物,你们如今瞧瞧他这妹子,更有大嫂嫂这两个妹子,我竟形容不出了。老天,老天,你有多少精华灵秀,生出这些人上之人来!可知我井底之蛙,成日家只说现在的这几个人是有一无二的,谁知不必远寻,就是本地风光,一个赛似一个。如今我又长了一层学问了。除了这几个,难道还有几个不成?"一面说,一面自笑自叹。宝玉又说出一番痴话。

袭人见他又有些魔意,便不肯去瞧。晴雯等早去瞧了一遍回来,欸欸笑向袭人道:"你快瞧瞧去!大太太的一个侄女儿,宝姑娘一个妹妹,大奶奶两个妹妹,倒像一把子四根水葱儿。"宝玉说了一大段,晴雯只用一句话。一语未了,只见探春也笑着进来找宝玉,因说道:"咱们的诗社可兴旺了。"探春却从诗社说。宝玉笑道:"正是呢。这是你一高兴起诗社,所以鬼使神差,来了这些人。但只一件,不知他们可学过作诗不曾?"探春道:"我才都问了问他们,已先问过了。虽是他们自谦,看其光景,没有不会的。

便是不会，也没难处，你看香菱就知道了。"

袭人笑道："他们说，薛大姑娘的妹妹更好。三姑娘看着怎么样？"探春道："果然的话。据我看，连他姐姐并这些人总不及他。"_{特写宝琴一笔。}袭人听了，又是诧异，又笑道："这也奇了，还从那里再好的去呢？我倒要瞧瞧去。"探春道："老太太一见了，喜欢的无可不可，已经逼着太太认了干女儿了。老太太要养活，才刚已经定了。"宝玉喜的忙问道："这果然的？"探春道："我几时说过谎！"又笑道："有了这个好孙女儿，就忘了你这孙子了。"

宝玉笑道："这倒不妨，原该多疼女儿些才是正理。明儿十六，咱们可该起社了。"探春道："林丫头刚起来了，二姐姐又病了，终是七上八下的。"宝玉道："二姐姐又不大作诗，没有他又何妨。"探春道："越性等几天，等他们新来的混熟了，咱们邀上他们岂不好？这会子大嫂子、宝姐姐心里自然没有诗兴的，况且湘云没来，颦儿刚好了，人人不合式。不如等着云丫头来了，这几个新的也熟了，颦儿也大好了，大嫂子和宝姐姐心也闲了，香菱诗也长进了，如此邀一满社，岂不好？咱们两个如今且往老太太那里去听听。除宝姐姐的妹妹不算外，他一定是在咱们家住定了的。倘或那三个要不在咱们这里住，咱们央告着老太太，留下他们也在园子里住下，咱们岂不多添几个人，越

_{探春想得周到。}

第四十九回　琉璃世界白雪红梅　脂粉香娃割腥啖膻

发有趣了。"宝玉听了，喜的眉开眼笑，忙说道："倒是你明白。我终久是个糊涂心肠，空喜欢一会子，却想不到这上头来。"

说着，兄妹两个一齐往贾母处来。果然王夫人已认了宝琴作干女儿，贾母欢喜非常，连园中也不命住，晚上跟着贾母一处安寝。薛蝌自向薛蟠书房中住下。

贾母便和邢夫人说："你侄女儿也不必家去了，园里住几天，逛逛再去。"邢夫人兄嫂家中原艰难，这一上京，原仗的是邢夫人与他们治房舍，帮盘缠，听如此说，岂不愿意。邢夫人便将邢岫烟交与凤姐儿。凤姐儿筹算得园中姊妹多，性情不一，且又不便另设一处，莫若送到迎春一处去，倘日后邢岫烟有些不遂意的事，纵然邢夫人知道了，与自己无干。凤姐总是先为自己着想。从此后邢岫烟家去住的日期不算，若在大观园住到一个月上，凤姐儿亦照迎春分例送一分与岫烟。凤姐儿冷眼戥敠脂批："音颠夺，心内忖度也。"岫烟心性为人，竟不像邢夫人及他的父母一样，却是个极温厚可疼的人。因此凤姐儿反怜他家贫命苦，比别的姊妹多疼他些，邢夫人倒不大理论了。

贾母、王夫人因素喜李纨贤惠，且年轻守节，令人敬服，今见他寡婶来了，便不肯令他外头去住。那李婶虽十分不肯，无奈贾母执意不从，只得带着李纹、李绮在稻香村住下了。

> 吾友徐恭时先生云："庚辰本第四十九回中却保留了'保龄侯史萧'之名，后来各本把这个名字都改为'史鼎'。庚辰遗存的这个名字很重要，鼎、萧同用，成为一组。李煦二子，亦取名鼎、萧，这不是偶然巧合，正反映雪芹借李家来作史家素材之证。"（《红楼梦研究集刊》第五辑）

当下安插既定，谁知保龄侯史萧又迁委了外省大员，不日要带了家眷去上任。贾母因舍不得湘云，便留下他了，_{为湘云入园之据。}接到家中，原要命凤姐儿另设一处与他住。史湘云执意不肯，只要与宝钗一处住，因此就罢了。_{新来诸人各有安处，湘云与宝钗同住，是自己主张。}

此时大观园中比先更热闹了多少。李纨为首，余者迎春、探春、惜春、宝钗、黛玉、湘云、李纹、李绮、宝琴、邢岫烟，再添上凤姐儿和宝玉，一共十三个。叙起年庚，除李纨年纪最长，他十二个人皆不过十五、六、七岁。或有这三个同年，或有那五个共岁，或有这两个同月同日，那两个同刻同时。所差者，大半是时刻月份而已。连他们自己也不能记清谁长谁幼，并贾母、王夫人及家中婆子丫鬟，也不能〔二〕细细分晰，不过是"弟""兄""姊""妹"四个字随便乱叫。

> 至此为十二钗一总。

如今香菱正满心满意只想作诗，又不敢十分啰唣宝钗，可巧来了个史湘云。那史湘云又是极爱说话的，_{湘云是诗狂，又爱说话，正堪香菱细问。}那里禁得起香菱又请教他谈诗，越发高了兴，没昼没夜高谈阔论起来。宝钗因笑道："我实在聒噪的受不得了。一个女孩儿家，只管拿着诗作正经事讲起来，叫有学问的人听了，反笑话说不守本分的。一个香菱没闹清，偏又添了你这么个话口袋子，满嘴里说的是什么：怎么是杜工部之沉郁，韦苏州之

> 康乾之世，诗派林立，诗论种种。王渔洋主神韵派。沈德潜主格调派。翁方纲主肌理说，曰"诗必研诸肌理"。即融经义入诗，以儒典考据，发义理为诗旨。历樊榭主浙派，以诗表学问为主旨。与雪芹同时之袁枚则主性灵说。性灵说所最强调的是"先天真性情"，但他也主张"诗文自须学力"，"学诗者当以博览为工"，何况

第四十九回　琉璃世界白雪红梅　脂粉香娃割腥啖膻

淡雅，又怎么是温八叉之绮靡，李义山之隐僻。放着两个现成的诗家不知道，提那些死人做什么！"湘云听了，忙笑问道："是那两个？好姐姐，你告诉我。"宝钗笑道："呆香菱之心苦，疯湘云之话多。"湘云、香菱听了，都笑起来。

> 乾隆皇帝是特喜附庸风雅的人，他到处题诗，成为风气。所以乾隆之世，诗亦是学问，并非学问以外的事。宝钗说："一个女孩儿家，只管拿着诗作正经事讲起来，叫有学问的人听了，反笑话说不守本分的。"宝钗的这种思想，实在是当时最保守、最封闭的思想。

正说着，只见宝琴来了，披着一领斗篷，金翠辉煌，不知何物。宝钗忙问："这是那里的？"宝琴笑道："因下雪珠儿，老太太找了这一件给我的。"香菱上来瞧道："怪道这么好看，原来是孔雀毛织的。"湘云道："那里是孔雀毛？就是野鸭子头上的毛作的。可见老太太疼你了，这样疼宝玉，也没给他穿。"宝钗道："真俗语说'各人有缘法'。我也再想不到他这会子来，既来了，又有老太太这么疼他。"

湘云道："你除了在老太太跟前，就在园里来，这两处只管顽笑吃喝。到了太太屋里，若太太在屋里，只管和太太说笑，多坐一回无妨；若太太不在屋里，你别进去。那屋里人多心坏，都是要害咱们的。"说的宝钗、宝琴、香菱、莺儿等都笑了。宝钗笑道："说你没心，却又有心；虽然有心，到底嘴太直了。> 这是湘云本色。我们这琴儿就有些像你。你天天说要我作亲姐姐，我今儿竟叫你认他作亲妹妹罢了。"湘云又瞅了宝琴半日，笑道："这一件衣裳也只配他穿。别人穿了，实在不配。"

> 贾母之爱宝琴，无微不至。

正说着，只见琥珀走来笑道："老太太说了，叫宝姑娘别管紧了琴姑娘。他还小呢，让他爱怎么样就怎么样。要什么东西只管要去，别多心。"宝钗忙起身答应了，又推宝琴笑道："你也不知是那里来的福气！你倒去罢，仔细我们委屈着你。我就不信，我那些儿不如你。"

说话之间，宝玉、黛玉都进来了，宝钗犹自嘲笑。湘云因笑道："宝姐姐，你这话虽是顽话，恰有人真心是这样想呢。" _{湘云总是以己度人。} 琥珀笑道："真心恼的，再没别人，就只是他。"口里说，手指着宝玉。宝钗、湘云都笑道："他倒不是这样人。"琥珀又笑道："不是他，就是他。"说着，又指着黛玉。_{琥珀亦是心直口快，毫无顾忌。} 湘云便不则声。

脂批："是不知道黛玉病中相谈，赠燕窝之事也。脂砚。"

> 宝钗一语补过，是应前金兰语也。

宝钗忙笑道："更不是了。我的妹妹和他的妹妹一样。他喜欢的比我还疼呢，那里还恼？你信云儿混说。他的那嘴有什么实据！"

宝玉素习深知黛玉有些小性儿，且尚不知近日黛玉和宝钗之事，正恐贾母疼宝琴他心中不自在。今见湘云如此说了，宝钗又如此答，再审度黛玉声色亦不似往时，果然与宝钗之说相符，心中闷闷不解。因想："他两个素日不是这样的好，如今看来，竟更比他人好十倍。"一时又见林黛玉赶着宝琴叫妹妹，并不提名道姓，直是亲姊妹一般。那宝琴年轻心热，

脂批："四字道尽，不犯宝钗。脂砚斋评。"

且本性聪敏，自幼读书识字，

脂批："我批此书竟得一秘诀以告

第四十九回　琉璃世界白雪红梅　脂粉香娃割腥啖膻

诸公，凡野史中所云才貌双全佳人者，细细通审之，只得一个粗知笔墨之女子耳。此书凡云知书识字者，便是上等才女，不信时只看他通部行为及诗词诙谐皆可知。妙在此书从不肯自下评注，云此人系何等人，只借书中人闲评一二语，故不得有未密之缝被看书者指出，真狡猾之笔耳。今在贾府住了两日，大概人物已知。又见诸姊妹都不是那轻薄脂粉，且又和姐姐皆和契，故也不肯怠慢，其中又见林黛玉是个出类拔萃的，便更与黛玉亲敬异常。宝玉看着，只是暗暗的纳罕。

一时宝钗姊妹往薛姨妈房内去后，湘云往贾母处来，林黛玉回房歇着。

宝玉便找了黛玉来，笑道："我虽看了《西厢记》，也曾有明白的几句，说了取笑，你曾恼过。如今想来，竟有一句不解，我念出来，你讲讲我听。"黛玉听了，便知有文章，因笑道："你念出来我听听。"宝玉笑道："那《闹简》上有一句说的最好，'是几时孟光接了梁鸿案？'这句最妙。'孟光接了梁鸿案'这七个字，不过是现成的典，难为他这'是几时'三个虚字问的有趣。是几时接了？你说说我听听。"借《西厢》作问，问得妙。黛玉听了，禁不住也笑起来，因笑道："这原问的好。他也问的好，你也问的好。"

宝玉道："先时你只疑我，如今你也没的说，我反落了单。"黛玉笑道："谁知他竟真是个好人，我素日只当他藏奸。"黛玉是真心人，故直口承认也。因把说错了酒令起，连送燕窝病中所谈之事，细细告诉了宝玉。宝玉方知缘故，因笑道："我说呢，正纳闷'是几时孟光接了梁鸿案'，

原来是从'小孩儿家口没遮拦'就接了案了。"〔用得巧。〕

黛玉因又说起宝琴来，想起自己没有姊妹，不免又哭了。宝玉忙劝道："你又自寻烦恼了。你瞧瞧，今年比旧年越发瘦了，〔再点黛玉之病。〕你还不保养。每天好好的，你必是自寻烦恼，哭一会子，才算完了这一天的事。"黛玉拭泪道："近来我只觉心酸，眼泪却像比旧年少了些的。心里只管酸痛，眼泪却不多。"〔泪将尽矣！奈何奈何！〕宝玉道："这是你哭惯了心里起疑，岂有眼泪会少的！"

正说着，只见他屋里的小丫头子送了猩猩毡斗篷来，又说："大奶奶才打发人来说，下了雪，要商议明日请人作诗呢。"〔李纨虽非诗人，却懂诗情诗兴。〕一语未了，只见李纨的丫头走来请黛玉。宝玉便邀着黛玉同往稻香村来。黛玉换上掐金挖云红香羊皮小靴，罩了一件大红羽纱面白狐狸里的鹤氅，束一条青金闪缎双环四合如意绦，头上罩了雪帽。二人一齐踏雪行来。只见众姊妹都在那边，都是一色大红猩猩毡与羽毛缎斗篷，独李纨穿一件青哆罗呢对襟褂子，薛宝钗穿一件莲青斗纹锦上添花洋线番耙丝的鹤氅。邢岫烟仍是家常旧衣，并无避雪之衣。〔真是花团锦簇之文。二人一齐踏雪行来，映着雪景，真是一对玉人。李纨、宝钗服饰都素净，邢岫烟穿家常旧衣，知其贫寒。〕

一时史湘云来了，穿着贾母与他的一件貂鼠脑袋面子、大毛黑灰鼠里子、里外发烧大褂子，头上带着一顶挖云鹅黄片金里大红猩猩毡昭君套，又围着大貂鼠风领。黛玉先笑道："你们瞧瞧，孙行者来了。他

第四十九回　琉璃世界白雪红梅　脂粉香娃割腥啖膻

一般的也拿着雪褂子，故意装出个小骚达子来。"_{黛玉眼中的湘云。}湘云笑道："你们瞧我里头打扮的。"一面说，一面脱了褂子。只见他里头穿着一件半新的靠色三镶领袖秋香色盘金五色绣龙窄褙小袖掩衿银鼠短袄，里面短短的一件水红妆缎狐肷褶子，腰里紧紧束着一条蝴蝶结子长穗五色宫绦，脚下也穿着麀皮小靴，_{独写湘云里外装束，分外精神。}越显的蜂腰猿背，鹤势螂形。_{脂批："近之拳谱中，有坐马势，便似螂之蹲立。昔人爱轻捷便俏，闲取一螂，观其仰头叠胸之势，今四字无出处，却写尽矣。脂砚斋评。"}众人都笑道："偏他只爱打扮成个小子的样儿，原比他打扮女儿更俏丽了些。"湘云道："快商议作诗！我听听是谁的东家？"李纨道："我的主意。想来昨儿的正日已过了，再等正日又太远，可巧又下雪，不如咱们大家凑个社，又替他们接风，又可以作诗。你们意思怎么样？"_{李纨颇有雅意。}宝玉先道："这话很是。只是今日晚了。若到明儿，晴了又无趣。"众人都道："这雪未必晴。纵晴了，这一夜下的也够赏了。"

_{湘云诗狂，只等作诗。}

李纨道："我这里虽好，又不如芦雪广好。我已经打发人笼地炕去了，咱们大家拥炉作诗。老太太想来未必高兴，况且咱们小顽意儿，单给凤丫头个信儿就是了。你们每人一两银子就够了，送到我这里来。"指着香菱、宝琴、李纹、李绮、岫烟，"五个不算外，咱们里头，二丫头病了不算，四丫头告了假也不算，你们四分子送了来，我包总五六两银子也尽够

_{广，读如"掩"，因岩架成之屋也，别本作"庭""亭""庵""庐"，皆误。}

_{拥炉作诗，又是一番雅趣。}

了。"宝钗等一齐应诺。因又拟题限韵,李纨笑道:"我心里自己定了,等到了明日临期,横竖知道。"说毕,大家又闲话了一回,方往贾母处来。本日无话。

到了次日一早,宝玉因心里记挂着这事,一夜没好生得睡,天亮了就爬起来。掀开帐子一看,虽门窗尚掩,只见窗上光辉夺目,【四字已写出一片雪景。】心内早踌躇起来,埋怨定是晴了,日光已出。一面忙起来揭起窗屉,从玻璃窗内往外一看,原来不是日光,竟是一夜大雪,下的将有一尺多厚,天上仍是搓绵扯絮一般。

宝玉此时欢喜非常,忙唤人起来,盥漱已毕,只穿一件茄色哆罗呢狐皮袄子,罩一件海龙皮小小鹰膀褂,束了腰,披了玉针蓑,戴上金藤笠,登上沙棠屐,忙忙的往芦雪广来。【数句写出一片雪景山水。】出了院门,四顾一望,并无二色,远远的是青松翠竹,自己却如装在玻璃盒内一般。【形容极新鲜。】于是走至山坡之下,顺着山脚刚转过去,已闻得一股寒香拂鼻。【远远闻得寒香,写梅花之神。】回头一看,恰是妙玉门前栊翠庵中有十数株红梅,如胭脂一般,映着雪色,分外显得精神,好不有趣!【好雪景,好诗情,好画意。】宝玉便立住,细细的赏玩一回方走,只见蜂腰板桥上一个人打着伞走来,【竟是看宋人江村渔雪图。】是李纨打发了请凤姐儿去的人。

【芦雪广,名好,景好。】宝玉来至芦雪广,只见丫鬟、婆子正在那里扫雪开径。原来这芦雪广盖在傍山临水河滩之上,一带几间,茅檐土壁,槿篱竹牖,推窗便可垂钓,四面都是

第四十九回　琉璃世界白雪红梅　脂粉香娃割腥啖膻

芦苇掩覆。一条去径透迤穿芦度苇过去，便是藕香榭的竹桥了。众丫鬟、婆子见他披蓑戴笠而来，都笑道："我们才说正少一个渔翁，如今果然都全了。姑娘们吃了饭才来呢，你也太性急了。"

宝玉听了，只得回来。刚至沁芳亭，见探春正从秋爽斋出来，围着大红猩猩毡斗篷，戴着观音兜，扶着一个小丫头，后面一个妇人打着一把青绸油伞。又是一番雪中景致。宝玉知他往贾母处去，便立在亭边，等他来到，二人一同出园前去。宝琴正在里间房内梳洗更衣。

一时众姊妹来齐，宝玉只嚷饿了，连连催饭。好容易等摆上饭来，头一样菜便是牛乳蒸羊羔。贾母便说："这是我们有年纪的人的菜，没见天日的东西，可惜你们小孩子们吃不得。今儿另外有新鲜鹿肉，你们等着吃。"众人答应了。

宝玉却等不得，宝玉总是如此忙碌。只拿茶泡了一碗饭，就着野鸡瓜齑忙忙的咽完了。贾母道："我知道你们今儿又有事情，连饭也不顾吃了。"便叫："留着鹿肉与他晚上吃。"凤姐忙说："还有呢。方才已经吩咐了，留着呢。"史湘云便悄和宝玉计较道："有新鲜鹿肉，不如咱们要一块，自己拿了园里弄着，又顽又吃。"湘云又出新主意，可见其兴正浓。宝玉听了，巴不得一声儿，便真和凤姐要了一块，命婆子送入园去。

一时大家散后，进园齐往芦雪广来，听李纨出题限韵,独不见湘云、宝玉二人。黛玉道:"他两个再到不了一处。若到一处,生出多少故事来。这会子一定算计那块鹿肉去了。"〔已在黛玉意想之中。脂批:"联诗极雅之事,偏于雅前写出小儿啖膻茹血极腌臜的事来,为锦心绣口作配。"〕

正说着,只见李婶也走来看热闹,因问李纨道:"怎么一个带玉的哥儿和那一个挂金麒麟的姐儿,那样干净清秀,又不少吃的,他两个在那里商议着要吃生肉呢,说的有来有去的。我只不信肉也生吃得的。"众人听了,都笑道:"了不得,快拿了他两个来。"黛玉笑道:"这可是云丫头闹的,我的卦再不错。"〔真被黛玉算着。〕

李纨等忙出来找着他两个,说道:"你们两个要吃生的,我送你们到老太太那里吃去。那怕吃一只生鹿,撑病了不与我相干。这么大雪,怪冷的,替我作祸呢。"宝玉笑道:"没有的事,我们烧着吃呢。"李纨道:"这还罢了。"只见老婆们拿了铁炉、铁叉、铁丝蒙来,李纨道:"仔细割了手,不许哭!"说着,同探春进去了。

凤姐打发了平儿来回复不能来,为发放年例正忙。湘云见了平儿,那里肯放。平儿也是个好顽的,素日跟着凤姐儿无所不至,见如此有趣,乐得顽笑,因而褪去手上的镯子,〔为下文失镯先提一笔。〕三个人围着火炉,平儿便要先烧三块吃。那边宝钗、黛玉平素看惯了,不以为异,宝琴等及李婶深为罕事。

第四十九回 琉璃世界白雪红梅 脂粉香娃割腥啖膻

探春与李纨等已议定了题韵。探春笑道:"你闻闻香气,这里都闻见了。我也吃去。"说着,也找了他们来。李纨也随来说:"客已齐了,你们还吃不够?"湘云一面吃,一面说道:"我吃这个,方爱吃酒。吃了酒,才有诗。若不是这鹿肉,今儿断不能作诗。"说着,只见宝琴披着凫靥裘,站在那里笑。湘云笑道:"傻子,过来尝尝。"宝琴笑说:"怪脏的。"宝钗笑道:"你尝尝去,好吃的。你林姐姐弱,吃了不消化,不然他也爱吃。"宝琴听了,便过去吃了一块,果觉好吃,便也吃起来。

未见如何烤,却已先闻香味。

一时凤姐儿打发小丫头来叫平儿。平儿说:"史姑娘拉着我呢,你先走罢。"小丫头去了。一时只见凤姐也披了斗篷走来,笑道:"吃这样好东西,也不告诉我!"说着,也凑着一处吃起来。

凤姐也趁兴而来。

黛玉笑道:"那里找这一群花子去!罢了,罢了,今日芦雪广遭劫,生生被云丫头作践了。我为芦雪广一大哭!"脂批:"大约此话不独黛玉,观书者亦如此。"湘云冷笑道:"你知道什么!'是真名士自风流',湘云确有名士风流。你们都是假清高,最可厌的。我们这会子腥膻大吃大嚼,回来却是锦心绣口。"宝钗笑道:"你回来若作的不好了,把那肉掏了出来,就把这雪压的芦苇子摁上些,以完此劫。"

说着,吃毕洗漱了一回。平儿带镯子时,却少了一个。左右前后乱找了一番,踪迹全无。众人都诧异。

凤姐儿笑道："我知道这镯子的去向。你们只管作诗去，我们也不用找，只管前头去，不出三日，包管就有了。"^{凤姐自有高着。}说着又问："你们今儿作什么诗？老太太说了，离年又近了，正月里还该作些灯谜儿，大家顽笑。"众人听了，都笑道："可是倒忘了。如今赶着作几个好的，预备正月里顽。"说着，一齐来至地炕屋内，只见杯盘果菜俱已摆齐，墙上已贴出诗题、韵脚、格式来了。宝玉、湘云二人忙看时，只见题目是"即景联句"，五言排律一首，限二萧韵。后面尚未列次序。李纨道："我不大会作诗，我只起三句罢，然后谁先得了谁先联。"宝钗道："到底分个次序。"

要知端的，且听下回分解。

_{北地寒冷，除炉子外，还有地炕。六十年代初，予住颐和园佛香阁旁之云松巢，冬天即生地炕。}

第四十九回　琉璃世界白雪红梅　脂粉香娃割腥啖膻

【回后评】

《红楼梦》在此回之前，叙儿女之事者，皆在宝、黛、钗、湘之间，偶或一涉妙玉，而此时钗、黛之嫌已释，如何再生新意，令读者悬悬。乃忽平地波澜，忽来宝琴、岫烟、李纹、李绮诸人，于是大观园中又添四美，活色生香，诗社之兴，自当更增波澜矣。

宝玉问黛玉"是几时孟光接了梁鸿案"，此句问得雅而巧，故黛玉说："这原问的好。他也问的好，你也问的好。"接下去黛玉细述前行酒令误出《西厢》词句，宝钗不加张扬，反加训导，因而得释前嫌。宝玉又说："原来是从'小孩儿口没遮拦'就接了案了。"这一句用得更巧更妙，其妙在"口没遮拦"四字，盖黛玉于急中出句，不及细思也。作者补叙此事，意在说明黛玉真而纯，湘云仍以往日目光测之，明其不知黛玉也。此外，亦使宝玉得明其情，盖此时之宝黛爱情，早已两心相印而相坚，无复可疑，而黛玉不必疑于玉与钗矣，乃黛玉不知钗之意在上而不在下也。然即使黛玉明此，黛玉亦必不取此，盖各人所秉之异也。黛玉说："近来我只觉心酸，眼泪恰像比旧年少了些的。心里只管酸痛，眼泪却不多。"是则黛玉之病深而泪将枯矣，奈何奈何。

大观园雪景，诸美艳装，湘云更作男装，于琉璃世界中，更现瑶宫仙姝，是亦另一幅图画也，惜春之画尚未画成而雪芹已成此佳构矣。盖雪芹深知调色法，《红楼梦》亦画也，岂可无相间之色乎，故绘此白雪世界也。

"芦雪广割腥啖膻"，是就雪景而另出新意也；螃蟹宴，是点缀秋令也；烤鹿肉，是点缀冬令也：各得其节令而各呈其特色。故读《红楼梦》，随处能见新意，令人如在山阴道上。

【校记】

〔一〕目回：庚辰本、列藏本、杨本、甲辰本、程甲本同。蒙府本、戚本作"白雪红梅园林佳景，割腥啖膻闺阁野趣"。

〔二〕"细细分晰"以上二十二字，庚辰本缺，据各本补。

第五十回　　芦雪广争联即景诗
　　　　　　暖香坞雅制春灯谜[一]

话说薛宝钗道："到底分个次序，让我写出来。"说着，便令众人拈阄为序。起首恰是李氏，脂批："一定要按次序，却又不按次序，似脱落而不脱落，文章歧路如此。"然后按次各各开出。

凤姐儿说道："既是这样说，我也说一句在上头。"妙，只当说话而已。众人都笑说道："更妙了！"宝钗便将稻香老农之上补了一个"凤"字，李纨又将题目讲与他听。凤姐儿想了半日，笑道："你们别笑话我。我只有一句粗话，妙在只有一句。下剩的我就不知道了。"众人都笑道："越是粗话越好，你说了就只管干正事去罢。"凤姐儿笑道："我想下雪必刮北风。昨夜听见了一夜的北风，我有了一句，即景生情，诗思正从风雪中来。就是'一夜北风紧'，可使得？"众人听了，都相视笑道："这句虽粗，不见底下的，这正是会作诗的起法。不但好，而且留了多少地步与后人。就是这句为首，稻香老农快写上，续下去。"凤姐和李婶、平儿又吃了两杯酒，自去了。

凤姐把作诗当说话，故说"我也说一句在上头"，正因此而凤姐敢说也。如硬要作诗，反不能作矣。

凤姐此句，确是起首好句，诸人之评非过誉也。

这里李纨便写了：

　　一夜北风紧，

<small>起句妙，为后来拓出地步。</small>

自己联道：

　　开门雪尚飘。入泥怜洁白， <small>只一"尚"字，便见连夜大雪，至今未止。</small>

香菱道：

　　匝地惜琼瑶。有意荣枯草，

<small>洁白、琼瑶，则已成白雪世界矣。</small>

探春道：

　　无心饰萎苔。价高村酿熟，

李绮道：

　　年稔府梁饶。葭动灰飞管，

李纹道：

　　阳回斗转杓。寒山已失翠，

岫烟道：

<small>"寒山"以下数句，再写大地冰封之象。</small>

　　冻浦不闻潮。易挂疏枝柳，

湘云道：

　　难堆破叶蕉。麝煤融宝鼎，

宝琴道：

　　绮袖笼金貂。光夺窗前镜，

<small>特写室内景象。</small>

黛玉道：

　　香黏壁上椒。斜风仍故故，

宝玉道：

　　清梦转聊聊。何处梅花笛，

宝钗道：

第五十回　芦雪广争联即景诗　暖香坞雅制春灯谜

　　谁家碧玉箫。鳌愁坤轴陷，　　"何处"两句韵语，"鳌愁"两句壮语。

从雪景又生出箫声笛韵。

　　李纨笑道："我替你们看热酒去罢。"宝钗命宝琴续联。只见湘云起来，道：

　　龙斗阵云销。野岸回孤棹，　　雅极韵极。

　　宝琴也站起来，道：

　　吟鞭指灞桥。赐裘怜抚戍，

诗思在灞桥风雪中。"赐裘"两句由眼前念及远戍。

　　湘云那里肯让人，且别人也不如他敏捷，都看他扬眉挺身的说道：

　　加絮念征徭。坳垤审夷险，

　　宝钗连声赞好，也便联道：

　　枝柯怕动摇。皑皑轻趁步，

　　黛玉忙联道：

　　翦翦舞随腰。煮芋成新赏，

　　一面说，一面推宝玉，命他联。宝玉正看宝钗、宝琴、黛玉三人共战湘云，十分有趣，那里还顾得联诗。今见黛玉推他，方联道：

　　撒盐是旧谣。苇蓑犹泊钓，

　　湘云笑道："你快下去，你不中用，倒耽搁了我。"一面只听宝琴联道：

　　林斧不闻樵。伏象千峰凸，

"伏象"两句，万千气象。

　　湘云忙联道：

　　盘蛇一径遥。花缘经冷聚，

　　宝钗与众人又忙赞好，探春又联道：

　　　　　色岂畏霜凋。深院惊寒雀,

湘云正渴了,忙忙的吃茶,已被岫烟联道:

　　　　　空山泣老鸮。阶墀随上下,

> 念及"寒雀""老鸮",则冷至极矣,作者广搜博采。

湘云忙丢了茶杯,忙联道:

　　　　　池水任浮漂。照耀临清晓,

黛玉联道:

　　　　　缤纷入永宵。诚忘三尺冷,

湘云忙笑联道:

　　　　　瑞释九重焦。僵卧谁相问, _{袁安卧雪。}

> 大雪兆丰年。

宝琴也忙笑联道:

　　　　　狂游客喜招。天机断缟带,

湘云又忙道:

　　　　　海市失鲛绡。

林黛玉不容他道出,接着便道:

　　　　　寂寞对台榭,

湘云忙联道:

　　　　　清贫怀箪瓢。

> 从大雪念及清贫。

宝琴也不容情,也忙道:

　　　　　烹茶冰渐沸,

湘云见这般,自为得趣,又是笑,又忙联道:

　　　　　煮酒叶难烧。

黛玉也笑道:

　　　　　没帚山僧扫,

第五十回　芦雪广争联即景诗　暖香坞雅制春灯谜

宝琴也笑道：

　　埋琴稚子挑。

湘云笑的弯了腰，忙念了一句。众人问："到底说的什么？"湘云喊道：

　　石楼闲睡鹤，

黛玉笑的握着胸口，高声嚷道：

　　锦罽暖亲猫。

宝琴也忙笑道：

　　月窟翻银浪，

湘云忙联道：

　　霞城隐赤标。

黛玉忙笑道：

　　沁梅香可嚼，

宝钗笑称好，也忙联道：

　　淋竹醉堪调。

宝琴也忙道：

　　或湿鸳鸯带，

湘云忙联道：

　　时凝翡翠翘。

黛玉又忙道：

　　无风仍脉脉，

宝琴又忙笑联道：

　　不雨亦潇潇。

_{酒、茶、琴，雪天韵事。}

_{"沁梅"一联，极工极雅。}

_{"无风"两句是收笔。}

湘云伏着已笑软了。众人看他三人对抢，也都不顾作诗，看着也只是笑。黛玉还推他往下联，又道："你也有才尽之时，我听听还有什么舌根嚼了！"湘云只伏在宝钗怀里，笑个不住。宝钗推他起来道："你有本事，把'二萧'的韵全用完了，我才服你。"湘云起身笑道："我也不是作诗，竟是抢命呢。"众人笑道："倒是你说罢。"

探春早已料定没有自己联的了，便早写出来，因说："还没收住呢。"李纨听了，接过来便联了一句道：

欲志今朝乐，

李绮收了一句道：

凭诗祝舜尧。

李纨道："够了够了，虽没作完了韵，剩的字若生扭用了，倒不好了。"说着，大家来细细评论一回，独湘云的多，_{湘云独得十八句。}都笑道："这都是那块鹿肉的功劳。"

李纨笑道："逐句评去，都还一气，_{是的评。}只是宝玉又落了第了。"宝玉笑道："我原不会联句，只好担待我罢。"李纨笑道："也没有社社担待你的。又说韵险了，又整误了，又不会联句了，今日必得罚你。我才看见栊翠庵的红梅有趣，我要折一枝来插瓶。可厌妙玉为人，我不理他。如今罚你去取一枝来。"众人都道："这罚的又雅又有趣。"_{确实。}宝玉也乐为，答应着就要走。

_{全诗共三十五韵，七十句。计：凤姐一句，李纨三句，香菱二句，探春四句，李绮三句，李纹二句，邢岫烟四句，湘云十八句，宝琴十三句，宝玉四句，黛玉十一句，宝钗五句，共十二人。}

_{罚宝玉去妙玉处乞梅，此似罚而实赏也。宝玉何乐而不为。}

第五十回　芦雪广争联即景诗　暖香坞雅制春灯谜

湘云、黛玉一齐说道："外头冷得很，你且吃杯热酒再去。"湘云早执起壶来，黛玉递了一个大杯，满斟了一杯。湘云笑道："你吃了我们的酒，你要取不来，加倍罚你。"宝玉忙吃一杯，冒雪而去。

李纨命人好好跟着。黛玉忙拦说："不必，有了人反不得了。"_{黛玉真慧心也。}李纨点头说："是。"一面命丫鬟将一个美女耸肩瓶拿来，贮了水，准备插梅，因又笑道："回来该咏红梅了。"湘云忙道："我先作一首。"宝钗忙道："今日断乎不容你再作了。你都抢了去，别人都闲着，也没趣。回来还罚宝玉，他说不会联句，如今就叫他自己作去。"_{脂批："想此刻宝玉已到庵中矣。"}黛玉笑道："这话很是。我还有个主意，方才联句不够，莫若拣着联的少的人作红梅。"宝钗笑道："这话是极。方才邢、李三位屈才，且又是客。琴儿和颦儿云儿三个人也抢了许多，我们一概都别作，只让他三个作才是。"李纨因说："绮儿也不大会作，还是让琴妹妹作罢。"宝钗只得依允_{脂批："想此刻二玉已会，不知肯见赐否。"}又道："就用'红梅花'三个字作韵，每人一首七律。邢大妹妹作'红'字，你们李大妹妹作'梅'字，琴儿作'花'字。"

李纨道："饶过宝玉去，我不服。"湘云忙道："有个好题目命他作。"众人问何题目。湘云道："命他就作'访妙玉乞红梅'，岂不有趣？"众人听了，都说有趣。

一语未了，只见宝玉笑欣欣擎了一枝红梅进来，

此种心理，个中人自皆明白，只此一点，胜过千言万语，且千言万语亦未必能说清。

湘云诗豪，却受限制。

确是好题目。

可见所得梅花不小,故用"挈"字,即用肩扛也。众丫鬟忙已接过,插入瓶内。众人都笑称谢。宝玉笑道:"你们如今赏罢,也不知费了我多少精神呢。"说着,探春早又递过一钟暖酒来,众丫鬟走上来,接了蓑笠掸雪。各人房中丫鬟都添送衣服来,脂批:"冬日午后景况。"袭人也遣人送了半旧的狐腋褂来。李纨命人将那蒸的大芋头盛了一盘,又将朱橘、黄橙、橄榄等物盛了两盘,命人带与袭人去。湘云且告诉宝玉方才的诗题,又催宝玉快作。宝玉道:"姐姐妹妹们,让我自己用韵罢,别限韵了。"宝玉怕拘束,爱自由。作诗亦是如此。众人都说:"随你作去罢。"

可见折来的梅花确实不小,亦见妙玉情分。一面说,一面大家看梅花。原来这枝梅花只有二尺来高,旁有一横枝纵横而出,约有五六尺长,其间小枝分歧,或如蟠螭,或如僵蚓,或孤削如笔,或密聚如林,数句恰如画梅。花吐胭脂,香欺兰蕙,脂批:"一篇红梅赋。"各各称赏。

谁知邢岫烟、李纹、薛宝琴三人都已吟成,各自写了出来。众人便依"红梅花"三字之序看去,写道是:

咏红梅花　得"红"字　邢岫烟

桃未芳菲杏未红。冲寒先已笑东风。

魂飞庾岭春难辨,霞隔罗浮梦未通。

绿萼添妆融宝炬,缟仙扶醉跨残虹。

看来岂是寻常色,浓淡由他冰雪中。

咏红梅花　得"梅"字　李纹

白梅懒赋赋红梅。逞艳先迎醉眼开。

冻脸有痕皆是血，酸心无恨亦成灰。
误吞丹药移真骨，偷下瑶池脱旧胎。
江北江南春灿烂，寄言蜂蝶漫疑猜。

　　　　咏红梅花　得"花"字　薛宝琴
疏是枝条艳是花。春妆儿女竞奢华。
闲庭曲槛无余雪，流水空山有落霞。
幽梦冷随红袖笛，游仙香泛绛河槎。
前身定是瑶台种，无复相疑色相差。

三诗皆未臻超绝，第一首末句恰是岫烟自写，第二首"冻脸""酸心"不觉道出自身辛酸，末句明志也。第三首流走自然，"流水空山"句宛然唐音，自较前二首为强。三诗均各如其分，此为难得。

众人看了，都笑称赏了一番，又指末一首说："更好。"宝玉见宝琴年纪最小，才又敏捷，深为奇异。黛玉、湘云二人斟了一小杯酒，齐贺宝琴。宝钗笑道："三首各有各好。你们两个天天捉弄厌了我，如今捉弄他来了。"

李纨又问宝玉："你可有了？"宝玉忙道："我倒有了。才一看见那三首，又吓忘了，等我再想。"湘云听了，便拿了一支铜火箸击着手炉，笑道："我击鼓了，若鼓绝不成，又要罚的。"<aside>击鼓催诗，又是一番雅韵。</aside>宝玉笑道："我已有了。"黛玉提起笔来，说道："你念，我写。"

鼓声方起而诗已写成，足见宝玉不加拘束即能展才也。

湘云便击了一下，笑道："一鼓绝。"宝玉笑道："有了，你写罢。"众人听他念道：

　　酒未开罇句未裁。

黛玉写了，摇头笑道："起的平平。"湘云又道："快着！"宝玉笑道：

寻春问腊到蓬莱。

黛玉、湘云都点头笑道:"有些意思了。"宝玉又道:

不求大士瓶中露,为乞嫦娥槛外梅。

黛玉写了,又摇头道:"凑巧而已。"

湘云忙催二鼓,宝玉又笑道:

后四句恰是宝、妙二人合写。

入世冷挑红雪去,离尘香割紫云来。

槎枒谁惜诗肩瘦,衣上犹沾佛院苔。

黛玉写毕,湘云大家才评论时,只见几个丫鬟跑进来道:"老太太来了。"

众人忙迎出来。大家又笑道:"怎么这等高兴!"说着,远远见贾母围了大斗篷,带着灰鼠暖兜,坐着小竹轿,打着青绸油伞,鸳鸯、琥珀等五六个丫鬟,每人都是打着伞,拥轿而来。李纨等忙往上迎,贾母命人止住说:"只在那里就是了。"来至跟前,贾母笑道:"我瞒着你太太和凤丫头来了。贾母虽年老,而意兴不浅。大雪地下坐着这个无妨,没的叫他们来踩雪。"众人忙一面上前接斗篷,搀扶着,一面答应着。

贾母亦赶来助兴。自远观之,又是一番景致,亦画中意境也。

先赏梅,可见梅花夺目。

贾母来至室中,先笑道:"好俊梅花!你们也会乐,我来着了。"说着,李纨早命拿了一个大狼皮褥来铺在当中。贾母坐了,因笑道:"你们只管照旧顽笑吃喝。我因为天短了,不敢睡中觉,抹了一回牌,想起你们来了,我也来凑个趣儿。"李纨早又捧过手

第五十回　芦雪广争联即景诗　暖香坞雅制春灯谜

炉来，探春另拿了一副杯箸来，亲自斟了暖酒，奉与贾母。贾母便饮了一口，问："那个盘子里是什么东西？"众人忙捧了过来，回说是糟鹌鹑。贾母道："这倒罢了，撕一两点腿子来。"李纨忙答应了，要水洗手，亲自来撕。

贾母又道："你们仍旧坐下说笑我听。"又命李纨："你也坐下，就如同我没来的一样才好，不然我就去了。"众人听了，方依次坐下，这李纨便挪到尽下边。贾母因问作何事了，众人便说作诗。贾母道："有作诗的，不如作些灯谜，大家正月里好顽的。"众人答应了。说笑了一回。贾母便说："这里潮湿，你们别久坐，仔细受了潮湿。"因说："你四妹妹那里暖和，我们到那里瞧瞧他的画儿，赶年可有了？"众人笑道："那里能年下就有了？只怕明年端阳有了，还算早呢。"贾母道："这还了得！他竟比盖这园子还费工夫了。"

说着，仍坐了竹椅轿，大家围随着，过了藕香榭，穿入一条夹道，东西两边皆有过街门。大观园中又一景致，以前似未及。门楼上里外皆嵌着石头匾。如今进的是西门，向外的匾上凿着"穿云"二字，向里的凿着"度月"两字。

来至当中，进了向南的正门，贾母下了轿，惜春已接了出来。从里边游廊过去，便是惜春卧房，门斗上有"暖香坞"三个字。脂批："看他又写出一处。从起至末一笔一部之文，也有千万笔成一部之文，也有一二笔成一部早有几个人打起猩红毡帘,之文,也有如'试才'一回,起若都说完,以后则索然无味,故留此几处以为后文之'点染'也。此方活泼不板,眼目屡新。已觉温香拂脸。脂批:"各处皆如此,非独因'暖香'二字方有此景,戏注于此,以博一笑耳。"大家进入房中,贾母并不归坐,只问画儿在那里。惜春因笑回:"天气寒冷了,胶性皆凝涩不润,画了恐不好看,故此收起来了。"贾母笑道:"我年下就要的。你别托懒儿,快拿出来,给我快画。"

一语未了,忽见凤姐儿披着紫羯褂,笑欣欣的来了,凤姐也来凑趣。口内说道:"老祖宗今儿也不告诉人,私自就来了,叫我好找。"贾母见他来了,心中自是喜悦,便道:"我怕你们冷着了,所以不许人告诉你们去。你真是个鬼灵精儿,到底找了我来。以理,孝敬也不在这上头。"

凤姐儿笑道:"我那里是孝敬的心找了来。我因为到了老祖宗那里,鸦没雀静的,脂批:"这四个字俗语中常闻,但不能落纸笔耳,便欲写时,究竟不知系何四字,今如此写来,真是不可移易。"问小丫头子们,他又不肯说,叫我找到园里来。我正疑惑,忽然来了两三个姑子,我心里才明白,我想姑子必是来送年疏,或要年例香例银子,老祖宗年下的事也多,一定是躲债来了。我赶忙问了那姑子,果然不错。我连忙把年例给了他们去了。〔二〕如今来回老祖宗,债主已去,不用躲着了。已预备下希嫩的野鸡,请用晚饭去,再迟一回就老了。"他一行说,众人一行笑。

凤姐惯会借题发挥,诙谐常新。

凤姐之善谐,为古今小说中所无。

凤姐儿也不等贾母说话,便命人抬过轿子来。贾母笑着,搀了凤姐的手,仍旧上轿,带着众人,说笑出了夹道东门。一看四面粉妆银砌,忽见宝琴披着凫靥裘站在山坡上遥等,身后一个丫鬟,抱着一瓶红梅。众人都笑道:"怪道少了两个人,他却在这里等着,也弄梅花去了。"贾母喜的忙笑道:"你们瞧,这山坡上配上他的这个人品,又是这件衣裳,后头又是这梅花,像个什么?"众人都笑道:"就像老太太屋里挂的仇十洲画的《艳雪图》。"贾母摇头笑道:"那画的那里有这件衣裳。人也不能这样好!"_{贾母眼光亦高。}

摩诘诗中有画,雪芹书中亦有画,此真仇十洲《艳雪图》也,唯嫌十洲之图无此真耳。

一语未了,只见宝琴背后转出一个披大红猩毡的人来。_{一幅画竟活了。}贾母道:"那又是那个女孩儿?"众人笑道:"我们都在这里,那是宝玉。"贾母笑道:"我的眼越发花了。"说话之间,来至跟前,可不是宝玉和宝琴。宝玉笑向宝钗、黛玉等道:"我才又到了栊翠庵。妙玉每人送你们一枝梅花,我已经打发人送去了。"众人都笑说:"多谢你费心。"_{妙玉送梅,亦藉宝玉之情。}

说话之间,已出了园门,来至贾母房中。吃毕饭,大家又说笑了一回。忽见薛姨妈也来了,说:"好大雪,一日也没过来望候老太太。_{薛姨妈也是善于趋奉者。}今日老太太倒不高兴?正该赏雪才是。"贾母笑道:"何曾不高兴了!我找了他们姊妹们去顽了一会子。"薛姨妈笑道:"昨日晚上,我原想着今日要和我们姨太太借一日园子,摆两桌粗酒,请老太太赏雪的,又见老太太安息的早。

我闻得女儿说,老太太心下不大爽快,因此今日也没敢惊动。早知如此,我正该请。"贾母笑道:"这才是十月里头场雪,往后下雪的日子多呢,再破费不迟。"薛姨妈笑道:"果然如此,算我的孝心虔了。"

凤姐儿笑道:"姨妈仔细忘了,如今竟先秤五十两银子来,交给我收着。<small>(凤姐惯会假事真做。)</small>一下雪,我就预备下酒,姨妈也不用操心,也不得忘了。"贾母笑道:"既这么说,姨太太给他五十两银子收着,我和他每人分二十五两。到下雪的日子,我装心里不爽快,混过去了,姨太太更不用操心。我和凤丫头倒得了实惠。"<small>(贾母也会说笑,可见兴致甚高。)</small>凤姐将手一拍,笑道:"妙极了,这和我的主意一样。"众人都笑了。贾母笑道:"呸!没脸的,就顺着竿子爬上来了!<small>(贾母此一句更妙,文章触处生春。)</small>你不说姨太太是客,在咱们家受屈,我们该请姨太太才是,那里有破费姨太太的理!不这样说呢,还有脸先要五十两银子,真不害臊!"

凤姐儿笑道:"我们老祖宗最是有眼色的,试一试姨妈的口气:若松呢,拿出五十两来,就和我分;这会子估量着不中用了,翻过来拿我做法子,说出这些大方话来。如今我也不和姨妈要银子,竟替姨妈出银子治了酒,请老祖宗吃了,我另外再封五十两银子孝敬老祖宗,算是罚我个包揽闲事。这可好不好?"<small>(凤姐之口,巧舌如簧,随你如何变化,都能应对如流。)</small><small>(谐趣无穷,层层翻新。)</small>话未说完,众人已笑倒在炕上。

贾母因又说及宝琴雪下折梅比画儿上还好,因又

第五十回　芦雪广争联即景诗　暖香坞雅制春灯谜

细问他的年庚八字并家内景况。薛姨妈度其意思，大约是要与宝玉求配。薛姨妈心中固也遂意，只是已许过梅家了，因贾母尚未明说，自己也不好拟定，遂半吐半露告诉贾母道："可惜这孩子没福，前年他父亲就没了。他从小儿见的世面倒多，跟他父母四山五岳都走遍了。他父亲是个好乐的，各处因有买卖，带着家眷，这一省逛一年，明年又往那一省逛半年，所以天下十停走了有五六停了。那年在这里，把他就许了梅翰林的儿子，偏第二年他父亲就辞世了，他母亲又是痰症。"凤姐也不等说完，便嗐声跺脚的说："偏不巧，我正要作个媒呢，又已经许了人家。"贾母笑道："你要给谁说媒？"凤姐儿说道："老祖宗别管，我心里看准了他们两个是一对。如今已许了人，说也无益，不如不说罢了。"贾母也知凤姐儿之意，听见已有了人家，也就不提了，大家又闲话了一会方散。一宿无话。

次日雪晴。饭后，贾母又亲嘱惜春："不管冷暖，你只画去，赶到年下，十分不能便罢了。第一要紧，把昨日琴儿和丫头、梅花，照模照样，一笔别错，快快添上。"惜春听了，虽是为难，只得应了。一时众人都来看他如何画，惜春只是出神。

李纨因笑向众人道："让他自己想去，咱们且说话儿。昨儿老太太只叫作灯谜，回了家，和绮儿、纹儿睡不着,我就编了两个《四书》的。他两个每人也编了两个。"众人听了,都笑道:"这倒该作的。先说了,我们猜猜。"

李纨笑道:"'观音未有世家传',打《四书》一句。"湘云接着就说:"在止于至善。"宝钗笑道:"你也想一想'世家传'三个字的意思,再猜。"李纨笑道:"再想。"黛玉笑道:"哦,是了。是'虽善无征'。"众人都笑道:"这句是了。"

李纨又道:"一池青草草何名。"湘云忙道:"这一定是'蒲芦也'。再不是不成?"李纨笑道:"这难为你猜。纹儿的是'水向石边流出冷',打一古人名。"探春笑问道:"可是山涛?"李纹笑道:"是。"李纨又道:"绮儿的是个'萤'字,打一个字。"众人猜了半日,宝琴笑道:"这个意思却深,不知可是花草的'花'字?"李绮笑道:"恰是了。"众人道:"萤与花何干?"黛玉笑道:"妙得很,萤可不是草化的?"众人会意,都笑了,说:"好!"

宝钗道:"这些虽好,不合老太太的意思,不如作些浅近的物儿,大家雅俗共赏才好。"众人都道:"也要作些浅近的俗物才是。"

湘云想了一想,笑道:"我编了一枝《点绛唇》,恰是俗物,你们猜猜。"说着,便念道:"溪壑分离,红尘游戏,真何趣?名利犹虚,后事终难继。"_{句句紧扣宝玉。}

"止于至善",见《礼记·大学》:"大学之道,在明明德,在亲民,在止于至善。"《红楼梦》曲词《乐中悲》说:"厮配得才貌仙郎,博得个地久天长,准折得幼年时坎坷形状。终久是云散高唐,水涸湘江。"湘云猜"止于至善"或以为即曲词所指,湘云仅得"厮配才貌仙郎"而止也。

"虽善无征",见《礼记·中庸》:"上焉者虽善无征,无征不信,不信,民弗从。"黛玉猜"虽善无征",众人都说是猜对了,或以为此即暗示黛玉的"木石姻缘"终于没有结果,"征""证"通。"证",果也。

蒲芦,芦苇。《礼记·中庸》:"夫政也者,蒲芦也。故为政在人,取人以身。"

芦苇初生时如青草,长老后即开帚形白花,随风飞散。湘云猜"蒲芦"。李纨说是猜对了。或以为此象征湘云白头分散之意。

山涛,字巨源,魏晋间文人。探春猜山涛,或以为取其字义,象征探春远嫁,如山中之源泉,远流入海为涛。

第五十回　芦雪广争联即景诗　暖香坞雅制春灯谜

众人不解，想了半日，也有猜是和尚的，也有猜是道士的，也有猜是偶戏人的。宝玉笑了半日，道："都不是。我猜着了，一定是耍的猴儿。"_{偏由宝玉猜着。}湘云笑道："正是这个了。"众人道："前头都好，末后一句怎么解？"湘云道："那一个耍的猴子不是剁了尾巴去的？"_{特点后事，提醒读者。}众人听了，都笑起来，说："偏他编个谜儿也是刁钻古怪的。"

李纨道："昨日姨妈说，琴妹妹见的世面多，走的道路也多，你正该编谜儿，正用着了。你的诗且又好，何不编几个我们猜一猜？"宝琴听了，点头含笑，自去寻思。

宝钗也有了一个，念道：

　　镂檀锲梓一层层。岂系良工堆砌成。
　　虽是半天风雨过，何曾闻得梵铃声。
　　　　　　——打一物。

众人猜时，宝玉也有了一个，念道：

　　天上人间两渺茫。琅玕节过谨堤防。
　　鸾音鹤信须凝睇，好把唏嘘答上苍。

黛玉也有了一个，念道是：

　　騄駬何劳缚紫绳。驰城逐堑势狰狞。
　　主人指示风雷动，鳌背三山独立名。

探春也有了一个，方欲念时，宝琴走过来，笑道："我从小儿所走的地方的古迹不少，我今拣了十个地

李商隐《隋宫》："于今腐草无萤火，终古垂杨有暮鸦。"

湘云《点绛唇》一词，被宝玉猜着，蔡义江云：此词恰证宝玉，首两句指"神瑛侍者带着大荒山青埂峰的顽石，幻形入世，成了佩戴通灵玉的怡红公子"。二、三两句是用宝玉《寄生草·解偈》中的话"到如今，回头试想真无趣"末句指宝玉"悬崖撒手"，弃家为僧的结局。此意似得真解。

此三首谜均无谜底，是作者无须谜底，欲读者就诗句看耳。就诗句看，宝钗的一首似说：镂檀刻梓，苦心经营，终于无成。宝玉的一首似说：天上人间，音信渺茫，唯有叹息而已。黛玉的一首似说：千里之马，不可拘系，虽遇风云，终是虚空。

方的古迹,作了十首怀古的诗。诗虽粗鄙,却怀往事,又暗隐俗物十件。姐姐们请猜一猜。"

众人听了,都说:"这倒巧,何不写出来大家一看?"要知端的——

> 以上三首诗,都像是作诗人自身的象征。尤其是宝钗的一首,更像是说她自己。宝玉的一首,则似说他与黛玉的结局。黛玉的一首,既像说自己,也像是说宝玉。总之这三首诗因无谜底,只能是一种猜测,甚至即使猜对了,也无从确证。

第五十回　芦雪广争联即景诗　暖香坞雅制春灯谜

【回后评】

芦雪广即景联句，参加者共十二人，这是大观园诗国的一次最高潮，也是一次诗歌竞赛。三十五韵，一气而下，虽出诸人之口，而血脉畅通，词意贯达，并无一般联句堆垛杂沓之弊。其中"寒山已失翠，冻浦不闻潮""光夺窗前镜，香黏壁上椒""鳌愁坤轴陷，龙斗阵云销""野岸回孤棹，吟鞭指灞桥""伏象千峰凸，盘蛇一径遥""没帚山僧扫，埋琴稚子挑""沁梅香可嚼，淋竹醉堪调"诸联皆可称佳对。而且全诗除结尾两句外，句句紧扣即景，无一浮泛之句。或曰黛玉"斜风仍故故""无风仍脉脉"两句有重复之嫌。按此两句或确是重复，然就其内容论，第一句是写有风，后一句是写无风，尚不能算重复。但作者于此并非单纯作诗，而且要写出诸人抢诗之乐，黛玉前一句是在联句开始不久，后一句是在联句结束之时，两句相隔较远，因抢句，故前后无暇细推敲，此正反映其抢句之真实情况也。

李纨罚宝玉到栊翠庵向妙玉乞红梅。李纨罚得对，罚得雅，罚得有诗意。黛玉说只能他一个人去，"有了人反不得了"。黛玉说得对，黛玉是既知宝玉又知妙玉者，若非宝玉一人前去，真恐红梅未必能得也。

因乞红梅而竟以此为题限韵赋诗，邢岫烟、李纹、薛宝琴三首，前两首实是平平，后一首较好，然实皆为衬宝玉乞梅诗也。宝玉诗，前四句叙事而已，然笔健势顺，有乘兴而来之感，五、六两句一对，"入世""离尘"，隐括沧桑，含义深远，末两句收得雅而有余意。宝玉平生不受拘束，此诗纯由他放笔而写，故得展其诗才耳。

贾母雪中游园一段，作者用间色法，使一部《红楼梦》，忽增白雪红梅之景，更加诸艳浓妆游园，如《丽人行》，如《艳雪图》，平添多少情趣。

贾母嘱作灯谜一段，作者竟能化俗为雅，使原本通俗的灯谜，竟从《大学》《中庸》中出来，真是化腐朽为神奇。湘云一谜，以雅语而写俗事，又隐括宝玉生前身后，更增小说的隐秘性。合以上诸谜及其他种种同类的情节和文字，遂使《红楼梦》的若干情节和诗句成为百世之谜。

【校记】

〔一〕回目：上联各本与庚辰本同。唯庚本"芦雪广"之"广"字，杨本作"庭"，戚序、蒙府本作"庵"，甲辰、程甲本作"亭"，列藏本作"庐"，皆误，独庚本不误。下联庚本"春"字据各本改"香"，"创"亍据各本改为"雅"。

〔二〕"我赶忙问了那姑子……"二十四字，庚辰本缺，据列藏、戚序、甲辰等本补。

第五十一回　薛小妹新编怀古诗
　　　　　　　胡庸医乱用虎狼药

话说众人闻得宝琴将素习所经过各省内的古迹为题，作了十首怀古绝句，内隐十物，皆说这自然新巧。都争着看时，只见写道是：

　　　赤壁怀古　　其一
赤壁沉埋水不流。徒留名姓载空舟。
喧阗一炬悲风冷，无限英魂在内游。或曰喻贾家之彻底败落。

　　　交趾怀古　　其二
铜铸金镛振纪纲。声传海外播戎羌。
马援自是功劳大，铁笛无烦说子房。或曰喻元妃之早逝。

　　　钟山怀古　　其三
名利何曾伴汝身。无端被诏出凡尘。
牵连大抵难休绝，莫怨他人嘲笑频。或曰喻李纨。

　　　淮阴怀古　　其四
壮士须防恶犬欺。三齐位定盖棺时。
寄言世俗休轻鄙，一饭之恩死也知。或曰喻凤姐。

此十首怀古诗，亦如灯谜一样，均无谜底，亦是作者不欲谜底，其意即在诗句也。唯诗句隐晦，不能必得其解，是为后世聚讼之源耳。予虽于各首有批，亦集诸家之说，所以从简者，因只是聊备参考，且读者亦不宜钻此死角，因无可云证也。

广陵怀古　　其五

蝉噪鸦栖转眼过。隋堤风景近如何。

只缘占得风流号，惹得纷纷口舌多。 _{或曰喻晴雯。}

桃叶渡怀古　　其六

衰草闲花映浅池。桃枝桃叶总分离。

六朝梁栋多如许，小照空悬壁上题。 _{或曰喻迎春。}

青冢怀古　　其七

黑水茫茫咽不流。冰弦拨尽曲中愁。

汉家制度诚堪叹，樗栎应惭万古羞。 _{或曰喻香菱。}

马嵬怀古　　其八

寂寞脂痕渍汗光。温柔一旦付东洋。

只因遗得风流迹，此日衣衾尚有香。 _{或曰喻可卿。}

蒲东寺怀古　　其九

小红骨贱最身轻。私掖偷携强撮成。

虽被夫人时吊起，已经勾引彼同行。 _{或曰喻金钏。}

梅花观怀古　　其十

不在梅边在柳边。个中谁拾画婵娟。

团圆莫忆春香到，一别西风又一年。 _{或曰喻黛玉。}

众人看了，都称奇道妙。

宝钗先说道："前八首都是史鉴上有据的。后二首却无考，我们也不大懂得，不如另作两首为是。" _{脂批："如何，必得宝钗此驳，方是好文。后文若真另作亦必无趣，若不另作又有何法省之？看他下文如何。"} 黛玉忙拦道： _{脂批："好极，非黛玉不可。脂砚。"}

"这宝姐姐也忒胶柱鼓瑟，矫揉造作了。 _{两句恰是对宝钗之的评。} 这两

第五十一回　薛小妹新编怀古诗　胡庸医乱用虎狼药

首虽于史鉴上无考，咱们虽不曾看这些外传，不知底里，难道咱们连两本戏也没有见过不成？那三岁孩子也知道，何况咱们？"探春便道："这话正是了。"脂批："余谓颦儿必有尖语来讽，不望竟有此饰词，代为解释，此则真心以待宝钗也。"

李纨又道："况且他原是到过这个地方的。这两件事虽无考，古往今来，以讹传讹，好事者竟故意的弄出这些古迹来以愚人。比如那年上京的时候，单是关夫子的坟，倒见了三四处。关夫子一生事业，皆是有据的，如何又有许多的坟？自然是后来人敬爱他生前为人，只怕从这敬爱上穿凿出来，也是有的。及至看《广舆记》上，不止关夫子的坟多，自古来有些名望的人，坟就不少，无考的古迹更多。如今这两首虽无考，凡说书唱戏，甚至于求的签上皆有注批，老小男女，俗语口头，人人皆知皆说的。况且又并不是看了《西厢记》《牡丹亭》的词曲，怕看了邪书。这竟无妨，只管留着。"宝钗听说，方罢了。脂批："此为三染无痕也。妙极，天花（衣）无缝之文。"

大家猜了一回，皆不是。

冬日天短，不觉又是前头吃晚饭之时，一齐前来吃饭。因有人回王夫人说："袭人的哥哥花自芳进来说，他母亲病重了，想他女儿。他来求恩典，接袭人家去走走。"王夫人听了，便道："人家母女一场，岂

> 黛玉也为遮饰。
>
> 宝琴是否到过这许多地方，不可考。且梅花观为《牡丹亭》中事，如何能到。
>
> 经李纨一解释，更知所怀之古，未必尽有，亦未必尽到也。
>
> 可见当时看《西厢记》《牡丹亭》是何等犯忌。明明看了，还要李纨来再加撇清，以消除影响。更可见前面宝钗捉住黛玉说出《西厢记》《牡丹亭》词句，黛玉恳求别说与别人，宝钗答应并加以训教后黛玉感激不尽。皆因当时风气，女孩儿读《西厢记》《牡丹亭》等于是偷看淫书，一个闺阁千金而有此事，则身败名裂矣，能不惧哉！
>
> 大家猜了一回，都没有猜出来，作者又未作交代，说明作者只让读者读其诗，味其意而已，未必更有谜底也，读者千万不要去猜。

有不许他去的。"一面就叫了凤姐儿来,告诉了凤姐儿,命酌量去办理。

凤姐儿答应了,回至房中,便命周瑞家的去告诉袭人原故。又吩咐周瑞家的:"再将跟着出门的媳妇传一个,你两个人,再带两个小丫头子,跟了袭人去。外头派四个有年纪跟车的。要一辆大车,你们带着坐,要一辆小车,给丫头们坐。"周瑞家的答应了,才要去,凤姐儿又道:"那袭人是个省事的,你告诉他,说我的话:叫他穿几件颜色好衣裳,大大的包一包袱衣裳拿着,包袱也要好好的,手炉也要拿好的。临走时,叫他先来我瞧瞧。"_{还要经凤姐瞧一遍,凤姐如此郑重其事,则于袭人可以思过半矣。}周瑞家的答应去了。

半日,果见袭人穿戴了来了,两个丫头与周瑞家的拿着手炉与衣包。凤姐儿看袭人头上戴着几枝金钗珠钏,倒华丽;又看身上穿着桃红百子刻丝银鼠袄子,葱绿盘金彩绣绵裙,外面穿着青缎灰鼠褂。凤姐儿笑道:"这三件衣裳都是太太的,赏了你倒是好的。但只这褂子太素了些,如今穿着也冷,你该穿一件大毛的。"袭人笑道:"太太就只给了这灰鼠的,还有一件银鼠的。说赶年下再给大毛的,还没有得呢。"

凤姐儿笑道:"我倒有一件大毛的,我嫌风毛儿出得不好了,正要改去。也罢,先给你穿去罢。等年下太太给你作的时节,我再作罢,只算你还我一样。"

_{袭人出门,如此排场,周瑞家的原是跟王夫人的,今亦派去跟随袭人,则袭人之地位更可思矣。}

_{袭人出门,如此排场,亦见贾府之豪阔奢华也。}

_{一个丫头回家,竟要如此打扮,还不够华丽,还要加大毛的,终于凤姐将自己的给她穿,凤姐之待袭人如此亲厚,其意可知矣。}

众人都笑道:"奶奶惯会说这话。成年家大手大脚的,替太太不知背地里赔垫了多少东西,真真的赔的是说不出来的,那里又和太太算去?偏这会子又说这小气话取笑儿来了。"

凤姐儿笑道:"太太那里想的到这些。究竟这又不是正经事,再不照管,也是大家的体面。说不得我自己吃些亏,把众人打扮体统了,宁可我得个好名也罢了。一个一个像烧糊了的卷子似的,人先笑话我,说我当家倒把人弄出个花子来了。"众人听了,都叹说:"谁似奶奶这样圣明!在上体贴太太,在下又疼顾下人。"

一面说,一面只见凤姐儿命平儿将昨日那件石青刻丝八团天马皮褂子拿出来,与了袭人。又看包袱,只得一个弹墨花绫水红绸里的夹包袱,里面只包着两件半旧棉袄与皮褂。凤姐儿又命平儿把一个玉色绸里的哆罗呢的包袱拿出来,又命包上一件雪褂子。

平儿走去拿了出来,一件是半旧大红猩猩毡的,一件是半旧大红羽纱的。袭人道:"一件就当不起了。"平儿笑道:"你拿这猩猩毡的。把这件顺手拿了出来,叫人给邢大姑娘送去。昨儿那么大雪,人人都是有的,不是猩猩毡,就是羽缎羽纱的,十来件大红衣裳映着大雪,好不齐整。就只他穿着那件旧毡斗篷,越发显的拱肩缩背,好不可怜见的。如今把

> 杜甫诗:"朱门酒肉臭,路有冻死骨。"于此亦可见其大概。

> 说得何等堂皇,让人不觉其自夸而已自夸矣。

> 顺写邢岫烟。见其贫寒可悯,与袭人恰成对比。

这件给他罢。"

凤姐儿笑道："我的东西,他私自就要给人。我一个还花不够,再添上你提着,更好了!"众人笑道："这都是奶奶素日孝敬太太,疼爱下人。若是奶奶素日是小气的,只以东西为事,不顾下人的,姑娘那里还敢这样了。"

邢岫烟如此贫寒,凤姐此处未及一句。

凤姐儿笑道："所以知道我的心的,也就是他还知三分罢了。"当着平儿和众人称赞平儿。说着,又嘱咐袭人道："你妈若好了就罢;若不中用了,只管住下,打发人来回我,我再另打发人给你送铺盖去。可别使人家的铺盖和梳头的家伙。"又吩咐周瑞家的道："你们自然也知道这里的规矩的,也不用我嘱咐了。"周瑞家的答应："都知道。我们这去到那里,总叫他们的人回避。若住下,必是另要一两间内房的。"说着,跟了袭人出去,又吩咐预备灯笼,遂坐车往花自芳家来,不在话下。

袭人自己的家,反成为"人家的",一入豪门,身份就变。

还要叫他们的人回避,何等摆阔。

这里凤姐又将怡红院的嬷嬷唤了两个来,吩咐道："袭人只怕不来家了,你们素日知道那大丫头们,那两个知好歹,派出来在宝玉屋里上夜。你们也好生照管着,别由着宝玉胡闹。"两个嬷嬷答应着去了,一时来回说："派了晴雯和麝月在屋里,我们四个人原是轮流着带管上夜的。"凤姐儿听了点头,又说道："晚上催他早睡,早上催他早起。"老嬷嬷们答应了,自

第五十一回　薛小妹新编怀古诗　胡庸医乱用虎狼药

回园去。

一时果有周瑞家的带了信回凤姐儿说："袭人之母业已停床，不能回来。"凤姐儿回明了王夫人，一面着人往大观园去取他的铺盖妆奁。

宝玉看着晴雯、麝月二人打点妥当。送去之后，晴雯、麝月皆卸罢残妆，脱换过裙袄。晴雯只在熏笼上围坐。麝月笑道："你今儿别装小姐了，我劝你也动一动儿。"晴雯道："等你们都去尽了，我再动不迟。有你们一日，我且受用一日。"麝月笑道："好姐姐，我铺床，你把那穿衣镜的套子放下来，上头的划子划上，你的身量比我高些。"说着，便去与宝玉铺床。晴雯嗐了一声，笑道："人家才坐暖和了，你就来闹。"〔可见怡红院内丫头们的娇态。〕〔写晴雯之娇。〕

此时宝玉正坐着纳闷，想袭人之母不知是死是活，忽听见晴雯如此说，便自己起身出去，放下镜套，划上消息，进来笑道："你们暖和罢，都完了。"晴雯笑道："终久暖和不成的，我又想起来，汤婆子还没拿来呢。"麝月道："这难为你想着！他素日又不要汤婆子，咱们那熏笼上又暖和，比不得那屋里炕冷，今儿可以不用。"宝玉笑道："这个话，你们两个都在那上头睡了，我这外边没个人，我怪怕的，一夜也睡不着。"晴雯道："我是在这里睡的。麝月你往他外边睡去。"说话之间，天已二更，麝月早已放下帘幔，移灯炷香，服侍宝玉〔写琐琐细事，以见怡红平时生活。〕

卧下，二人方睡。晴雯自在熏笼上，麝月便在暖阁内外边。

> 睡梦之中便叫袭人，可见其日常情景。

至三更以后，宝玉睡梦之中，便叫袭人。叫了两声，无人答应，自己醒了，方想起袭人不在家，自己也好笑起来。

晴雯已醒，因笑唤麝月道："连我都醒了，他守在旁边还不知道，真是个挺死尸的。"麝月翻身打个哈气笑道："他叫袭人，与我什么相干！"因问作什么。宝玉要吃茶，麝月忙起来，单穿红绸小棉袄儿。宝玉道："披上我的袄儿再去，仔细冷着。"麝月听说，回手便把宝玉披着起夜的一件貂颏了满襟暖袄披上，下去向盆内洗手，先倒了一钟温水，拿了大漱盂，宝玉漱了一口；然后才向茶槅上取了茶碗，先用温水湾了一湾，向暖壶中倒了半碗茶，递与宝玉吃了；自己也漱了一漱，吃了半碗。

> 写一喝茶耳，乃先披衣、洗手，温水漱口，然后取茶碗，用温水温茶碗，再然后方吃茶。茶后，又自己也漱口，吃茶。然后又写晴雯要茶喝。种种细事，历历写来，如同目见。

晴雯笑道："好妹子，也赏我一口儿。"麝月笑道："越发上脸儿了！"晴雯道："好妹妹，明儿晚上你别动，我服侍你一夜，如何？"麝月听说，只得也服侍他漱了口，倒了半碗茶与他吃过。

麝月笑道："你们两个别睡，说着话儿，我出去走走回来。"晴雯笑道："外头有个鬼等着你呢。"宝玉道："外头自然有大月亮的，我们说着话，你只管去。"一面说，一面便嗽了两声。

第五十一回　薛小妹新编怀古诗　胡庸医乱用虎狼药

麝月便开了后房门，揭起毡帘一看，果然好月色。晴雯等他出去，便欲唬他顽耍。仗着素日比别人气壮，不畏寒冷，也不披衣，只穿着小袄，便蹑手蹑脚的下了熏笼，随后出来。宝玉笑劝道："看冻着，不是顽的。"晴雯只摆手，随后出了房门。只见月光如水，忽然一阵微风，只觉侵肌透骨，不禁毛骨森然。心下自思道："怪道人说热身子不可被风吹，这一冷果然利害。"一面正要唬麝月，只听宝玉高声在内说道："晴雯出去了！"

<small>写冬夜。</small>
<small>写晴雯淘气。</small>
<small>是严冬寒风。</small>
<small>一段夜间琐碎情景。</small>

晴雯忙回身进来，笑道："那里就唬死了他？偏你惯会这蝎蝎螫螫，老婆汉像的！"宝玉笑道："倒不为唬坏了他。头一则冻着你也不好；二则他不防，不免一喊，倘或唬醒了别人，不说咱们是顽意儿，倒反说袭人才去了一夜，你们就见神见鬼的。你来，把我的这边被掖一掖。"晴雯听说，便上来掖一掖，伸手进去渥一渥时，宝玉笑道："好冷手！我说看冻着。"一面又见晴雯两腮如胭脂一般，用手摸了一摸，也觉冰冷。宝玉道："快进被来渥渥罢。"

<small>写晴、宝何等亲呢。</small>

一语未了，只听"咯噔"的一声门响，麝月慌慌张张的笑了进来，说道："吓了我一跳好的！黑影子里，山子石后头，只见一个人蹲着。我才要叫喊，原来是那个大锦鸡，见了人一飞，飞到亮处来，我才看真了。若冒冒失失一嚷，倒闹起人来。"一面说，一

<small>袭人不在一个晚上，便有如许琐事，想袭人在时当不如此也。</small>

面洗手,又笑道:"晴雯出去,我怎么不见?一定是要唬我去了。"宝玉笑道:"这不是他,在这里渥呢!我若不叫的快,可是倒唬你一跳。"

晴雯笑道:"也不用我唬去,这小蹄子已经自怪自惊的了。"一面说,一面仍回自己被中去了。麝月道:"你就这么跑解马似的打扮得伶伶俐俐的出去了不成?"宝玉笑道:"可不就这么出去了。"麝月道:"你要死也不拣个好日子!你出去站一站,把皮不冻破了你的。"说着,又将火盆上的铜罩揭起,_{先冷后热,那能不病。}拿灰锹重将熟炭埋了一埋,拈了两块素香放上,仍旧罩了,至屏后重剔了灯,方才睡下。

晴雯因方才一冷,如今又一暖,不觉打了两个喷嚏。_{已受冷矣。}宝玉叹道:"如何?到底伤了风了。"麝月笑道:"他早起就嚷不受用,一日也没吃饭。他这会还不保养些,还要捉弄人。明儿病了,叫他自作自受的。"宝玉问道:"头上可热不热?"晴雯嗽了两声,说道:"不相干,那里这么娇嫩起来了。"说〔一〕着,只听外间房中十锦槅上的自鸣钟"当当"打了两声,外间值宿的老嬷嬷嗽了两声,因说道:"姑娘们睡罢,明儿再说罢。"宝玉方悄悄的笑道:"咱们别说话了,又惹他们说话。"说着,方大家睡了。

至次日起来,晴雯果觉有些鼻塞声重,懒怠动弹。_{终于病了。}宝玉道:"快不要声张!太太知道了,又叫你搬

第五十一回　薛小妹新编怀古诗　胡庸医乱用虎狼药

了家去养息。家去虽好，到底冷些，不如在这里。你就在里间屋里躺着，我叫人请了大夫，悄悄的从后门进来瞧瞧就是了。"晴雯道："虽如此说，你到底要告诉大奶奶一声儿，不然一时大夫来了，有人问起来，怎么说呢？"

宝玉听了有理，便唤一个老嬷嬷来吩咐道："你回大奶奶去，就说晴雯白冷着了些，不是什么大病。袭人又不在家，他若家去养病，这里更没有人了。传一个大夫，悄悄的从后门进来瞧瞧，别回太太罢了。"老嬷嬷去了半日，来回说："大奶奶知道了，说吃两剂药，好了便罢，若不好时，还是出去为是。如今时气不好，恐沾染了别人事小，姑娘们的身子要紧的。"

晴雯睡在暖阁里，只管咳嗽，听了这话，气的喊道："我那里就害瘟病了，只怕过了人！我离了这里，看你们这一辈子都别头疼脑热的。"说着，便真要起来。宝玉忙按他，笑道："别生气，这原是他的责任，惟恐太太知道了说他不是，白说一句。你素习就好生气，如今肝火自然更盛了。"

> 李纨是好意，晴雯性急，却不能领会。

正说时，人回大夫来了。宝玉便走过来，避在书架之后。只见两三个后门口的老嬷嬷带了一个大夫进来。这里的丫鬟都回避了，有三四个老嬷嬷放下暖阁上的大红绣幔，晴雯从幔中单伸出手去。那大夫见这只手上有两根指甲，足有二三寸长，尚有金

> 可见贾府之丫鬟亦如此娇贵。

凤花染的通红的痕迹,便忙回过头来。有一个老嬷嬷忙拿了一块手帕掩了。_{写得细。}

那大夫方诊了一回脉,起身到外间,向嬷嬷们说道:"小姐的病症是外感内滞,_{竟把晴雯当作小姐,可见贾府丫鬟之娇贵。}近日时气不好,竟算是个小伤寒。幸亏是小姐素日饮食有限,风寒也不大,不过是气血原弱,偶然沾染了些,吃两剂药疏散疏散就好了。"说着,便又随婆子们出去。

彼时,李纨已遣人知会过后门上的人及各处丫鬟回避,那大夫只见了园中的景致,并不曾见一个女子。一时出了园门,就在守园门的小厮们的班房内坐了,开了药方。老嬷嬷道:"你老且别去,我们小爷啰唆,恐怕还有话说。"大夫忙道:"方才不是小姐,是位爷不成?_{可见确是庸医,连把脉后还拿不定男女,岂能用药。}那屋子竟是绣房一样,又是放下幔子来的,如何是位爷呢?"老嬷嬷悄悄笑道:"我的老爷,怪道小厮们才说今儿请了一位新大夫来了,真不知我们家的事。那屋子是我们小哥儿的,那人是他屋里的丫头,倒是个大姐,那里的小姐?若是小姐的绣房,小姐病了,你那么容易就进去了?"_{所谓侯门如海也。}说着,拿了药方进去。

宝玉看时,上面有紫苏、桔梗、防风、荆芥等药,后面又有枳实、麻黄。宝玉道:"该死,该死!他拿着女孩儿也像我们一样的治,如何使得!凭他有什么内滞,这枳实、麻黄如何禁得?谁请了来的?快打发

_{从新来大夫眼中写出宝玉之房如同绣房,恰与刘姥姥一样。把脉后尚疑为男脉,此真庸医也。}

_{宝玉也懂医理。}

第五十一回　薛小妹新编怀古诗　胡庸医乱用虎狼药

他去罢！再请一个熟的来。"

老婆子道："用药好不好，我们不知道这理。如今再叫小厮去请王太医去倒容易，只是这个大夫又不是告诉总管房请来的，这轿马钱是要给他的。"宝玉道："给他多少？"[二]婆子道："少了不好看，也得一两银子，才是我们这门户的礼。"宝玉道："王太医来了给他多少？"婆子笑道："王太医和张太医每常来了，也并没个给钱的，不过每年四节大趸送礼，那是一定的年例。这人新来了一次，须得给他一两银子去。"宝玉听说，便命麝月去取银子。麝月道："花大姐姐还不知搁在那里呢。"宝玉道："我常见他在螺甸小柜子里取钱，我和你找去。"说着，二人来至袭人堆东西的房内，开了螺甸柜子，上一槅子都是些笔墨、扇子、香饼，各色荷包、汗巾等物，下一槅却是几串钱。于是开了抽屉，才看见一个小笸箩内放着几块银子，倒也有一把戥子。 富贵人家，竟不知钱在何处。

麝月便拿了一块银子，提起戥子来，问宝玉："那是一两的星儿？"宝玉笑道："你问我？有趣，你倒成了才来的了。" 富贵人家之婢，连戥子也不识。麝月也笑了，又要去问人。宝玉道："拣那大的给他一块就是了。又不作买卖，算这些做什么！" 这才是宝玉。麝月听了，便放下戥子，拣了一块，掂了一掂，笑道："这一块只怕是一两了。宁可多些好，别少了，叫那穷小子笑话，不说咱们不识戥子，倒说 的是宝玉之婢。

咱们有心小器似的。"

那婆子站在外头台矶上,笑道:"那是五两的锭子夹了半边,这一块至少还有二两呢!这会子又没夹剪,姑娘收了这块,再拣一块小些的罢。"麝月早掩了柜子,出来笑道:"谁又找去!多了些,你拿了去罢。"_{"富贵不知乐业"也。}宝玉道:"你只快叫茗烟再请王大夫去就是了。"婆子接了银子,自去料理。

一时茗烟果请了王太医来,先诊了脉,后说病症,与前相仿,只是方上果没有枳实、麻黄等药,倒有当归、陈皮、白芍等,药之分量较先也减了些。毕竟王太医老成有经验。

宝玉喜道:"这才是女孩儿们的药,虽然疏散,也不可太过。旧年我病了,却是伤寒,内里饮食停滞。他瞧了,还说我禁不起麻黄、石膏、枳实等狼虎药。我和你们一比,我就如那野坟圈子里长的几十年的一棵老杨树,你们就如秋天芸儿进我的那才开的白海棠。把自己比作老杨树,把丫鬟们比作娇嫩的白海棠,正是宝玉的想法。连我禁不起的药,你们如何禁得起。"麝月等笑道:"野坟里只有杨树不成?难道就没有松柏?我最嫌的是杨树,那么大笨树,叶子只一点子,没一丝风,他也是乱响。你偏比他,也太下流了。"因柳垂长条,随风而动,故世人比其随风倒,无骨气,麝月说是下流,其实皆主观想象,于柳树何有!宝玉笑道:"松柏不敢比。连孔子都说:'岁寒然后知松柏之后凋也。'可知这两件东西高雅,不怕羞臊的才拿他混比呢。"可见宝玉谦虚。

说着,只见老婆子取了药来。宝玉命把煎药的银

杨树在植物中,春天最早发芽,故春未到而杨柳先报芽也,宋姜白石诗"看见鹅黄上柳条"是也。杨柳至冬天是最后凋谢的,严冬季节,除松柏外,一般树木俱已落叶,而杨柳仍不凋,直至最后始凋。凋后不久,冬尽春来时,杨柳又先报春矣。而杨柳又最能活,随处能活,插地成荫,此又为一般树木之不及者。杨柳种种优点,世人皆不注意。以其易长而贱视之,麝月亦犹是也。

第五十一回　薛小妹新编怀古诗　胡庸医乱用虎狼药

吊子找了出来，脂批："'找'字神理，乃不常用之物也。"就命在火盆上煎。晴雯因说："正经给他们茶房里煎去，弄得这屋里药气，如何使得。"宝玉道："药气比一切的花香、果子香都雅。神仙采药烧药，再者高人逸士采药治药，最妙的一件东西。这屋里，我正想各色都齐了，就只少药香，如今恰好全了。"一面说，一面早命人煨上。又嘱咐麝月打点些东西，遣老嬷嬷去看袭人，劝他少哭。宝玉事事周到。一一妥当，方过前边来贾母、王夫人处问安吃饭。

古人以药味为香、为雅，故药炉茶鼎常并举也。

正值凤姐儿和贾母、王夫人商议说："天又短又冷，不如以后大嫂子带着姑娘们在园子里吃饭一样。等天长暖和了，再来回的跑也不妨。"王夫人笑道："这也是好主意。刮风下雪倒便宜。吃些东西受了冷气，也不好。空心走来，一肚子冷风，压上些东西，也不好。不如后园门里头的五间大房子，横竖有女人们上夜的，挑两个厨子女人在那里，单给他姊妹们弄饭。新鲜菜蔬是有分例的，在总管房里支去，或要钱，或要东西；那些野鸡、獐、狍各样野味，分些给他们就是了。"贾府诸人，爱吃野味，书中常常提到。

贾府尚在盛时，故事事随意也。

贾母道："我也正想着呢，就怕又添一个厨房多事些。"凤姐道："并不多事。一样的分例，这里添了，那里减了。就便多费些事，也免了小姑娘们冷风朔气的。脂批："'朔'字又妙。'朔'作'韶'北音也。用此音，奇想奇想。"别人还可，第一林妹妹如何禁得住？就连宝兄弟也禁不住，何况众位姑娘。"

贾母道："正是这话了。上次我要说这话，我见你们的大事太多了，如今又添出这些事来……"

要知端的，下回分解。

第五十一回　薛小妹新编怀古诗　胡庸医乱用虎狼药

【回后评】

　　十首怀古诗的后两首是《西厢记》《牡丹亭》情节，前面宝钗说过自己也曾读过，并以此训黛玉，此处却又说"我们也不大懂得，不如另作两首为是"，明明装假。黛玉批评她"胶柱鼓瑟"，"矫揉造作"，真是一语中的，批评得对。但黛玉又说："咱们虽不曾看这些外传，不知底里，难道咱们连两本戏也没有见过不成？那三岁孩子也知道，何况咱们？"这是又为宝钗遮饰，所以脂批说"不望竟有此饰词，代为解释，此则真心以待宝钗也"。黛玉自"互剖金兰语"以后，于宝钗一直真心相待，此处因宝钗所说不能自圆，故特为作转语，举出从看戏中得来，比起矢口否认要合理得多，故探春便说："这话正是了。"这一细节，恰好写出了宝钗处处虚假，不改其性，而黛玉却是真心待人，为宝钗遮饰未免不真，但其待宝钗却是真而又真，更于此而见宝钗之善于笼络人心一至于此也。

　　袭人母亲病重，回家省视，而凤姐秉王夫人之命，竟作如此阔排场，回家后竟要家人回避，另要一两间内房等。这种种描写，一方面说明袭人身份已经不同，已经不是丫鬟的身份而是妾的身份了，王夫人、凤姐正是用这种方法来宣告袭人的身份；另一方面写袭人回去，竟能一一照贾府规矩行事，这岂是回家探视母病，竟是一次回家摆阔气，摆荣耀，摆姨娘的派势，则袭人其人之忘本，已于此明矣。无怪以后贾家败落，袭人会改嫁蒋玉菡也。作者特于此处重笔渲染，以与后文作对照耳。

　　袭人去后，怡红院由晴雯、麝月上夜，宝玉夜间喝茶，遂生种种琐屑细事，足见袭人不在后，无人管约。晴雯、麝月辈连宝玉亦得随意宽松,几乎一夜不眠,至使"值宿的老嬷嬷嗽了两声,因说道'姑娘们睡罢,明儿再说罢'"云云,虽系种种生活琐事,却使读者感到浓厚的生活气息和真实感,更使读者感到袭人在怡红院中,实际上是王夫人所派的特等护理员和监察员,袭人在怡红院,宝玉的精神、思想、生活情趣亦不得随意舒展也。

胡庸医看病,把脉后竟连病人是男是女,自己都把握不定,无怪其用药之无准。尤其是宝玉、麝月竟不识戥子,也不知银子重量,把起码有二两一块的银子竟当成一两,还说"宁可多些好,别少了,叫那穷小子笑话,不说咱们不识戥子,倒说咱们有心小器似的",开口便是富贵人家口气。此亦为后文贾家败落,宝玉"寒冬噎酸齑,雪夜围破毡"作对照也。

薛宝琴、邢岫烟、李纹、李绮同是来贾府投亲,则见其家亦各衰落矣,此预为贾府之衰落先写一笔也。贾府于诸人之遇,判然有别,宝琴则受特宠,非仅其人之俊也,其家尚存富裕也,薛姨妈是其至亲也。李纹、李绮则已家道中落矣,幸得李纨之照顾也。邢岫烟则已陷贫困,而邢夫人亦不加顾惜,因邢夫人之不顾,故凤姐亦不顾,致岫烟于大雪中"越发显的拱肩缩背,好不可怜见的"。幸平儿能念怜,作绨袍之赠,此不仅写平儿之善心,实写贾府之待人,亦势利也。且同一日同一时也,袭人,贾府之一婢耳,竟作如此排场打扮,其豪阔比于富家阔姨太;岫烟,小姐也,贾府之亲戚也,乃任其一寒至此。人情冷暖,于此可见矣。

【校记】

〔一〕"道:'不相干'"下十四字,庚辰本缺,据各脂本补。补文"姣",

校改作"娇"。

〔二〕"宝玉道……"七字,庚辰本缺,从各脂本补。庚本仅存一"少"字,又因不能成文,被点去。

第五十二回　　俏平儿情掩虾须镯
　　　　　　　　勇晴雯病补雀金裘[一]

贾母道:"正是这话了。上次我要说这话,我见你们的大事多,如今又添出这些事来,你们固然不敢抱怨,未免想着我只顾疼这些小孙子、孙女儿们,就不体贴你们这些当家人了。你既这么说出来,更好了。"因此时薛姨妈、李婶都在座,邢夫人及尤氏婆媳也都过来请安,还未过去,贾母向王夫人等说道:"今儿我才说这话,素日我不说,一则怕逗了凤丫头的脸,二则众人不伏。今日你们都在这里,都是经过妯娌、姑嫂的,还有他这样想的到的没有?"薛姨妈、李婶、尤氏等齐笑说:"真个少有。别人不过是礼上面子情儿,实在他是真疼小叔子、小姑子。就是老太太跟前,也是真孝顺。"

贾母点头叹道:"我虽疼他,我又怕他太伶俐了也不是好事。"凤姐儿忙笑道:"这话老祖宗说差了。世人都说,太伶俐聪明,怕活不长。世人都说得,人

> "还有他这样想的到的没有",列藏本缺"的没有"三字,文句不通。程甲本作"想得到",将"的"字改为"得"字,易读。此句是贾母极赞凤姐,故妙复轩本批云:"写溺爱透骨。"

第五十二回　俏平儿情掩虾须镯　勇晴雯病补雀金裘

人都信，独老祖宗不当说，不当信。老祖宗只有伶俐聪明过我十倍的，怎么如今这样福寿双全的？_{凤姐随机应变，又向贾母大加谀词，世上唯马屁最受人爱，信然。}只怕我明儿还胜老祖宗一倍呢！我活一千岁后，等老祖宗归了西，我才死呢。"贾母笑道："众人都死了，单剩下咱们两个老妖精，有什么意思。"说的众人都笑了。_{借众人之口，再特赞凤姐一笔。}

宝玉因记挂着晴雯、袭人等事，便先回园里来。到了房中，药香满屋，_{富贵人家，药香亦雅事也。}一人不见。只见晴雯独卧于炕上，脸面烧的飞红，又摸了一摸，只觉烫手。_{可见烧得厉害。}忙又向炉上将手烘暖，伸进被去摸了一摸，身上也是火烧。因说道："别人去了也罢，麝月、秋纹也这样无情，各自去了？"_{怪麝月、秋纹之不顾晴雯。}晴雯道："秋纹是我撵了他去吃饭的。麝月是方才平儿来找他出去了。两人鬼鬼祟祟的，不知说什么。必是说我病了不出去。"_{晴雯患病，当有此想。}

宝玉道："平儿不是那样人。_{宝玉知人。}况且他并不知你病，特来瞧你。想来一定是找麝月来说话，偶然见你病了，随口说特瞧你的病，这也是人情乖觉取和的常事。_{宝玉深通人情。}便不出去，有不是，又与他何干？你们素日又好，断不肯为这无干的事伤和气。"晴雯道："这话也是，我只是疑他为什么忽然又瞒起我来。"_{脂批："宝玉一篇推情度理之谈，以射正事不知何如。"}宝玉笑道："让我从后门出去，在那窗根下听听他们说些什么，_{宝玉忽想出主意。}回来告诉你。"说着，果然从后门_{一段疑笔，带出虾须镯事来。}

出去，至窗下潜听。

只闻麝月悄问道："你怎么就得了的？"〖脂批："妙，这才有神理，是平儿说过一半了，若此时从宝玉口中从头说起，原一故，直是二人特等宝玉来听方说起也。"〗平儿道："那日洗手时不见了，二奶奶就不许吵嚷，出了园子，即刻就传给园里各处的妈妈们小心查访。我们只疑惑邢姑娘的丫头，本来又穷，〖因人穷，致遭人疑，可叹！〗只怕小孩子家没见过，拿了起来，也是有的。再不料定是你们这里的。〖偏是你们这里的。〗幸而二奶奶没有在屋里，你们这里的宋妈去了，拿着这支镯子，说是小丫头子坠儿偷起来的，〖此处点明。〗被他看见，来回二奶奶的。〖脂批："妙极，红玉既有归结，坠儿岂可不表哉。可知奸贼二字是相连的，故情字原非正道。坠儿原不情也。不过愚人耳。可以传奸即可以为盗，皆出于宝玉房中，亦大有深意在焉。"〗我赶着忙接了镯子，想了想：宝玉是偏在你们身上留心用意、争胜要强的。那一年有一个良儿偷玉，〖追叙往事。〗刚冷了一二年，间还有人提起来趁愿；这会子又跑出一个偷金子的来了，而且更偷到街坊家去了。偏是他这样，偏是他的人打嘴。所以我连忙叮咛宋妈，千万别告诉宝玉，〖故而进来时鬼鬼祟祟也。不告诉宝玉，亦已听见了。〗只当没有这事，别和一个人提起。第二件，老太太、太太听了也生气。三则袭人和你们也不好看。所以我回二奶奶，只说：'我往大奶奶那里去的。谁知镯子褪了口，丢在草根底下，雪深了没看见。今儿雪化尽了，黄澄澄的映着日头，还在那里呢。〖想得倒是合情合理。〗我就拣了起来。'二奶奶也就信了，〖凤姐已经信了，本可无事了。〗所以我来告诉你们。你们以后防着他些，别使唤他到别处去。等袭人回来，你们商议着，变个法

平儿一番好意，竟想将事瞒过，却偏被宝玉听见。

平儿只想悄悄处理，以顾全怡红院宝玉等的面子。

第五十二回　俏平儿情掩虾须镯　勇晴雯病补雀金裘

子打发他出去就完了。"

麝月道:"这小娼妇（麝月已经生气。）也见过些东西,怎么这么眼皮子浅?"平儿道:"究竟这镯子能多少重,原是二奶奶说的,这叫做'虾须镯',倒是这颗珠子还罢了。晴雯那蹄子是块爆炭,（早料到晴雯容不得此类事。）要告诉了他,他是忍不住的。一时气了,或打或骂,依旧嚷出来不好,（进来时鬼鬼祟祟,原就是此。）所以单告诉你,留心就是了。"说着,便作辞而去。

宝玉听了,又喜又气又叹。喜的是平儿竟能体贴自己;气的是坠儿小窃;叹的是坠儿那样一个伶俐人,作出这丑事来。因而回至房中,把平儿之话一长一短告诉了晴雯。（本来专为瞒晴雯,宝玉却先告诉晴雯。）又说:"他说你是个要强的,如今病着,听了这话越发要添病,等你好了再告诉你。"

晴雯听了,果然气的蛾眉倒蹙,凤眼圆睁,实时就叫坠儿。宝玉忙劝道:"你这一喊出来,岂不辜负了平儿待你我之心了。（宝玉特重一情字,特别是平儿之情。）不如领他这个情,过后打发他就完了。"晴雯道:"虽如此说,只是这口气如何忍得!"宝玉道:"这有什么生气的?（确是没有什么可生气的。）你只养病就是了。"（晴雯是火爆性子,容不得半点肮脏之事,亦见其磊落光明。）

晴雯服了药,至晚间又服二和。夜间虽有些汗,还未见效,仍是发烧头疼,鼻塞声重。次日,王太医又来诊视,另加减汤剂。虽然稍减了烧,仍是头疼。

宝玉便命麝月："取鼻烟来，给他嗅些，痛打几个嚏喷，就通了关窍。"麝月果真去取了一个金镶双扣金星玻璃的一个扁盒来，_{怡红院中物物金贵。}递与宝玉。宝玉便揭翻盒扇，里面有西洋珐琅的黄发赤身女子，两肋又有肉翅，里面盛着些真正汪恰洋烟。_{脂批："汪恰，西洋一等宝烟也。"}

晴雯只顾看画儿，宝玉道："嗅些罢，走了气就不好了。"晴雯听说，忙用指甲挑了些嗅入鼻中，不见怎样；便又多多挑了些嗅入，忽觉鼻中一股酸辣透入囟门，接连打了五六个嚏喷，眼泪、鼻涕登时齐流。

晴雯忙收了盒子，笑道："了不得，好辣！快拿纸来。"早有小丫头子递过一搭子细纸，晴雯便一张一张的拿来醒鼻子。宝玉笑问："如何？"晴雯笑道："果觉通快些，只是太阳还疼。"宝玉笑道："越性尽用西洋药治一治，只怕就好了。"说着，便命麝月："和二奶奶要去，就说我说了：姐姐那里常有那西洋贴头疼的膏子药，叫作'依弗哪'，_{这也是一种西洋药，据彭昆仑考证，是麻黄浸膏，属膏药。}找寻一点儿。"麝月答应了，去了半日，果拿了半节来。便去找了一块红缎子角儿，铰了两块指顶大的圆式，将那药烤和了，用簪挺摊上。晴雯自拿着一面靶镜，贴在两太阳上。_{这种贴头痛的膏药，予幼年时尚见母亲贴过，称太阳药膏，当然这已不是舶来品，而是自制的了。}

麝月笑道："病的蓬头鬼一样，如今贴了这个，倒俏皮了。二奶奶贴惯了，倒不大显。"说毕，又向宝玉道："二奶奶说了：明日是舅老爷的生日，太太

<sub>此处提到西洋货。按曹雪芹的舅祖李煦之父李士桢曾任广东巡抚，李煦亦曾任广东韶州府知府、浙江宁波府知府，后又调回京城任畅春园总管，曹雪芹的曾祖父、祖父、父亲都曾先后任江宁织造，以上这些职务，都有机会获得西洋物品，并与西洋人接触，故此处写到汪恰洋烟，非偶然也。

关于"汪恰洋烟"周策纵先生有考，他认为"汪恰洋烟"是 virginia 或 virgin 的译音，康熙时西洋传教士来华者以法国人最多，故"汪恰"更可能是法文 vierge 的译音。

明清之际，西学东渐，来华的传教士，带来不少西方的科学知识，如天文学、几何学、日心说、地震说、气象学、生物学以及人身图说、医药卫生等知识，其中包括西药制造术等，故宝玉说"越性尽用西洋药治一治，只怕就好了"，这句话，正是这一文化思潮的现实反映。</sub>

说了，叫你去呢。明儿穿什么衣裳？今儿晚上好打点齐备了，省得明儿早起费手。"宝玉道："什么顺手就是什么罢了。一年闹生日也闹不清。"

说着，便起身出房，往惜春房中去看画。刚到院门外边，忽见宝琴的小丫鬟名小螺者，从那边过去，宝玉忙赶上问："那去？"小螺笑道："我们二位姑娘都在林姑娘房里呢，我如今也往那里去。"宝玉听了，转步也便同他往潇湘馆来。不但宝钗姊妹在此，且连邢岫烟也在那里，四人围坐在熏笼上叙家常。紫鹃倒坐在暖阁里，临窗作针黹。一见他来，都笑说："又来了一个！可没了你的坐处了。"宝玉笑道："好一幅'冬闺集艳图'！可惜我迟来了一步。横竖这屋子比各屋子暖，这椅子上坐着并不冷。"说着，便坐在黛玉常坐的搭着灰鼠椅搭的一张椅子上。坐黛玉常坐的椅子，比另设坐更好。因见暖阁之中有一玉石条盆，里面攒三聚五栽着一盆单瓣水仙，点着宣石，宣石水仙，好清供。便极口赞："好花！这屋子越发暖，这花香的越清香。"花气熏窗笔砚香"，写潇湘馆何等清雅。昨日未见。"黛玉因说道："这是你家的大总管赖大婶子送薛二姑娘的，两盆腊梅，两盆水仙。他送了我一盆水仙，送了蕉丫头一盆腊梅。我原不要的，又恐辜负了他的心。你若要，我转送你如何？"宝玉道："我屋里却有两盆，只是不及这个。琴妹妹送你的，如何又转送人？这个断使不得。"黛玉道："我一日药吊子不离火，我竟是药培着呢,那里还搁的住花香来熏,越发弱了。况且这屋子里一股药香,反把这花香搅坏了。不如你抬了去,这花也倒清净了,没杂味来搅他。"宝玉笑道:"我屋里今儿也有病人煎药呢,你怎么知道的?"黛玉笑道:"这话奇了。我原是无心的话,谁知你屋里的事?你不早来听说古记,这会子来了,自惊自怪的。"

> 连花香都经不住,可见其身体娇弱至极。

宝玉笑道:"咱们明儿下一社又有了题目了,就咏水仙、腊梅。"黛玉听了,笑道:"罢,罢!我再不敢作诗了,作一回,罚一回,没的怪羞的。"说着,便两手握起脸来。<说宝玉。黛玉此际心情,自互剖金兰语后,一直宽畅,此时虽说宝玉,却是她欢悦心情的流露。>宝玉笑道:"何苦来!又奚落我作什么。我还不怕臊呢,你倒握起脸来了。"宝钗因笑道:"下次我邀一社,四个诗题,四个词题。每人四首诗,四阕词。头一个诗题《咏〈太极图〉》。<此类诗题,只有宝钗能出。>限一先的韵,五言律,要把一先的韵都用尽了,一个不许剩。"宝琴笑道:"这一说,可知是姐姐不是真心起社了,这分明是难人。若论起来,也强扭的出来,不过颠来倒去弄些《易经》上的话生填,究竟有何趣味?<这话批评得是,如此作法,哪有一点诗意。>我八岁的时节,跟我父亲到西海沿子上买洋货。谁知有个真真国的女孩子,才十五岁,那脸面就和那西洋画上的美人一样,也披着黄头发,打着联垂,满头戴的都是珊瑚、猫儿眼、祖母绿这些宝石;身上穿着金丝织的锁子甲,洋锦袄袖,带着倭刀,也是镶金嵌宝的。实在

> 宝钗作诗之法,实与科举八股同风,皆从经书中出题,限一先韵用尽者,亦即不许越试题范围之一步也。

> 真真国,未详。或以为即"假作真时真亦假"之意,盖假托也。按明清之际,西学东渐之风极盛,自万历间利玛窦来华之后,传教士来华者不断,汤若望于顺康间受特宠,康熙至

第五十二回　俏平儿情掩虾须镯　勇晴雯病补雀金裘

画儿上的也没他好看。_{此中消息，当与五十回贾母赏雪，说薛宝琴比仇十洲的画中人更好对看。}有人说他通中国的诗书，会讲五经，能作诗填词。因此，我父亲央烦了一位通事官，烦他写了一张字，就写的是他作的诗。"

众人都称奇道异。宝玉忙笑道："好妹妹，你拿出来我瞧瞧。"宝琴笑道："在南京收着呢，此时那里去取来？"宝玉听了，大失所望，便说："没福得见这世面。"黛玉笑拉宝琴道："你别哄我们。我知道你这一来，你的这些东西未必放在家里，自然都是要带了来的，_{黛玉之意是说宝琴此来，是进京发嫁，故必将东西都带了来了，话虽未明说她来出嫁，但意思已很明白。}这会子又扯谎说没带来。他们虽信，我是不信的。"宝琴便红了脸，低头微笑不语。_{宝琴脸红，是因黛玉话中已暗指她是进京嫁人的，故而脸红也。黛玉不信，是不信她说没有带来也。}

宝钗笑道："偏这个颦儿惯说这些白话，把你就伶俐的。"黛玉笑道："若带了来，就给我们见识见识也罢了。"宝钗笑道："箱子笼子一大堆，还没理清，知道在那个里头呢！_{宝钗何以知道她不知道放在那个箱子里呢？}等过日收拾清了，找出来大家再看就是了。"又向宝琴道："你若记得，何不念念我们听听。"宝琴方答道："记得是首五言律，外国的女子也就难为他了。"宝钗道："你且别念，等把云儿叫了来，也叫他听听。"说着，便叫小螺来吩咐道："你到我那里去，就说我们这里有一个外国的美人来了，_{此句是眼，分明说宝琴就是外国美人也。}作的好诗，请你这诗疯子来瞧去，再把我们的诗呆子也带来。"_{指香菱。}小螺笑着去了。

乾隆间，有传教士画家意大利人郎世宁、捷克波西米亚人艾启蒙、法国人贺清泰等，都是乾隆时的内廷供奉，都精通中国画，郎世宁名声更大，所作画至今保存在故宫博物院。由此可想，当时外国人之熟悉中国文化，会一点中国传统诗词，也不是不可能的事。曹雪芹创造这个真真国的女诗人，我想就是在这样的历史文化背景下创造出来的。人物是虚构的，但历史文化背景是真实的、可信的。

蔡义江云:"这位十五岁作诗的'外国美人',也就是宝琴自己……他所口述的《真真国女儿诗》隐寓着他自己的将来。全诗说自己憔悴流露于云雾山岚笼罩着的海岛水国,昨日红楼生活已成梦境,眼前只能独自对月吟唱,忆昔抚今,不胜伤悼。"此说可参。

半日,只听湘云笑问:"那一个外国美人来了?"一头说,一头果和香菱来了。众人笑道:"人未见形,先已闻声。"宝琴等忙让坐,遂把方才的话重叙了一遍。湘云笑道:"快念来听听。"宝琴因念道:再坐实一句。

昨夜朱楼梦,今宵水国吟。
岛云蒸大海,岚气接丛林。
月本无今古,情缘自浅深。
汉南春历历,焉得不关心。

众人听了,都道:"难为他!竟比我们中国人还强。"

一语未了,只见麝月走来说:"太太打发人来告诉二爷,明儿一早往舅舅那里去,就说太太身上不大好,不得亲自来。"宝玉忙站起来,答应道:"是。"因问宝钗、宝琴可去。宝钗道:"我们不去,昨儿单送了礼去了。"大家说了一回方散。

宝玉因让诸姊妹先行,自己落后。特意等黛玉也。黛玉便又叫住他,问道:"袭人到底多早晚回来?"宝玉道:"自然等送了殡才来呢。"黛玉还有话说,又不曾出口,出了一回神,便说道:"你去罢。"一时舍不得宝玉离开,又想不出话来,神情逼真。宝玉也觉心里有许多话,只是口里不知要说什么,宝玉亦同此意,可见两心相同也。想了一想,也笑道:"明日再说罢。"一面下了阶矶,低头正欲迈步,复又忙回身问道:"如今的夜越发长了,你一夜咳嗽几遍?神情如画,其关切之情溢于言表。醒几

第五十二回　俏平儿情掩虾须镯　勇晴雯病补雀金裘

次？"脂批："此皆好笑之极，无味扯淡之极，回思则皆沥血滴髓之至情至神也。岂别部偷寒送暖私奔暗约一味淫情浪态之小说可比哉。"黛玉道："昨儿夜里好些儿，只咳嗽了两遍，却只睡了四更一个更次，就再不能睡了。"长夜不眠，足见其愈衰也。宝玉又笑道："正是有句要紧的话，这会子才想起来。"一面说，一面便挨过身来，前面想说而未说之话，此时想起，神理逼真。悄悄道："我想，宝姐姐送你的燕窝——"

一语未了，只见赵姨娘走了进来瞧黛玉，问："姑娘这两天好？"黛玉便知他是从探春处来，从门前过，顺路的人情。黛玉忙陪笑让坐，说："难为姨娘想着，怪冷的，亲自走来。"又忙命倒茶，虽顺路人情，亦不得不应付也。一面又使眼色与宝玉。宝玉会意，便走了出来。

正值吃晚饭时，见了王夫人，王夫人又嘱咐他早去。宝玉回来，看晴雯吃了药。此夕，宝玉便不命晴雯挪出暖阁来，自己便在晴雯外边。又命将熏笼抬至暖阁前，麝月便在熏笼上睡。一宿无话。

至次日，天未明时，晴雯便叫醒麝月道："你也该醒了，只是睡不够！你出去叫人给他预备茶水，我叫醒他就是了。"麝月忙披衣起来道："咱们叫起他来，穿好衣裳，抬过这火箱去，再叫他们进来。老嬷嬷们已经说过，不叫他在这屋里，怕过了病气。如今叫他们见咱们挤在一处，又该唠叨了。"虽生活琐事而逼真如画。晴雯道："我也是这么说呢。"

二人才叫时,宝玉已醒了,忙起身披衣。麝月先叫进小丫头子来,收拾妥当了,才命秋纹、檀云等进来,一同服侍宝玉梳洗毕。麝月道:"天又阴阴的,只怕有雪,穿那一套毡的罢。"宝玉点头,实时换了衣裳。小丫头便用小茶盘捧了一盖碗建莲红枣儿汤来,宝玉喝了两口,麝月又捧过一小碟法制紫姜来,宝玉嚼了一块。_{写得真。}又嘱咐了晴雯一回,便往贾母处来。

贾母犹未起来,知道宝玉出门,便开了房门,命宝玉进去。宝玉见贾母身后宝琴面尚向里,_{写得细,宝琴与贾母同睡也。}也睡着未醒。贾母见宝玉身上穿着荔色哆罗呢的天马箭袖,大红猩猩毡盘金彩绣石青妆缎沿边的排穗褂子。贾母问道:"下雪呢么?"宝玉道:"天阴着,还没下呢。"贾母便命鸳鸯来:"把昨儿那一件乌云豹的氅衣给他罢。"鸳鸯答应了走去,果取了一件来。宝玉看时,金翠辉煌,碧彩闪灼,又不似宝琴所披之凫靥裘。只听贾母笑道:"这叫作'雀金呢',这是哦啰嘶国_{又是一件外国货。}拿孔雀毛拈了线织的。前儿把那一件野鸭子的给了你小妹妹,_{脂批:"'小'字更妙,盖王夫人之末女也。"}这件给你罢。"宝玉磕了一个头,便披在身上。贾母笑道:"你先给你娘瞧瞧去再去。"宝玉答应了,便出来。

_{特写雀金呢裘,为后文晴雯补裘张本。}

只见鸳鸯站在地下揉眼睛。因自那日鸳鸯发誓决绝之后,他总不和宝玉讲话。_{回应前文。}宝玉正自日夜不安,此时见他又要回避,宝玉便上来笑道:"好姐姐,你

第五十二回　俏平儿情掩虾须镯　勇晴雯病补雀金裘

瞧瞧，我穿着这个好不好。"鸳鸯一摔手，便进贾母房中去了。〔鸳鸯日前之悲愤尚未解也。〕

宝玉只得到了王夫人房中，与王夫人看了，然后又回至园中，与晴雯、麝月看过，复回至贾母房中，回说："太太看了，只说可惜了的，叫我仔细穿，别遭塌了他。"贾母道："就剩下了这一件，你遭塌〔偏偏于后面遭塌了。〕了也再没了。这会子特给你做这个也是没有的事。"说着，又嘱咐他："不许多吃酒，早些回来。"宝玉应了几个"是"。

老嬷嬷跟至厅上，只见宝玉的奶兄李贵和王荣、张若锦、赵亦华、钱启、周瑞六个人，带着茗烟、伴鹤、锄药、扫红四个小厮，背着衣包，抱着坐褥，笼着一匹雕鞍彩辔的白马，早已伺候多时了。〔十个人侍候一个宝玉，真如众星捧月。〕老嬷嬷又吩咐了他六个人些话，六个人忙答应了几个"是"，忙捧鞭坠镫。宝玉慢慢的上了马，李贵和王荣笼着嚼环，钱启、周瑞二人在前引导，张若锦、赵亦华在两边紧贴宝玉后身。宝玉在马上笑道："周哥，钱哥，咱们打这角门走罢，省得到了老爷的书房门口又下来。"周瑞侧身笑道："老爷不在家，书房天天锁着的，爷可以不用下来罢了。"宝玉笑道："虽锁着，也要下来的。"〔封建礼法的规矩。〕钱启、李贵等都笑道："爷说的是。便托懒不下来，倘或遇见赖大爷、林二爷，虽不好说爷，也要劝两句。有的不是，都派在我们身上，又说我们不教爷礼了。"周瑞、钱启便一直出角门来。

正说话时,顶头果见赖大进来。宝玉忙笼住马,意欲下来。赖大忙上来抱住腿。宝玉便在镫上站起来,[小主人见大管家尚须如此。]笑携他的手,说了几句话。接着,又见一个小厮带着二三十个拿扫帚、簸箕的人进来,见了宝玉,都顺墙垂手立住。独那为首的小厮打千儿,请了一个安。宝玉不识名姓,只微笑点了点头儿。马已过去,[脂批:"总为后文伏线。"]那人方带人去了。

[可见封建官僚家庭日常礼节。]

于是出了角门,门外又有李贵等六人的小厮并几个马夫,早预备下十来匹马专候。一出了角门,李贵等都各上了马,前引傍围的一阵烟去了,不在话下。

[宝玉出门,何等声势。

"李贵等都各上了马,前引傍围的一阵烟去了",写得何等气势,何等快捷!予尝观厉慧良演《拿高登》,高登在帘门内喝一声:"闪开了!"登时全场肃静,然后高登扬鞭上场,跑大圆场,身段抑扬,衣襟翻飞,众豪奴簇拥成团,倏然而去。宝玉与高登,绝非一人也,然其豪奴簇拥,快马飞驰之状,可以想见。]

这里,晴雯吃了药,仍不见病退,急的乱骂大夫,说:"只会骗人的钱,一剂好药也不给人吃。"[脂批:"奇文,真娇憨女儿之语也。"]麝月笑劝他道:"你太性急了。俗语说:'病来如山倒,病去如抽丝。'又不是老君的仙丹,那有这样灵药!你只静养几天,自然就好了。你越急越着手。"[麝月之话自是在理。]晴雯又骂小丫头子们:"那里钻沙去了!瞅我病了,都大胆子走了。明儿我好了,一个一个的才揭你们的皮呢!"[晴雯烈性脾气,说发即发。]唬的小丫头子篆儿忙进来问:"姑娘作什么?"[脂批:"此姑娘亦姑姑娘娘之称,亦如贾琏处小厮呼平儿,皆南北互用一语也。脂砚。"]晴雯道:"别人都死绝了,就剩了你不成?"

说着,只见坠儿也蹭了进来。晴雯道:"你瞧瞧这小蹄子,[倒霉来了。]不问,他还不来呢!这里又放月钱了,

第五十二回　俏平儿情掩虾须镯　勇晴雯病补雀金裘

又散果子了，你该跑在头里了。你往前些，我不是老虎吃了你！"坠儿只得前凑。晴雯便冷不防欠身一把将他的手抓住，_{脂批："是病卧之时。"}向枕边取了一丈青，向他手上乱戳，_{晴雯何其狠也，大观园中，丫鬟之间尚有如此等级，可知整个社会矣。}口内骂道："要这爪子作什么？拈不得针，拿不动线，只会偷嘴吃。眼皮子又浅，爪子又轻，打嘴现世的，不如戳烂了！"坠儿疼的乱哭乱喊。麝月忙拉开坠儿，按晴雯睡下，笑道："才出了汗，又作死。等你好了，要打多少打不得？_{记住此话，可见丫头之间之等级也。}这会子闹什么！"

晴雯便命人叫宋嬷嬷进来，说道："宝二爷才告诉了我，叫我告诉你们，坠儿很懒，宝二爷当面使他，他拨嘴儿不动，连袭人使他，他背后骂他。今儿务必打发他出去，明儿宝二爷亲自回太太就是了。"_{晴雯何暴列至此！专擅至此！}宋嬷嬷听了，心下便知镯子事发，因笑道："虽如此说，也等花姑娘回来知道了，再打发他。"晴雯道："宝二爷今儿千叮咛万嘱咐的，什么花姑娘、草姑娘，_{此等处亦晴雯结怨于袭人处也。}我们自然有道理。你只依我的话，快叫他家的人来领他出去。"麝月道："这也罢了，早也是去，晚也是去，带了去，早清净一日。"

宋嬷嬷听了，只得出去唤了他母亲来，打点了他的东西。他母亲又来见晴雯等，说道："姑娘们怎么了？你侄女儿不好，_{脂批："'侄女'二字妙，余前注不谬。"}你们教导他，怎么撵出去？也到底给我们留个脸儿。"晴雯道："你这话只等宝玉

_{手上乱戳，以其偷镯也，坠儿当心知之矣。}

_{于此可见封建社会无处不等级也。}

_{越提花姑娘，越惹晴雯生气。}

_{其母还不知坠儿偷镯之事。}

来问他，与我们无干。"

那媳妇冷笑道："我有胆子问他去！他那一件事不是听姑娘们的调停？他纵依了，姑娘们不依，也未必中用。比如方才说话，虽是背地里，姑娘就直叫他的名字。<small>（想挑晴雯之短，却碰了硬钉子。）</small>在姑娘们就使得，在我们就成了野人了。"晴雯听说，亦发急红了脸，说道："我叫了他的名字了，你在老太太跟前告我去，说我撒野，也撵出我去。"

麝月忙道："嫂子，你只管带了人出去，有话再说。这个地方岂有你叫喊讲礼的？<small>（怡红院里也有霸道的一面。）</small>你见谁和我们讲过礼？别说嫂子你，就是赖奶奶、林大娘，也得担待我们三分。<small>（听其言，何等威势。）</small>便是叫名字，从小儿直到如今，都是老太太吩咐过的。你们也知道的，恐怕难养活，巴巴的写了他的小名儿，各处贴着叫万人叫去，为的是好养活<small>（叫宝玉名字，原来如此大来头，你岂能碰得。）</small>连挑水、挑粪、花子都叫得，何况我们！连昨儿林大娘叫了一声'爷'，老太太还说他呢，<small>（此又从反面说，不叫名字反受责。）</small>此是一件。二则，我们这些人常回老太太的话去，可不叫着名字回话，难道也称'爷'？<small>（这是又一条理由。）</small>那一日不把'宝玉'两个字念二百遍，偏嫂子又来挑这个了！<small>（何止你听到的这一次！真是少见多怪。）</small>过一日嫂子闲了，在老太太、太太跟前，听听我们当着面儿叫他就知道了。嫂子原也不得在老太太、太太跟前当些体统差事，<small>（可惜你无此资格。）</small>成年家只在三门外头混，<small>（一个"混"字妙。）</small>怪不得不知我们里头的规矩。_{不是我们不与你讲礼，是你自己不懂规矩。}这里不是嫂子久站的。_{连你的立足之地都没有。}再一会，不用我们说话，就有人来问你了。_{连多站一会都无资格。}有什么分证的话，且带了他去，你回了林大娘，叫他来找二爷说话。家里上千的人，你也跑来，我也跑来，我们认人问姓，还认不清呢！"_{只能叫林大娘来，你连说话的资格都没有，轮不到你来说话。}说着，便叫小丫头子："拿了擦地的布来擦地！"_{连你站过的地方都得重新擦过。}

那媳妇听了，无言可对，亦不敢久立，赌气带了坠儿就走。宋妈妈忙道："怪道你这嫂子不知规矩，_{已经大训了一顿，还不够，又加宋妈妈一通。}你女儿在这屋里一场，临去时，也给姑娘们磕个头。没有别的谢礼罢了；便有谢礼，他们也不希罕。不过磕个头，尽了心。怎么说走就走？"坠儿听了，只得翻身进来，给他两个磕了两个头，_{被撵走了，还要叫谢。}又找秋纹等。他们也不睬他。那媳妇嗐声叹气，不敢多言，抱恨而去。

晴雯方才又闪了风，着了气，反觉更不好了，翻腾至掌灯，刚安静了些。只见宝玉回来，进门就嗐声跺脚。麝月忙问原故，宝玉道："今儿老太太喜喜欢欢的给了这个褂子，谁知不防后襟子上烧了一块。幸而天晚了，老太太、太太都不理论。"一面说，一面脱下来。

麝月瞧时，果见有指顶大的烧眼，说："这必定是手炉里的火进上了，这不值什么，赶着叫人悄悄的

晴雯性急爆烈，开口就乱戳乱骂。麝月却骂出一大篇道理来，骂得坠儿之母无立足之地，最后还搭上宋妈训一顿，叩头谢礼而去。写来何等真切，然亦见怡红院并非只有一片祥和也。

总是坠儿自己无志贪财，遭此后果，虽晴雯、麝月处之甚严，然若将此事告到凤姐处，其下场当更惨也。

拿出去，叫个能干织补匠人织上就是了。"^{麝月原觉容易织补}说着，便用包袱包了，交与一个妈妈送出去。说："赶天亮就有才好。千万别给老太太、太太知道。"

婆子去了半日，仍旧拿回来，说："不但能干织补匠人，就连裁缝绣匠并作女工的问了，都不认得这是什么，都不敢揽。"麝月道："这怎么样呢！明儿不穿也罢了。"宝玉道："明儿是正日子，老太太、太太说了，还叫穿这个去呢。偏头一日就烧了，岂不扫兴。"

晴雯听了半日，忍不住翻身说道："拿来，我瞧瞧罢。没那个福气穿就罢了。这会子又着急。"宝玉笑道："这话倒说的是。"说着，便递与晴雯，又移过灯来，细看了一会，晴雯道："这是孔雀金线织的，如今咱们也拿孔雀金线就像界线似的界密了，只怕还可混得过去。"麝月笑道："孔雀线现成的，但这里除了你，还有谁会界线？"^{原来晴雯有此绝技。}晴雯道："说不得，我挣命罢了。"宝玉忙道："这如何使得！才好了些，如何做得活？"晴雯道："不用你蝎蝎螫螫的，我自知道。"一面说，一面坐起来，挽了一挽头发，披了衣裳，只觉头重身轻，满眼金星乱迸，^{可见病还不轻。}实实撑不住。若不做，又怕宝玉着急，少不得恨命咬牙挨着。便命麝月只帮着拈线。晴雯先拿了一根比一比，笑道："这虽不很像，若补上，也不很显。"宝玉道："这就很好，那里又找哦啰嘶国的裁缝去。"

可见织补之难，连织补行的能工巧匠都不敢接，反衬晴雯之能。

贾母前文云："这叫作'雀金呢'，这是哦啰嘶国拿孔雀毛拈了线织的。"孔雀产于热带，我国唯云南南部有产，哦啰嘶奇寒，当无孔雀。按曹寅当年江宁织造，专为皇宫织造龙袍及各色官服，自当有以孔雀羽拈线织服饰者。今南京云锦研究所为江宁织造之遗，现尚能以孔雀羽拈线织服饰，予曾亲见。故贾母所说之"雀金呢"，或即是江宁织府之物，贾母说：出自"哦啰嘶国"，或故隐其事也。

第五十二回　俏平儿情掩虾须镯　勇晴雯病补雀金裘

晴雯先将里子拆开，用茶杯口大的一个竹弓钉牢在背面，再将破口四边用金刀刮的散松松的，然后用针纫了两条，分出经纬，<small>（作者竟如此一丝不漏，细密至极，可见作者亦通于此也。）</small>亦如界线之法，先界出地子来，然后依本衣之纹来回织补。织补两针，又看看；织补两针，又端详端详。无奈头晕眼黑，气喘神虚，补不上三五针，便伏在枕上歇一会。

宝玉在旁，一时又问："吃些滚水不吃？"一时又命："歇一歇。"一时又拿一件灰鼠斗篷，替他披在背上。一时又命拿个拐枕，与他靠着。急的晴雯央道："小祖宗！你只管睡罢。<small>（自己扶病强作，却反叫宝玉只管睡，其于宝玉深情可知。）</small>再熬上半夜，明儿把眼睛抠搂了，怎么处！"宝玉见他着急，只得胡乱睡下，仍睡不着。<small>（如此情景，岂能睡着。）</small>

一时只听自鸣钟已敲了四下，<small>（脂批："按四下乃寅正初刻，'寅'此样（写）法，避讳也。"）</small>刚刚补完；又用小牙刷慢慢的剔出绒毛来。麝月道："这就很好。若不留心，再看不出的。"宝玉忙要了瞧瞧，笑说道："真真一样了。"

晴雯已嗽了几阵，好容易补完了，说了一声："补虽补了，到底不像。我也再不能了！"嗳哟了一声，便身不由主倒下了。

要知端的，且听下回分解。

<small>脂批云："'寅'此样（写）法，避讳也"，按此批极重要。明明指出曹雪芹是避其祖曹寅的讳，故不写"寅正初刻"，而写"自鸣钟已敲了四下"。此处若非脂砚斋批，则一般读者亦想不到此。唯有脂砚斋熟悉作者家世，亦熟悉作者用意，才能批出。凡以为《红楼梦》作者非曹雪芹者，请来看此批。</small>

【回后评】

贾母特宠凤姐一段描写,实为后部凤姐败家之反照,贾府之败固非凤姐一人,此处特写凤姐受尽贾母之宠以为败落之反衬耳。

坠儿偷虾须镯,平儿为照顾怡红院面子,不予声张,拟以别事处置。不意恰为宝玉听见而又告之晴雯,终使晴雯怒不可遏,逐出坠儿,才不能如平儿之不动声色处置。然晴雯虽暴怒撵之,而又不说偷镯之事,此又不掩之掩也。乃其母不明此意,唠叨不休,才有麝月一大段批驳。麝月批驳之话,实头头是道,条条有理,且愈扣愈紧,至其母无立足之地,实是一大段绝妙文章。由此可见雪芹之才真面面俱到,虽一段丫头下人口角之文,亦精彩纷呈,精光四射。因这一段文字,麝月其人亦生色不少。

平儿之情掩虾须镯,固是为怡红也,实亦为坠儿也。如将真相揭明,则坠儿之结果,岂能如此平平而过。是亦见平儿之仁厚也。

此回晴雯病,用西洋药汪恰洋烟、依弗哪,宝玉还说"越性尽用西洋药治一治",之后又提到薛宝琴幼年随父远至"西海沿子上买洋货。谁知有个真真国的女孩子,才十五岁,那脸面就和那西洋画上的美人一样",而此女孩又能"通中国的诗书,会讲五经,能作诗填词"。外国女孩作诗一段,或系虚构,然以上情节,恰是当时西学东渐之风之真实历史反映,正说明《红楼梦》之时代,已在西方资产阶级革命之时也。西风已东传也,故"洋烟""洋货""西洋药""西洋画"等新词均在《红楼梦》中出现也。

晴雯补裘,写晴雯于受风寒之后,又受坠儿偷镯子之气,复因补裘之劳，其病大增，然在宝玉艰难之际，晴雯不顾病深，拼命为之补裘，其真心于宝玉实过于自身也，无怪后文宝玉哭而祭之以鸿文也。

"寅"字避讳的脂批，是此庚辰本所独有，证明作者要避"寅"字讳。这条批，对否定《红楼梦》的作者是曹雪芹，是当头一棒。这一棒，可以把他的谬论击得粉碎，读者于此批当三致意焉。

【校记】

〔一〕回目：庚辰本、列藏本、杨本、蒙本、戚本同。甲辰本、程甲本"金"作"毛"。

第五十三回　　宁国府除夕祭宗祠
　　　　　　　　荣国府元宵开夜宴

话说宝玉见晴雯将雀裘补完，已使的力尽神危，忙命小丫头子来替他捶着，彼此捶打了一会。歇下没一顿饭的工夫，天已大亮了，宝玉且不出门，只叫快传大夫。

一时王太医来了，诊了脉，疑惑说道："昨日已好了些，今日如何反虚微浮缩起来，敢是吃多了饮食？不然，就是劳了神思。外感却倒清了，这汗后失于调养，非同小可。"一面说，一面出去开了药方进来。

> 因补裘病势加重

宝玉看时，已将疏散驱邪诸药减去了，倒添了茯苓、地黄、当归等益神养血之剂。宝玉一面忙命人煎去，一面叹说："这怎么处！倘或有个好歹，都是我的罪孽。"晴雯睡在枕上，嗐道："好太爷！你干你的去罢，那里就得痨病了。"宝玉无奈，只得去了。至下半天，说身上不好，就回来了。

> 晴雯要强。又怕宝玉担心，故作此言。

晴雯此症虽重，幸亏他素习是个使力不使心的，

第五十三回　宁国府除夕祭宗祠　荣国府元宵开夜宴

再素习饮食清淡，饥饱无伤。这贾宅中的风俗秘法，无论上下，只一略有些伤风咳嗽，总以净饿为主，次则服药调养。故于前日一病时，净饿了两三日，又谨慎服药调治，如今虽劳碌了些，又加倍培养了几日，便渐渐的好了。_{总算晴雯病愈。}近日园中姊妹皆各在房中吃饭，炊爨饮食亦便，宝玉自能变法要汤要羹调停，不必细说。

> 贾府风俗，此是饥饿疗法。

袭人送母殡后，业已回来。麝月便将平儿所说宋妈、坠儿一事，并晴雯撵逐坠儿出去，也曾回过宝玉等话，一一的告诉了一遍。〔一〕袭人也没别说，只说太性急了些。

> 交代袭人。

只因李纨亦因时气感冒；邢夫人又正害火眼，迎春、岫烟皆过去朝夕侍药；_{脂批："妙在一人不落，事事皆到。"}李婶之弟又接了李婶和李纹、李绮家去住几日；_{脂批："来的也有理，去的也有情。"}宝玉又见袭人常常思母含悲，晴雯犹未大愈；_{虽愈而尚未大愈。}因此，诗社之日，皆未有人作兴，便空了几社。

当下已是腊月，离年日近，王夫人与凤姐治办年事。王子腾升了九省都检点，贾雨村补授了大司马，协理军机，参赞朝政，不题。

> 雨村升为大司马。大司马，汉官名，掌内廷政务，后世为兵部尚书。此处雨村已升为朝廷大员，已位在贾政之上。

且说贾珍那边，开了宗祠，着人打扫，收拾供器，请神主，又打扫上房，以备悬供遗真影像。此时荣、宁二府内外上下，皆是忙忙碌碌。这日，宁府中尤氏正起来同贾蓉之妻打点送贾母这边的针线礼物,正值丫头捧了一茶盘押岁锞子进来,回说:"兴儿回奶奶,前儿那一包碎金子共是一百五十三两六钱七分,里头成色不等,共总倾了二百二十个锞子。"说着,递上去。

> 大家过年气氛。

尤氏看了看,只见也有梅花式的,也有海棠式的,也有笔锭如意的,也有八宝联春的。尤氏命:"收起这个来,叫他把银锞子快快交了进来。"丫鬟答应去了。

一时贾珍进来吃饭,贾蓉之妻回避了。贾珍因问尤氏:"咱们春祭的恩赏可领了不曾?"尤氏道:"今儿我打发蓉儿关去了。"贾珍道:"咱们家虽不等这几两银子使,多少是皇上天恩。早关了来,给那边老太

> 写世袭之家。

太见过,置了祖宗的供,上领皇上的恩,下则是托祖宗的福。咱们那怕用一万银子供祖宗,到底不如这个,又体面,又是沾恩锡福的。除咱们这样一二家之外,那些世袭穷官儿家,若不仗着这银子,拿什么上供过年?真正皇恩浩大,想的周到。"尤氏道:"正是这话。"

二人正说着,只见人回:"哥儿来了。"贾珍便命叫他进来。只见贾蓉捧了一个小黄布口袋进来。贾珍道:"怎么去了这一日?"贾蓉陪笑回说:"今儿不在礼部关领了,又分在光禄寺库上。因又到了光禄寺,才领了下来。光禄寺的官儿们都说,问父亲好,多日不见,都着实想念。"贾珍笑道:"他们那里是想我!这又到了年下了,不是想我的东西,就是想我的戏酒

第五十三回　宁国府除夕祭宗祠　荣国府元宵开夜宴

了。"〔世情如此。〕一面说，一面瞧那黄布口袋，上有印，就是"皇恩永锡"四个大字，那一边又有礼部祠祭司的印记，又写着一行小字，道是"宁国公贾演、荣国公贾源〔二〕恩赐永远春祭赏，共二份，净折银若干两，某年月日龙禁尉候补侍卫贾蓉当堂领讫。值年寺丞某人"，下面一个朱笔花押。〔写得笔笔周到。〕〔写封赏笔笔精细，如同目见。〕

贾珍看了，吃过饭，盥漱毕，换了靴帽，命贾蓉捧着银子跟了来，回过贾母、王夫人，又至这边回过贾赦、邢夫人，方回家去，取出银子，命将口袋向宗祠大炉内焚了。〔焚口袋以告祖宗。〕又命贾蓉道："你去问问你琏二婶子，正月里请吃年酒的日子拟了没有。若拟定了，叫书房里明白开了单子来，咱们再请时，就不能重犯了。旧年不留心重了几家，人家不说咱们不留神，倒像两宅商议定了送虚情、怕费事一样。"贾蓉忙答应了过去。一时，拿了请人吃年酒的日期单子来了。贾珍看了，命交与赖升去看了，请人别重这上头日子。因在厅上看着小厮们抬围屏，擦抹几案金银供器。

只见小厮手里拿着个禀帖，并一篇账目，回说："黑山村的乌庄头来了。"贾珍道："这个老砍头的，今儿才来。"说着，贾蓉接过禀帖和账目，忙展开捧着，贾珍倒背着两手，〔一句话姿态全出。〕向贾蓉手内只看红禀帖上写着："门下庄头乌进孝叩请爷、奶奶万福金安，并公子小姐金安。新春大喜大福，荣贵平安，加官进禄，〔写乌进孝。〕〔贾府固大官僚大地主家庭，故除爵禄外，另有大批地租收入。〕

万事如意。"贾珍笑道:"庄家人有些意思。"贾蓉也忙笑说:"别看文法,只取个吉利罢了。"一面忙展开单子看时,只见上面写着:

大鹿三十只,獐子五十只,狍子五十只,暹猪二十个,汤猪二十个,龙猪二十个,野猪二十个,家腊猪二十个,野羊二十个,青羊二十个,家汤羊二十个,家风羊二十个,鲟鳇鱼二个,各色杂鱼二百斤,活鸡、鸭、鹅各二百只,风鸡、鸭、鹅各二百只,野鸡、兔子各二百对,熊掌二十对,鹿筋二十斤,海参五十斤,鹿舌五十条,牛舌五十条,蛏干二十斤,榛、松、桃、杏穰各二口袋,大对虾五十对,干虾二百斤,银霜炭上等选用一千斤,中等二千斤,柴炭三万斤,御田胭脂米二石,碧糯五十斛,白糯五十斛,粉秔五十斛,杂色粱谷各五十斛,下用常米一千石,各色干菜一车,外卖粱谷、牲口各项之银共折银二千五百两。外门下孝敬哥儿、姐儿顽意:活鹿两对,活白兔四对,黑兔四对,活锦鸡两对,西洋鸭两对。

贾珍便命带进他来。一时,只见乌进孝进来,只在院内磕头请安。贾珍命人拉他起来,笑说:"你还硬朗。"乌进孝笑回:"托爷的福,还能走得动。"贾珍道:"你儿子也大了,该叫他走走也罢了。"乌进孝笑道:"不瞒爷说,小的们走惯了,不来也闷的慌。他们可不是都愿意来见见天子脚下的世面?他们到底

> 御田胭脂米,据刘廷玑《在园杂志》、清《盛天府志》载,康熙在丰泽园御田所种良种稻,色红,有香味,粒长,为宫中御膳所用。予于六十年代初住颐和园得知周围稻田所种水稻,清时皆为宫中所用,今尚产,但非红色。今色红而香者,亦多处有产,产汉中者尤佳,取以煮粥,香溢满室,色紫红,意即杜甫诗所谓"香稻啄余鹦鹉粒"之香稻也。唯今所产,不及往时之醇腻,口感稍粗,或是品种之退化者。

> 乌进孝所进,主要是货物,是实物地租,另有"外卖粱谷、牲口各项之银共折银二千五百两",这已是货币地租。可见当时连很偏僻的北方农庄,也开始实物地租与货币地租并行了,这从侧面反映了商业经济的发展。

第五十三回　宁国府除夕祭宗祠　荣国府元宵开夜宴

年轻，怕路上有闪失，再过几年就可放心了。"

贾珍道："你走了几日？"乌进孝道："回爷的话，今年雪大，外头都是四五尺深的雪，前日忽然一暖一化，路上竟难走的很，耽搁了几日。虽走了一个月零两日，因日子有限了，怕爷心焦，可不赶着来了。"贾珍道："我说呢，怎么今儿才来。我才看那单子上，今年你这老货又来打擂台来了。"

乌进孝忙进前了两步，回道："回爷说，今年年成实在不好。从三月下雨起，接接连连直到八月，竟没有一连晴过五日。九月里一场碗大的雹子，方近一千三百里地，连人带房，并牲口、粮食，打伤了上千上万的，所以才这样。小的并不敢说谎。"贾珍皱眉道："我算定了你至少也该有五千两银子来，这够作什么的！如今你们一共只剩了八九个庄子，今年倒有两处报了旱涝，你们又打擂台，真真是又教别过年了。"

乌进孝道："爷的这地方还算好呢！我兄弟离我那里只一百多里，谁知竟大差了。他现管着那府里八处庄地，比爷这边多着几倍，今年也只这些东西，不过多二三千两银子，也是有饥荒打呢。"贾珍道："正是呢，我这边都可以，没有什么外项大事，不过是一年的费用。我受用些，就〔三〕费些；我受些委屈，就省些。再者，年例送人请人，我把脸皮厚些，可省些也就完了。比不得那府里,这几年添了许多花钱的事,一定不可免是要花的,却又不添些银子产业。这一二年倒赔了许多,不和你们要,找谁去!"

> 可见贾府主要经济来源是地租剥削。

乌进孝笑道:"那府里如今虽添了事,有去有来,娘娘和万岁爷岂不赏的!"_{脂批:"是庄头口中语气。脂砚。"}贾珍听了,笑向贾蓉等道:"你们听听,他这话可笑不可笑?"贾蓉等忙笑道:"你们山坳海沿子上的人,那里知道这道理。娘娘难道把皇上的库给了我们不成!他心里纵有这心,他也不能作主。岂有不赏之理,按时到节不过是些彩缎、古董、顽意儿。纵赏银子,不过一百两金子,才值了一千两银子,够一年的什么?这二年,那一年不多赔出几千银子来。头一年省亲,连盖花园子,你算算,那一注共花了多少,就知道了。再两年,再一回省亲,只怕就精穷了。"_{再为曹家败落一漏消息。}贾珍笑道:"所以他们庄家人老实,外明不知里暗的事。黄柏木作磬槌子——外头体面里头苦。"_{脂批:"新鲜趣语。"}

> 此亦借省亲事说贾府经济之败落也。按曹家败落之主因,是因康熙六次南巡,有四次都由曹寅接驾,耗费浩大,康熙亦深知此事。故康熙死后,曹家亦竟以此败落。此处所说"再一回省亲,只怕就精穷了",正是实写此事。

贾蓉又笑向贾珍道:"果真那府里穷了。前儿我听见凤姑娘_{脂批:"此亦南北互用之文,前注不谬。"}和鸳鸯悄悄商议,要偷出老太太的东西去当银子呢。"贾珍笑道:"那又是你凤姑娘的鬼,那里就穷到如此。他必定是见去路太多了,实在赔的狠了,不知又要省那一项的钱,先设此法,_{贾府渐穷,此处略透消息。}使人知道,说穷到如此了。我心里却有一个算盘,还不至如此田地。"说着,命人带了乌进孝出去,

第五十三回　宁国府除夕祭宗祠　荣国府元宵开夜宴

好生待他，不在话下。

这里，贾珍吩咐将方才各物，留出供祖宗的来，将各样取了些，命贾蓉送过荣府里去。然后自己留了家中所用的，余者派出等例来，一份一份的堆在站台下，命人将族中的子侄唤来与他们。接着，荣国府也送了许多供祖之物及与贾珍之物。

贾珍看着收拾完备供器，趿着鞋，披着猞猁狲大裘，命人在厅柱下石矶上太阳中铺了一个大狼皮褥子，负暄闲看各子弟们来领取年物。因见贾芹亦来领物，贾珍叫他过来，说道："你作什么也来了？谁叫你来的？"贾芹垂手回说："听见大爷这里叫我们领东西，我没等人去就来了。"贾珍道："我这东西，原是给你那些闲着无事的无进益的小叔叔、小兄弟们的。那二年你闲着，我也给过你的。你如今在那府里管事，家庙里管和尚、道士们，每月又有你的分例外，这些和尚的分例银子都从你手里过，你还来取这个，太也贪了！你自己瞧瞧，你穿的像个手里使钱办事的？先前说你没进益，如今又怎么了？比先倒不像了。"

贾芹道："我家里原人口多，费用大。"贾珍冷笑道："你还支吾我。你在家庙里干的事，打谅我不知道呢。_{隐伏若干情事。}你到了那里，自然是爷了，没人敢违拗你。你手里又有了钱，离着我们又远，你就为王称霸起来，_{先点一笔，为后文伏线。}夜夜招聚匪类赌钱，_{脂批："这一回文字，断不可少。"}养老婆、小

> 是一片年下景况。

> 原来贾府分发年费，是给无进益之家的。此处透露出贾府一族均渐趋贫穷矣。

子。这会子花的这个形象,你还敢领东西来?领不成东西,领一顿驮水棍去才罢。等过了年,我必和你琏二叔说,换回你来。"贾芹红了脸,不敢答应。

忽见人回:"北府水王爷送了字联、荷包来了。"〖是北静王水溶。〗贾珍听说,忙命贾蓉出去款待:"只说我不在家。"贾蓉答应去了。这里,贾珍看着领完东西,回房与尤氏吃毕晚饭,一宿无话。至次日,比往日更忙,都不必细说。

已到了腊月二十九日了,各色齐备,两府中都换了门神、联对、挂牌,新油了桃符,焕然一新。宁国府从大门、仪门、大厅、暖阁、内厅、内三门、内仪门并内塞门,直到正堂,〖自正门至正堂,共九重门,真深门九重也。〗一路正门大开,两边阶下一色朱红大高照,点的两条金龙一般。〖有气势。雄伟壮丽,写出煊赫气焰。〗

次日,由贾母有诰封者,皆按品级着朝服,先坐八人大轿,带领着众人进宫朝贺行礼,〖是皇亲国戚派势。〗领宴毕回来,便到宁国府暖阁前下轿。诸子弟有未随入朝者,皆在宁府门前排班伺候,〖是大家族派势。〗然后引入宗祠。

且说宝琴是初次进贾府宗祠,一面细细留神打谅这宗祠。〖从宝琴眼中写出。〗原来宁府西边另一个院子,黑油栅栏内五间大门,上悬一块匾,写着是"贾氏宗祠"四个字,旁书"衍圣公孔继宗书"。两旁有一副长联,写道是:

第五十三回　宁国府除夕祭宗祠　荣国府元宵开夜宴

> 肝脑涂地，兆姓赖保育之恩；
>
> 功名贯天，百代仰蒸尝之盛。

亦衍圣公所书。进入院中，白石甬路，两边皆是苍松翠柏。_{确是宗祠气象。}站台上设着青绿古铜鼎彝等器。抱厦前，上面悬一九龙金匾，写道是："星辉辅弼"，乃先皇御笔。两边一副对联，写道是：

> 勋业有光昭日月，
>
> 功名无间及儿孙。

亦是御笔。五间正殿前，悬一闹龙填青匾，写道是："慎终追远"。旁边一副对联，写道是：

> 已后儿孙承福德，
>
> 至今黎庶念荣宁。

俱是御笔。里边香烛辉煌，锦幛绣幕，虽列着些神主，却看不真切。_{仍是宝琴眼中情景。}

只见贾府人分昭穆排班立定：贾敬主祭，_{长房主男。}贾赦陪祭，贾珍献爵，贾琏、贾琮献帛，宝玉捧香，贾菖、贾菱展拜毯，守焚池。青衣乐奏，三献爵，拜兴毕，焚帛奠酒，礼毕，乐止，退出。众人围随着贾母至正堂上，_{二房比贾敬上一代主妇。}影前锦幔高挂，彩屏张护，香烛辉煌。上面正居中悬着宁、荣二祖遗像，_{一路写来，目光到此集中在宁荣二公影像。}皆是披蟒腰玉；两边还有几轴列祖遗影。贾荇、贾芷等从内仪门挨次列站，直到正堂廊下。槛外方是贾敬、贾赦，槛内是各女眷。众家人、小厮皆在仪门之外。

对联上句写祖宗艰难创业，下句写子孙百代蒸尝。

金匾对联，均写祖宗勋业，亦与作者开业家世有关。

九龙金匾、闹龙填青匾，均是勋臣等级。

正殿匾联是说子孙，匾联皆宗祠体制。

一部书中，贾敬唯此主祭一事，其余便是烧丹炼汞矣。

"拜兴"，谓跪拜和起立。唐常衮《贺册皇太后表》："候金册以拜兴，承瑞宝以俯受。"《儒林外史》第三十七回："虞博士走上香案前，迟均赞道：'跪，升香，灌地。拜，兴；拜，兴；拜，兴，复位。'"《儒林外史》与《红楼梦》同时，可参。

> 又杨藏、列藏各本皆作"兴拜",皆误。"拜兴""兴拜"两词,均见《仪礼·士昏礼》。按新妇祭祖用"拜兴",即跪拜大礼。新妇见姑(婆婆),用"兴拜","姑坐。举以兴,拜。"姑在座位上,新妇起来向姑行拜礼。宁府祭祖是大典,故用"拜兴"为是,于此益见庚本之可贵。

> 笔笔清楚,一丝不乱。

每一道菜至,传至仪门,贾荇、贾芷等便接了,按次传至阶上贾敬手中。<small>秩然有序。</small>贾蓉系长房长孙,独他随女眷在槛内。每贾敬捧菜至,传与贾蓉,贾蓉便传与他妻子,他妻子又传与凤姐、尤氏诸人,直传至供桌前,方传与王夫人。王夫人传与贾母,贾母方捧放在桌上。邢夫人在供桌之西,东向立,同贾母供放。直至将菜饭、汤点、酒茶传完,贾蓉方退出下阶,归入贾芹阶位之首。

当时,凡从文旁之名者,贾敬为首;下则从玉者,贾珍为首;再下从草头者,贾蓉为首。左昭右穆,男东女西。俟贾母拈香下拜,众人方一齐跪下,将五间大厅,三间抱厦,内外廊檐,阶上阶下两丹墀内,花团锦簇,塞的无一隙空地。鸦雀无闻,只听铿锵叮当,金铃玉佩微微摇曳之声,并起跪靴履飒沓之响。

> 写得肃穆庄严,又是一番气象。

> 肃穆至极,金铃玉佩,靴履飒沓,寥寥八字气氛更见庄严,作者从虚处描摩,倍见传神。

一时礼毕,贾敬、贾赦等便忙退出,至荣府专候与贾母行礼。尤氏上房早已袭地铺满红毡,当地放着象鼻三足鳅沿鎏金珐琅大火盆,正面炕上铺新猩红毡,设着大红彩绣云龙捧寿的靠背、引枕,外另有黑狐皮的袱子搭在上面,大白狐皮坐褥,请贾母上去坐了。<small>种种摆设,豪华庄严,是世宦之家气魄。</small>两边又铺皮褥,让贾母一辈的两三个妯娌坐了。这边横头排插之后小炕上,也铺了皮褥,让邢夫人等坐了。地下两面相对十二张雕漆椅上,都是一色灰鼠椅搭小褥,每一张椅下一个

第五十三回　宁国府除夕祭宗祠　荣国府元宵开夜宴

大铜脚炉，让宝琴等姊妹坐了。

尤氏用茶盘亲捧茶与贾母，蓉妻捧与众老祖母，然后尤氏又捧与邢夫人等，蓉妻又捧与众姊妹，凤姐、李纨等只在地下伺候。茶毕，邢夫人等便先起身来侍贾母。贾母吃茶，与老妯娌闲话了两三句，便命看轿。凤姐儿忙上去挽起来。尤氏笑回说："已经预备下老太太的晚饭。每年都不肯赏些体面用过晚饭过去，果然我们就不及凤丫头不成？"凤姐儿搀着贾母笑道："老祖宗快走，咱们家去吃饭，别理他。"贾母笑道："你这里供着祖宗，忙的什么似的，贾母措词妥贴，官冕大方。那里搁得住我闹。况且每年我不吃，你们也要送去的。不如还送了去，我吃不了留着明儿再吃，岂不多吃些。"说的众人都笑了。又吩咐他："好生派妥当人夜里看香火，不是大意得的。"尤氏答应了。一直送出来至暖阁前上了轿。尤氏等闪过屏风后，小厮们才领轿夫请了轿，出大门。尤氏亦随邢夫人等同至荣府。

这里，轿出大门，这一条街上，东一边合面设列着宁国府的仪仗执事乐器。西一边合面设列着荣国府的仪仗执事乐器。来往行人皆屏退，不从此过。一时来至荣府，也是大门正厅直开到底。如今便不在暖阁下轿了，过了大厅，便转弯向西，至贾母这边正厅上下轿。众人围随，同至贾母正室之中，亦是锦裀绣屏，焕然一新。当地火盆内焚着松柏香、百合草。贾母归前面写宗祠，此处写街道，另是一番热闹气氛。

了坐，老嬷嬷来回："老太太们来行礼。"贾母忙又起身要迎，只见两三个老妯娌已进来了。大家挽手，笑了一回，让了一回。吃茶去后，贾母只送至内仪门便回来，归了正坐。^{正坐是受礼处。}贾敬、贾赦等领诸子弟进来。贾母笑道："一年价难为你们，不行礼罢。"一面说着，一面男一起，女一起，一起一起俱行过了礼。左右两旁设下交椅，然后又按长幼挨次归坐受礼。两府男妇小厮、丫鬟亦按差役上中下行礼毕，散押岁钱、荷包、金银锞，摆上合欢宴来。男东女西归坐，献屠苏酒、合欢汤、吉祥果、如意糕毕，^{一派过年气象。}贾母起身，进内间更衣，众人方各散出。

> 前面写向祖宗行祭礼，此处写向贾母行年礼。

那晚，各处佛堂、灶王前焚香上供，王夫人正房院内设着天地纸马、香供，大观园正门上也挑着大明角灯，两溜高照，各处皆有路灯。上下人等，皆打扮的花团锦簇，一夜人声嘈杂，语笑喧阗，爆竹起火，络绎不绝。

> 笔笔俱到，一丝不漏。

至次日五鼓，^{是新年元旦。}贾母等又按品大妆，摆全副执事，进宫朝贺，兼祝元春千秋。领宴回来，又至宁府祭过列祖，方回来。受礼毕，便换衣歇息。所有贺节来的亲友一概不会，只和薛姨妈、李婶二人说话取便，或者同宝玉、宝琴、钗、黛等姊妹赶围棋、抹牌作戏。王夫人与凤姐是天天忙着请人吃年酒，那边厅上院内皆是戏酒，亲友络绎不绝，一连忙了七八日才完了。^{这年新正刚完，又入元宵佳节。}

第五十三回　宁国府除夕祭宗祠　荣国府元宵开夜宴

早又元宵将近，宁、荣二府皆张灯结彩。十一日是贾赦请贾母等，次日贾珍又请，贾母皆去随便领了半日。王夫人和凤姐儿连日被人请去吃年酒，不能胜记。

至十五日之夕，贾母便在大花厅上命摆几席酒，定一班小戏，满挂各色佳灯，带领荣、宁二府各子侄、孙男、孙媳等家宴。贾敬素不茹酒，也不去请他，于后日十七日祖祀已完，他便仍出城去修养。便这几日在家内，亦是净室默处，一概无听无闻，不在话下。贾赦略领了贾母之赐，也便告退而去。贾母知他在此彼此不便，也就随他去了。贾赦自到家中与众门客赏灯吃酒，自然是笙歌聒耳，锦绣盈眸，_{四字写贾赦之姬妾众多。}其取便快乐，另与这边不同的。

> 此"定一班小戏"，是从外边另定的戏班，不是原来贾府的戏班。

这边，贾母花厅之上共摆了十来席。每一席旁边设一几，几上设炉瓶三事，焚着御赐百合宫香。又有八寸来长、四五寸宽、二三寸高的点着山石、布满青苔的小盆景，俱是新鲜花卉。又有小洋漆茶盘，内放着旧窑茶杯，并十锦小茶吊，里面泡着上等名茶。一色皆是紫檀透雕，嵌着大红纱透绣花卉并草字诗词的璎珞。

> 以下单写贾母这边过元宵节，虽皆琐细笔墨，而已满眼绚烂矣。

原来绣这璎珞的，也是个姑苏女子，名唤慧娘。因他亦是书香宦门之家，他原精于书画，不过偶然绣

> 特写慧绣，亦是贾母心赏之物。

一两件针线作耍,并非市卖之物。凡这屏上所绣之花卉,皆仿的是唐宋元明各名家的折枝花卉,故其格式配色皆从雅,本来非一味浓艳匠工可比。每一枝花侧皆用古人题此花之旧句,或诗词歌赋不一,皆用黑绒绣出草字来。且字迹勾踢、转折、轻重、连断皆与笔草无异,亦不比市绣字迹板强可恨。他不仗此技获利,所以天下虽知,得者甚少。凡世宦富贵之家,无此物者甚多。当今便称为"慧绣"。

竟有世俗射利者,近日仿其针迹,愚人获利。偏这慧娘命夭,十八岁便死了,如今竟不能再得一件的了。凡所有之家,纵有一两件,皆珍藏不用。有那一干翰林文魔先生们,因深惜"慧绣"之佳,便说这"绣"字不能尽其妙,这样笔迹说一"绣"字,反似乎唐突了,便大家商议了,将"绣"字便隐去,换了一个"纹"字,所以如今都称为"慧纹"。

若有一件真"慧纹"之物,价则无限,贾府之荣,也只有两三件,上年将那两件已进了上,目下只剩这一副璎珞,一共十六扇。贾母爱如珍宝,不入在请客各色陈设之内,只留在自己这边,高兴摆酒时赏玩。又有各色旧窑小瓶中都点缀着"岁寒三友""玉堂富贵"等新鲜花草。

贾母亦是喜欢文玩陈设者,其趣亦不俗。

上面两席是李婶、薛姨妈二位,贾母于东边设一透雕夔龙护屏矮足短榻,靠背、引枕、皮褥俱全。榻

第五十三回　宁国府除夕祭宗祠　荣国府元宵开夜宴

之上,一头又设一个极轻巧洋漆描金小几,几上放着茶吊、茶碗、漱盂、洋巾之类,又有一个眼镜匣子。贾母歪在榻上,与众人说笑一回,又自取眼镜,向戏台上照一回,又向薛姨妈、李婶笑说:"恕我老了,骨头疼,放肆,容我歪着相陪罢。"因又命琥珀坐在榻上,拿着美人拳捶腿。榻下并不摆席面,只有一张高几,却设着璎珞、花瓶、香炉等物。外另设一精致小高桌,设着酒杯、匙、箸,将自己这一席设于榻旁,命宝琴、湘云、黛玉、宝玉四人坐着。每一馔一果来,先捧与贾母看了,喜则留在小桌上,尝一尝仍撤了,放在他四人席上,只算他四人是跟着贾母坐的。故下面方是邢夫人、王夫人之位,再下便是尤氏、李纨、凤姐、贾蓉之妻。西边一路便是宝钗、李纹、李绮、岫烟、迎春姊妹等。

> 贾母年老,身份不同,自与诸人有异。

> 列叙众人坐席,具见簇簇满眼,热闹非凡。

两边大梁上,挂着一对联三聚五玻璃芙蓉彩穗灯。每一席前竖一柄漆杆倒垂荷叶,叶上有烛信,插着彩烛。这荷叶乃是錾珐琅的活信,可以扭转,如今皆将荷叶扭转向外,将灯影逼住全向外照,看戏分外真切。窗槅门户一齐摘下,全挂彩穗各种宫灯。廊檐内外及两边游廊罩棚,将各色羊角、玻璃、戳纱、料丝,或绣或画、或堆或抠、或绢或纸,诸灯挂满。廊上几席,便是贾珍、贾琏、贾环、贾琮、贾蓉、贾芹、贾芸、贾菱、贾菖等。

> 以下特写各色灯饰,具见满眼辉煌,绚丽至极。

> 于满眼富贵绚烂中,却偏写种种不来之人,于极热闹处偏写出极冷落处,作者眼光四射,察物之细,无有遁形,且亦见此大族,实亦贫富各殊也。

贾母也曾差人去请众族中男女,奈他们或有年迈,懒于热闹的;或有家内没有人,不便来的;或有患病淹缠,欲来竟不能来的;或有一等妒富愧贫不来的;甚至于有一等憎畏凤姐之为人,而赌气不来的;或有羞口羞脚,不惯见人,不敢来的。因此,族众虽多,女客来者只不过贾菌之母娄氏带了贾菌来了,男子只有贾芹、贾芸、贾菖、贾菱四个现是在凤姐麾下办事的来了。当下人虽不全,在家庭间小宴中,数来也算是热闹的了。

当下,又有林之孝之妻带了六个媳妇,抬了三张炕桌,每一张上搭着一条红毡,毡上放着选净一般人、新出局的铜钱,用大红彩绳串着。每二人搭一张,共三张。林之孝家的指示将那两张摆至薛姨妈、李婶的席下,将一张送至贾母榻下来。贾母便说:"放在当地罢。"^{按这是林之孝家的预为贾母准备好的赏钱,故贾母说"放在当地罢"}这媳妇们都素知规矩的,放下桌子,一并将钱都打开,将彩绳抽去,散堆在桌上。此时,正唱《西楼·楼会》这出将终,于叔夜因赌气去了,那文豹便发科诨道:"你赌气去了,恰好今日正月十五,荣国府中老祖宗家宴,待我骑了这马,赶进去讨些果子吃,是要紧的。"说毕,引的贾母等都笑了。

> 此类新钱,当是"乾隆通宝"矣,"天命"钱极少见,因当时时尚在关外,予曾见数枚,亦藏有一枚,皆小钱。"天聪"钱有大而精者,予亦有一枚。顺、康钱则易见矣。此处特写"选净一般大、新出局的铜钱",当是指"乾隆通宝",是作者特笔。
>
> 《西楼记》,明末袁于令所作传奇。《楼会》是其中一折,予昔曾见昆曲名家白云生演此折及《错梦》,今亦已成绝响。
>
> 戏中丑角,插科打诨,是戏曲悠久传统,此处文豹随景生情,亦是此传统之遗。

薛姨妈等都说:"好个鬼头孩子,可怜见的。"凤姐便说:"这孩子才九岁了。"贾母笑说:"难为他说的巧。"便说了一个"赏"字。早有三个媳妇已经手下预备下小笸箩，听见一个"赏"字，走上去，向桌上的散钱堆内，每人便撮了一笸箩，走出来向戏台说："老祖宗、姨太太、亲家太太赏文豹买果子吃的！"说着，向台上便一撒，只听"豁啷啷"满台的钱响。

一声"赏"字，满台钱响，写得富贵满眼，热闹至极。

贾珍、贾琏已命小厮们抬了大笸箩的钱来，暗暗的预备在那里。听见贾母一赏，要知端的，下回分解。

【回后评】

"贾雨村补授了大司马,协理军机,参赞朝政",虽只一提,但雨村之升迁,与后文贾家之败当有关联,故先于此处一提也,读者切莫忽视此点。

贾府为一封建贵族官僚家庭,其经济收入,一是靠封建爵禄和朝廷封赏,二是靠封建农奴制的土地剥削。此回写贾府领"春祭的恩赏",就是写爵禄以外的赏赐。

乌进孝进租,详列清单,其中大量是实物地租,此外另还有"外卖粱谷、牲口各项之银共折银二千五百两"。这说明除实物地租(其中以各种粮食为主,计各种名称的大米共二百斛,下用常米一千石)外,还有折卖成银的货币地租。按明清之际,是中国封建社会的缓慢转型期。乾隆时期,中国社会内部的资本主义萌芽经济因素,已经逐渐发展,但原有的封建经济体制仍占主要地位,不仅此也,其中还夹杂着满族社会原有的落后经济制度的残余存在。此回所写的庄田制,就是这种落后的封建奴隶制经济的残余存在,但就在其中也发生了变化,即部分实物地租已改为货币地租了,这正反映着当时中国北方地区基层经济体制的自然分化与变异。故乌进孝进租这一节,不仅让读者看到贾府主要经济来源于地租剥削这一点,还可以看到中国北方变化最缓慢地区的农业经济,也在随着社会的缓慢变化而变化。

贾珍说:"头一年省亲,连盖花园子,你算算,那一注共花了多少,就知道了。再两年,再一回省亲,只怕就精穷了。"这是十分重要的一笔。大家知道,《红楼梦》的元妃省亲,是以康熙南巡为背景素材的,康熙六次南巡,有四次驻跸于曹寅的江宁织造府,曹寅接驾,耗资无数,遂成经济上无法弥

第五十三回　宁国府除夕祭宗祠　荣国府元宵开夜宴

补的亏空，终至因此而彻底败落。贾珍明确地说"再一回省亲，只怕就精穷了"，正是这一事实的侧面反映。

宁国府除夕祭宗祠，是全书中继可卿大丧、元妃省亲之后的又一大场面、大手笔。以上两次大场面，都在二十回以前，这一次大场面，是在五十三回，这大大加重了后部的分量，使前后文的布局，得到平衡。祭宗祠的场面仪注，写得肃穆庄严，森然秩然，其富贵豪阔之象，不减以前，说明当时贾府还维持着虚假的繁华场面。但正如贾珍所说："他们庄家人老实，外明不知里暗的事。黄柏木作磬槌子——外头体面里头苦。"贾珍这句话，透露着贾府"外面的架子虽未甚倒，内囊却也尽上来了"的现实，作者特于这豪阔场面之间，渗此一笔，以为读者预示。

贾母元宵开夜宴，是另一个豪华欢乐场面，合祭宗祠而为一，可见富贵之家自过年至元宵的一派欢乐豪华气派。但值得注意的是，在这样富而乐的场面下，作者竟写出有相当大一批因贫困等原因而不来参与乐事，这是作者又一次于欢乐场面中留下凄凉的笔墨，此正再次提醒读者：贾家一族正在衰败也。

看此回除夕祭宗祠，一切礼仪肃穆庄严，秩然井然。但在这肃穆庄严的封建礼仪的背后，却隐藏着种种乱伦败德之事。尤以主祭者贾敬一概放纵，遂演出其子贾珍、孙贾蓉种种乱伦聚麀之丑事。故此回祭宗祠的肃穆端敬，实是虚假场面。在此假像掩盖下，却隐藏着种种真实的丑事，封建礼法转而成为这些丑事的遮羞布，雪芹实亦借此揭露封建礼法之虚伪也。

【校记】

〔一〕"并晴雯撵逐坠儿出去,也曾回过宝玉等话,一一的告诉了一遍",据蒙府本校改。庚辰本原文为"并晴雯撵逐出去等话,一一也曾回过宝玉"。

〔二〕"荣国公贾源",庚辰本"荣"字误作"等","源"字误作"法",据庚辰本第三回改。

〔三〕"我受用些,就"五字,庚辰本缺,据杨本增。程甲本同杨本,戚序、蒙府、列藏、甲辰诸本意同,文字略有出入。

第五十四回　　史太君破陈腐旧套
　　　　　　　王熙凤效戏彩斑衣

却说贾珍、贾琏暗暗预备下大笸箩的钱,听见贾母说"赏",他们也忙命小厮们快撒钱。只听满台钱响,贾母大悦。二人遂起身,小厮们忙将一把新暖银壶捧在贾琏手内,随了贾珍趋至里面。贾珍先至李婶席上,躬身取下杯来,回身,贾琏忙斟了一盏。然后便至薛姨妈席上,也斟了。二人忙起身,笑说:"二位爷请坐着罢了,何必多礼。"于是除邢、王二夫人,满席都离了席,俱垂手旁侍。

贾珍等至贾母榻前,因榻矮,二人便屈膝跪了。贾珍在先捧杯,贾琏在后捧壶,虽止二人奉酒,那贾环弟兄等,却也是排班按序,一溜随着他二人进来,见他二人跪下,也都一溜跪下。宝玉也忙跪下了。史湘云悄推他,笑道:"你这会又帮着跪下作什么?有这样,你也去斟一巡酒岂不好?"宝玉悄笑道:"再等一会子再斟去。"说着,等他二人斟完起来,方起来。

_{写得细。}

> 首回楔子内云:"古今小说'千部共成(出)一套'云云,犹未泄真。今借老太君一写,是劝后来胸中无机轴之诸君子不可动笔作书。凤姐乃太君之要紧陪堂,今题'斑衣戏彩',是作者酬我阿凤之劳,特贬贾珍琏辈之无能耳。"
> 庚辰本回前评。

> 上回末说:"林之孝之妻带了六个媳妇,抬了三张炕桌,每一张上搭着一条红毡,毡上放着选净一般大、新出局的铜钱,用大红彩绳串着。每二人搭一张,共三张。林之孝家的指示……将一张送至贾母榻下来。贾母便说'放在当地罢。'这媳妇们都素知规矩的,放下桌子,一并将钱都打开,将彩绳抽去,散堆在桌上。"以上是写林之孝家的预

又与邢夫人王夫人斟过了。贾珍笑道:"妹妹们怎么样呢?"贾母等都说:"你们去罢,他们倒便宜些。"说了,贾珍等方退出。

当下天未二鼓,戏演的是《八义》中《观灯》八出。正在热闹之际,宝玉因下席往外走。贾母因说:"你往那里去?外头爆竹利害,仔细天上掉下火纸来烧了。"宝玉回说:"不往远去,只出去就来。"贾母命婆子们好生跟着。于是宝玉出来,只有麝月、秋纹并几个小丫头随着。贾母因说:"袭人怎么不见?他如今也有些拿大了,_{贾母于袭人亦有微词。}单支使小女孩子出来。"王夫人忙起身笑回道:"他妈前日没了,因有热孝,不便前头来。"_{王夫人赶忙为她解释。}贾母听了点头,又笑道:"跟主子却讲不起这孝与不孝。若是他还跟我,难道这会子也不在这里不成?_{贾母意犹未尽释。}皆因我们太宽了,有人使,不查这些,竟成了例了。"

凤姐儿忙过来笑回道:"今儿晚上他便没孝,那园子里也须得他看着,_{凤姐亦赶着为她解释,可见袭人之能笼络人也。}灯烛花炮最是耽险的。这里一唱戏,园子里的人谁不偷着来瞧瞧。他还细心,各处照看照看。况且这一散后,宝兄弟回去睡觉,各色都是齐全的。若他再来了,众人又不经心,散了回去,铺盖也是冷的,茶水也不齐备,各色都不便宜,所以我叫他不用来,_{再说是凤姐之意。}只看屋子。散了又齐备,我们这里也不耽心,又可心全他的礼,岂

旁注(左栏):

为贾母准备好的赏钱。所以发赏时"向戏台说:'老祖宗、姨太太、亲家太太赏文豹买果子吃的!'"此处则是"贾珍、贾琏暗暗预备下大笸箩的钱,听见贾母说'赏',他们也忙命小厮们快撒钱"。这是贾珍、贾琏预备下的赏钱。所以书中虽前后两次赏钱,却各有不同。

《八义》,明徐元所作传奇,据元杂剧《赵氏孤儿》改编,演春秋时晋国忠臣赵盾一家与奸臣屠岸贾之斗争,赵盾一家被抄家灭门的故事。

凤姐会说话,竟说得头头是道。

第五十四回　史太君破陈腐旧套　王熙凤效戏彩斑衣

不三处有益？老祖宗要叫他，我叫他来就是了。"再倒说一句让她来，则更见不是袭人不来也，凤姐之嘴，无坚不摧。贾母听了这话，忙说："你这话很是，比我想的周到。可见凤姐说话的效率。快别叫他了。但只他妈几时没了，我怎么不知道？"凤姐笑道："前儿袭人去亲自回老太太的，怎么倒忘了？"不是袭人不回，是你忘了。贾母想了一想，笑说："想起来了。我的记性竟平常了。"众人都笑说："老太太那里记得这些事。"贾母因又叹道："我想着，他从小儿服侍了我一场，又服侍了云儿一场，末后给了一个魔王宝玉，亏他魔了这几年。他又不是咱们家的根生土长的奴才，没受过咱们什么大恩典。他妈没了，我想着要给他几两银子发送，也就忘了。"凤姐儿道："前儿太太赏了他四十两银子，补叙一笔。也就是了。"贾母本来有点不满，经凤姐如此一说，反而转过来怜念袭人。

贾母听说，点头道："这还罢了。正好鸳鸯的娘前儿也死了，我想他老子娘都在南边，我也没叫他家去守孝，如今叫他两个一处作伴儿去。"又命婆子将些果子、菜馔、点心之类，与他两个吃去。琥珀笑说："还等这会子呢，他早就去了。"说着，大家又吃酒看戏。

且说宝玉一径来至园中，众婆子见他回房，便不跟去，只坐在园门里茶房内烤火，和管茶的女人偷空饮酒斗牌。宝玉至院中，虽是灯光灿烂，却无人声。麝月道："他们都睡了不成？咱们悄悄的进去，唬他们一跳。"于是大家蹑足潜踪的进了镜壁一看，只见袭人和一人，二人对面都歪在地炕上，意想不到之文。那一头有两三个老嬷嬷打盹。

宝玉只当他两个睡着了，才要进去，忽听鸳鸯叹了一声，说道："可知天下事难定。论理，你单身在这里，父母在外头，每年他们东去西来，没个定准。想来你是再不能送终的了，偏生今年就死在这里，你倒出去送了终。"袭人道："正是。我也想不到能够看着父母回首。太太又赏了四十两银子，_{补足前文所说。}这倒也算养我一场，我也不敢妄想了。"宝玉听了，忙转身悄向麝月等道："谁知他也来了。_{因上回鸳鸯不理宝玉也。}我这一进去，他又赌气走了，不如咱们回去罢，让他两个清清静静的说一回。袭人正一个人闷闷的，他幸而来的好。"说着，仍悄悄的出来。_{体贴之极。}

宝玉便走过山石之后去，站着撩衣。麝月、秋纹皆站住，背过脸去，口内笑说："蹲下再解小衣，仔细风吹了肚子。"后面两个小丫头子知是小解，忙先出去茶房内预备去了。_{写得细。}这里宝玉刚转过来，只见两个媳妇子迎面来了，问是谁。秋纹道："宝玉在这里呢，你大呼小叫，仔细唬着他。"那媳妇们忙笑道："我们不知道，大节下来惹祸了。姑娘们可连日辛苦了。"说着，已到了跟前。麝月等问："手里拿的是什么？"媳妇们道："是老太太赏金、花二位姑娘吃的。"秋纹笑道："外头唱的是《八义》，没唱《混元盒》，那里又跑出'金花娘娘'来了。"宝玉笑命："揭起来，

第五十四回　史太君破陈腐旧套　王熙凤效戏彩斑衣

我瞧瞧。"秋纹、麝月忙上去将两个盒子揭开。两个媳妇忙蹲下身子。_{脂批："细腻之极。一部大观园之文，皆若食肥蟹，至此一句，则又三月于镇江江上唼出网之鲜鲥矣。"}宝玉看了，两盒内都是席上所有的上等果品、菜馔，点了一点头，迈步就走。麝月二人忙胡乱_{"胡乱"二字见其率意之态。}掷了盒盖，跟上来。宝玉笑道："这两个女人倒和气，会说话。他们天天乏了，倒说你们连日辛苦，倒不是那矜功自伐的。"麝月道："这好的也很好，那不知礼的也太不知礼。"宝玉笑道："你们是明白人，担待他们是粗笨可怜的人就完了。"一面说，一面来至园门。

那几个婆子虽吃酒斗牌，却不住出来打探，见宝玉来了，也都跟上了。来至花厅后廊上，只见那两个小丫头，一个捧着小沐盆，一个搭着手巾，又拿着沤子小壶在那里久等。秋纹先忙伸手向盆内试了一试，_{写得细，可见宝玉平时生活照料何等周到。}说道："你越大越粗心了，那里弄的这冷水？"小丫头笑道："姑娘瞧瞧这个天，我怕水冷，巴巴的倒的是滚水，这还冷了。"_{写严冬。}

正说着，可巧见一个老婆子提着一壶滚水走来。小丫头便说："好奶奶，过来给我倒上些。"那婆子道："哥哥儿，这是给老太太泡茶的，劝你走了舀去罢，那里就走大了脚了。"_{绝妙言词。于此可见女子之脚亦以小为美也。此处说"走大了脚"，或以为即证明其裹的小脚，予却以为此是一般词语，不能确证小丫头是裹小脚。}秋纹道："凭你是谁的，你不给？我管把老太太的茶吊子倒了洗手。"_{怡红院丫头，仗着宝玉，亦是霸气十足。}那婆子回头见是秋纹，忙提起壶来就倒，秋纹道："够了，你

鲥鱼，只产于南京至镇江一段之长江，其他地区都不产，产期是每年三月至四月末，过此一段时间即绝迹。鲥鱼之味美，为长江名鱼之首。唯鲥鱼出水即死，故要吃到鲥鱼，只有离产地极近处方能吃到。五十年代至六十年代初，我曾在镇江、扬州等地吃过出网鲥鱼，其味至今不能忘。按此条脂批批者当与曹家有关，一是曹家任江宁织造、两淮巡盐御史等职，于南京、扬州、仪征等处均有驻地，故有条件在"镇江江上唼出网之鲜鲥"。二是曹寅于康熙三十五年五月初二日及康熙三十六年四月二十九日有进腌鲥鱼的奏折，前次送六十尾，后次送二百尾，因为是腌鲥鱼，所以时间是五月初二和四月二十九日，离出网已有一段时间。以鲥鱼进上，可见鲥鱼之鲜美，亦可见曹家对鲥鱼之珍视，则曹寅以后诸人自亦如此。

这么大年纪,也没个见识。谁不知是老太太的水?要不着的人就敢要了!"_{还要教训两句。}婆子笑道:"我眼花了,没认出这姑娘来。"

宝玉洗了手,那小丫头子拿小壶倒了些沤子在他手内,宝玉沤了。秋纹、麝月也趁热水洗了一回,沤了,跟进宝玉来。

_{洗手一事,就有如许曲折。}

宝玉便要了一壶暖酒,也从李婶、薛姨妈斟起,二人也笑让坐。贾母便说:"他小,让他斟去。大家倒要干过这杯。"说着,便自己干了。邢、王二夫人也忙干了,让他二人。薛、李也只得干了。贾母又命宝玉道:"连你姐姐妹妹一齐斟上,不许乱斟,都要叫他干了。"宝玉听说,答应着,一一按次斟了。

至黛玉前,偏他不饮,拿起杯来,放在宝玉唇上边,宝玉一气饮干。黛玉笑说:"多谢。"宝玉替他斟上一杯。

_{写黛玉反让宝玉替她饮酒,写宝玉替黛玉一饮而尽,只此两笔,便知宝黛何等亲昵,然于众目之下,黛、宝均略无顾瞻,真旁若无人也。}

凤姐儿便笑道:"宝玉,别喝冷酒,仔细手颤,明儿写不得字,拉不得弓。"_{凤姐此话,是针对宝玉饮黛玉酒而发也。}宝玉忙道:"没有吃冷酒。"凤姐儿笑道:"我知道没有,不过白嘱咐你。"_{凤姐随机收篷,转变极快。}然后,宝玉将里面斟完,只除贾蓉之妻是丫头们斟的。复出至廊上,又与贾珍等斟了。坐了一回,方进来,仍归旧坐。

一时上汤后,又接献元宵来。贾母便命将戏暂歇歇,又说:"小孩子们可怜见的,也给他们些滚汤滚

第五十四回　史太君破陈腐旧套　王熙凤效戏彩斑衣

菜的吃了再唱。"又命将各色果子、元宵等物拿些与他们吃去。

一时歇了戏，便有婆子带了两个门下常走的女先生儿进来，放两张杌子在那一边命他坐了，将弦子琵琶递过去。贾母便问李、薛听何书，他二人都回说："不拘什么都好。"贾母便问："近来可有添些什么新书？"那两个女先儿回说道："倒有一段新书，是残唐五代的故事。"贾母问是何名，女先儿道："叫做《凤求鸾》。"贾母道："这一个名字倒好，不知因什么起的？你先大概说说原故，若好再说。"女先儿道："这书上乃是说，残唐之时，有一位乡绅，本是金陵人氏，名唤王忠，曾做过两朝宰辅，如今告老还家。膝下只有一位公子，名唤王熙凤。"

贾母是老听书者，故先要了解情节。

众人听了，笑将起来。贾母笑道："这不重了我们凤丫头了？"媳妇忙上去推他道："这是二奶奶的名字，少混说。"贾母笑道："你说，你说。"女先生忙笑着站起来，说："我们该死了，不知是奶奶的尊讳。"凤姐儿笑道："怕什么，你们只管说罢，重名重姓的多着呢。"

女先生又说道："这年，王老爷打发了王公子上京赶考，那日遇见大雨，进到一个庄子避雨。谁知这庄上也有个乡绅，姓李，与王老爷是世交，便留下这公子住在书房里。这李乡绅膝下无儿，只有一位千金小姐。这小姐芳名叫作雏鸾,琴棋书画,无所不通。"

贾母忙道:"怪道叫作《凤求鸾》。不用说,我已猜着了。自然是这王熙凤要求这雏鸾小姐为妻了。"女先儿笑道:"老祖宗原来听过这一回书。"众人都道:"老太太什么没听过?便没听过,猜也猜着了。"

贾母既批其俗套,又批其不合情理,则将所有俗套文字一笔扫尽。

贾母笑道:"这些书都是一个套子,左不过是些佳人才子,最没趣儿。把人家女儿说的那样坏,还说是佳人,编的连影儿也没有了。开口都是书香门第。父亲不是尚书,就是宰相。生一个小姐,必是爱如珍宝。这小姐必是通文知礼,无所不晓,竟是个绝代佳人。只一见了一个清俊的男人,不管是亲是友,便想起终身大事来了,父母也忘了,书礼也忘了,鬼不成鬼,贼不成贼,两句批得狠。贾母看来佳人才子私订终身是"鬼不成鬼、贼不成贼",但如似贾琏一样,则是"馋嘴猫儿似的,那里保得住不这么着。从小儿世人都打这么过的",可见在贾母看来青年男女自由恋爱是不允许的,偷情则是人人皆有的,不足为怪的。从贾母的口气看,则宝、黛之婚姻尚未得父母之命,危矣!那一点儿是佳人?便是满腹文章,做出这些事来,也算不得是佳人了。比如男人满腹文章去作贼,难道那王法就看他是才子,就不入贼情一案了不成?可知那编书的是自己塞了自己的嘴。再者,既说是世宦书香大家的小姐都知礼读书,连夫人都知书识礼,便是告老还家,自然这样大家人口不少,奶母、丫鬟服侍小姐的人也不少,怎么这些书上,凡有这样的事,就只小姐和紧跟的一个丫鬟?你们白想想,那些人都是管什么的,可是前言不答后语?"众人听了,都笑说:"老

第五十四回　史太君破陈腐旧套　王熙凤效戏彩斑衣

太太这一说,是谎都批出来了。"

贾母笑道:"这有个原故:编这样书的,有一等妒人家富贵,或有求不遂心,所以编出来污秽人家;再一等,他自己看了这些书,看魔了,他也想一个佳人,所以编了出来取乐。何尝他知道那世宦读书家的道理!别说他那书上那些世宦书礼大家,如今眼下真的,拿我们这中等人家说起,也没有这样的事,别说是那些大家子。可知是诌掉了下巴的话。所以我们从不许说这些书,连丫头们也不懂这些话。这几年我老了,他们姊妹们住的远,我偶然闷了,说几句听听。他们一来,就忙歇了。"李、薛二人都笑说:"这正是大家的规矩,连我们家也没这些杂话给孩子们听见。"

<small>贾母亦知竟有借书以攻击别人的。</small>

<small>皇亲国戚,还说是中等人家。</small>

凤姐儿走上来斟酒,笑道:"罢,罢,酒冷了,老祖宗喝一口润润嗓子再掰谎。这一回就叫作《掰谎记》,就出在本朝本地本年本月本日本时,老祖宗一张口难说两家话,花开两朵,各表一枝,是真是谎且不表,再整那观灯看戏的人。老祖宗且让这二位亲戚吃一杯酒、看两出戏之后,再从昨朝话言掰起,如何?"他一面斟酒,一面笑说。未曾说完,众人俱已笑倒。两个女先生也笑个不住,都说:"奶奶好刚口。奶奶要一说书,真连我们吃饭的地方也没了。"薛姨妈笑道:"你少兴头些,外头有人,比不得

<small>王熙凤几句话,远胜女先儿多矣,《掰谎记》,名字多新鲜。</small>

<small>连女先生也笑,可见其话之动人也。</small>

<small>这话不假。</small>

999

> 凤姐之口，虽古之辩才亦难过之，自凤姐于第三回出场至今，其滔滔之言，无一不动人，无一不因景生情，无一不新鲜奇谲，信矣，雪芹之才，如黄河之水也。

往常。"凤姐儿笑道："外头的只有一位珍大爷。我们还是论哥哥妹妹，从小儿在一处淘气了这么大。这几年因做了亲，我如今立了多少规矩了。便不是从小儿的兄妹，便以伯叔论，那《二十四孝》上'斑衣戏彩'，_{点题。}他们不能来'戏彩'引老祖宗笑一笑，我这里好容易引的老祖宗笑了一笑，多吃了一点儿东西，大家喜欢，都该谢我才是，难道反笑话我不成？"贾母笑道："可是这两日我竟没有痛痛的笑一场，倒是亏他才一路笑的我心里痛快了些，我再吃一钟酒。"吃着酒，又命宝玉："也敬你姐姐一杯。"凤姐儿笑道："不用他敬，我讨老祖宗的寿罢。"说着，便将贾母的酒拿起来，将半杯剩酒吃了，将杯递给丫鬟，另将温水浸的杯换了一个上来。于是各席上的杯都撤去，另将温水浸着待换的杯斟了新酒上来，然后归坐。

> 贾母亦懂弦索。

女先生回说："老祖宗不听这书，或者弹一套曲子听听罢。"贾母便说道："好，你们两个对一套《将军令》罢。"二人听说，忙和弦按调拨弄起来。

贾母因问："天有几更了？"众婆子忙回："三更了。"贾母道："怪道寒浸浸的起来。"早有众丫鬟拿了添换的衣裳送来。王夫人起身，陪笑说道："老太太不如挪进暖阁里地炕上倒也罢了。这二位亲戚也不是外人，我们陪着就是了。"贾母听说，笑道："既这样说，不如大家都挪进去，岂不暖和？"王夫人道："恐里间坐不下。"贾母笑道:"我有道理。如今也不用这些桌子,只用两三张并起来,大家坐在一处挤着,又亲香,又暖和。"众人都道:"这才有趣。"说着,便起了席。众媳妇忙撤去残席,里面直顺并了三张大桌,另又添换了果馔摆好。

贾母便说:"这都不要拘礼,只听我分派你们就坐才好。"说着,便让薛、李正面上坐,自己西向坐了,叫宝琴、黛玉、湘云三人皆紧依左右坐下,向宝玉说:"你挨着你太太。"于是邢夫人、王夫人之中夹着宝玉,宝钗等姊妹在西边,挨次下去便是娄氏带着贾菌,尤氏、李纨夹着贾兰,下面横头便是贾蓉之妻。贾母便说:"珍哥儿,带着你兄弟们去罢,我也就睡了。"

贾珍等忙答应,又都进来。贾母道:"快去罢!不用进来,才坐好了,又都起来。你快歇着,明日还有大事呢。"贾珍忙答应了,又笑说:"留下蓉儿斟酒才是。"贾母笑道:"正是忘了他。"贾珍答应了一个"是",便转身带领贾琏等出来。二人自是欢喜,便命人将贾琮、贾璜各自送回家去,便邀了贾琏去追欢买笑,_{特点贾珍、贾琏。}不在话下。

这里,贾母笑道:"我正想着,虽然这些人取乐,竟没一对双全的,就忘了蓉儿。这可全了,蓉儿就和你媳妇坐在一处,倒也团圆了。"

因有媳妇回说开戏,贾母笑道:"我们娘儿们正

> 此处方叫贾府自己的戏班上场。

说的兴头，又要吵起来。况且那孩子们熬夜，怪冷的。也罢，叫他们且歇歇，把咱们的女孩子们叫了来，就在这台上唱两出，也给他们瞧瞧。"媳妇们听了，答应了出来，忙的一面着人往大观园去传人，一面二门口去传小厮们伺候。小厮们忙至戏房，将班中所有的大人一概带出，只留下小孩子们。

一时，梨香院的教习带了文官等十二个人，从游廊角门出来。婆子们〔一〕抱着几个软包，因不及抬箱，估料着贾母爱听的三五出戏的彩衣包了来。婆子们带了文官等进去见过贾母，皆垂手站着。

贾母笑道："大正月里，你师父也不放你们出来逛逛。你等唱什么？刚才八出《八义》闹得我头疼，咱们清淡些好。你瞧瞧，薛姨太太、这李亲家太太都是有戏的人家，> 即家里有戏班子的人家。 不知听过多少好戏的。这些姑娘都比咱们家的姑娘见过好戏，听过好曲子。如今这小戏子又是那有名顽戏家的班子，> 指外请的戏班。 虽是小孩子们，却比大班还强。咱们好歹别落了褒贬，少不得弄个新样儿的。叫芳官唱一出《寻梦》，只用箫合，笙笛余者〔二〕一概不用。"文官笑道："这也使得的。我们的戏，自然不能入姨太太和亲家太太、姑娘们的眼，不过听我们一个发脱口齿，再听一个喉咙罢了。"贾母笑道："正是这话了。"李婶、薛姨妈喜的都笑道："好个灵透孩子。他也跟着老太太打趣我们。"

第五十四回　史太君破陈腐旧套　王熙凤效戏彩斑衣

贾母笑道："我们这原是随便的顽意儿，又不出去做买卖，清乾隆时，家庭戏班亦有商业性之应聘演出者，故贾母说"不出去做买卖"也。所以竟不大合时。"说着，又道："叫葵官唱一出《惠明下书》，也不用抹脸。只用这两出，叫他们听个疏异罢了。若省一点力，我可不依。"文官等听了出来，忙去扮演上台，先是《寻梦》，次是《下书》。众人都鸦雀无闻。

此处《牡丹亭》《西厢记》都上了。但《牡丹亭》未唱《惊梦》，《西厢记》未唱《酬简》《拷红》耳。

薛姨妈因笑道："实在戏也看过几百班，从没见用箫管的。"贾母道："也有，只是像方才《西楼·楚江晴》一支，多有小生吹箫合的。贾母于戏亦颇在行。这大套的实在少，这也在主人讲究不讲究罢了。这算什么出奇？"指湘云道："我像他这么大的时节，他爷爷有一班小戏，偏有一个弹琴的凑了来，即如《西厢记》的《听琴》，《玉簪记》的《琴挑》，《续琵琶》的《胡笳十八拍》，竟成了真的了，比这个更如何？"众人都道："这更难得了。"贾母便命个媳妇来，吩咐文官等叫他们吹弹一套《灯月圆》。媳妇领命而去。

《续琵琶》是曹寅的剧作，《胡笳十八拍》即此剧第二十七出《制拍》。今此抄本尚存北京图书馆，雪芹特将其先人的作品写入，亦具深意。

当下贾蓉夫妻二人捧酒一巡，凤姐儿因见贾母十分高兴，便笑道："趁着女先儿们在这里，不如叫他们击鼓，咱们传梅，行一个'春喜上眉梢'令如何？"贾母笑道："这是个好令，正对时对景。"忙命人取了一面黑漆铜钉花腔令鼓来，与女先儿们击着，席上取了一枝红梅。贾母笑道："若到谁手里住了，吃一杯，也要说个什么才好。"凤姐儿笑道："依我说，谁像老

1003

祖宗要什么有什么呢。我们这不会的，岂不没意思？依我说，也要雅俗共赏，不如谁输了谁说个笑话罢。"众人听了，都知道他素日善说笑话，最是他肚内有无限的新鲜趣谈。今儿如此说，不但在席的诸人喜欢，连地下服侍的老小人等无不欢喜。那小丫头子们都忙出去，找姐唤妹的告诉他们："快来听，二奶奶又说笑话儿了。"众丫头子们便挤了一屋子。

<small>众人皆喜凤姐说笑话，可见凤姐善谑，已是人人皆知，人人皆喜。</small>

于是戏完乐罢，贾母命将些汤点果菜与文官等吃去，便命响鼓。那女先儿们皆是惯的，或紧或慢，或如残漏之滴，或如迸豆之疾，或如惊马之乱驰，或如疾电之光而忽暗。<small>四句写鼓声，极尽描摹。</small>其鼓声慢，传梅亦慢；鼓声疾，传梅亦疾。恰恰至贾母手中，鼓声忽住。大家呵呵一笑，贾蓉忙上来斟了一杯。众人都笑道："自然老太太先喜了，我们才托赖些喜。"贾母笑道："这酒也罢了，只是这笑话倒有些个难说。"众人都说："老太太的比凤姐儿的还好还多，赏一个，我们也笑一笑儿。"

贾母笑道："并没什么新鲜发笑的，少不得老脸皮子厚的说一个罢了。"因说道："一家养了十个儿子，娶了十房媳妇。惟有第十个媳妇聪明伶俐，心巧嘴乖，公婆最疼，成日家说那九个不孝顺。这九个媳妇委屈，便商议说：'咱们九个心里孝顺，只是不像那小蹄子嘴巧，所以公公、婆婆老了，只说他好，这委屈向谁

第五十四回　史太君破陈腐旧套　王熙凤效戏彩斑衣

诉去？'大媳妇有主意，便说道：'咱们明儿到阎王庙去烧香，和阎王爷说去，问他一问，叫我们托生人，为什么单单的给那小蹄子一张乖嘴，我们都是笨的。'众人听了都喜欢，说这主意不错。第二日便都到阎王庙里来烧了香，九个人都在供桌底下睡着了。九个魂专等阎王驾到，左等不来，右等也不到。正等的着急，只见孙行者驾着筋斗云来了，看见九个魂，便要拿金箍棒打，唬得九个魂忙跪下央求。孙行者问原故，九个魂忙细细的告诉了他。孙行者听了，把脚一跺，叹了一口气，道：'这原故幸亏遇见我，等着阎王来了，他也不得知道的。'九个魂听了，就求说：'大圣发个慈悲，我们就好了。'孙行者笑道：'这却不难。那日你们妯娌十个托生时，可巧我到阎王那里去的，因为撒了泡尿在地下，你那小婶子便吃了。你们如今要伶俐嘴乖，有的是尿，再撒泡你们吃了就是了。'"说毕，大家都笑起来。贾母笑话，既令人笑，又令人思，既俗又雅，既圆又尖。

凤姐儿笑道："好的，幸而我们都笨嘴笨腮的，凤姐先说自己笨嘴，则别人不能再指矣。不然也就吃了猴儿尿了。"尤氏、娄氏都笑向李纨道："咱们这里谁是吃过猴儿尿的，别装没事人儿。"问得妙，妙在含混也。薛姨妈笑道："笑话儿不在好歹，只要对景就发笑。"薛姨妈圆场得好。

说着，又击起鼓来。小丫头子们只要听凤姐儿的笑话，便悄悄的和女先儿说明，以咳嗽为记。须臾传至两遍,刚到了凤姐儿手里,小丫头子们故意咳嗽,女先儿便住了。众人齐笑道:"这可拿住他了。快吃了酒说一个好的,别太逗的人笑的肠子疼。"

凤姐儿想了一想,笑道:"一家子也是过正月半,合家赏灯吃酒,真真的热闹非常,祖婆婆、太婆婆、婆婆、媳妇、孙子媳妇、重孙子媳妇,亲孙子、侄孙子、重孙子、灰孙子、滴滴搭搭的孙子,孙女儿、外孙女儿、姨表孙女儿、姑表孙女儿……嗳哟哟,真好热闹!"众人听他说着,已经笑了,都说:"听数贫嘴,又不知编派那一个呢。"尤氏笑道:"你要招我,我可撕你的嘴。"凤姐儿起身拍手笑道:"人家费力说,你们混我,我就不说了。"贾母笑道:"你说,你说,底下怎么样?"

凤姐儿想了一想,笑道:"底下就团团的坐了一屋子,吃了一夜酒,就散了。"【第一个"散了"。】众人见他正言厉色的说了,别无他话,都怔怔的还等他往下说,只觉冰冷无味。

史湘云看了他半日。凤姐儿笑道:"再说一个过正月半的。几个人抬着个房子大的炮仗往城外放去,引了上万的人跟着瞧去。有一个性急的人等不得,便偷着拿香点着了。只听'噗哧'一声,众人哄然一笑,都散了。【第二个"散了"。】这抬炮仗的人报怨卖炮仗的捍的不结实,没等放就散了。"【第三个"散了"。】湘云道:"难道他本人没

第五十四回　史太君破陈腐旧套　王熙凤效戏彩斑衣

听见响？"_{正要借湘云一问。}凤姐儿道："这本人原是聋子。"

众人听说，一回想，不觉一齐失声都大笑起来。又想着先前那一个没完的，问他："先一个怎么样？也该说完。"凤姐儿将桌子一拍，说道："好啰唆，到了第二日，是十六日，年也完了，_{第一个"完了"。}节也完了，_{第二个"完了"。}我看着人忙着收东西还闹不清，那里还知道底下的事了。"_{一切都已"完了"，底下之事不可知矣！}众人听说，复又笑将起来。

凤姐儿笑道："外头已经四更，依我说，老祖宗也乏了，咱们也该'聋子放炮仗——散了'罢。"_{是一句总结。}尤氏等用手帕子握着嘴，笑的前仰后合，指他说道："这个东西真会数贫嘴。"贾母笑道："真真这凤丫头越发贫嘴了。"_{贾母亦未能听出其中衰败之音。}一面说，一面吩咐道："他提起炮仗来，咱们也把烟火放了，解解酒。"

贾蓉听了，忙出去带着小厮们就在院内安下屏架，将烟火设吊齐备。这烟火皆系各处进贡之物，虽不甚大，却极精巧，各色故事俱全，夹着各色花炮。

林黛玉禀气柔弱，不禁毕驳之声，贾母便搂他在怀中。薛姨妈搂着湘云。湘云笑道："我不怕。"宝钗等笑道："他专爱自己放大炮仗，还怕这个呢。"王夫人便将宝玉搂入怀内。凤姐儿笑道："我们是没有人疼的了。"尤氏笑道："有我呢，我搂着你。也不怕臊，你这孩子又撒娇了，听见放炮仗，吃了蜜蜂儿屎似的，今儿又轻狂起来。"凤姐儿笑道："等散了，咱们园子

故事含意，众人回想方知，其实回想所知，亦只是其表也。

凤姐的故事是"散了，散了，散了！完了，完了，完了！那里还知道底下的事了"！故事的题目就可叫《散了罢》。

在庆元宵、大团圆之际，到最后却由凤姐来说"散了罢"的故事，一连串的"散了、散了、散了""完了，完了""那里还知道底下的事了"，则其意可知矣！

里放去。我比小厮们放的还好呢。"

说话之间，外面一色一色的放了又放，又有许多的满天星、九龙入云、平地一声雷、飞天十响之类的零碎小爆竹。放罢，然后又命小戏子打了一回《莲花落》，<注>"完了"以后，最后是唱《莲花落》也。《莲花落》，乞食之歌也！</注>撒了满台钱，命那些孩子们满台抢钱取乐。

又上汤时，贾母说道："夜长，觉的有些饿了。"凤姐儿忙回说："有预备的鸭子肉粥。"贾母道："我吃些清淡的罢。"凤姐儿忙道："也有枣儿熬的粳米粥，预备太太们吃斋的。"贾母笑道："不是油腻腻的，就是甜的。"凤姐儿又忙道："还有杏仁茶，只怕也甜。"贾母道："倒是这个还罢了。"说着，又命人撤去残席，外面另设上各种精致小菜。大家随便随意吃了些，用过漱口茶，方散。

十七日一早，又过宁府行礼，伺候掩了宗祠，收过影像，方回来。此日便是薛姨妈家请吃年酒。十八日便是赖大家，十九日便是宁府赖升家，二十日便是林之孝家，二十一日便是单大良家，二十二日便是吴新登家。这几家，贾母也有去的，也有不去的，也有高兴直待众人散了方回的，也有兴尽半日一时就来的。凡诸亲友来请或来赴席的，贾母一概怕拘束不会，自有邢夫人、王夫人、凤姐儿三人料理。连宝玉只除王子腾家去了，余者亦皆不会，只说贾母留下解闷。所

<注>其余过节气象，匆匆一笔叙过。</注>

以倒是家下人家来请,贾母可以自便之处,方高兴去逛逛。

　　闲言不提。且说当下元宵已过,要知端的,下回分解。

【回后评】

贾母元宵夜宴演戏，贾珍、贾琏向贾母敬酒，贾母见袭人未到，颇有微词，王夫人、凤姐赶忙为袭人解释，转使贾母高兴。宝玉因避热闹，即回怡红院，恰逢袭人、鸳鸯在互诉衷曲，宝玉怕冲散她们难得的倾心机会，即悄悄退出，至假山石后小解，然后要水洗手，再回至席前为贾母敬酒等琐琐细事，作者一一写来，如身经目见，虽细碎平常，却见生活之真实，而文字从容不迫，令人如在宴内。

宝玉为黛玉敬酒，黛玉不饮，却将酒杯放在宝玉唇上，宝玉一饮而尽，黛、宝二人虽在众人席间，竟旁若无人，随之凤姐即劝宝玉不要喝冷酒云云。凤姐其实是对刚才黛玉而言，而凤姐之意，自然是随贾母、王夫人颜色，故黛、宝之纵情，适令贾母、王夫人不满也。

贾母破陈腐俗套，批驳《凤求鸾》之类民间俗套书，就其俗套，千篇一律来说，贾母批得对，亦即作者破此流行陈套破得对也。然贾母更将话锋指向后花园私订终身之类的事情本身，这其实已是反对婚姻问题上的男女自主互求。因此引出"鬼不成鬼，贼不成贼"的尖锐批判，其话锋实质已及宝、黛婚事。而贾母此论，或亦是由眼前黛玉让宝玉饮酒所引发，否则何以客观平心设论世事而忽发此动气性之言，虽贾母之言尚含蓄，而宝、黛之木石姻缘实已危矣！读者细思，能悟此意否？

凤姐效老莱戏彩，作《掰谎记》，引得满座大笑，连说书的女先儿都笑倒，可见其辩才无碍，亦见其处处讨贾母欢心皆能得体自如。吾观古今说部中，难得其匹，雪芹之才，实亦春江流不尽也。

第五十四回　史太君破陈腐旧套　王熙凤效戏彩斑衣

贾母听戏，令单用箫和，实是听曲中之行家。然后顺势说出《胡笳十八拍》来。此实雪芹有意将乃祖曹寅之剧作写入书中，藉资纪念，亦为此书更留一家庭标记也。雪芹苦心，于此可见！难怪其有"谁解其中味"之叹！

贾母说笑话，似刺及凤姐，然吾恐其非有意也。因前文方戏彩斑衣，贾母大乐，此处岂能有刺，故凤姐一句话，即将此误解开，冰释无痕。然凤姐连说两段笑话，却是"散了""完了""那里还知道底下的事了"，其语不祥至极，乃众人不觉，反以为乐，正乐极而将悲生也。

【校记】

〔一〕"一时……婆子们"共二十七字，庚辰本缺，从各本补。

〔二〕庚辰本此句原文："只提琴至管箫合，笙笛一概不用。""只"字下又旁加"要"字，"至"字下又旁加"于"字。列藏本作"只须用箫合，笙笛别的一概不用"。甲辰、程甲均作"只用箫和，笙笛余者一概不用"。杨本原抄作"只须用箫管，笙笛一概不用"，"管"字圈去旁改"和"字，"笙笛"下旁加"余者"两字，改后全同甲辰、程甲本。蒙府本作"只用箫随着，笙笛一概不用"，戚本全同蒙府本。此据甲辰、程甲本校改，"合"字仍用原文，以与下文一致。

第五十五回　　辱亲女愚妾争闲气
　　　　　　　欺幼主刁奴蓄险心

　　且说元宵已过，只因当今以孝治天下，目下宫中有一位太妃欠安，故各嫔妃皆为之减膳谢妆，不独不能省亲，亦且将宴乐俱免。故荣府今岁元宵亦无灯谜之集。

　　刚将年事忙过，凤姐儿便小月了，在家一月，不能理事，天天两三个太医用药。凤姐儿自恃强壮，虽不出门，然筹划计算，想起什么事来，便命平儿去回王夫人。任人谏劝，他只不听。

> 凤姐之病，为下文探春理家张本。

　　王夫人便觉失了膀臂，一人能有许多的精神？凡有了大事，自己主张；将家中琐碎之事，一应都暂令李纨协理。李纨是个尚德不尚才的，未免逞纵了下人。王夫人便命探春合同李纨裁处，只说过了一月，凤姐将息好了，仍交与他。

> 王夫人先派李纨，是循理也，知李纨忠厚善良，故再派探春，则于理于情俱妥矣。

> 李纨一人驾御不了，故又命探春。原是暂时代理。

　　谁知凤姐禀赋气血不足，兼年幼不知保养，平生争强斗智，心力更亏，故虽系小月，竟着

> 不知保养，争强斗智，心性太要强，故身体不能保养也。

> "不知保养"四字有含蓄。

第五十五回　辱亲女愚妾争闲气　欺幼主刁奴蓄险心

实亏虚下来，一月之后，复添了下红之症。他虽不肯说出来，_{仍是好强。}众人看他面目黄瘦，便知失于调养。王夫人只令他好生服药调养，不令他操心。他自己也怕成了大症，遗笑于人，便想偷空调养，恨不得一时复旧如常。谁知一直服药调养到八九月间，_{则李纨、探春代管之期自当延长。}才渐渐的起复过来，下红也渐渐止了。此是后话。

如今且说目今王夫人见他如此，探春与李纨暂难谢事，园中人多，又恐失于照管，因又特请了宝钗来，_{宝钗亦来共同主政，则宝钗之未来信息可知矣。}托他各处小心："老婆子们不中用，得空儿吃酒斗牌，白日里睡觉，夜里斗牌，我都知道的。凤丫头在外头，他们还有个惧怕，如今他们又该取便了。好孩子，你还是个妥当人，你兄弟、妹妹们又小，我又没工夫，你替我辛苦两天，照看照看。凡有想不到的事，你来告诉我，别等老太太问出来，我没话回。那些人有不好，你只管说。他们不听，你来回我，别弄出大事来才好。"宝钗听说，只得答应了。

_{宝钗是亲戚，按理无经管贾府家事之理，王夫人竟让管之，宝钗亦竟受之，于此可知王夫人心意，亦可知宝钗心意矣。}

时届孟春，黛玉又犯了嗽疾。湘云亦因时气所感，亦卧病于蘅芜苑，一天医药不断。

探春同李纨相住间隔，二人近日同事，不比往年，来往回话人等亦不便，故二人议定：每日早晨，皆到园门口南边的三间小花厅上去会齐办事，吃过早饭，于午错方回房。这三间厅原系预备省亲之时众执事太

_{李纨、探春正式接事办公。}

监起坐之处,^{补叙三间厅的来历。}故省亲之后也用不着了,每日只有婆子们上夜。如今天已和暖,不用十分修饰,只不过略略的铺陈了,便可他二人起坐。这厅上也有一匾,题着"辅仁谕德"四字,家下俗呼皆只叫"议事厅"儿。如今他二人每日卯正至此,午正方散。^{即每日上午办公。}凡一应执事媳妇等来往回话者,络绎不绝。

众人先听见李纨独办,各各心中暗喜,^{欺李纨老实也。}以为李纨素日原是个厚道多恩无罚的,自然比凤姐儿好搪塞,便添了一个探春,也都想着不过是个未出闺阁的年轻小姐,且素日也最平和恬淡,因此都不在意,^{人心如此欺软怕硬。}比凤姐儿前便懈怠了许多。^{写刁奴心理。}只三四日后,几件事过手,渐觉探春精细处不让凤姐,^{渐渐领会到探春的精细。}只不过是言语安静,性情和顺而已。^{脂批:"这是小姐身份耳,阿凤未出阁想亦如此。"}

可巧连日有王公侯伯世袭官员十几处,皆系荣、宁非亲即友或世交之家,或有升迁,或有黜降,或有婚丧红白等事,王夫人贺吊迎送,应酬不暇,前边更无人,他二人便一日皆在厅上起坐。^{因事忙,故全日办公。}宝钗便一日在上房监察,^{宝钗亦全日办公。}至王夫人回方散。每于夜间针线暇时,临寝之先,坐了小轿,带领园中上夜人等,各处巡察一次。^{宝钗日间在上房监察,夜间还要巡夜,其辛苦可知。然巡夜事,未见王夫人交代,且宝钗是闺阁千金,平时也不轻易出绣房,现今居然夜间出来巡夜,未免太过耳。}

他三人如此一理,更觉比凤姐儿当差时倒更谨慎了些。因而里外下人都暗中抱怨说:"刚刚的倒了一个'巡海夜叉',又添了三个'镇山太岁',^{反倒比原先管得更严了。}越

第五十五回　辱亲女愚妾争闲气　欺幼主刁奴蓄险心

性连夜里偷着吃酒顽的工夫都没了。"_{原来夜间很少巡察，现在夜间都不得偷乐了。}

这日，王夫人正是往锦乡侯府去赴席，李纨与探春早已梳洗，伺候出门去后，回至厅上坐了。刚吃茶时，只见吴新登的媳妇进来回说："赵姨娘的兄弟赵国基昨日死了。昨日回过太太，太太说知道了，叫回姑娘、奶奶来。"说毕，便垂手旁侍，再不言语。_{吴新登媳妇是刁奴之首，她怀着刁难之心，先来考察李纨、探春。}_{再不言语者，是看你们如何也。}

彼时来回话者不少，都打听他二人办事如何。_{可知是先来试探的。}若办得妥当，大家则安个畏惧之心；若少有嫌隙不当之处，不但不畏伏，一出二门还要编出许多笑话来取笑。_{可见不能稍有差错也。}吴新登的媳妇心中已有主意，若是凤姐前，他便早已献勤，说出许多主意，_{可见刁奴欺主。}又查出许多旧例来，任凤姐儿拣择施行。_{脂批："可知虽有才干，亦必有羽翼方可。"}如今他藐视李纨老实，探春是青年的姑娘，所以只说出这一句话来，试他二人有何主见。_{刁奴可恶。}

探春便问李纨。李纨想了一想，便道："前儿袭人的妈死了，听见说赏银四十两，这也赏他四十两罢了。"_{李纨老实，吴新登家的专等你这句话。}吴新登家的听了，忙答应个"是"，接了对牌就走。_{以为蒙着了。}_{袭人妈死所赏，是王夫人所赏，亦成例，与赵国基并非一例。}

探春道："你且回来。"吴新登家的只得回来。探春道："你且别支银子。我且问你：那几年，老太太屋里的几位老姨奶奶，也有家里的，也有外头的，_{外头的是指派在外头为贾府当差的。}这有个分别。家里的，若死了人，是赏多少？_{探春看出他们的心思，问到了关键。}

外头的,死了人,是赏多少?你且说两个我们听听。"一问,吴新登家的便都忘了,[都忘了,刁滑。]忙陪笑回说:"这也不是什么大事,赏多少,谁还敢争不成?"[还想混过去。]探春笑道:"这话胡闹。依我说,赏一百倒好。若不按例,别说你们笑话,明儿也难见你二奶奶。"[话说得极有理。]吴新登家的笑道:"既这么说,我查旧账去,此时却记不得。"

探春笑道:"你办事办老了的,还记不得,倒来难我们。[批驳得好,刁奴之心,可恶至极,明指其是来"难我们",是戳穿她也。]你素日回你二奶奶,也说现查去?[问得好。]若有这道理,凤姐姐还不算利害,也就是算宽厚了!还不快找了来我瞧。再迟一日,不说你们粗心,反像我们没主意了。"吴新登家的满面通红,忙转身出来。众媳妇们都伸舌头。[可见刁奴先考试新主,然后再定应对之策。]这里又回别的事。

用吴新登家的一例,作者写尽世态人心。

一时,吴新登家的取了旧账来。探春看时,两个家里的赏过,皆是二十两;两个外头的,皆赏过四十两。外还有两个外头的,一个赏过一百两,一个赏过六十两。这两笔底下皆注有原故:一个是隔省迁父母之柩,外赏六十两;一个是现买葬地,外赏二十两。探春便递与李纨看了。探春便说:"给他二十两银子。[刁奴欺主,若非探春精细则被骗矣,人心叵测也。]把这账留下,我们细看看。"吴新登家的去了。

忽见赵姨娘进来,李纨、探春忙让坐。赵姨娘开口便说道:"这屋里的人都踩下我的头去,还罢了。

第五十五回　辱亲女愚妾争闲气　欺幼主刁奴蓄险心

姑娘，你也想一想，该替我出气才是。"一面说，一面便眼泪、鼻涕哭起来。<small>的是赵姨娘。</small>探春忙道："姨娘这话说谁，我竟不解。谁踩姨娘的头？说出来，我替姨娘出气。"赵姨娘道："姑娘现踩我，我告诉谁去！"<small>竟直指探春，分明是受人挑拨而来。</small>探春听说，忙站起来，说道："我并不敢。"李纨也站起来劝。

赵姨娘道："你们请坐下，听我说。我在这屋里熬油似的熬了这么大年纪，又有你和你兄弟，这会子连袭人都不如了，我还有什么脸？连你也没脸面，别说我了！"

探春笑道："原来为这个。我说，我并不敢犯法违理。"一面便坐了，拿账翻与赵姨娘看，又念与他听，又说道："这是祖宗手里旧规矩，人人都依着，偏我改了不成？也不但袭人，将来环儿收了外头的，自然也是同袭人一样。这原不是什么争大争小的事，讲不到有脸没脸的话上。他是太太的奴才，我是按着旧规矩办。说办的好，领祖宗的恩典、太太的恩典；若说办的不均，那是他糊涂，不知福，也只好凭他抱怨去。太太连房子赏了人，我有什么有脸之处？一文不赏，我也没什么没脸之处。依我说，太太不在家，姨娘安静些养神罢了，何苦只要操心。太太满心疼我，因姨娘每每生事，几次寒心。我但凡是个男人，可以出得去，<small>可见当时男权社会之限人也。</small>我必早走了，立一番事业，那时自有我

<small>赵姨娘来分明是吴新登家的指使，故开口就是另一种腔调。</small>

<small>都有成法可据，岂能随意乱来。</small>

<small>袭人的妈死了是太太赏的，不是成法，我不是太太，无此特权，只能依成法。</small>

<small>探春一篇正道理，说得明明白白。</small>

一番道理。^{可惜没有我用武之地。}偏我是女孩儿家,一句多话也没有我乱说的。太太满心里都知道。如今因看重我,才叫我照管家务。^{如今刚刚能管一点事。}还没有做一件好事,姨娘倒先来作践我。^{不是我作践你,竟是你来作践我。}倘或太太知道了,怕我为难,不叫我管,那才正经没脸!连姨娘也真没脸!"一面说,一面不禁滚下泪来。

> 刚刚能管一点事,赵姨娘又来捣乱了。

赵姨娘没了别话答对,便说道:"太太疼你,你越发该拉扯拉扯我们。你只顾讨太太的疼,就把我们忘了。"探春道:"我怎么忘了?叫我怎么拉扯?这也问他们各人,那一个主子不疼出力得用的人?那一个好人用人拉扯的?"李纨在旁只管劝说:"姨娘别生气。也怨不得姑娘,他满心里要拉扯,口里怎么说的出来?"^{李纨此话不妥。}

> 赵姨娘以为只要有权便可随心乱来。

> 李纨是没用人的话,说得完全不依规矩。

探春忙道:"这大嫂子也糊涂了。^{驳得好,一丝不苟。}我拉扯谁?谁家姑娘们拉扯奴才了?^{索性划清主奴界线。}他们的好歹,你们该知道,与我什么相干。"赵姨娘气的问道:"谁叫你拉扯别人去了?你不当家,我也不来问你。你如今现说一是一,说二是二。如今你舅舅死了,你多给了二三十两银子,难道太太就不依你?分明太太是好太太,都是你们尖酸刻薄。可惜太太有恩无处使。姑娘放心,这也使不着你的银子。明儿等你出了阁,我还想你额外照看赵家呢!如今没有长羽毛,就忘了根本,只拣高枝儿飞去了!"

> 赵姨娘自以为自己不是奴才,故有此话。

第五十五回　辱亲女愚妾争闲气　欺幼主刁奴蓄险心

探春没听完，已气的脸白气噎，抽抽咽咽的一面哭，一面问道："谁是我舅舅？我舅舅年下才升了九省检点，那里又跑出一个舅舅来？我倒素习按理尊敬，越发敬出这些亲戚来了。既这么说，每日环儿出去，为什么赵国基又站起来，<small>分明是奴才身份。</small>又跟他上学去？为什么不拿出舅舅的款来？何苦来，谁不知道我是姨娘养的，<small>探春越忌讳，赵姨娘越要捅出来。</small>必要过两三个月寻出由头来，彻底来翻腾一阵，生怕人不知道，故意的表白表白。也不知谁给谁没脸！幸亏我还明白，但凡糊涂不知理的，早急了。"李纨急的只管劝，赵姨娘只管还唠叨。

<small>一番主奴、嫡庶的大道理，压得赵姨娘无话可说。</small>

<small>嫡庶之辨甚严，探春常以庶出为心头恨事，赵姨娘却偏喜亮出，以为己荣。不知如此一来，更损探春也，于此可见当时世情。</small>

忽听有人说："二奶奶打发平姑娘说话来了。"赵姨娘听说，方把口止住。只见平儿进来，赵姨娘忙陪笑让坐，又忙问："你奶奶好些？我正要瞧去，<small>赵姨娘怕凤姐，故而如此。</small>就只没得空儿。"

李纨见平儿进来，因问他来做什么。平儿笑道："奶奶说，赵姨奶奶的兄弟没了，恐怕奶奶和姑娘不知有旧例。若照常例，只得二十两。如今请姑娘裁夺着，再添些也使得。"<small>可见探春按常例没有错。凤姐让平儿此时来说此话，正教探春更加为难。然凤姐是怕</small>

<small>探春想加照顾，故送此话耳，不想恰恰相反。</small>

<small>凤姐是一番好意，怕探春有心照顾，不好处置，故来说一句话，让探春得以从权。岂知探春竟是丁是丁、卯是卯，一概不认。故平儿此话，偏撞在刀刃上了。</small>

探春早已拭去泪痕，忙说道："又好好的添什么，谁又是二十四个月养下来的？不然也是那出兵放马、背着主子逃出命来过的人不成？你主子真个倒巧，叫我开了例，他做好人，<small>探春铁面无私，刚才驳了李纨，此时又驳凤姐。</small>拿着太太不心

疼的钱,乐得做人情。你告诉他,我不敢添减,混出主意。他添,他施恩,等他好了出来,爱怎么添怎么添去。"_{斩钉截铁,不可动摇。}平儿一来时已明白了对半,今听这一番话,越发会意,见探春有怒色,便不敢以往日喜乐之时相待,_{毕竟还有主奴之分。}只一边垂手默侍。_{平儿亦是奴才身份,故不敢含糊也。}

时值宝钗也从上房中来,探春等忙起身让坐。未及开言,又有一个媳妇进来回事。

因探春才哭了,便有三四个小丫鬟捧了沐盆、巾帕、靶镜等物来。此时探春因盘膝坐在矮板榻上。那捧盆的丫鬟走至跟前,便双膝跪下,高捧沐盆;那两个小丫鬟,也都在旁屈膝捧着巾帕并靶镜、脂粉之饰。_{主子一怒,丫头们都忙跪侍,主奴之界何等森严!}平儿见待书不在这里,便忙上来与探春挽袖卸镯,_{平儿来挽袖卸镯,是为显主子姑娘探春的尊严,奴才们不得冒犯也,其意在让吴新登家的们不得胡来。}又接过一条大手巾来,将探春面前衣襟掩了。探春方伸手向面盆中盥沐。

那媳妇便回道:"回奶奶、姑娘,家学里支环爷和兰哥儿的一年公费。"_{平儿帮探春开发。}平儿先道:"你忙什么!你睁着眼,看见姑娘洗脸,你不出去伺候着,先说话来!二奶奶跟前,你也这么没眼色来着?_{真是没眼色。}姑娘虽然恩宽,我去回了二奶奶,只说你们眼里都没姑娘,你们都吃了亏,可别怨我。"唬的那个媳妇忙陪笑说道:"我粗心了。"一面说,一面忙退出去。

探春一面匀脸,一面向平儿冷笑道:"你来迟了一步,还有可笑的:连吴姐姐这么个办老了事的,也不查清楚了,就来混我们。幸亏我们问他,他竟有脸说忘了。我说他,回你主子事也忘了再找去?我料着你那主子未必有耐性儿等他去找。"平儿忙笑道:"他有这一次,管包腿上的筋早折了两根。_{可见凤姐的厉害。}姑娘别信他们。那是他们瞅着大奶奶是个菩萨,姑娘又是个腼腆小姐,_{说到点子上了。}固然是托懒来混。"说着,又向门外说道:"你们只管撒野,等奶奶大安了,咱们再说。"_{以收杀一儆百之效。}门外的众媳妇都笑道:"姑娘,你是个最明白的人。俗语说,'一人作罪一人当',我们并不敢欺蔽小姐。_{众人都趁机说好话。}如今小姐是娇客,若认真惹恼了,死无葬身之地。"平儿冷笑道:"你们明白就好了。"又陪笑向探春道:"姑娘知道,二奶奶本来事多,那里照看的这些?保不住不忽略。俗语说,'旁观者清',这几年姑娘冷眼看着,或有该添该减的去处,二奶奶没行到,姑娘竟一添减,头一件于太太的事有益,第二件也不枉姑娘待我们奶奶的情义了。"_{平儿亦会说话,索性连过去有什么不到处,也一并给改了,说得多软和。}

话未说完,宝钗、李纨皆笑道:"好丫头,真怨不得凤丫头偏疼他。本来无可添减的事,如今听你一说,倒要找出两件来斟酌斟酌,不辜负你这话。"_{宝钗、李纨皆听出平儿专意为凤姐谐和协调之意。}探春笑道:"我一肚子气,没人煞性子,正要拿他奶奶出气去,偏他碰了来,说了这些话,叫我也没了主意了。"_{探春之怒稍解。}

一面说,一面叫进方才那媳妇来问:"环爷和兰哥儿家学里这一年的银子,是做那一项用的?"那媳妇便回说:"一年学里吃点心,或者买纸笔,每位有八两银子的使用。"探春道:"凡爷们的使用,都是各屋里领了月钱的。环哥的是姨娘领二两,宝玉的是老太太屋里袭人领二两,兰哥儿的是大奶奶屋里领。怎么学里每人又多这八两?原来上学去的是为这八两银子!_{一句话说透了。}从今儿起,把这一项蠲了。平儿,回去告诉你奶奶,就说我的话,把这一条务必免了。"平儿笑道:"早就该免。_{平儿赶快凑趣。}旧年奶奶原说要免的,因年下忙,就忘了。"那个媳妇只得答应着去了。就有大观园中媳妇捧了饭盒来。

> 实际上是向公家多领了八两,所以探春蠲得对。

待书、素云早已抬过一张小饭桌来,平儿也忙着上菜,探春笑道:"你说完了话,干你的去罢,在这里忙什么。"平儿笑道:"我原没事的。二奶奶打发了我来,一则说话,二则恐这里人不方便,原是叫我帮着妹妹们服侍奶奶、姑娘的。"探春因问:"宝姑娘的饭怎么不端来一处吃?"丫鬟们听说,忙出至檐外命媳妇去说:"宝姑娘如今在厅上一处吃,叫他们把饭送了这里来。"探春听说,便高声说道:"你别混支使人!那都是办大事的管家娘子们,_{探春不准他们支使管家娘子。}你们支使他要饭要茶的,连个高低都不知道!平儿这里站着,你叫叫去。"_{探春支使平儿去。}

平儿忙答应了一声出来。那些媳妇们都忙悄悄的拉住笑道:"那里用姑娘去叫?我们已有人叫去了。"一面说,一面用手帕掸石矶上说:"姑娘站了半天乏了,这太阳影里且歇歇。"平儿便坐下。又有茶房里的两个婆子拿了个坐褥铺下,说:"石头冷,这是极干净的,姑娘将就坐一坐儿罢。"平儿忙陪笑道:"多谢。"一个又捧了一碗精致新茶出来,也悄悄笑说:"这不是我们的常用茶,原是伺候姑娘们的,姑娘且润一润罢。"

<small>讨好平儿。</small>

平儿忙欠身接了,因指众媳妇悄悄说道:"你们太闹的不像了。他是个姑娘家,不肯发威动怒,这是他尊重,你们就藐视欺负他。果然招他动了大气,不过说他一个粗糙就完了,你们就现吃不了的亏。他撒个娇儿,太太也得让他一二分,二奶奶也不敢怎样。你们就这么大胆子小看他,可是鸡蛋往石头上碰。"众人都忙道:"我们何尝敢大胆了,都是赵姨奶奶闹的。"

<small>平儿正面责备他们不该故意欺负探春。</small>

平儿也悄悄的说:"罢了,好奶奶们。'墙倒众人推',那赵姨奶奶原有些道三不着两的,有了事都就赖他。你们素日那眼里没人,心术利害,我这几年难道还不知道?二奶奶若是略差一点儿的,早被你们这些奶奶治倒了。饶这么着,得一点空儿,还要难他一难,好几次没落了你们的口声。"众人都道:"如何敢?"

<small>平儿的话,将他们素日的行为干脆揭穿。</small>

<small>可见这些人何等刁顽。</small>

平儿道:"他利害,你们都怕他。惟我知道,他心里也就不算不怕你们呢。_{只有平儿最知底细。}前儿我们还议论到这里,再不能依头顺尾的,必有两场气生。那三姑娘虽是个姑娘,你们都横看了他。二奶奶这些大姑子、小姑子里头,也就只单畏他五分。_{可见探春不能惹。}你们这会子倒不把他放在眼里了!"

正说着,只见秋纹走来。众媳妇忙赶着问好,又说:"姑娘也且歇一歇,里头摆饭呢。等撤下饭桌子来,再回话去。"秋纹笑道:"我比不得你们,我那里等得?"_{秋纹是宝玉的丫头,故如此说。}说着,便直要上厅去。平儿忙叫:"快回来。"秋纹回头见了平儿,笑道:"你又在这里充什么外围的防护?"一面回身便坐在平儿褥上。

平儿悄问:"回什么?"秋纹道:"问一问宝玉的月银,我们的月钱,多早晚才领。"平儿道:"这什么大事?你快回去,告诉袭人,说我的话,凭有什么事,今儿都别回。若回一件,管驳一件;回一百件,管驳一百件。"秋纹听了,忙问:"这是为什么了?"

平儿与众媳妇等都忙告诉他原故,又说:"正要找几件利害事与有体面的人来开例,作法子镇压,与众人作榜样呢。何苦你们先来碰在这钉子上?你这一去说了,他们若拿你们也作一二件榜样,又碍着老太太、太太;若不拿着你们作一二件榜样,人家又说,

_{探春不过临时理家,即可发现凤姐管家时种种弊端,可见权力一转手,情况就不同。凤姐让平儿来,就是为此也,但凤姐是要平儿顺着探春,不要逆她,以免多生事端,平儿亦深能领会凤意。}

第五十五回　辱亲女愚妾争闲气　欺幼主刁奴蓄险心

偏一个向一个，仗着老太太、太太威势的就怕，也不敢动，只拿着软的作鼻子头。你听听罢，二奶奶的事，他还要驳两件，才压的住众人的口声呢。"秋纹听了，伸舌笑道："幸而平姐姐在这里，没的臊一鼻子灰。我趁早知会他们去。"说着，便起身走了。

接着，宝钗的饭至，平儿忙进来服侍。那时，赵姨娘已去，三人在板床上吃饭。宝钗面南，探春面西，李纨面东。众媳妇皆在廊下静候，里头只有他们紧跟常侍的丫鬟伺候，别人一概不敢擅入。

这些媳妇们都悄悄的议论说："大家省事罢，别安着没良心的主意。_{把那些坏主意收起来。}连吴大娘才都讨了没意思，咱们又是什么有脸的。"他们一边悄悄议论，等饭完回事。只觉里面鸦雀无声，并不闻碗箸之声。

一时，只见一个丫鬟将帘栊高揭，又有两个将桌抬出。茶房内早有三个丫头捧着三沐盆水，见饭桌已出，三人便进去了。一回又捧出沐盆并漱盂来，方有待书、素云、莺儿三个，每人用茶盘捧了三盖碗茶进去。一时等他三人出来，待书命小丫头子："好生伺候着，我们吃了饭来换你们，可别又偷坐着去。"众媳妇们方慢慢的一个一个的安分回事，不敢如先前轻慢疏忽了。　　　饭已吃完。

探春气方渐平，因向平儿道："我有一件大事，早要和你奶奶商议，如今可巧想起来。你吃了饭快来。　　　至此探春气方渐平。

宝姑娘也在这里，咱们四个人商议了，再细细的问你奶奶可行可止。"平儿答应回去。

凤姐因问为何去了这一日，平儿便笑着将方才的原故细细说与他听了。凤姐儿笑道："好，好，好，好个三姑娘！_{可谓英雄识英雄。}我说他不错。只可惜他命薄，没托生在太太肚里。"平儿笑道："奶奶也说糊涂话了。他便不是太太养的，难道谁敢小看他，不与别的一样看了？"

凤姐儿叹道："你那里知道，虽然庶出一样，女儿却比不得男人，将来攀亲时，如今有一种轻狂人，先要打听姑娘是正出是庶出，多有为庶出不要的。_{世情如此，可叹！}殊不知，别说庶出，便是我们的丫头，比人家的小姐还强呢。将来不知那个没造化的挑庶正误了事呢，也不知那个有造化的不挑庶正的得了去。"说着，又向平儿笑道："你知道，我这几年生了多少省俭的法子，一家子大约也没个不背地里恨我的。_{自知背后有人恨。}我如今也是骑上老虎了。虽然看破些，无奈一时也难宽放；二则家里出去的多，进来的少。凡有大小事，仍是照着老祖宗手里的规矩，却一年进的产业又不及先时。_{规矩是盛时所定，现在已是衰时，故难以支持也。}多省俭了，外人又笑话，老太太、太太也受委屈，家下人也抱怨刻薄；若不趁早儿料理省俭之计，再几年就都赔尽了。"_{与贾珍前面所说，可以对榫。}

平儿道："可不是这话！将来还有三四位姑娘，

旁批：
- 探春因为庶出，故心中总有此一大憾事也。
- 可见贾家一年不如一年。此处又加提醒。

第五十五回　辱亲女愚妾争闲气　欺幼主刁奴蓄险心

还有两三个小爷，一位老太太，这几件大事未完呢。"凤姐儿笑道："我也虑到这里，倒也够了：宝玉和林妹妹他两个一娶一嫁，可以使不着官中的钱，老太太自有梯己拿出来。二姑娘是大老爷那边的，也不算。剩了三、四两个，满破着每人花上一万银子。环哥娶亲，有限，花上三千两银子，不拘那里省一抿子也就够了。老太太事出来，一应都是全了的，不过零星杂项，便费，也满破三五千两。如今再俭省些，陆续也就够了。只怕如今平空又生出一两件事来，可就了不得了。_{心中总是悬空着，恐有意外也。预为后文伏笔。}咱们且别虑后事，你且吃了饭，快听他商议什么。这正碰了我的机会，我正愁没个膀臂。虽有个宝玉，他又不是这里头的货。纵收伏了他，也不中用。大奶奶是个佛爷，也不中用。二姑娘更不中用，亦且不是这屋里的人。四姑娘小呢。兰小子更小。环儿更是个燎毛的小冻猫子，只等有热灶火坑让他钻去罢。真真一个娘肚子里跑出这样天悬地隔的两个人来，_{指探春与贾环同是赵姨娘所生而有天壤之别。}我想到这里，就不服。再者，林丫头和宝姑娘，他两个倒好，偏又都是亲戚，又不好管咱们家务事。况且一个是美人灯儿，风吹吹就坏了；_{说黛玉，好比喻。可见黛玉之病弱。}一个是拿定了主意，'不干己事不张口，_{说宝钗，有城府也。}一问摇头三不知'，也难十分去问他。倒只剩了三姑娘一个，心里嘴里都也来得，又是咱家的正人，太太又疼他，_{指王夫人亦疼探春。}虽然面上淡淡的，皆因是赵姨娘

> 此时宝、黛婚事，还作一桩事看，故费用都可从老太太出，然实际上宝、黛婚事的内部因素已在变化，唯尚未明朗耳。

> 雪芹惯作预笔、伏笔，此处又是预笔。

> 算来算去，只有探春是可用之才。

1029

那老东西闹的，心里却是和宝玉一样疼呢。比不得环儿，实在令人难疼，要依我的性子，早撵出去了。_{贾环实在是个坏货。}如今他既有这主意，正该和他协同。大家做个膀臂，_{脂批："阿凤有才处，全在择人，收纳膀臂羽翼，并非一味以才自恃者，可知这方是大才。"}我也不孤不独了。

_{凤姐亦想多个帮手。探春是主子姑娘，又能干，是好帮手。}按正理，天理良心上论，咱们有他这个人帮着，咱们也省些心，于太太的事也有些益。若按私心藏奸上论，我也太行毒了，也该抽头退步。_{有自知之明，有自悔之意。}

_{凤姐忽而想到后路了。想是自知做的坏事太多，得罪人太多也。}回头看看了，再要穷追苦克，人恨极了，暗地里笑里藏刀，_{暗暗有些害怕，坏事做多了，未免心亏也。}咱们两个才四个眼睛，两个心，一时不防，倒弄坏了。

_{凤姐真想得远，自知众人恨她，也还有自知之明，如探春能出来帮她，或可得缓解。}趁着紧溜之中，他出头一料理，众人就把往日恨咱们的心暂可解了。还有一件，我虽知你极明白，恐怕你心里挽不过来，如今嘱咐你：他虽是姑娘家，心里却事事明白，_{知道探春精明。}不过是言语谨慎；他又比我知书识字，更利害一层了。_{凤姐明察。}如今俗语说，'擒贼必先擒王'，他如今要作法开端，一定是先拿我开端。

_{凤姐于须用霸道处即用霸道，于用软处即用软，对探春越软越好。此凤姐过人处也。}倘或他要驳我的事，你可别分辩，你只越恭敬，越说'驳的是'才好。千万别想着怕我没脸，和他一强，就不好了。"_{以和为贵，和就有余地。}

平儿不等说完，便笑道："你太把人看糊涂了。我才已经行在先了，这会子又反嘱咐我。"凤姐儿笑道："我是恐怕你心里眼里只有了我，一概没有别人之故，_{凤姐深知平儿忠心于她。}不得不嘱咐。既已行在先，更比我明白了。你又急了，满口里'你''我'起来。"_{凤姐竟又抓平儿的话}

第五十五回　辱亲女愚妾争闲气　欺幼主刁奴蓄险心

平儿道："偏说'你'！你不依，这不是嘴巴子，再打一顿。难道这脸上还没尝过的不成！"_{凤姐泼醋一回已尝过了。}凤姐儿笑道："你这小蹄子，要掂多少过子才罢。_{指平儿又提前打平儿之事也。}看我病的这样儿，还来怄我。过来坐下，横竖没人来，咱们一处吃饭是正经。"

说着，丰儿等三四个小丫头子进来放小炕桌。凤姐只吃燕窝粥，两碟子精致小菜，每日的分例菜已暂减去。丰儿便将平儿的四样分例菜端至桌上，与平儿盛了饭来。平儿屈一膝于炕沿之上，_{平儿须屈一膝，不能平坐，亦等级之限也。}半身犹立于炕下，陪着凤姐儿吃了饭，_{脂批："凤姐之才，又在能邀买人心。"}服侍漱盥。漱毕，嘱咐了丰儿些话，方往探春处来。

只见院中寂静，人已散出。要知端的，下回分解。

（左侧批注：柄，说她没上没下，没有了等级之限。平儿赶忙自责。）

（右侧批注："平儿道：'偏说"你"！你不依，这不是嘴巴子，再打一顿。难道这脸上还没尝过的不成！'"以上这段话，层次多，费解，第一句"偏说'你'"，意思是平儿说自己本不该说"你"的，偏又不小心说了"你"字。这是平儿认错的意思。所以这个"你"字是指平儿嘴里说错的那个"你"字，下面"你不依"的"你"字，是指凤姐。意即：你就打我嘴巴子罢。）

【回后评】

因凤姐生病,才有探春理家之事。但按名分论首该由李纨来管家,因李纨是王夫人长媳,然李纨又是一个极忠厚老实之人,实管不了这个家,故再让探春一起来管家。实际上就是要让探春来理家,若单让探春,于理不妥,故先李纨而后探春也。接着王夫人又让宝钗一起来管事,宝钗不仅上班办公而且还巡夜,这于事理说是不妥,因宝钗是亲戚,不应参予管家的事,王夫人让她一起来管,已是因私心而越理。宝钗平时一问三不知,居然答应参予管家,则已是不妥,更又自己夜间巡察,作为一个待嫁闺女,居然夜间出房巡察,于理更不妥,而宝钗亦积极为之,不避嫌疑,则宝钗之用心可知矣。

吴新登家的竟藉赵国基之事,蓄意刁难试探李纨、探春,终被探春扣住,且加责备。而赵姨娘又接踵闹事,又遭探春据理拒绝,终至赵姨娘大闹。赵姨娘所据,一是袭人母亲死后还赏四十两,赵姨娘是姨娘,比袭人高,更应得四十两;二是探春是她的亲女,既由探春管家,理应对她徇私从宽照顾。而探春则:一、以为自己所据是贾府历年旧例,并没有错。袭人母亲之死赏四十两,是王夫人所赏,自己无权也不应该像王夫人一样来赏赵国基。二、探春严嫡庶之分,赵国基只是家奴,故服侍贾环,而不能称舅舅,真正的舅舅只能是嫡母王夫人的哥哥王子腾。故赵姨娘的闹事,在探春严嫡庶之别的道理下无话可说,只能作罢。然赵姨娘的闹事,背后实是吴新登家的及其他刁奴所唆使挑拨,故亦是刁奴蓄险心之一面。

凤姐深知探春精明,又深知自己以往管家,多有情弊,虽只暂时权力转移，生怕暴露出许多漏洞，故让平儿来服事，平儿果然不负其意，妥善帮助处理了刁奴欺主的事。凤姐又嘱咐平儿一切顺着探春，不能顶牛，其目的是讨好探春等，以免引出更多的麻烦来。

凤姐能知探春之精明，是凤姐有知人之明也。凤姐又知自己得罪了很多人，很多人背后恨他，欲作缓解之计，则是凤姐又有自知之明也。凤姐深知贾府旧规与现实脱节，贾府已入不敷出，故欲从省俭入手以缓解困境，并预算各项尚勉能维持，唯一所忧者是恐有意外之事发生，此正写出其心理的空虚，贾府前途之无凭也，实为后文败落预作伏笔。

第五十六回　　敏探春兴利除宿弊
　　　　　　　时宝钗小惠全大体[一]

"时宝钗",于宝钗上加一"时"字,即寓贬意。《孟子·万章下》:"孔子,圣之时者也。"时,识时务也。一个"时"字,即写透了宝钗,可见早期抄本之重要。按己卯、庚辰、列藏本均作"时"。蒙府、戚序、杨藏本皆作"识",杨藏本"识"又旁改为"贤",甲辰、程甲本皆作"贤"。从以上一字之变易,可见对宝钗识评的前后变化。而"时"字恰是雪芹所下的对宝钗最为深刻、最为确切的一字评。

　　话说平儿陪着凤姐儿吃了饭,服侍盥漱毕,嘱咐了丰儿些话,[二]方往探春处来。只见院中寂静,人已散出,只有丫鬟、婆子诸内壶近人在窗外听候。

　　平儿进入厅中,他姊妹三人正议论些家务,说的便是年内赖大家请吃酒,他家花园中的事故。见他来了,探春便命他脚踏上坐了,_{平儿只能坐在脚踏上,封建等级规矩。}因说道:"我想的事不为别的,因想着我们一月有二两月银外,丫头们又另有月钱。前儿又有人回,要我们一月所用的头油脂粉,每人又是二两。这又同才刚学里的八两一样,重重叠叠,事虽小,钱有限,看起来也不妥当。你奶奶怎么就没想到这个?"

　　平儿笑道:"这有个原故:姑娘们所用的这些东西,自然是该有分例的。每月买办买了,令女人们各房交与我们收管,不过预备姑娘们使用就罢了,没有一个我们天天各人拿钱找人买头油又是脂粉去的理。

第五十六回　敏探春兴利除宿弊　时宝钗小惠全大体

所以外头买办总领了去，按月使女人按房交与我们的。姑娘们的每月这二两，原不是为买这些的，原为的是一时当家的奶奶、太太或不在家，或不得闲，姑娘们偶然一时可巧要几个钱使，省得找人去。这原是恐怕姑娘们受委屈，可知这个钱并不是买这个才有的。实际是零用钱。如今我冷眼看着，各房里的我们的姊妹都是现拿钱买这些东西的，竟有一半。我就疑惑，不是买办脱了空，迟些日子，就是买的不是正经货，弄些使不得的东西来搪塞。"

又查出一项重叠费用来。

探春、李纨都笑道："你也留心看出来了。脱空是没有的，也不敢。只是迟些日子；催急了，不知那里弄些来，不过是个名儿，其实使不得，依然得现买。就用这二两银子，另叫别人的奶妈子的或是弟兄、哥哥、儿子买了来才使得。若使了官中的人，依然是那一样的。不知他们是什么法子。必定是烦那铺子里拣坏了不要的，他们都弄了来，单预备给我们。"

古今同弊，靠买办们官买来的东西不过搪塞而已，不能用，实际是浪费。

平儿笑道："买办买的是那样的，他买了好的来，买办岂肯和他善开交？又说他使坏心，要夺这买办了。平儿洞察一切情弊。所以他们也只得如此，能可得罪了里头，不肯得罪了外头办事的人。姑娘们只能可使奶妈妈们，他们也就不敢有闲话了。"

平儿明察种种情弊，世情如此，人事如此，少不更事者来读此文，当能增长知识。雪芹之笔无微不至。

探春道："因此我心中不自在。钱费两起，东西又白丢一半，通算起来，反费了两折子，不如竟把买办的每月蠲了为是。〔把买办的一份免除〕此是一件事。第二件，年里往赖大家去，你也去的，你看他那小园子比咱们这个如何？"平儿笑道："还没有咱们这一半大，树木花草也少多了。"

> 探春增长了不少价值观，此亦新鲜事也。闺阁千金，何预柴米油盐，探春却能知此，是谓出群。

探春道："我因和他们家的女儿说闲话儿，谁知那么个园子，除他们戴的花、吃的笋菜鱼虾之外，一年还有人包了去，〔已先在赖大家实行承包制了〕年终足有二百两银子剩。从那日我才知道，一个破荷叶，一根枯草根子，都是值钱的。"

宝钗笑道："真真膏粱纨绮之谈。虽是千金小姐，原不知这事，但你们都念过书识字的，竟没看见朱夫子有一篇《不自弃文》不成？"探春笑道："虽也看过，那不过是勉人自励，虚比浮词，那里都真有的？"

> 《不自弃文》，见《朱子文集大全类编》卷二十一《庭训》，意谓天下之物，即使是顽石、蝮蛇、粪便，皆因其有一节之可取而不为世弃。"今人而见弃焉，特其自弃尔。"故人不应自弃，应有所为，以报祖德。

〔雪芹借探春之口，批驳朱熹。〕

宝钗道："朱子都有虚比浮词？那句句都是有的。你才办了两天时事，就利欲熏心，把朱子都看虚浮了。〔宝钗是程朱之徒，故反对探春功利之心。〕你再出去见了那些利弊大事，越发把孔子也看虚了！"〔批程、朱，亦即批孔子也。因当时孔孟之学，已被程朱化了。〕探春笑道："你这样一个通人，竟没看见姬子书？当日《姬子》有云：'登利禄之场，处运筹之界者，窃尧舜之词，背孔孟之道。"〔此是尖锐刺世之言，不可轻易看过。意谓嘴里说着尧舜的话，行动却是违背孔孟之道的。这两句话，也就是说当时被尊奉的儒家学说，不过是口头说说，作为幌子。实际行动却是背道而行。《姬子》，至今未有人考出，当是探春虚构。〕宝钗笑道："底下一句呢？"探春笑道："如今只断章取义。念出底下一句来，我自己骂我自

第五十六回　敏探春兴利除宿弊　时宝钗小惠全大体

己不成？"

宝钗道："天下没有不可用的东西。既可用，便值钱。难为你是个聪明人，这些正事、大节目事竟没经历过，也可惜迟了。"脂批："反点题，文法中又一变体也。"李纨笑道："叫了人家来，不说正事。且你们对讲学问。"宝钗道："学问中便是正事。此刻于小事上用学问一提，那小事越发作高一层了。不拿学问提着，便都流入世俗去了。"三人自是取笑之谈，说笑了一回，便仍谈正事。脂批："作者又用金蝉脱壳之法。"

> 宝钗是程、朱信徒，万事不离学问。不离学问者，不离程、朱也。
> 雪芹往往用闲散之笔，写正经之事，此处又借闲谈，写出程、朱、孔、孟，世人皆不过用以作幌子耳！

探春因又接说道："咱们这园子只算比他们的多一半，加一倍算，一年就有四百银子的利息。若此时也出脱生发银子，自然小器，不是咱们这样人家的事。若不派出两个一定的人来，既有许多值钱之物，一味任人作践，也似乎暴殄天物。不如在园子里所有的老妈妈中，拣出几个本分老诚、能知园圃的事的，准派他们收拾料理，也不必要他们交租纳税，只问他们一年可以孝敬些什么。一则园子有专定之人修理，花木自又一年好似一年的，也不用临时忙乱；二则也不至作践，白辜负了东西；三则老妈妈们也可借此小补，不枉年日在园中辛苦；四则亦可以省了这些花儿匠、山子匠并打扫人等的工费。将此有余，以补不足，未为不可。"

> 改革从管理园子入手。

宝钗正在地下看壁上的字画，听如此说一句，便点一回头,说完,便笑道:"善哉,三年之内无饥馑矣!"李纨笑道:"好主意。这果然一行,太太必喜欢。省钱事小,第一有人打扫,专司其职,又许他们去卖钱。使之以权,动之以利,再无不尽职的了。"_{所谓以园养园也。}平儿道:"这件事须得姑娘说出来。我们奶奶虽有此心,也未必好出口。此刻姑娘们在园子里住着,不能多弄些顽意儿去陪衬,反叫人去监管修理,图省钱,这话断不好出口。"_{凤姐不能提出之原因在此。}

可见原来大观园无日常专管之人,任其自然,只是应时由匠人进来劳作,如花儿匠进来种花之类,然则偌大一个大观园,竟无日常管理之制,凤姐亦太疏矣。

宝钗忙走过来,摸着他的脸,笑道:"你张开嘴,我瞧瞧你的牙齿、舌头是什么做的。从早起来到这会子,你说这些话,一套一个样子,也不奉承三姑娘,也没见你说奶奶才短想不到,也并没有三姑娘说一句,你就说一句'是'。横竖三姑娘一套话出来,你就有一套话进去。总是三姑娘想的到的,你奶奶也想到了,只是必有个不可办的原故。这会子又是因姑娘们住在园子里,不好因省钱令人去监管。你们想想这话。若果真交与人弄钱去的时候,那人自然是一枝花也不许掐,一个果子也不许动了,_{后来果然如此。}姑娘们分中自然不敢,天天与小姑娘们就吵不清了。他这远愁近虑,不亢不卑。他奶奶便不是和咱们好,听他这一番话,也必要自愧的变好了,不和也变和了。"

探春笑道:"我早起一肚子气,听他来了,忽然想起他主子来,素日当家使出来的好撒野的人,我见

岂知尽在凤姐算中。

了他便生了气。谁知他来了,避猫鼠儿似的站了半日,怪可怜的。接着又说了那么些话,不说他主子待我好,倒说'不枉姑娘待我们奶奶素日的情意了'。这一句话,不但没了气,我倒愧了,又伤起心来。我细想,我一个女孩儿家,自己还闹得没人疼、没人顾的,我那里还有好处去待人。"口内说到这里,不免又流下泪来。

> 探春毕竟涉世浅,易感而可欺也。

> 可见柔可克刚也。

李纨等见他说的恳切,又想他素日因赵姨娘每生诽谤,在王夫人跟前亦为赵姨娘所累,亦都不免流下泪来,都忙劝道:"趁今日清净,大家商议两件兴利剔弊的事,也不枉太太委托一场。又提这没要紧的事做什么?"

> 因赵姨娘带来多少委屈,盖因庶出也。

平儿忙道:"我已明白了。姑娘竟说谁好,竟一派人就完了。"探春道:"虽如此说,也须得回你奶奶一声。我们这里搜剔小遗,已经不当。皆因你奶奶是个明白人,我才这样行。若是糊涂多蛊多妒的,我也不肯,倒像抓他的乖一般。岂可不商议了行的。"平儿笑道:"既这样,我去告诉一声。"说着去了,半日方回,笑说:"我说是白走一趟,这样好事,奶奶岂有不依的。"

> 探春明白,不能越过凤姐,先得与凤姐汇报。

> 凤姐总是顺流而下,决不逆行。

探春听了,便和李纨命人将园中所有婆子的名单要来,大家参度,大概定了几个。又将他们一齐传来,李纨大概告诉与他们。众人听了,无不愿意,也有说:

> 大观园亦实行生产自救。
>
> 大观园实行"包产到户"！此回兴利除弊，实亦反映雪芹的经济思想。

"那一片竹子单交给我，一年工夫，明年又是一片。除了家里吃的笋，一年还可交些钱粮。"这一个说："那一片稻地交给我，一年这些顽的大小雀鸟的粮食不必动官中钱粮，我还可以交钱粮。"

探春才要说话，人回："大夫来了，进园瞧姑娘。"众婆子只得去领大夫。平儿忙说："单你们，有一百个也不成个体统，难道没有两个管事的头脑带进大夫来？"回事的那人说："有，吴大娘和单大娘他两个在西南角上聚锦门等着呢。"平儿听说，方罢了。

众婆子去后，探春问宝钗如何。宝钗笑答道："幸于始者怠于终，缮其辞者嗜其利。"

> 宝钗先就指出这些"幸于始者"皆是为利，未必能做好。

探春听了点头称赞，便向册上指出几人来与他三人看。平儿忙去取笔砚来。他三人说道："这一个老祝妈，

> 因事取名。

是个妥当的，况他老头子和他儿子代代都是管打扫竹子，如今竟把这所有的竹子交与他。这一个老田妈，本是种庄稼的，稻香村一带凡有菜蔬稻稗之类，虽是顽意儿，不必认真大治大耕，也须得他去，再一按时加些培植，岂不更好？"

探春又笑道："可惜蘅芜苑和怡红院这两处大地方，竟没有出利息之物。"李纨忙笑道："蘅芜苑更利害。如今香料铺并大市大庙卖的各色香料香草儿，都

> 用经济眼光来看，则色色皆是经济之源也。

不是这些东西？算起来比别的利息更大。怡红院别说别的，单只说春夏天一季玫瑰花，共下多少花？还有

第五十六回　敏探春兴利除宿弊　时宝钗小惠全大体

一带篱笆上蔷薇、月季、宝相、金银藤，单这没要紧的草花干了，卖到茶叶铺、药铺去，也值几个钱。"探春笑道："原来如此。只是弄香草的没有在行的人。"

平儿忙笑道："跟宝姑娘的莺儿，他妈就是会弄这个的，上回他还采了些晒干了辫成花篮葫芦给我顽的，姑娘倒忘了不成？"宝钗笑道："我才赞你，你倒来捉弄我了。"_{何言捉弄。}三人都诧异，都问："这是为何？"宝钗道："断断使不得！你们这里多少得用的人，一个一个闲着没事办，这会子我又弄个人来，叫那起人连我也看小了。我倒替你们想出一个人来。怡红院有个老叶妈，_{宝钗反荐怡红院茗烟的娘，真意想不到，则茗烟当作何如想。}他就是茗烟的娘。那是个诚实老人家，他又和我们莺儿的娘极好，不如把这事交与叶妈。他有不知的，不必咱们说，他就找莺儿的娘去商议了。那怕叶妈全不管，竟交与那一个，那是他们私情儿，_{宝钗竟用此买人情。}有人说闲话，也就怨不到咱们身上了。_{如果可以承包后再转让，则后果如何？岂非仍是"幸于始者怠于终，缮其辞者嗜其利"乎？宝姑娘何不思此。}如此一行，你们办的又至公，于事又甚妥。"

> 宝钗总是先从自己利益出发，由她处派人，别人以为是她的主意，则是用人唯亲，这样在别人眼里，就把宝钗也看小了。

李纨、平儿都道："是极。"_{脂批："宝钗此等非与凤姐一样，此是随时俯仰，彼则逸才蹈蹈也。"}探春笑道："虽如此，只怕他们见利忘义呢。"_{还是探春精明。脂批："这是探春敏智过人处，此讽亦不可少。"}平儿笑道："不相干，前儿莺儿还认了叶妈做干娘，请吃饭吃酒，两家和厚的好的很呢。"_{脂批："夹写大观园中多少儿女家常闲景，此亦补前文之不足也。"}探春听了，方罢了。又共同斟酌出几个人来，俱是他四人素昔冷眼取中的，用笔圈出。

一时婆子们来回大夫已去,将药方送上去。三人看了,一面遣人送出去取药,监派调服,一面探春与李纨明示诸人:某人管某处,按四季除家中定例用多少外,余者任凭你们采取了去取利,年终算账。

> 包产到户,调动生产积极性,为包者留有余利,此是长策。

探春笑道:"我又想起一件事来。若年终算账归钱时,自然归到账房,仍是上头又添一层管主,还在他们手心里,又剥一层皮。这如今我们兴出这事来,派了你们,已是跨过他们的头去了,心里有气,只说不出来;你们年终去归账,他们还不捉弄你们等什么?再者,这一年间管什么的,主子有一全份,他们就得半份。这是家里的旧例,人所共知的,别的偷着的在外。如今这园子里是我的新创,竟别入他们手,每年归账,竟归到里头来才好。"

> 探春此议,实是争取财权局部自主。

宝钗笑道:"依我说,里头也不用归账。这个多了,那个少了,倒多了事。不如问他们,谁领这一分的,他就揽一宗事去。不过是园里的人的动用。我替你们算出来了,有限的几宗事:不过是头油、胭粉、香、纸。每一位姑娘几个丫头,都是有定例的;再者,各处笤帚、撮簸、掸子,并大小禽鸟、鹿、兔吃的粮食。不过这几样,都是他们包了去,不用账房去领钱。你算算,就省下多少来?"平儿笑道:"这几宗虽小,一年通共算了,也省的下四百两银子。"

> 宝钗之意,不仅包产到户,而且供应亦包到各户。

宝钗笑道:"却又来,一年四百,二年八百两,取

第五十六回　敏探春兴利除宿弊　时宝钗小惠全大体

租的钱，房子也能看得了几间，薄地也可添几亩。虽然还有富余的，但他们既辛苦闹一年，也要叫他们剩些，粘补粘补自家。虽是兴利节用为纲，然亦不可太啬。纵再省上二三百银子，失了大体统也不像。所以如此一行，外头账房里一年少出四五百银子，也不觉得很艰啬了，他们里头却也得些小补。这些没营生的妈妈们也宽裕了，园子里花木也可以每年滋长蕃盛，你们也得了可使之物。这庶几不失大体。若一味要省时，那里不搜寻出几个钱来。凡有些余利的，一概入了官中，那时里外怨声载道，岂不失了你们这样人家的大体？如今这园里几十个老妈妈们，若只给了这几个，那剩的也必抱怨不公。我才说的，他们只供给这个几样，也未免太宽裕了。一年竟除这个之外，他每人不论有余无余，只叫他拿出若干贯钱来，大家凑齐，单散与园中这些妈妈们。他们虽不料理这些，却日夜也是在园中照看当差之人，关门闭户，起早睡晚，大雨大雪，姑娘们出入，抬轿子，撑船，拉冰床，一应粗糙活计，都是他们的差使。一年在园里辛苦到头，这园内既有出息，也是分内该沾带些的。还有一句至小的话，越发说破了：你们只管了自己宽裕，不分与他们些，他们虽不敢明怨，心里却都不服，只用假公济私的，多摘你们几个果子，多掐几枝花儿，你们有冤还没处诉。他们也沾带了些利息，你们有照顾不到

> 实行经济改革，以园中所产来维持园中所需，且可盈余。

> 分利到众人，则人人有益，人人积极维护管理也。

> 可谓勘破世情，入木三分。

的，他们就替你们照顾了。"

众婆子听了这个议论，又去了账房受辖制，又不与凤姐儿去算账，一年不过多拿出若干贯钱来，各各欢喜异常，都齐声说："愿意。强如出去被他们揉搓着，还得拿出钱来呢。"那不得管的听见每年终又无故得分钱，也都喜欢起来，口内说："他们辛苦收拾，是该剩些钱粘补的。我们怎么好'稳坐吃三注'的？"

宝钗笑道："妈妈们也别推辞了，这原是分内应当的。你们只要日夜辛苦些，别躲懒纵放人吃酒赌钱就是了。不然，我也不该管这事；你们一般听见，姨娘亲口嘱咐我三五回，说大奶奶如今又不得闲儿，别的姑娘又小，托我照看照看，我若不依，分明是叫姨娘操心。你们奶奶又多病多痛，家务也忙。我原是个闲人，便是个街坊邻居，也要帮着些，何况是亲姨娘托我。我免不得去小就大，讲不起众人嫌我。倘或我只顾了小分，沽名钓誉，那时酒醉赌博生出事来，我怎么见姨娘？你们那时后悔也迟了，就连你们素日的老脸也都丢了。这些姑娘、小姐们，这么一所大花园，都是你们照看，皆因看得你们是三四代的老妈妈，最是循规蹈矩的，原该大家齐心，顾些体统。你们反纵放别人任意吃酒赌博，姨娘听见了，教训一场犹可，倘若被那几个管家娘子听见了，他们也不用回姨娘，竟教导你们一番。你们这年老的

> 宝钗大卖人情。

> 此时宝钗却不避嫌，竟自出面承担者，因众善皆归也。

> 此处特提是"亲姨娘托我"，抬出一块大牌子，试思凤姐不也是王夫人所托吗？

第五十六回　敏探春兴利除宿弊　时宝钗小惠全大体

反受了年小的教训,虽是他们是管家,管的着你们,何如自己存些体统,他们如何得来作践?所以我如今替你们想出这个额外的进益来,也为大家齐心把这园里周全得谨谨慎慎,使那些有权执事的看见这般严肃谨慎,且不用他们操心,他们心里岂不敬服。也不枉替你们筹划进益,既能夺他们之权,生你们之利,岂不能行无为之治,分他们之忧。你们去细想想这话。"

众人听了,都欢声鼎沸说:"姑娘说的很是。从此姑娘、奶奶只管放心,姑娘、奶奶这样疼顾我们,我们再要不体上情,天地也不容了。"

刚说着,只见林之孝家的进来说:"江南甄府里家眷昨日到京,今日进宫朝贺。此刻先遣人来送礼请安。"说着,便将礼单送上去。探春接了,看道是:"上用的妆缎、蟒缎十二匹,上用杂色缎十二匹,上用各色纱十二匹,上用宫绸十二匹,官用各色缎纱绸绫二十四匹。"李纨也看过,忙说:"用上等封儿赏他。"因又命人去回了贾母。

贾母便命人叫李纨、探春、宝钗等也都过来,将礼物看了。李纨收过一边,吩咐内库上人说:"等太太回来看了再收。"贾母因说:"这甄家又不与别家相同,上等赏封赏男人,只怕展眼又打发女人来请安。预备下尺头。"一语未完,果然人回:"甄府四个女人来请安。"贾母听了,忙命人带进来。

> 宝钗竟讲出一篇大道理以训导众人,宛然一管家主妇。按宝钗平时"一问摇头三不知",此时却自动出来作训导,虽凤姐管家,亦无如此体贴下人。

> 一番训导大得人心。

> 江南甄府,久已不提,此时到来,重写一笔,为甄宝玉也。

那四个人都是四十往上的年纪,穿戴之物皆比主子不甚差别。请安问好毕,贾母命拿了四个脚踏来。他四人谢了坐,待宝钗等坐了,方都坐下。贾母便问:"多早晚进京的?"四人忙起身回说:"昨日进的京。今日太太带了姑娘进宫请安去了,故先令女人们来请安,问候姑娘们。"贾母笑问道:"这些年没进京,也不想到今年来。"四人也都笑回道:"正是,今年是奉旨进京的。"

贾母问道:"家眷都来了?"四人回说:"老太太和哥儿、<u>甄宝玉</u>两位小姐并别位太太都没来,就只太太带了三姑娘来了。"贾母道:"有了人家没有?"四人道:"尚没有呢。"贾母笑道:"你们大姑娘和二姑娘这两家,都和我们家甚好。"四人笑道:"正是。每年姑娘们有信回去说,全亏府上照看。"贾母笑道:"什么照看,原是世交,又是老亲,原应当的。你们二姑娘更好,更不自尊自大,所以我们才走的亲密。"四人笑道:"这是老太太过谦了。"贾母又问:"你这哥儿也跟着你们老太太?"四人回说:"也是跟着老太太。"贾母道:"几岁了?"又问:"上学不曾?"四人笑说:"今年十三岁。因长得齐整,老太太很疼。自幼淘气异常,天天逃学,老爷、太太也不便十分管教。"贾母笑道:"这不成了我们家的了!你们这哥儿叫什么名字?"四人道:"因老太太当作宝贝一样,他又生的白,老

<small>渐入甄宝玉。</small>

<small>甄、贾宝玉,原是"假作真时真亦假"也,连名字都一样。</small>

第五十六回　敏探春兴利除宿弊　时宝钗小惠全大体

太太便叫他作宝玉。"

贾母便向李纨等道："偏也叫作个宝玉。"李纨忙欠身笑道："从古至今，同时隔代重名的很多。"四人也笑道："起了这小名儿之后，我们上下都疑惑，不知那位亲友家也倒似曾有一个的。只是这十来年没进京来，却记不真了。"贾母笑道："岂敢，就是我的孙子。——人来。"众媳妇、丫头答应了一声，走近几步。贾母笑道："园里把咱们的宝玉叫了来，给这四位管家娘子瞧瞧，比他们的宝玉如何。"

众媳妇听了，忙去了，半刻围了宝玉进来。四人一见，忙起身笑道："唬了我们一跳。若是我们不进府来，倘或别处遇见，还只道我们的宝玉后赶着也进了京了呢。"一面说，一面都上来拉他的手，问长问短。宝玉忙也笑问好。先出贾宝玉。

贾母笑道："比你们的长的如何？"李纨等笑道："四位妈妈才一说，可知是模样相仿了。"贾母笑道："那有这样巧事？大家子的孩子们，再养的娇嫩，除了脸上有残疾，十分黑丑的，大概看去都是一样的齐整。这也没有什么怪处。"四人笑道："如今看来，模样是一样；据老太太说，淘气也一样。我们看来，这位哥儿性情却比我们的好些。"贾母忙问："怎见得？"四人笑道："方才我们拉哥儿的手说话便知。我们那一个只说我们糊涂，慢说拉手，他的东西我们略动一 就贾宝玉论甄宝玉。
两人竟是一样。

1049

动也不依。所使唤的人都是女孩子们。"

四人未说完，李纨姊妹等禁不住都失声笑出来。贾母也笑道："我们这会子也打发人去见了你们宝玉，若拉他的手，他也自然勉强忍耐一时。可知你我这样人家的孩子们，凭他们有什么刁钻古怪的毛病儿，见了外人，必是要还出正经礼数来的。若他不还正经礼数，也断不容他刁钻去了。就是大人溺爱的，是他一则生的得人意儿，二则见人礼数竟比大人行出来的不错，使人见了可爱可怜，背地里所以才纵他一点子。若一味他只管没里没外，不与大人争光，凭他生的怎样，也是该打死的。"

四人听了，都笑说："老太太这话正是。虽然我们宝玉淘气古怪，有时见了人客，规矩礼数更比大人有趣。所以无人见了不爱，只说为什么还打他。殊不知他在家里无法无天，大人想不到的话偏会说，想不到的事他偏要行，所以老爷、太太恨的无法。就是弄性，也是小孩子的常情；胡乱花费，这也是公子哥儿的常情；怕上学，也是小孩子的常情：都还治的过来。第一，天生下来这一种刁钻古怪的脾气，如何使得。"

<small>两个宝玉简直分不清楚。为后文梦中相逢先写一笔。</small>

一语未了，人回："太太回来了。"王夫人进来问过安。他四人请了安，大概说了两句。贾母便命歇歇去。王夫人亲捧过茶，方退出。四人告辞了贾母，便往王夫人处来，说了一会家务，打发他们回去，不必细说。

第五十六回　敏探春兴利除宿弊　时宝钗小惠全大体

这里，贾母喜的逢人便告诉，他家也有一个宝玉，也都一般行景。众人都为天下之大，世宦之多，同名者也甚多，祖母溺爱孙儿者，也古今所有常事耳，不是什么罕事，故皆不介意。独宝玉是个迂阔呆公子的性情，自为是那四人承悦贾母之词。后至蘅芜苑去看湘云病去，史湘云说他："你放心闹罢，先是'单丝不成线，独树不成林'，如今有了个对子，闹急了，再打狠了，你逃走到南京找那一个去。"宝玉道："那里的谎话，你也信了，偏又有个宝玉了？"

（为梦中相逢再伏一笔。）

湘云道："怎么列国有个蔺相如，汉朝又有个司马相如呢？"宝玉笑道："这也罢了。偏又模样儿也一样，这是没有的事。"湘云道："怎么匡人看见孔子，只当是阳虎呢？"宝玉笑道："孔子、阳虎虽同貌，却不同名姓，蔺与司马虽同名，而又不同貌；偏我和他就两样俱同不成？"湘云没了话答对，因笑道："你只会胡搅，我也不和你分证。有也罢，没也罢，与我无干。"说着，便睡下了。

宝玉心中便又疑惑起来：若说必无，然亦似有；若说必有，又并无目睹。心中闷闷，回至房中榻上，默默盘算，不觉就忽忽的睡去，不觉竟到了一座花园之内。宝玉诧异道："除了我们大观园，竟又有这一个园子！"（一样有园子。脂批："写园可知。"）

（一团疑惑存想，为入梦作引。）

正疑惑间，从那边来了几个女儿，都是丫鬟。宝玉又诧异道："除了鸳鸯、袭人、平儿之外,也竟还有这一干人!"_{也是一批丫鬟。脂批："写人可知,妙在并不说'更强'二字。"}只见那些丫鬟笑道："宝玉怎么跑到这里来了?"_{也喊宝玉}宝玉只当是说他,自己忙来陪笑说道："因我偶步到此,不知是那位世交的花园,好姐姐们,带我逛逛。"众丫鬟都笑道："原来不是咱们家的宝玉。他生的倒也还干净。_{脂批:"妙。在玉卿身上只落了这两个字,亦不奇了。"}嘴儿也倒乖觉。"

宝玉听了,忙道："姐姐们,这里也竟还有个宝玉?"丫鬟们忙道："'宝玉'二字,我们是奉老太太、太太之命,_{也是奉老太太、太太之命}为保佑他延寿消灾的。我们叫他,他听见喜欢。你是那里远方来的一个臭小厮,_{在别人眼里,贾宝玉只是臭小厮。}也乱叫起他来?仔细你的臭肉,打不烂你的。"又一个丫鬟笑道："咱们快走罢,别叫宝玉看见,又说同这臭小厮说了话,把咱们熏臭了。"说着,一径去了。

宝玉纳闷道："从来没有人如此涂毒我,他们如何竟这样?真亦有我这样一个人不成?"一面想,一面顺步早到了一所院内。宝玉又诧异道："除了怡红院,也竟还有这么一个院落。"_{一样有院落}忽上了台矶,进入屋内,只见榻上有一个人卧着,那边有几个女儿做针线,也有嘻笑顽耍的。

只见榻上那〔三〕个少年叹了一声。一个丫鬟笑问道："宝玉,你不睡又叹什么?想必为你妹妹病了,

第五十六回　敏探春兴利除宿弊　时宝钗小惠全大体

你又胡愁乱恨呢。"宝玉听说，心下也便吃惊。_{也有妹妹病了。}只见榻上少年说道："我听见老太太说，长安都中也有个宝玉，和我一样的性情，我只不信。我才作了一个梦，竟梦中到了都中一个花园子里头，遇见几个姐姐，都叫我臭小厮，不理我。好容易找到他房里头，偏他睡觉，_{不知是甄宝玉睡觉，还是贾宝玉睡觉，真"假即是真，真亦假"矣！}空有皮囊，真性不知那里去了。"_{梦中说梦，奇幻莫测。}

宝玉听说，忙说道："我因找宝玉来到这里。原来你就是宝玉？"榻上的忙下来拉住，笑道："原来你就是宝玉，这可不是梦里了。"宝玉道："这如何是梦？真而又真了。"_{两玉相逢，俱在梦中，反觉不是梦中，真奇笔幻笔。}

一语未了，只见人来说："老爷叫宝玉。"唬得二人皆慌了。_{都怕老爷。}一个宝玉就走，一个宝玉便忙叫："宝玉快回来，宝玉快回来！"

袭人在旁，听他梦中自唤，忙推醒他，笑问道："宝玉在那里？"此时宝玉虽醒，神意恍惚，因向门外指说："才出去了。"_{梦境迷离。}袭人笑道："那是你梦迷了。你揉眼细瞧瞧，是镜子里照的你的影儿。"宝玉向前瞧了一瞧，原是那嵌的大镜对面相照，自己也笑了。早有人捧过漱盂茶卤来，漱了口。麝月道："怪道老太太常嘱咐说小人屋里不可多有镜子。小人魂不全，有镜子照多了，睡觉惊恐作胡梦。如今倒在大镜子那里安了一张床。有时放下镜套还好；往前去，天热困倦不_{用袭人推他出梦。}_{用镜中人一解，使梦幻顿成现实，作者之笔灵妙至极。}

定,那里想的到放他,比如方才就忘了。自然是先躺下照着影儿顽的,一时合上眼,自然是胡梦颠倒。不然,如何得看着自己叫着自己的名字? _{如此解释,又是一番道理。} 不如明儿挪进床来是正经。"

一语未了,只见王夫人遣人来叫宝玉,不知有何话说?且听下回分解。

第五十六回　敏探春兴利除宿弊　时宝钗小惠全大体

【回后评】

贾府自除夕祭宗祠、元宵开夜宴以后，越显经济日益困窘，祭宗祠虽然外部架子尚存，但凤姐连呼"散了""完了"，已见贾府之暮境。今借凤姐之病，由李纨、探春、宝钗共同暂掌管理经济之权。由于权力转移，故得以觉察前任之积弊，以事改革。且又定出新制，以图改弦更张，力求挽回经济危机。探春是理家人才，所以一上来就察出种种积弊，先从改革积弊下手，免除种种重叠开支。但这仅是节约，于实际补救不大，还必须增产，因而想到大观园的经济价值，又想到承包办法，实行以园养园等。这实际是反映雪芹的经济思想，他既看到杜绝浪费的一面，更看到发展生产的更重要的一面，特别是看到了调动生产积极性的一面，生产成果与生产者的利益直接相关的一面。虽然只是讲大观园，但"治大国若烹小鲜"，其道理是一样的。

宝钗参予管理，并实行巡夜，对众下人进行训导，晓谕她们管好园子，执行新制度，对他们的个人利益大有好处等，宝钗进行了这一系列的活动后，于是大得人心，此回目所以称"时宝钗小惠全大体"也。"时"者，识时务也，善于利用时机也。"小惠"者，施小利于众人也，"全大体"者，深得下人之欢心也。按理这样的讲话，应该由李纨或探春来讲，乃李纨、探春都不讲，却由宝钗来讲。宝钗讲时，又特抬出王夫人的托付来，其地位不仅与纨、探并列，而且是特命托咐者。宝钗之特意如此昭告，其用意读者自可三思。

宝钗提出朱熹的《不自弃文》，探春却嗤之为"虚比浮词"，并提出《姬子书》上的"登利禄之场，处运筹之界者，窃尧舜之词，背孔孟之道"这一段话来，这实是讽世之言。明明是说世人嘴里说着"尧舜之词"，实际上却是干着大背"孔孟之道"的勾当。这是雪芹对当时程、朱理学的尖锐揭露，同时也是对那些理学门徒的无情批判。《姬子书》，至今无人考出，人以为根本无此书，原是雪芹假借以讽世也。

甄、贾宝玉，此回特在梦中相见，迷幻之极，奇谲之极。然此时甄、贾宝玉仍是浑然如一，不可分也。雪芹之创造甄、贾宝玉，自有深意，不可能永远是两个重复形象，惜《红楼梦》后部文字迷失，世人遂无从确评，是为憾事。后四十回续书中甄宝玉终于走仕途经济之路，遂与贾宝玉分道扬镳，分出真假。此一理解，或差近雪芹之意乎。

【校记】

〔一〕回目：庚辰、己卯、列藏本同。蒙府本、戚序本、杨本下句作"识宝钗"。甲辰、程甲本作"贤宝钗"。

〔二〕"嘱咐了丰儿些话"七字，并下面"人已散去"四字，庚辰本无，据列藏本增。

〔三〕"有一个人卧着"至"只见榻上"共二十七字，庚辰本无，据列藏、杨本、蒙府、戚序、甲辰、程甲本增。

第五十七回　　慧紫鹃情辞试忙玉
　　　　　　　　慈姨妈爱语慰痴颦[一]

　　话说宝玉听王夫人唤他，忙至前边来。原来是王夫人要带他拜甄夫人去。宝玉自是欢喜，忙去换衣服，跟了王夫人到那里。见其家中形景，自与荣、宁不甚差别，或有一二稍盛者。细问，果有一宝玉。甄夫人留席，竟日方回，宝玉方信。因晚间回家来，王夫人又吩咐预备上等的席面，定名班大戏，请过甄夫人母女。后二日，他母女便来作辞，回任去了，无话。

_{特提甄家来京，实为甄宝玉，别无他事，今甄宝玉已叙完，甄家亦回南矣。}

　　这日，宝玉因见湘云渐愈，然后去看黛玉。正值黛玉才歇午觉，宝玉不敢惊动，因紫鹃正在回廊上，_{重叙黛玉，却先从紫鹃写起。}手里做针黹，便来问他："昨日夜里咳嗽可好些？"紫鹃道："好些了。"宝玉笑道："阿弥陀佛！宁可好了罢。"紫鹃笑道："你也念起佛来，真是新闻！"

　　宝玉笑道："所谓'病笃乱投医'了。"一面说，一面见他穿着弹墨绫薄绵袄，外面只穿着青缎夹背心，宝玉便伸手向他身上摸了一摸，说道："穿这样单薄，还在风口里坐着，春天风馋，[“风馋”，尖新。然予家乡土语中却有此语。]时气又不好，你再病了，越发难了。"紫鹃便说道："从此咱们只可说话，别动手动脚的。[紫鹃却不许动手动脚。]一年大、二年小的，叫人看着不尊重。打紧的那起混账行子们背地里说你，[可见已有人背地里议论。]你总不留心，还只管和小时一般行为，如何使得。姑娘常常吩咐我们，不叫和你说笑。你近来瞧他远着你还恐远不及呢。"[从紫鹃嘴里补出黛玉。]说着便起身，携了针线进别房去了。

【从紫鹃说话中，已带出二人年纪渐大。】

宝玉见了这般景况，心中忽觉浇了一盆冷水一般，只瞅着竹子，发了一回呆。因祝妈正来挖笋修竿，便怔怔的走了出来，一时魂魄失守，心无所知，随便坐在一块山石上出神，[可见紫鹃一激，受刺甚剧。]不觉滴下泪来。直呆了五六顿饭工夫，[时间很不短。]千思万想，总不知如何是可。[真想不到对他打击如此之重，不在紫鹃不许动手动脚，而在黛玉远他也。]

【宝玉趁兴而来，不意先就碰到紫鹃，浇了一盆冷水。】

偶值雪雁从王夫人房中取了人参来，从此经过，忽扭项看见桃花树下石上一人手托着腮颊出神，不是别人，却是宝玉。[脂批："画出宝玉来，却又不画阿颦，何等笔力。偏不从鹃写，却写一雁，更奇是仍归写鹃。"]雪雁疑惑道："怪冷的，他一个人在这里作什么？春天凡有残疾的人都犯病，敢是他也犯了呆病了？"[脂批："写妍憨女儿之心，何等新巧。"]一边想，一边便走过来，蹲下笑道："你在这里作什么呢？"宝玉忽见了雪雁，便说道："你又作什么来找我？你难道不是女儿？他既防嫌，不许

【亏雪雁想得到。】

第五十七回　慧紫鹃情辞试忙玉　慈姨妈爱语慰痴颦

你们理我，你又来寻我，_{可见是为了要远他。}倘被人看见，岂不又生口舌？你快家去罢了。"

雪雁听了，只当是他又受了黛玉的委屈，_{自然会如此想。}只得回至房中。黛玉未醒，将人参交与紫鹃。紫鹃因问他："太太做什么呢？"雪雁道："也歇中觉，所以等了这半日。姐姐，你听笑话儿：我因等太太的工夫，和玉钏儿姐姐坐在下房里说话儿，谁知赵姨奶奶招手儿叫我。我只当有什么话说，原来他和太太告了假，出去给他兄弟伴宿坐夜，明儿送殡去，跟他的小丫头子小吉祥儿没衣裳，要借我的月白缎子袄儿。我想，他们一般也有两件子的，往脏地方儿去，恐怕弄脏了，自己的舍不得穿，故此借别人的。借我的弄脏了，也是小事。只是我想，他素日有些什么好处到咱们跟前？所以我说了：'我的衣裳、簪环都是姑娘叫紫鹃姐姐收着呢。如今先得去告诉他，还得回姑娘呢。姑娘身上又病着，更费了大事，别误了你老出门，不如再转借罢。'"_{雪雁拒绝得巧。}

紫鹃笑道："你这个小东西子倒也巧。你不借给他，你往我和姑娘身上推，叫人怨不着你。他这会子就下去了，还是等明日一早才去？"雪雁道："这会子就去的，只怕此时已去了。"紫鹃点点头。雪雁道："姑娘还没醒呢，是谁给了宝玉气受，_{此时才想到宝玉之事。}坐在那里哭呢。"紫鹃听了，忙问在那里。雪雁道："在沁芳

_{一段小儿女之事，写来逼真有趣。}

亭后头桃花底下呢。"

紫鹃听说，忙放下针线，又嘱咐雪雁好生听叫："若问我，答应我就来。"说着，便出了潇湘馆，一径来寻宝玉。走至宝玉跟前，含笑说道："我不过说了那两句话，为的是大家好，你就赌气跑了这风地里来哭，作出病来唬我。"宝玉忙笑道："谁赌气了！我因为听你说的有理，我想，你们既这样说，自然别人也是这样说，将来渐渐的都不理我了，我所以想着自己伤心。"紫鹃也便挨他坐着。_{一片痴情痴意，世间再无第二人。}宝玉笑道："方才对面说话，你尚走开。这会子如何又来挨我坐着？"_{问得好。}

紫鹃道："你都忘了？几日前，你们兄妹两个正说话，赵姨娘一头走了进来。我才听见他不在家，所以我来问你。正是前日，你和他才说了一句'燕窝'就歇住了，总没提起。我正想着问你。"_{重提上回之事，文章接榫。}宝玉道："也没什么要紧。不过，我想着，宝姐姐也是客中，既吃燕窝，又不可间断，若只管和他要，太也托实。虽不便和太太要，我已经在老太太跟前略露了个风声，只怕老太太和凤姐姐说了。我正要告诉他的，竟没告诉完了他。如今我听见说，一日给你们一两燕窝，这也就完了。"紫鹃道："原来是你说了，这又多谢你费心。我们正疑惑，老太太怎么忽然想起来，叫人每一日送一两燕窝来呢？这就是了。"_{琐琐叙述，补明前事。}宝玉笑道："这要天天吃惯了，吃上三二年就好了。"

第五十七回　慧紫鹃情辞试忙玉　慈姨妈爱语慰痴颦

紫鹃道："在这里吃惯了，明年家去，_{顺口提出，煞像真事。}那里有这闲钱吃这个。"宝玉听了，吃了一惊，_{意外之惊。}忙问："谁？往那个家去？"_{脂批："这句不成话，细读细嚼，方有无限神情滋味。"}紫鹃道："你妹妹回苏州家去。"宝玉笑道：_{脂批："'笑'字奇甚。"}"你又说白话。苏州虽是原籍，因没了姑父、姑母，无人照看，才就了来的。明年回去找谁？可见是扯谎。"_{脂批："此论极是不介意。"}

_{初闻时，意外之惊。及至说是黛玉，又觉不可能有此事，文章起伏，人情跌宕。}

紫鹃冷笑道："你太看小了人。单你们贾家独是大族人口多的，除了你家，别人只得一父一母，房族中真个再无人了不成？我们姑娘来时，原是老太太心疼他年小，虽有叔伯，不如亲父母，故此接来住几年。大了该出阁时，自然要送还林家的。终不成林家的女儿在你贾家一世不成？林家虽贫到没饭吃，也是世代书宦之家，断不肯将他家的人丢在亲戚家，落人的耻笑。所以早则明年春天，迟则秋天，这里纵不送去，林家亦必有人来接的。_{说得活灵活现。}前日夜里姑娘和我说了，叫我告诉你：将从前小时顽的东西，有他送你的，叫你都打点出来还他。他也将你送他的打叠了在那里呢。"_{愈说愈真，愈说愈近在眼前了。}宝玉听了，便如头顶上响了一个焦雷一般。_{真是一个焦雷，震得他晕了。}紫鹃看他怎样回答，只见他总不作声。

_{人情又一反复，听紫鹃一说，似亦极在理。}

忽见晴雯找来说："老太太叫你呢，谁知道在这里。"紫鹃笑道："他这里问姑娘的病症。我告诉了他半日，他只不信。你倒拉他去罢。"说着，自己便走回房去了。_{还以为无事，故随意走了。}

> 神情已经大变了。

晴雯见他呆呆的，一头热汗，满脸紫胀，忙拉他的手，一直到怡红院中。袭人见了这般光景，慌张起来，只说时气所感，热汗被风扑了。无奈宝玉发热事犹小可，更觉两个眼珠儿直直的起来，口角边津液流出，皆不知觉。给他个枕头，他便睡下；扶他起来，他便坐着；倒了茶来，他便吃茶。众人见他这般，一时忙乱起来，又不敢造次去回贾母，先便差人出去请李嬷嬷。

> 是中风征兆。

一时李嬷嬷来了，看了半日，问他几句话也无回答，用手向他脉门摸了摸，嘴唇人中上边着力掐了两下，掐的指印如许来深，竟也不觉疼。李嬷嬷只说了一声"可了不得了"，"呀"的一声便搂着放声大哭起来。急的袭人忙拉他说："你老人家瞧瞧，可怕不怕？且告诉我们去回老太太、太太去。你老人家怎么先哭起来？"

> 原想请李嬷嬷来解救，不想她竟先哭起来，弄得大家更惊慌失措。

李嬷嬷捶床捣枕说："这可不中用了！我白操了一世心了！"袭人等以他年老多知，所以请他来看；如今见他这般一说，都信以为实，也都哭起来。

> 袭人说得极是。
> 说不中用了，更加吓人。
> 自然更加紧张百倍。

晴雯便告诉袭人，方才如此这般。袭人听了，便忙到潇湘馆来，见紫鹃正服侍黛玉吃药，也顾不得什么，便走上来问紫鹃道："你才和我们宝玉说了些什么？你瞧他去，你回老太太去，我也不管了！"说着，便坐在椅上。

> 情急之极，神情逼真。

第五十七回　慧紫鹃情辞试忙玉　慈姨妈爱语慰痴颦

黛玉忽见袭人满面急怒，又有泪痕，举止大变，便不免也慌了，_{看此神情，自然要慌。}忙问怎么了。袭人定了一回，哭道："不知紫鹃姑奶奶说了些什么话，那个呆子眼也直了，手脚也冷了，话也不说了，李妈妈掐着也不疼了，已死了大半个了。_{脂批："奇极之语，从急怒娇态口中描出不成话之话来，方是千古奇文。}_{五字是一口气来的。"}连李妈妈都说不中用了，那里放声大哭。只怕这会子都死了！"_{愈说愈可怕，令人吓杀！}黛玉一听此言，李妈妈乃是经过的老妪，说不中用了，可知必不中用。哇的一声，将腹中之药一概呛出，抖肠搜肺、炽胃扇肝的痛声大嗽了几阵，_{愈急愈真，文如飞瀑，直喷而出，意想不到之笔。}一时面红发乱，目肿筋浮，喘的抬不起头来。_{其状亦极危极险，一个未好，又来一个。}紫鹃忙上来捶背，黛玉伏枕喘息半响，推紫鹃道："你不用捶，你竟拿绳子来勒死我是正经！"_{此语直从肺腑中流出。}紫鹃哭道："我并没说什么，不过是说了几句顽话，他就认真了。"袭人道："你还不知道他，那傻子每每顽话认了真。"黛玉道："你说了什么话，趁早儿去解说，他只怕就醒过来了。"_{只有黛玉能知宝玉心意。}紫鹃听说，忙下了床，同袭人到了怡红院。

谁知贾母王夫人等已都在那里了。贾母一见了紫鹃，眼内出火，_{道真。}骂道："你这小蹄子，和他说了什么？"紫鹃忙道："并没说什么，不过说几句顽话。"谁知宝玉见了紫鹃，方嗳呀了一声，哭出来了。_{终于转过气来了。}众人一见，方都放下心来。贾母便拉住紫鹃，只当他

_{"死了大半个了"，奇极妙极之语，愈不通，愈见其急，则愈见其真也。}

_{心病只有心药医，黛玉真宝玉心病之良医，紫鹃良药也，真药到病除也。}

1063

得罪了宝玉，所以拉紫鹃命他打。谁知宝玉一把拉住紫鹃，死也不放，说："要去，连我也带了去。"众人不解，细问起来，方知紫鹃说"要回苏州去"一句顽话引出来的。贾母流泪道：（喜极而泪也。）"我当有什么要紧大事，原来是这句顽话。"又向紫鹃道："你这孩子素日最是个伶俐聪敏的，（语气缓和了。）你又知道他有个呆根子，平白的哄他作什么。"薛姨妈劝道："宝玉本来心实，可巧林姑娘又是从小儿来的，他姊妹两个一处长了这么大，比别的姊妹更不同。这会子热剌剌的说一个去，别说他是个实心的傻孩子，便是冷心肠的大人也要伤心。这并不是什么大病，老太太和姨太太只管万安，吃一两剂药就好了。"

（薛姨妈之话，倒是实在话。）

正说着，人回林之孝家的单大良家的都来瞧哥儿来了。贾母道："难为他们想着，叫他们来瞧瞧。"宝玉听了一个"林"字，便满床闹起来说："了不得了，林家的人接他们来了，快打出去罢！"贾母听了，也忙说："打出去罢。"又忙安慰说："那不是林家的人。林家的人都死绝了，没人来接他的，你只放心罢。"宝玉哭道："凭他是谁，除了林妹妹，都不许姓林的！"（宝玉无理之言，却是爱极之言。）贾母道："没姓林的来，凡姓林的我都打走了。"一面吩咐众人："以后别叫林之孝家的进园来，你们也别说'林'字。好孩子们，你们听我这句话罢！"众人忙答应，又不敢笑。

（贾母说："林家的人都死绝了。"此话于林家人已极绝情，亦无意中透出对黛玉的感情变化。读者当细思。）

（"林"字已成贾母之忌，众人之忌，则黛玉危矣！）

第五十七回　慧紫鹃情辞试忙玉　慈姨妈爱语慰痴颦

一时宝玉又一眼看见了十锦槅子上陈设的一只金西洋自行船，_{又是一种西洋货。}便指着乱叫说："那不是接他们来的船来了，湾在那里呢。"贾母忙命拿下来，袭人忙拿下来，宝玉伸手要，袭人递过，宝玉便掖在被中，笑道："可去不成了！"一面说，一面死拉着紫鹃不放。_{疯疯癫癫，一片痴心，一片至诚。}

一时人回大夫来了，贾母忙命快进来。王夫人、薛姨妈、宝钗等暂避里间，贾母便端坐在宝玉身旁。王太医进来，见许多的人，忙上去请了贾母的安，拿了宝玉的手诊了一回。那紫鹃少不得低了头。_{写得细。}王大夫也不解何意，起身说道："世兄这症乃是急痛迷心。古人曾云：'痰迷有别。有气血亏柔，饮食不能熔化痰迷者；有怒恼中痰裹而迷者；有急痛壅塞者。'此亦痰迷之症，系急痛所致，不过一时壅蔽，较诸痰迷似轻。"

贾母道："你只说怕不怕，谁同你背药书呢。"王太医忙躬身笑说："不妨，不妨。"贾母道："果真不妨？"王太医道："实在不妨，都在晚生身上。"贾母道："既如此，请到外面坐，开药方。若吃好了，我另外预备好谢礼，叫他亲自捧来送去磕头；若耽误了，我打发人去拆了太医院大堂。"王太医只躬身笑说："不敢,不敢。"他原听了说"另具上等谢礼命宝玉去磕头"，故满口说"不敢"，竟未听见贾母后来说拆太医院之戏语，犹说"不敢"，_{一段趣话。}贾母与众人反倒笑了。_{病者所急在病之轻重，在能治不能治，岂在背书本。难怪贾母直说。}

1065

一时，按方煎了药来服下，果觉比先安静。无奈宝玉只不肯放紫鹃，只说他去了，便是要回苏州去了。贾母、王夫人无法，只得命紫鹃守着他，另将琥珀去服侍黛玉。

> 黛玉心感当何如哉，情之所钟，一至于此，其实黛亦犹此也。观其初闻宝玉病状，几乎病发至死可知矣。真"世间无物似情浓"也。

黛玉不时遣雪雁来探消息，这边事务尽知，自己心中暗叹。幸喜众人都知宝玉原有些呆气，自幼是他二人亲密，如今紫鹃之戏语亦是常情，宝玉之病亦非罕事，因不疑到别事去。<small>总算不致因此病而疑及其他。</small>

晚间宝玉稍安，贾母、王夫人等方回房去。一夜还遣人来问讯几次。李奶母带领宋嬷嬷等几个年老人用心看守，紫鹃、袭人、晴雯等日夜相伴。有时宝玉睡去，必从梦中惊醒，不是哭了说黛玉已去，便是有人来接。每一惊时，必得紫鹃安慰一番方罢。<small>可见余惊尚未全除。</small>彼时贾母又命将祛邪守灵丹及开窍通神散各样上方秘制诸药，按方饮服。

次日又服了王太医药，渐次好起来。宝玉心下明白，因恐紫鹃回去，<small>宝玉亦藉此故留紫鹃，以防万一。</small>故有时或作佯狂之态。

> 紫鹃实心人也，实是为黛玉计而作此戏言也，岂知宝玉竟情极至此乎？然得此一试，则再无可虑矣。

紫鹃自那日也着实后悔，如今日夜辛苦，并没有怨意。袭人等皆心安神定，因向紫鹃笑道："都是你闹的，还得你来治。也没见我们这呆子听了风就是雨，往后怎么好。"暂且按下。

因此时湘云之症已愈，天天过来瞧看，见宝玉明白了，便将他病中狂态形容了与他瞧，引的宝玉自己

第五十七回　慧紫鹃情辞试忙玉　慈姨妈爱语慰痴颦

伏枕而笑。原来他起先那样竟是不知的，如今听人说还不信。无人时，紫鹃在侧，宝玉又拉他的手问道："你为什么唬我？"紫鹃道："不过是哄你顽的，你就认真了。"宝玉道："你说的那样有情有理，如何是顽话。"紫鹃笑道："那些顽话都是我编的。林家实没了人口，纵有也是极远的。族中也都不在苏州住，各省流寓不定。纵有人来接，老太太必不放去的。"〔紫鹃之说林家，语气与贾母完全不同，读者当细味之。〕

宝玉道："便老太太放去，我也不依。"紫鹃笑道："果真的你不依？只怕是口里的话。你如今也大了，连亲也定下了，〔又来了。〕过二三年再娶了亲，你眼里还有谁了？"宝玉听了，又惊问："谁定了亲？定了谁？"紫鹃笑道："年里我听见老太太说，要定下琴姑娘呢。不然那么疼他？"宝玉笑道："人人只说我傻，你比我更傻。〔宝玉听说是宝琴，便再无疑虑，因宝琴早定婚，此来正是来就婚，故宝玉闻之释然也。〕不过是句顽话，他已经许给梅翰林家了。果然定下了他，我还是这个形景了？先是我发誓赌咒砸这劳什子，你都没劝过，说我疯的？刚刚的这几日才好了，你又来怄我。"一面说，一面咬牙切齿的，又说道："我只愿这会子立刻我死了，把心迸出来，〔又说疯话了，然实至心、赤心话也。〕你们瞧见了，然后连皮带骨一概都化成一股灰——灰还有形迹，不如再化一股烟——烟还可凝聚，人还看见，须得一阵大乱风，吹的四面八方都登时散了，这才好！"一面说，一面又滚下泪来。〔人情反复，世事扰扰，世态纷纭。苟若明心见性，两心如一，则此心成灰，化作无形，亦所愿矣！〕

> 至此方说明真意，紫鹃可人，紫鹃慧心，然此段话中，说及紫鹃者，仍是临时编成也，其真意只在试宝玉之情是否如金石之坚也。

紫鹃忙上来握他的嘴，替他擦眼泪，又忙笑解释道："你不用着急。这原是我心里着急，故来试你。"宝玉听了，更又诧异，问道："你又着什么急？"紫鹃笑道："你知道，我并不是林家的人，我也和袭人、鸳鸯是一伙的，偏把我给了林姑娘使。偏生他又和我极好，比他苏州带来的还好十倍，一时一刻我们两个离不开。我如今心里却愁，他倘或要去了，我必要跟了他去的。我是合家在这里。我若不去，辜负了我们素日的情常；若去，又弃了本家。所以我疑惑，故设出这谎话来问你，谁知你就傻闹起来。"

> 宝玉说"活着，咱们一处活着；不活着，咱们一处化灰化烟，如何"，此是宝玉明心誓言，至此玉之意再无可更矣，鹃之试，亦已昭然可知矣！

宝玉笑道："原来是你愁这个，〔二〕所以你是傻子。从此后再别愁了。我只告诉你一句打叠儿的话：活着，咱们一处活着；不活着，咱们一处化灰化烟。如何？"

> 情之至矣，情之极矣。虽海枯石烂，不逾此盟。

紫鹃听了，心下暗暗筹划。

忽有人回："环爷、兰哥儿问候。"宝玉道："就说难为他们，我才睡了，不必进来。"婆子答应去了。紫鹃笑道："你也好了，该放我回去瞧瞧我们那一个去了。"

> 好了这个，又惦记那个。

宝玉道："正是这话。我昨日就要叫你去的，偏又忘了。我已经大好了，你就去罢。"紫鹃听说，方打叠铺盖妆奁之类。宝玉笑道："我看见你文具里头有三两面镜子，你把那面小菱花的给我留下罢。我搁在枕头旁边，睡着好照，明儿出门带着也轻巧。"紫鹃听说，只得与他留下，先命人将东西送

> 一场泼天大祸总算过去。

第五十七回　慧紫鹃情辞试忙玉　慈姨妈爱语慰痴颦

过去，然后别了众人，自回潇湘馆来。

林黛玉近日闻得宝玉如此形景，未免又添些病症，多哭几场。今见紫鹃来了，问其原故，已知大愈，仍遣琥珀去服侍贾母。夜间人定后，紫鹃已宽衣卧下之时，悄向黛玉笑道："宝玉的心倒实，已经试出来了。听见咱们去就那样起来。"黛玉不答。紫鹃停了半晌，自言自语的说道："一动不如一静。我们这里就算好人家，别的都容易，最难得的是从小儿一处长大，脾气情性都彼此知道的了。"紫鹃是真心为黛玉想。黛玉啐道："你这几天还不乏，趁这会子不歇一歇，还嚼什么蛆。"

紫鹃笑道："倒不是白嚼蛆，我倒是一片真心为姑娘。难得如此忠心耿耿之人。替你愁了这几年了，无父母、无兄弟，谁是知疼着热的人？趁早儿老太太还明白硬朗的时节，作定了大事要紧。俗语说，'老健春寒秋后热'，倘或老太太一时有个好歹，那时虽也完事，只怕耽误了时光，还不得趁心如意呢。公子王孙虽多，那一个不是三房五妾，今儿朝东，明儿朝西？要一个天仙来，也不过三夜五夕，也丢在脖子后头了，甚至于为妾为丫头反目成仇的。若娘家有人有势的还好些，若是姑娘这样的人，有老太太一日还好一日，若没了老太太，也只是凭人去欺负了。紫鹃之言，固是实在，然岂料老太太亦能变乎？所以说，拿主意要紧。姑娘是个明白人，岂不闻俗语说：'万两黄金容易得，知心一个也难求。'"

紫鹃已担心事久要变也，奈黛玉无人为做主耳。

紫鹃一番话，实句句是黛玉心中意事，特黛玉不能出口。由紫鹃说出耳。

难在知心，紫鹃深知，黛玉岂不深知，特无人为之做主耳。

> 黛玉千金小姐,骤闻此言,自然不好应和,只得作如此语也。

黛玉听了,便说道:"这丫头今儿可疯了?怎么去了几日,忽然变了一个人。我明儿必回老太太退回去,我不敢要你了。"紫鹃笑道:"我说的是好话,不过叫你心里留神,并不叫你去为非作歹,何苦回老太太,叫我吃了亏,又有何好处?"_{句句实话。}说着,竟自睡了。

> 此情无可告诉,唯有自泣而已。

黛玉听了这话,口内虽如此说,心内未尝不伤感,待他睡了,便直泣了一夜,至天明方打了一个盹儿。次日勉强盥漱了,吃了些燕窝粥,便有贾母等亲来看视了,又嘱咐了许多话。

目今是薛姨妈的生日,自贾母起,诸人皆有祝贺之礼。黛玉亦早备了两色针线送去。是日,也定了一本小戏,请贾母、王夫人等。独有宝玉与黛玉二人不曾去得。至散时,贾母等顺路又瞧他二人一遍,方回房去。次日,薛姨妈家又命薛蝌陪诸伙计吃了一天酒,连忙了三四天方完备。

因薛姨妈看见邢岫烟生得端雅稳重,且家道贫寒,是个钗荆裙布的女儿,便欲说与薛蟠为妻。因薛蟠素习行止浮奢,又恐遭蹋人家的女儿。正在踌躇之际,忽想起薛蝌未娶,看他二人恰是一对天生地设的夫妻,因谋之于凤姐儿。凤姐儿叹道:"姑妈素知我们太太有些左性的,这事等我慢谋。"

因贾母去瞧凤姐儿时,凤姐儿便和贾母说:"薛

第五十七回　慧紫鹃情辞试忙玉　慈姨妈爱语慰痴颦

姑妈有件事求老祖宗，只是不好启齿的。"贾母忙问何事，凤姐便将求亲一事说了。贾母笑道："这有什么不好启齿？这是极好的事。等我和你婆婆说了，怕他不依？"因回房来，即刻就命人来请邢夫人过来，硬作保山。邢夫人想了一想：薛家根基不错，且现今大富，薛蝌生得又好，且贾母硬作保山，将计就计便应了。贾母十分喜欢，忙命人请了薛姨妈来。

> 凤姐想得周到，由贾母出面，邢夫人当然不能拒绝矣。

二人见了，自然有许多谦辞。邢夫人即刻命人去告诉邢忠夫妇。他夫妇原是此来投靠邢夫人的，如何不依，早极口的说妙极。贾母笑道："我爱管个闲事，今儿又管成了一件事，不知得多少谢媒钱？"薛姨妈笑道："这是自然的。纵抬了十万银子来，只怕不希罕。但只一件，老太太既是主亲，还得一位才好。"贾母笑道："别的没有，我们家折腿烂手的人还有两个。"说着，便命人去叫过尤氏婆媳二人来。贾母告诉他原故，彼此忙都道喜。

> 顺理成章，一说即成。

贾母吩咐道："咱们家的规矩你是尽知的，从没有两亲家争里争面的。如今你算替我在当中料理，也不可太啬，也不可太费，把他两家的事周全了回我。"尤氏忙答应了。薛姨妈喜之不尽，回家来忙命写了请帖补送过宁府。尤氏深知邢夫人情性，本不欲管，无奈贾母亲嘱咐，只得应了，惟有忖度邢夫人之意行事。薛姨妈是个无可无不可的人，倒还易说。这且不在话下。

如今薛姨妈既定了邢岫烟为媳,合宅皆知。邢夫人本欲接出岫烟去住,贾母因说:"这又何妨。两个孩子又不能见面,就是姨太太和他一个大姑,一个小姑,又何妨?况且都是女儿,正好亲香呢。"邢夫人方罢。

蝌、岫二人前次途中皆曾有一面之遇,大约二人心中也皆如意。只是邢岫烟未免比先时拘泥了些,不好与宝钗姊妹共处闲语_{封建时代闺中女儿,自然会羞涩拘泥。};又兼湘云是个爱取戏的,更觉不好意思。幸他是个知书达礼的,虽有女儿身份,还不是那种佯羞诈愧、一味轻薄造作之辈。

宝钗自见他时,见他家业贫寒;二则别人之父母皆年高有德之人,独他父母偏是酒糟透之人_{岫烟之分外可怜也。},于女儿分中平常;邢夫人也不过是脸面之情,亦非真心疼爱_{写透邢夫人。};且岫烟为人雅重,迎春是个有气的死人_{奇语。},连他自己尚未照管齐全,如何能照管到他身上,凡闺阁中家常一应需用之物,或有亏乏,无人照管,他又不与人张口;宝钗倒暗中每相体贴接济,也不敢与邢夫人知道,亦恐多心闲话之故耳。如今却出人意料之外奇缘作成这门亲事。岫烟心中先取中宝钗_{可见宝钗之善与人交也。},然后方取薛蝌。有时岫烟仍与宝钗闲话,宝钗仍以姊妹相呼。

这日宝钗因来瞧黛玉,恰值岫烟也来瞧黛玉,二

第五十七回　慧紫鹃情辞试忙玉　慈姨妈爱语慰痴颦

人在半路相遇。宝钗含笑唤他到跟前，二人同走至一块石壁后，宝钗笑问他："这天还冷的很，你怎么倒全换了夹的？"岫烟见问，低头不答。〔苦情实难启齿。〕宝钗便知道又有了原故，因又笑问道："必定是这个月的月钱又没得。凤丫头如今也这样没心没计了。"岫烟道："他倒想着不错日子给，因姑妈打发人和我说，一个月用不了二两银子，叫我省一两给爹妈送出去，要使什么，横竖有二姐姐的东西，能着些儿搭着就使了。姐姐想，二姐姐也是个老实人，也不大留心，我使他的东西，他虽不说什么，他那些妈妈丫头，那一个是省事的，那一个是嘴里不尖的？〔此类苦情，如何能说，只得默默承受而已。〕我虽在那屋里，却不敢很使他们，过三天五天，我倒得拿出钱来给他们打酒买点心吃才好。因一月二两银子还不够使，如今又去了一两。前儿我悄悄的把绵衣服叫人当了几吊钱盘缠。"

〔未经过艰难的人，何能体会至此，天下受过贫寒苦难、寄人篱下的人，读此自当下泪。〕

宝钗听了，愁眉叹道："偏梅家又合家在任上，后年才进来。若是在这里，琴儿过去了，好再商议你这事。离了这里就完了。如今不先完了他妹妹的事，也断不敢先娶亲的。如今倒是一件难事。再迟两年，又怕你熬煎出病来。等我和妈再商议，有人欺负你，你只管耐些烦儿，千万别自己熬煎出病来。不如把那一两银子明儿也越性给了他们，倒都歇心。你以后也不用白给那些人东西吃，他尖刺让他们去尖刺，很听

〔宝钗深能体人之难，实为难得。〕

1073

不过了，各人走开。倘或短了什么，你别存那小家儿女气，只管找我去。并不是作亲后方如此，你一来时咱们就好的。_{宝钗之话，真暖人心。}便怕人闲话，你打发小丫头悄悄的和我说去就是了。"岫烟低头答应了。

宝钗又指他裙上一个碧玉佩问道："这是谁给你的？"岫烟道："这是三姐姐给的。"_{探春所给，侧写一笔，写出探春之精细。}宝钗点头笑道："他见人人皆有，独你一个没有，怕人笑话，故此送你一个。这是他聪明细致之处。但还有一句话，你也要知道，这些妆饰原出于大官富贵之家的小姐，你看我从头至脚可有这些富丽闲妆？然七八年之先，我也是这样来的，如今一时比不得一时了，所以我都自己该省的就省了。将来你这一到了我们家，这些没有用的东西，只怕还有一箱子。咱们如今比不得他们了，总要一色从实守分为主，_{句句是务实之话。}不比他们才是。"岫烟笑道："姐姐既这样说，我回去摘了就是了。"宝钗忙笑道："你也太听说了。这是他好意送你，你不佩着，他岂不疑心。我不过是偶然提到这里，以后知道就是了。"

岫烟忙又答应，又问："姐姐此时那里去？"宝钗道："我到潇湘馆去。你且回去把那当票叫丫头送来，我那里悄悄的取出来，晚上再悄悄的送给你去，早晚好穿，不然风扇了事大。但不知当在那里了？"岫烟道："叫作'恒舒典'，是鼓楼西大街的。"宝钗笑道：_{鼓楼西大街恒舒典，原来薛家还开典当铺。}

第五十七回　慧紫鹃情辞试忙玉　慈姨妈爱语慰痴颦

"这闹在一家去了。伙计们倘或知道了，好说'人没过来，衣裳先过来'了。"岫烟听说，便知是他家的本钱，也不觉红了脸一笑，二人走开。

宝钗就往潇湘馆来。正值他母亲也来瞧黛玉，正说闲话呢。宝钗笑道："妈多早晚来的？我竟不知道。"薛姨妈道："我这几天连日忙，总没来瞧瞧宝玉和他。所以今儿瞧他两个，都也好了。"黛玉忙让宝钗坐了，因向宝钗道："天下的事真是人想不到的，怎么想的到姨妈和大舅母又作一门亲家。"薛姨妈道："我的儿，你们女孩家那里知道，自古道：'千里姻缘一线牵。'管姻缘的有一位月下老人，预先注定，暗里只用一根红丝把这两个人的脚绊住，凭你两家隔着海，隔着国，有世仇的，也终久有机会作了夫妇。这一件事都是出人意料之外，凭父母本人都愿意了，或是年年在一处的，_{句句说到黛玉}以为是定了的亲事，_{句句说到眼前。}若月下老人不用红线拴的，再不能到一处。_{此句是信息。}比如你姐妹两个的婚姻，此刻也不知在眼前，_{此句是眼。}也不知在山南海北呢。"

宝钗道："惟有妈，说动话就拉上我们。"一面说，一面伏着他母亲怀里笑说："咱们走罢。"黛玉笑道："你瞧，这么大了，离了姨妈他就是个最老到的，见了姨妈他就撒娇儿。"

薛姨妈用手摩弄着宝钗，叹向黛玉道："你这姐姐就和凤哥儿在老太太跟前一样，有了正经事，就和

"凭父母本人都愿意了"，此句是骨。

黛玉无父母，见此自然伤心。

他商量,没了事,幸亏他开开我的心。我见了他这样,有多少愁不散的。"黛玉听说,流泪叹道:"他偏在这里这样,分明是气我没娘的人,故意来刺我的眼。"宝钗笑道:"妈瞧他轻狂,倒说我撒娇儿。"

薛姨妈道:"也怨不得他伤心,可怜没父母,到底没个亲人。"又摩娑黛玉笑道:"好孩子别哭。你见我疼你姐姐你伤心了,你不知我心里更疼你呢。你姐姐虽没了父亲,到底有我,有亲哥哥,这就比你强了。我每每和你姐姐说,心里很疼你,只是外头不好带出来的。你这里人多口杂,说好话的人少,说歹话的人多。不说你无依无靠,为人作人可配人疼,只说我们看老太太疼你了,我们也浇上水去了。"

> 薛姨妈惯作此世俗之语。

> 是真疼,岂能有如许盘算。

黛玉笑道:"姨妈既这么说,我明日就认姨妈做娘,姨妈若是弃嫌不认,便是假意疼我了。"薛姨妈道:"你不厌我,就认了才好。"宝钗忙道:"认不得的。"黛玉道:"怎么认不得?"宝钗笑问道:"我且问你,我哥哥还没定亲事,为什么反将邢妹妹先说与我兄弟了,

> 宝钗又弄狡狯,惯于人危苦时作说笑语。将正言化为谐语也。

是什么道理?"黛玉道:"他不在家,或是属相生日不对,所以先说与兄弟了。"宝钗笑道:"非也。我哥哥已经相准了,只等来家就下定了,也不必提出人来。我方才说你认不得娘,你细想去。"说着,便和他母亲挤眼儿发笑。

第五十七回　慧紫鹃情辞试忙玉　慈姨妈爱语慰痴颦

黛玉听了，便也一头伏在薛姨妈身上，说道："姨妈不打他我不依。"薛姨妈忙也搂他笑道："你别信你姐姐的话，他是顽你呢。"宝钗笑道："真个的，妈明儿和老太太求了他作媳妇，岂不比外头寻的好？"黛玉便够上来要抓他，口内笑说："你越发疯了。"薛姨妈忙也笑劝，用手分开方罢。因又向宝钗道："连邢女儿我还怕你哥哥遭蹋了他，所以给你兄弟说了。别说这孩子，我也断不肯给他。前儿老太太因要把你妹妹说给宝玉，偏生又有了人家，不然倒是一门好亲。前儿我说定了邢女儿，老太太还取笑说：'我原要说他的人，谁知他的人没到手，倒被他说了〔三〕我们的一个去了。'虽是顽话，细想来倒也有些意思。我想宝琴虽有了人家，我虽没人可给，难道一句话也不说。我想着，你宝兄弟，老太太那样疼他，他又生的那样，若要外头说去，老太太断不中意。不如竟把你林妹妹定与他，岂不四角俱全？"

_{宝钗何心，竟以此话调笑！}

_{薛姨妈故意一点此事。}

林黛玉先还怔怔的听，后来见说到自己身上，便啐了宝钗一口，红了脸，拉着宝钗笑道："我只打你！你为什么招出姨妈这些老没正经的话来？"宝钗笑道："这可奇了！妈说你，为什么打我？"

紫鹃忙也跑来，笑道："姨太太既有这主意，为什么不和太太说去？"薛姨妈哈哈笑道："你这孩子，

_{紫鹃简直是将了一军。}

急什么？想必催着你姑娘出了阁，你也要早些寻一个小女婿去了。"〔老滑头，一句话即把此事荡开。〕紫鹃听了，也红了脸，笑道："姨太太真个倚老卖老的起来。"说着，便转身去了。

黛玉先骂："又与你这蹄子什么相干？"后来见了这样，也笑起来说："阿弥陀佛！该，该，该！也臊了一鼻子灰去了！"薛姨妈母女及屋内婆子丫鬟都笑起来。婆子们因也笑道："姨太太虽是顽话，却倒也不差呢。到闲了时和老太太一商议，姨太太竟做媒保成这门亲事是千妥万妥的。"薛姨妈道："我一出这主意，老太太必喜欢的。"〔连丫鬟婆子都觉得对，但薛姨妈心里何尝真作如此想。〕

一语未了，忽见湘云走来，手里拿着一张当票，口内笑道："这是什么账篇子？"黛玉瞧了，也不认得。地下婆子们都笑道："这可是一件奇货，这个乖可不是白教人的。"〔本说悄悄拿来，不想竟当众展开。〕宝钗忙一把接了，看时，就知是岫烟才说的当票，忙折了起来。

薛姨妈忙说："那必定是那个妈妈的当票子失落了，回来该急的他们找。那里得的？"湘云道："什么是当票子？"众人都笑道："真真是个呆子，连个当票子也不知道。"薛姨妈叹道："怨不得他，真真是侯门千金，而且又小，那里知道这个？那里去有这个？便是家下人有这个，他如何得见？别笑他呆子，若给你们家的小姐们看了，也都成了呆子。"众婆子笑道：

第五十七回　慧紫鹃情辞试忙玉　慈姨妈爱语慰痴颦

"林姑娘方才也不认得，别说姑娘们。此刻宝玉他倒是外头常走出去的，只怕也还没见过呢。"薛姨妈忙将原故讲明。

湘云、黛玉二人听了，方笑道："原来为此。人也太会想钱了，姨妈家的当铺也有这个不成？"众人笑道："这又呆了。'天下老鸹一般黑'，岂有两样的。"薛姨妈因又问是那里拾的。湘云方欲说时，宝钗忙说："是一张死了没用的，不知那年勾了账的，香菱拿着哄他们顽的。"薛姨妈听了此话是真，也就不问了。一时人来回："那府里大奶奶过来请姨太太说话呢。"薛姨妈起身去了。

这里屋内无人时，宝钗方问湘云何处拾的。湘云笑道："我见你令弟媳的丫头篆儿悄悄的递与莺儿。莺儿便随手夹在书里，只当我没看见。我等他们出去了，我偷着看，竟不认得。知道你们都在这里，所以拿来大家认认。"黛玉忙问："怎么，他也当衣裳不成？既当了，怎么又给你去？"宝钗见问，不好隐瞒他两个，遂将方才之事都告诉了他二人。

黛玉便说"兔死狐悲，物伤其类"，不免感叹起来。史湘云便动了气，说："等我问着二姐姐去！我骂那起老婆子、丫头一顿，给你们出气何如？"说着，便要走。宝钗忙一把拉住，笑道："你又发疯了，还不给我坐着呢。"黛玉笑道："你要是个男人，出去打一个抱不平儿。你又充什么荆轲、聂政！真真好笑。"湘云道："既不叫我问他去，明儿也把他接到咱们苑里一处住去，岂不好？"宝钗笑道："明日再商量。"说着，人报："三姑娘、四姑娘来了。"三人听了，忙掩了口不提此事。要知端的，且听下回分解。

第五十七回　慧紫鹃情辞试忙玉　慈姨妈爱语慰痴颦

【回后评】

　　宝、黛爱情，经以前种种周折，已趋于相互理解、相互知心矣。而钗、黛之间，经兰言解疑、互剖金兰以后，从黛玉来说，亦已心事得释，与宝钗另成新契。然宝、黛爱情如何再向前推进，一是必须要宝、黛两情之矢志不渝，二是必须有事实上之进展，不能长期停止在私下里两情不渝上。然则作者将从何处下笔，颇费斟酌。乃忽从紫鹃处下笔，作侧面深入，故有"试忙玉"之举。而紫鹃片言小试，即引起轩然大波，先是宝玉情急"痰迷"，初时壅蔽不言，继则疯言痴语，神明暂闭，竟至"宝玉听了一个'林'字，便满床闹起来"，"除了林妹妹，都不许姓林的"，终至说"活着，咱们一处活着；不活着，咱们一处化灰化烟"。而黛玉则一听李嬷嬷说宝玉"不中用了"，立即"哇的一声，将腹中之药一概呛出，抖肠搜肺、炽胃扇肝的痛声大嗽了几阵，一时面红发乱，目肿筋浮，喘的抬不起头来"，"推紫鹃道：'你不用捶，你竟拿绳子来勒死我是正经！'"实际上紫鹃不仅试了宝玉，同样也是试了黛玉，而宝、黛二人，已是"骨化形销，丹诚不泯"矣！以前宝、黛之这种生死系之的爱情，尚未大白于世，经过这次试探，则贾母、王夫人、薛姨妈亦已都眼见亲知。贾母说："我当有什么要紧大事，原来是这句顽话。"薛姨妈说："宝玉本来心实，可巧林姑娘又是从小儿来的，他姊妹两个一处长了这么大，比别的姊妹更不同。这会子热刺刺的说一个去，别说他是个实心的傻孩子，便是冷心肠的大人也要伤心。这并不是什么大病。"王夫人则并没有说话。由此观之，实际上紫鹃不仅试了宝玉、黛玉，更是试了贾母、王夫人和薛姨妈。贾母只把它看作是小事一桩，丝毫也未及他们的爱情婚姻问题。薛姨妈则完全把此事看作是人情之常，同样丝毫也不涉他们的爱情婚姻问题。是他们都未意识到这一点吗？我以为未必，而是有意回避。有意回避者，心中默而不许也。

紫鹃对黛玉一片忠心，故为之着急，黛玉非不着急也，黛玉无可告诉也。紫鹃一番话，实是黛玉心中意中之话，特不能由黛玉说耳。尤其是"万两黄金容易得，知心一个也难求"，这两句话，完全是自由爱情的话，是与封建婚姻对立的话。雪芹虽用紫鹃之口说出，实亦黛玉心中之意也，故黛玉听后，口里虽责紫鹃，晚间待紫鹃睡后，"直泣了一夜"，此正说明紫鹃之言是知心之言也。雪芹则用此话，表达了他的新的婚姻思想，以反对封建的婚姻观念和制度。

"慈姨妈爱语慰痴颦"一段，薛姨妈虽说了不少"爱语"，但只是"爱语"而已，未有任何实际的关心，相反却说"凭父母本人都愿意了，或是年年在一处的，以为是定了的亲事，若月下老人不用红线拴的，再不能到一处，比如你姐妹两个的婚姻，此刻也不知在眼前，也不知在山南海北呢"。而之后，宝钗却说："真个的，妈明儿和老太太求了他作媳妇，岂不比外头寻的好？"而薛姨妈倒说："我想着，你宝兄弟老太太那样疼他，他又生的那样，若要外头说去，老太太断不中意，不如竟把你林妹妹定与他，岂不四角俱全？"这一番话，本已说到关键处了，所以"紫鹃忙也跑来，笑道：'姨太太既有这主意，为什么不和太太说去？'"这个紫鹃问得多好，谁知"薛姨妈哈哈笑道：'你这孩子，急什么？想必催着你姑娘出了阁，你也要早些寻一个小女婿去了。'"本来是一番正经的庄言，临了薛姨妈却用油腔滑调轻轻撇开。这一段情节，作者明明告诉读者，宝、黛婚姻，关键在主持者，贾母、王夫人、薛姨妈已作如此表态，则此事前途已洞然矣。薛姨妈之老滑，宝钗之冷酷（将黛玉说与薛蟠，虽是宝钗说笑，但其何以为心乎？）亦已洞然矣。

邢岫烟与薛蝌之婚姻一说即成，此事亦由薛姨妈、凤姐、尤氏、邢夫人共主其事，略无窒碍。此事之顺利，亦反衬宝、黛婚事之关键在无主之者也。其所以无主之者，以贾母、王夫人未心肯也。贾母、王夫人之未心肯者，以林家之衰败、黛玉之孤傲、思想之耿介绝俗，皆不能入贾母、王夫人之选也，更以有宝钗之贤、薛姨妈为之绸缪也。呜呼，以上种种，虽皆未形，实俱既定于内矣，可怜宝、黛之痴心也！

【校记】

〔一〕回目：蒙府本、甲辰本、程甲本同庚辰本，唯庚辰本"忙玉"，三本均作"莽玉"。列藏本上句作"宝玉"，下句作"薛姨妈"，戚序本、杨本同，上句作"宝玉"，下句作"慈姨母"，唯杨本"宝玉"又旁改作"莽玉"，"姨母"又旁改作"姨妈"。

〔二〕"宝玉笑道，原来是你愁这个"，原作"宝来是愁这个"，点改为"本来是愁这个"。从己卯本及各本增。

〔三〕"邢女儿……他说了"共三十字，庚本漏抄，从己卯、杨本、戚序、列藏、甲辰、程甲诸本补。

第五十八回　　杏子阴假凤泣虚凰
　　　　　　　　茜纱窗真情揆痴理

康熙二十八年七月，皇贵妃佟氏死，册立为孝懿皇后，国丧禁乐，《康熙起居注》云：康熙二十八年七月十一日，"上以大行皇后崩，辍朝五日。自是日始，诸王、贝勒、贝子、公、内大臣、侍卫、大学士、学士等，上三旗都统、副都统等，一日三次齐集举哀。文武大小官员一日二次齐集举哀。王妃、公主、郡主以下，八旗二品官员之妻以上，一日一次齐集举哀。"以上虽是康熙朝的事，但可藉见雪芹此回所记，以作参考。

　　话说他三人因见探春等进来，忙将此话掩住不提。探春等问候过，大家说笑了一会方散。

　　谁知上回所表的那位老太妃已薨，_{应前所提及老太妃事。}凡诰命等皆入朝随班按爵守制。敕谕天下：凡有爵之家，一年内不得筵宴音乐，庶民皆三月不得婚嫁。贾母、邢、王、尤、许婆媳祖孙等，皆每日入朝随祭，至未正以后方回。在大内偏宫二十一日后，方请灵入先陵，地名曰孝慈县。这陵离都来往得十来日之功，如今请灵至此，还要停放数日，方入地官，故得一月光景。_{脂批："周到细腻之至。　真细之至，不独写侯府得理，亦且将皇宫赫赫，写得令人不敢坐阅。"}宁府贾珍夫妻二人，也少不得是要去的。

　　两府无人，因此大家计议，家中无主，〔一〕便报了尤氏产育，将他腾挪出来，协理荣、宁两处事体。_{由尤氏协理荣、宁两府事。}因又托了薛姨妈在园内照管他姊妹、丫鬟，薛姨妈只得也挪进园来。因宝钗处有湘云、香菱；李

第五十八回　杏子阴假凤泣虚凰　茜纱窗真情揆痴理

纳处，目今李婶母女虽去，然有时亦来住三五日不定，贾母又将宝琴送与他去照管；_{宝琴托与李纨。}迎春处有岫烟；探春因家务冗杂，且不时有赵姨娘与贾环来嘈聒，甚不方便；惜春处房屋狭小；_{"况贾母"句骤读似与上文脱节，细读方知是径接上文"因又托了薛姨妈在园内照管他姊妹、丫鬟，薛姨妈只得也挪进园来"句。如此贯通，文章方不突兀。}况贾母又千叮咛、万嘱咐，托他照管林黛玉，薛姨妈素习也最怜爱他的，今既巧遇这事，便挪至潇湘馆来和黛玉同房，一应药饵饮食十分经心。黛玉感戴不尽，以后便亦如宝钗之呼，连宝钗前亦直以"姐姐"呼之，宝琴前直以"妹妹"呼之，俨似同胞共出，较诸人更似亲切。_{钗黛之间，又进一新境。}

贾母见如此，也十分喜悦放心。薛姨妈只不过照管他姊妹，禁约得丫头辈，一应家中大小事务也不肯多口。尤氏虽天天过来，也不过应名点卯，亦不肯乱作威福，且他家内上下也只剩他一个料理，再者每日还要照管贾母、王夫人的下处一应所需饮馔铺设之物，所以也甚操劳。

当下荣、宁两处主人既如此不暇，并两处执事人等，或有人跟随入朝的，或有朝外照理下处事务的，又有先跐踏下处的，也都各各忙乱。因此两处下人无了正经头绪，也都偷安，或乘隙结党，与权暂执事者窃弄威福。荣府只留得赖大并几个管事照管外务。这赖大手下常用几个人已去，虽另委人，都是些生的，只觉不顺手。且他们无知，或赚骗无节，或呈告无据，

因入朝守制，两府均无主人，故作此计议安排，亦为以下情节行文之因由也。

因薛姨妈要挪进园来，故历叙各处情状，以为安置计。

因老太妃之薨，贾母等都得入朝随班守制，故薛姨妈住到潇湘馆来，照顾黛玉。

名义上虽管而实不甚管。因有下文诸下人之种种情弊。

叙大家情景，主人不在，则种种情弊丛生。

或举荐无因,种种不善,在在生事,也难备述。

又见各官宦家,凡养优伶男女者,一概蠲免遣发,尤氏等便议定,待王夫人回家回明,也欲遣发十二个女孩子,又说:"这些人原是买的,如今虽不学唱,尽可留着使唤,令其教习们自去也罢了。"王夫人因说:"这学戏的倒比不得使唤的,他们也是好人家的儿女,因无能卖了做这事,装丑弄鬼的几年。如今有这机会,不如给他们几两银子盘费,各自去罢。当日祖宗手里都是有这例的。咱们如今损阴坏德,而且还小器。如今虽有几个老的还在,_{指贾府原有老的唱戏的。}那是他们各有原故,不肯回去的,所以才留下使唤,大了配了咱们家的小厮们了。"

> 因国丧不准演戏也。
>
> 王夫人善心。

尤氏道:"如今我们也去问他十二个,有愿意回去的,就带了信儿,叫上父母来亲自来领回去,给他们几两银子盘缠方妥当。若不叫上他父母亲人来,只怕有混账人顶名冒领出去又转卖了,岂不辜负了这恩典。_{想得周到。}若有不愿意回去的,就留下。"王夫人笑道:"这话妥当。"尤氏等又遣人告诉了凤姐儿。脂批:"看他任意鄙俚诙谐之中,必有一个'礼'字还清,足见是大家形景。"一面说与总理房中,每教习给银八两,令其自便。凡梨香院一应对象,查清注册收明,派人上夜。

> 结束梨香院戏班子,固因国丧不能演戏,实亦写贾府再无以往盛事矣,贾府渐衰之势,作者皆用侧笔轻轻带出,令人不觉。

将十二个女孩子叫来当面细问,倒有一多半不愿意回家的:_{实均是无家可归或有家归不得也。}也有说父母虽有,他只以卖我

第五十八回　杏子阴假凤泣虚凰　茜纱窗真情揆痴理

们为事,这一去还被他卖了;也有说父母已亡,或被叔伯兄弟所卖的;也有说无人可投的;也有说恋恩不舍的。所愿去者止四五人。王夫人听了,只得留下。将去者四五人皆令其干娘领回家去,单等他亲父母来领;将不愿去者,分散在园中使唤。

贾母便留下文官自使,将正旦芳官指与宝玉,将小旦蕊官送了宝钗,将小生藕官指与了黛玉,将大花面葵官送了湘云,将小花面荳官送了宝琴,将老外艾官送了探春,尤氏便讨了老旦茄官去。当下各得其所,就如倦鸟出笼,每日园中游戏。众人皆知他们不能针黹,不惯使用,皆不大责备。其中或有一二个知事的,愁将来无应时之技,亦将本技丢开,便学起针黹纺绩女工诸务。_{皆已改行,则戏班已一去不复返矣。}

> 文官归贾母。
> 芳官归宝玉。
> 蕊官归宝钗。
> 藕官归黛玉。
> 葵官归湘云。
> 荳官归宝琴。
> 艾官归探春。
> 茄官归尤氏。
> 以上共八人。

一日正是朝中大祭,贾母等五更便去了,先到下处用些点心小食,然后入朝。早祭已毕,方退至下处,用过早饭,略歇片刻,复入朝待中晚二祭完毕,方出至下处歇息,用过晚饭方回家。_{写入朝守制情景。}可巧这下处乃是一个大官的家庙里,乃比丘尼焚修,房舍极多极净。东西二院,荣府便赁了东院,北静王府便赁了西院。太妃、少妃每日宴息,见贾母等在东院,彼此同出同入,都有照应。外面细事不消细述。

> 交代完以上入朝守制之事,再入大观园正文。

且说大观园中因贾母、王夫人天天不在家内,又送灵去一月方回,各丫鬟、婆子皆有闲空,多在园中游玩。更又将梨香院内服侍的众婆子一概撤回,并散在园内听使,<u>梨香院诸婆子亦入大观园。</u>更觉园内人多了几十个。因文官等一干人或心性高傲,或倚势凌下,或拣衣挑食,或口角锋芒,大概不安分守理者多。<u>这些女伶原非贾府家奴,故不服管教。</u>因此众婆子无不含怨,只是口中不敢与他们分证。如今散了学,大家称了愿,<u>原要仗他们演戏,如今用不着他们了,挟嫌者藉此痛快。</u>也有丢开手的,也有心地狭窄犹怀旧怨的,因将众人皆分在各房名下,不敢来厮侵。

> 大观园突然增加人口,事情就多起来了。芳官等入大观园,自然增加许多情趣,众婆子入大观园,又增许多是非口舌,此为下文张本。

可巧这日乃是清明之日,贾琏已备下年例祭祀,带领贾环、贾琮、贾兰三人去往铁槛寺祭柩烧纸。宁府贾蓉也同族中几人各办祭祀前往。

> 贾琏也离开贾府,去铁槛寺。

因宝玉未大愈,故不曾去得。饭后发倦,袭人因说:"天气甚好,你且出去逛逛,省得丢下粥碗就睡,存在心里。"宝玉听说,只得拄了一支杖,靸着鞋,步出院外。<u>拄杖靸鞋,画出宝玉病中情态,不意此杖却另有用处。</u>

> 大观园已分管,故情景与前不同,一片春日忙碌景象。

因近日将园中分与众婆子料理,各司各业,皆在忙时,也有修竹的,也有剔树的,也有栽花的,也有种豆的,池中又有驾娘们行着船夹泥种藕。香菱、湘云、宝琴与丫鬟等都坐在山石上,瞧他们取乐。宝玉也慢慢行来。湘云见了他来,忙笑说:"快把这船打出去,<u>回应前文,文情摇曳生姿。</u>他们是接林妹妹的。"众人都笑起来。宝玉红了脸,也笑道:"人家的病,谁是故意的,你

第五十八回　杏子阴假凤泣虚凰　茜纱窗真情揆痴理

也形容着取笑儿。"湘云笑道："病也比人家另一样，原招笑儿，反说起人来。"说着，宝玉便也坐下，看着众人忙乱了一回。湘云因说："这里有风，石头上又冷，坐坐去罢。"

此话中有骨。

宝玉也正要去瞧黛玉，便起身拄拐辞了他们，从沁芳桥一带堤上走来。只见柳垂金线，桃吐丹霞。山石之后，一株大杏树，花已全落，叶稠阴翠，上面已结了豆子大小的许多小杏。宝玉因想道："能病了几天，竟把杏花辜负了！不觉已到'绿叶成荫子满枝'了！"因此仰望杏子不舍。又想起邢岫烟已择了夫婿一事，虽说是男女大事，不可不行，但未免又少了一个好女儿。邢岫烟婚事，也让宝玉牵心，真爱博而心劳也。不过两年，便也要"绿叶成荫子满枝"了。再过几日，这杏树子落枝空；再几年，岫烟未免乌发如银，红颜似槁了。因此不免伤心，只管对杏流泪叹息。脂批："近之淫书满纸伤春，究竟不知伤春原委，看他并不提伤春字样，却艳恨秾愁，香流满纸矣。"

烂漫春光，懒散伊人，信笔写来，皆成好文。

四字一片春光。

对此韶光，不觉兴逝水之叹。

正悲叹时，忽有一个雀儿飞来，落于枝上乱啼。宝玉又发了呆性，心下想道："这雀儿必定是杏花正开时他曾来过，今见无花空有子叶，故也乱啼。这声韵必是啼哭之声，可恨公冶长不在眼前，不能问他。但不知明年再发时，这个雀儿可还记得飞到这里来与杏花一会了？"

鸟啼花落，本寻常事，乃宝玉忽发痴想，桃花人面，雀归旧枝，皆成悬念妙谛，实匪夷所思。

正胡思间，忽见一股火光从山石那边发出，将雀儿惊飞。宝玉吃一大惊,又听那边有人喊道:"藕官,你要死,_{是黛玉房中之人,扮小生者。}怎弄些纸钱进来烧?我回去回奶奶们去,仔细你的肉!"宝玉听了,益发疑惑起来,忙转过山石看时,只见藕官满面泪痕,蹲在那里,_{情之至也。}手里还拿着火,守着些纸钱灰作悲。宝玉忙问道:"你与谁烧纸钱?快不要在这里烧。_{宝玉原本也不让在此烧纸钱,然是好意。}你或是为父母兄弟,_{都不是。}你告诉我姓名,外头去叫小厮们打了包袱写上名姓去烧。"藕官见了宝玉,只不作一声。

> 忽见火光,来得突然。于寂静中忽闻人语,却非空谷足音,而是恶声,令人更奇。

宝玉数问不答,忽见一婆子恶狠狠走来拉藕官,口内说道:"我已经回了奶奶们了,奶奶气的了不得。"藕官听了,终是孩气,怕辱没了没脸,便不肯去。婆子道:"我说你们别太兴头过余了,如今还比你们在外头随心乱闹呢。这是尺寸地方儿。"指宝玉道:"连我们的爷还守规矩呢,你是什么阿物儿,_{你又是什么阿物儿,敢来仗势欺人。}跑来胡闹。怕也不中用,跟我快走罢!"_{脂批:"如何?必是含怨之人,又拉上宝玉,画出小人得意来。"}

> 宝玉数问不答,婆子却不问而答。
> 藕官初时害怕。
> 婆子满口只是幸灾乐祸。

宝玉忙道:"他并没烧纸钱,原是林妹妹叫他来烧那烂字纸的。你没看真,反错告了他。"藕官正没了主意,见了宝玉,也正添了畏惧,忽听他反掩饰,心内转忧成喜,也便硬着口说道:"你很看真是纸钱了么?我烧的是林姑娘写坏了的字纸!"_{藕官有了依靠,口气大变。}那婆子听如此,亦发狠起来,便弯腰向纸灰中拣那不曾化尽的遗纸,拣了两点在手内,说道:"你还嘴硬,

> 宝玉忽然急中生智,真是神来之笔,藕官没有想到,读者亦未想到。

> 婆子以为抓到了证据就赢了,岂知事情千变万化。

第五十八回　杏子阴假凤泣虚凰　茜纱窗真情揆痴理

有据有证在这里。我只和你厅上讲去！"说着，拉了袖子，就拽着要走。

宝玉忙把藕官拉住，用拄杖敲开那婆子的手，_{原来拄杖有此妙用。}说道："你只管拿了那个回去。实告诉你：我昨夜作了一个梦，梦见杏花神和我要一挂白纸钱，不可叫本房人烧，要一个生人替我烧了，我的病就好的快。所以我请了这白钱，巴巴儿的和林姑娘烦了他来，替我烧了祝赞。原不许一个人知道的，所以我今日才能起来，偏你看见了。我这会子又不好了，都是你冲了！你还要告他去。藕官，只管去，见了他们你就照依我这话说。等老太太回来，我就说他故意来冲神祇，保佑我早死。"_{宝玉也会耍赖。}

_{宝玉越说越奇，越说来头越大。婆子倒反错了，宝玉倒打一耙，反把婆子耙倒。真是绝世妙文，神来之笔。}

藕官听了，益发得了主意，反倒拉着婆子要走。_{藕官本是演戏的，见景生情，自然是拿手。}那婆子听了这话，忙丢下纸钱，陪笑央告宝玉道："我原不知道，二爷若回了老太太，我这老婆子岂不完了？我如今回奶奶们去，就说是爷祭神，我看错了。"宝玉道："你也不许再回去了，我便不说。"婆子道："我已经回了，叫我来带他，我怎好不回去的。也罢，就说我已经叫到了他，林姑娘叫了去了。"宝玉想一想，方点头应允。那婆子只得去了。_{得放人处即放人，如再纠缠，恐别生枝节。}

这里宝玉问他："到底是为谁烧纸？我想来若是为父母兄弟，你们皆烦人外头烧过了，这里烧这几张，必有私自的情理。"藕官因方才护庇之情感激于衷，便知他是自己一流的人物，_{已看出是自己一流人物，所谓惺惺惜惺惺也。}便含泪说道："我这事除了你屋里的芳官并宝姑娘的蕊官，并没第三个人知道。_{原来是秘情。}今日被你遇见，又有这段意思，少不得也告诉了你，只不许再对人言讲。"又哭道："我也不便和你面说，你只回去背人悄问芳官就知道了。"_{不好面说，却叫芳官说。}说毕，佯常而去。

> 明明已是话到嘴边，忽又咽止，顿挫得妙。

宝玉听了，心下纳闷，_{脂批："连观书者亦纳闷。"}只得踱到潇湘馆，瞧黛玉益发瘦的可怜，问起来，比往日已算大愈了。_{脂批："好，若只管病，亦不好。"}黛玉见他也比先大瘦了，_{也是病中人。}想起往日之事，不免流下泪来，些微谈了谈，便催宝玉去歇息调养。

> 已算大愈了，还瘦得益发可怜，则黛玉之病加深可知矣。

宝玉只得回来。因记挂着要问芳官那原委，偏有湘云、香菱来了，正和袭人芳官说笑，不好叫他，恐人又盘诘，只得耐着。

> 急于想问，偏又另出别事，七纠八缠，终不得入宝玉正题，令人急煞。此文章之妙手也。

一时，芳官又跟了他干娘去洗头。他干娘偏又先叫了他亲女儿洗过了后，才叫芳官洗。芳官见了这般，便说他偏心："把你女儿的剩水给我洗。我一个月的月钱都是你拿着，沾我的光不算，反倒给我剩东剩西的。"他干娘羞愧变成恼，便骂他："不识抬举的东西！怪不得人人说戏子没一个好缠的。凭你甚么好人，入了这一行，都弄坏了。这一点子屄崽子，也挑幺挑六，咸嘴淡舌，咬群的骡子似的！"娘儿两个吵起来。

> 被揭穿底细，明明自己无理，只好用一口脏话骂人。

第五十八回 杏子阴假凤泣虚凰 茜纱窗真情揆痴理

袭人忙打发人去说："少吵嚷，瞅着老太太不在家，一个个连句安静话也不说了。"晴雯因说："都是芳官不省事，不知狂的什么。也不过是会两出戏，倒像杀了贼王，擒了反叛来的。"袭人道："一个巴掌拍不响，老的也太不公些，小的也太可恶些。"

> 晴雯也是个尖刺人物。

> 袭人还算两面看到。

宝玉道："怨不得芳官。自古说：'物不平则鸣。'他少亲失眷的，在这里没人照看，赚了他的钱，又作践他，如何怪得？"因又向袭人道："他一月多少钱？以后不如你收了过来照管他，岂不省事？"袭人道："我要照看他那里不照看了，又要他那几个钱才照看他？没的讨人骂去了。"说着，便起身至那屋里取了一瓶花露油并些鸡卵、香皂、头绳之类，叫一个婆子来送给芳官去，叫他另要水自洗，不要吵闹了。

> 脂批："自来经语未遭如是用也。"

> 宝玉同情弱者。

他干娘益发羞愧，便说芳官"没良心，花掰我克扣你的钱"。便向他身上拍了几把，芳官便哭起来。宝玉便走出，袭人忙劝："作什么？我去说他。"晴雯忙先过来，指他干娘说道："你老人家太不省事。你不给他洗头的东西，我们饶给他东西，你不自臊，还有脸打他。他要还在学里学艺，你也敢打他不成！"那婆子便说："一日叫娘，终身是母。他排场我，我就打得！"

> "花掰"一词新，犹胡说也。

> 居然动手了。

> 晴雯又转向芳官，几句话说得在理。

> 抬出封建伦理来压人。

袭人唤麝月道："我不会和人拌嘴，晴雯性太急，

> 前五十三回已见麝月批驳坠儿妈之辩才,批驳得坠儿之妈无半点立足之地,此处袭人特叫麝月来,可见麝月确有辩才。以下层层批驳,如抽茧剥蕉,煞是好看。

你快过去震吓他两句。"麝月听了,忙过来说道:"你且别嚷。我且问你,别说我们这一处,你看满园子里,谁在主子屋里教导过女儿的?_{先从这一点责问起。}便是你的亲女儿,既分了房,有了主子,自有主子打得骂得,再者大些的姑娘姐姐们打得骂得,谁许老子娘又半中间管闲事了?都这样管,又要叫他们跟着我们学什么?越老越没了规矩!_{第二层意思,责其无礼。}你见前儿坠儿的娘来吵,你也来跟他学?你们放心,因连日这个病那个病,老太太又不得闲心,所以我没回。等两日消闲了,咱们痛回一回,大家把威风煞一煞儿才好呢。_{抬出老太太来,立起镇慑作用。}况且宝玉才好了些,连我们也不敢大声说话,你反打的人狼嚎鬼叫的。上头能出了几日门,你们就无法无天的,眼睛里没了我们,再两天你们就该打我们了。_{问题愈说愈严重。}他不要你这干娘,怕粪草埋了他不成?"_{说到底,你这干娘有无都一样。}

> 好麝月,好思路,好辩才,层层批驳,最后驳到不要你这个干娘也一样,真是一笔抹倒。

宝玉恨的用拄杖敲着门坎子说道:"这些老婆子都是些铁心石头肠子,也是件大奇的事。不能照看,反倒折挫,天长地久,如何是好!"_{脂批:"画出宝玉来。"}晴雯道:"什么'如何是好',都撑了出去,不要这些中看不中吃的!"_{晴雯更干脆,都撑出去了事,不分是非,是晴雯火爆性格。"中看不中吃的"指芳官。}那婆子羞愧难当,一言不发。_{驳得已无立足之地。}

那芳官只穿着海棠红的小棉袄,底下丝绸撒花袷裤,敞着裤腿,_{脂批:"四字奇想,写得纸上跳出一个女优来。"}一头乌油似的头发披在脑后,哭的泪人一般。_{几句话,活活画出芳官,真是一个女戏子的样子。}麝月笑道:"把

第五十八回　杏子阴假凤泣虚凰　茜纱窗真情揆痴理

一个莺莺小姐，反弄成拷打红娘了！_{妙绝。}这会子又不妆扮了，还是这么松怠怠的。"宝玉道："他这本来面目极好，_{宝玉又爱其本来面目。}倒别弄紧衬了。"晴雯过去拉了他，替他洗净了发，用手巾拧干，松松的挽了一个慵妆髻，命他穿了衣服过这边来了。_{晴雯嘴虽尖利，心仍是好的。}

接着司内厨的婆子来问："晚饭有了，可送不送？"小丫头听了，进来问袭人。袭人笑道："方才胡吵了一阵，也没留心听钟几下了。"晴雯道："那劳什子又不知怎么了，又得去收拾。"_{钟又坏了，要修理，写得细。}说着，便拿过表来瞧了一瞧，说："再略等半钟茶的工夫就是了。"小丫头去了。麝月笑道："提起淘气，芳官也该打几下。昨儿是他摆弄了那坠子，半日就坏了。"_{原来是芳官弄坏的。}

说话之间，便将餐具打点现成。一时小丫头子捧了盒子进来站住。晴雯、麝月揭开看时，还是只四样小菜。晴雯笑道："已经好了，还不给两样清淡菜吃。这稀饭咸菜闹到多早晚？"一面摆好，一面又看那盒中，却有一碗火腿鲜笋汤，忙端了放在宝玉跟前。宝玉便就桌上喝了一口，_{脂批："画出病人。"}说："好烫！"袭人笑道："菩萨，能几日不见荤，馋的就这样起来。"一面说，一面忙端起轻轻用口吹。因见芳官在侧，便递与芳官，笑道："你也学着些服侍，别一味呆憨憨睡。口劲轻着，别吹上唾沫星儿。"芳官依言果吹了几口，甚妥。_{芳官伶俐。}

他干娘也忙端饭在门外伺候。向日芳官等一到时原从外边认的,就同往梨香院去了。这干婆子原系荣府三等人物,不过令其与他们浆洗,皆不曾入内答应,故此不知内帏规矩。今亦托赖他们方入园中,随女归房。这婆子先领过麝月的排场,方知了一二分,生恐不令芳官认他做干娘,便有许多失利之处,故心中只要买转他们。今见芳官吹汤,便忙跑进来笑道:"他不老成,仔细打了碗,让我吹罢。"一面说,一面就接。

> 婆子真不知趣,又惹晴雯一顿抢白。

晴雯忙喊:"出去!你让他砸了碗,也轮不到你吹。你什么空儿跑到这里槅子来了?还不出去。"一面又骂小丫头们:"瞎了心的,他不知道,你们也不说给他!"小丫头们都说:"我们撵他,他不出去;说他,他又不信。如今带累我们受气,你可信了?我们到的地方儿,有你到的一半,还有你一半到不去的呢。何况又跑到我们到〔二〕不去的地方还不算,又去伸手动嘴的了。"一面说,一面推他出去。阶下几个等空盒家伙的婆子见他出来,都笑道:"嫂子也没用镜子照一照,就进去了。"_{讽刺得妙。}羞的那婆子又恨又气,只得忍耐下去。

> 小丫头子能到的地方,你也只能到一半,何况又到小丫头子们到不了的地方,真是自讨没趣。于此亦见侯门之深也。

芳官吹了几口,宝玉笑道:"好了,仔细伤了气。你尝一口,可好了?"芳官只当是顽话,只是笑看着袭人等。袭人道:"你就尝一口何妨。"晴雯笑道:"你瞧我尝。"说着就喝了一口。芳官见如此,自己也便尝了一口,〔三〕说:"好了。"递与宝玉。宝玉喝了半碗,

第五十八回　杏子阴假凤泣虚凰　茜纱窗真情揆痴理

吃了几片笋，又吃了半碗粥就罢了。

众人拣收出去了。小丫头捧了沐盆，盥漱已毕，袭人等出去吃饭。宝玉使个眼色与芳官，芳官本自伶俐，又学几年戏，何事不知，便装说头疼不吃饭了。袭人道："既不吃饭，你就在屋里作伴儿，把这粥给你留着，一时饿了再吃。"说着，都去了。

芳官见貌辨色，何等机灵。

这里宝玉和他只二人，宝玉便将方才从火光发起，如何见了藕官，又如何谎言护庇，又如何藕官叫我问你，从头至尾，细细的告诉他一遍，又问他祭的果系何人。芳官听了，满面含笑，又叹一口气，说道："这事说来可笑又可叹。"宝玉听了，忙问如何。芳官笑道："你说他祭的是谁？祭的是死了的菂官。"宝玉道："这是友谊，也应当的。"

芳官笑道："那里是友谊，他竟是疯傻的想头。说他自己是小生，菂官是小旦，常做夫妻，虽说是假的，每日那些曲文排场，皆是真正温存体贴之事，故此二人就疯了，虽不做戏，寻常饮食起坐，两个人竟是你恩我爱。菂官一死，他哭的死去活来，至今不忘，所以每节烧纸。后来补了蕊官，我们见他一般的温柔体贴，也曾问他得新弃旧的。他说：'这又有个大道理。比如男子丧了妻，或有必当续弦者，也必要续弦为是。便只是不把死的丢过不提，便是情深意重了。若一味因死的不续，孤守一世，妨了大节，也不是理，死者

想不到竟是一段同性恋的故事。然此类事，于乾隆之世亦是常事，故作者及之。

雪芹借此写出"若一味因死的不续，孤守一世，妨了大节，也不是理"。此是通达之论，亦是从另面反对程、朱之提倡守节也。

1097

反不安了。'你说可是又疯又呆？说来可是可笑？"

宝玉听说了这篇呆话，独合了他的呆性，不觉又是欢喜，又是悲叹，又称奇道绝，说："天既生这样人，又何用我这须眉浊物玷辱世界。"因又忙拉芳官嘱道："既如此说，我也有一句话嘱咐他。我若亲对面与他讲未免不便，须得你告诉他。"芳官问何事。宝玉道："以后断不可烧纸钱。这纸钱原是后人异端，不是孔子的遗训。以后逢时按节，只备一个炉，到日随便焚香，一心诚虔，就可感格了。愚人原不知，无论神佛死人，必要分出等例，各式各例的。殊不知只一'诚心'二字为主。即值仓皇流离之日，虽连香亦无，随便有土有草，只以洁净，便可为祭，不独死者享祭，便是神鬼也来享的。你瞧瞧我那案上，只设一炉，不论日期，时常焚香。他们皆不知原故，我心里却各有所因。随便有新茶便供一钟茶，有新水就供一盏水，或有鲜花，或有鲜果，甚至于荤羹腥菜，只要心诚意洁，便是佛也都可来享。所以说，只在敬不在虚名。以后快命他不可再烧纸。"芳官听了，便答应着。一时吃过饭，便有人回："老太太、太太回来了。"——

<small>又引出宝玉一番痴意来。</small>

<small>最后归到"诚心"二字。</small>

<small>此正以前黛玉所说也。</small>

第五十八回　杏子阴假凤泣虚凰　茜纱窗真情揆痴理

【回后评】

因老太妃之薨，贾府诸人均须入朝守制，遂引出尤氏、薛姨妈协理照料，又因国丧停乐，梨香院戏班亦藉此取消，诸女伶皆遣返或入大观园。梨香院戏班之遣散，实写贾府已无再盛之机，作者皆从自然叙事中带出，令人不觉突然。

大观园经改革，交诸人分管，遂出现一番春事忙碌气象，恰从宝玉拄杖信步中看出，鸟啼花落，又引出宝玉匪夷所思痴想，文章涉笔皆成妙趣。

因火光引出假凤虚凰故事。虽然是假凤虚凰，却是一片真情痴情。作者写此，仍着眼于一"情"字，宝玉护持藕官，亦着眼于一"情"字。然此段文字，与前宝玉、秦钟、柳湘莲、薛蟠等文字，皆是同性恋文字，此是当时世风，作者亦随笔记此一段社会相。

黛玉近日已算大愈，却瘦得越发可怜，则黛玉之病日深矣，令人惴惴而悬心也。

芳官与干娘争吵，写出大观园中层层人事关系。芳官与干娘是争吵者，宝玉、晴雯、袭人、麝月是帮衬者，阶下等空盒的婆子等是旁观者。一路写来，煞是好看，亦见雪芹之笔，无微不至，虽大观园众下人之间之细隙，作者皆能洞察，无一漏笔。吾叹其观山则意溢于山，观海则情满于海也。

宝玉与芳官论情一段，最后归到"诚心"二字，只要"心诚意洁，便是佛也都可来享"，实前文黛玉所教也。故如回目所云，理痴而情真也。

康熙二十八年国丧期间，京中演"长生殿"传奇，为人所劾，作者洪升落职，波及赵执信，两人终生未仕，所谓"可怜一曲长生殿，断送功名到白头"也。《顾丹五笔记》载："康熙三十一年,织造李煦莅苏……延名师教习梨园,演《长生殿》传奇,衣装费至数万,以致亏空若干万。"康熙四十三年,曹寅于南京延接洪升,"集江南江北名士为高会,独让昉思居上座,置《长生殿》本于其席;又自置一本于席,每优人演出一折,公与昉思雠对其本,以合节奏。凡三昼夜始阕。两公并极尽其兴赏之豪华,以互相引重,且出上帑兼金赆行。长安传为盛事,士林荣之。"(金埴《巾箱说》)以上两事,既涉及国丧停乐,亦与曹、李两家演戏有关,故记于此。按国丧以百日为期,期后即可举乐。故后来《长生殿》在京中仍久演不衰。本回说"一年内不得筵宴音乐,庶民皆三月不得婚嫁",或亦有据。

【校记】

〔一〕"家中无主",底本无"中"字,又旁添"内"字,己卯本同底本,无旁添,又底本"家中无主"下有"少不得又大家计议"一句,为衍文,己卯、戚序、杨本同,列本作"少不得便报了尤氏产育",兹据甲辰、程甲本改。

〔二〕"的地方儿……我们到"共二十八字,庚本漏抄,各本均存,文字小异,今据己卯、列藏、杨本、程甲诸本补。

〔三〕"何妨……尝了一口",共三十字,庚本无,据各本补。

第五十九回　柳叶渚边嗔莺咤燕
　　　　　绛芸轩里召将飞符

话说宝玉听说贾母等回来，遂〔一〕多添了一件衣服，拄杖前边来，都见过了。贾母等因每日辛苦，都要早些歇息，一宿无话。次日五鼓，又往朝中去。

离送灵日不远，鸳鸯、琥珀、翡翠、玻璃四人都忙着打点贾母之物，玉钏、彩云、彩霞等皆打叠王夫人之物，当面查点与跟随的管事媳妇们。跟随的一共大小六个丫鬟，十个老婆子、媳妇子，男人不算。连日收拾驮轿器械。鸳鸯与玉钏儿皆不随去，只看屋子。一面先几日预发帐幔铺陈之物，先有四五个媳妇并几个男人领了出来，坐了几辆车绕道先至下处，铺陈安插等候。

> 接上回守制之后，已近送灵，故再行准备，可见此事之郑重。

临日，贾母带着蓉妻坐一乘驮轿，王夫人在后亦坐一乘驮轿，贾珍骑马率了众家丁护卫。又有几辆大车与婆子、丫鬟等坐，并放些随换的衣包等件。是日薛姨妈、尤氏率领诸人直送至大门外方回。贾琏恐路上不便,一面打发了他父母起身赶上贾母、王夫人驮轿,自己也随后带领家丁押后跟来。

以上写送灵之人,以下写贾府。

荣府内赖大添派人丁上夜,将两处厅院都关了,一应出入人等,皆走西边小角门。日落时,便命关了仪门,不放人出入。园中前后东西角门亦皆关锁,只留王夫人大房之后常系他姊妹出入之门,东边通薛姨妈的角门,这两门因在内院,不必关锁。里面鸳鸯和玉钏儿也各将上房关了,自领丫鬟、婆子下房去安歇。每日林之孝之妻进来,带领十来个婆子上夜,穿堂内又添了许多小厮们坐更打梆子,已安插得十分妥当。

一日清晓,宝钗春困已醒,搴帷下榻,微觉轻寒,启户视之,见园中土润苔青,原来五更时落了几点微雨。春寒微雨,已入早春天气。于是唤起湘云等人来,一面梳洗,湘云因说两腮作痒,亦春天易发之疾,俗称"桃花癣"。此处称"杏瘢癣"。恐又犯了杏瘢癣,因问宝钗要些蔷薇硝来。宝钗道:"前儿剩的都给了妹子。"因说:"颦儿配了许多,我正要和他要些,因今年竟没发痒,就忘了。"因命莺儿去取些来。莺儿应了才去时,蕊官便说:"我同你去,顺便瞧瞧藕官。"说着,一径同莺儿出了蘅芜苑。

由杏瘢癣引出蔷薇硝来。

二人你言我语,一面行走,一面说笑,不觉到了柳叶渚,顺着柳堤走来。因见柳叶才吐浅碧,丝若垂金,莺儿便笑道:"你会拿着柳条子编东西不会?"

姜白石词云:"看见鹅黄上柳条"。

第五十九回　柳叶渚边嗔莺咤燕　绛芸轩里召将飞符

蕊官笑道："编什么东西？"莺儿道："什么编不得？顽的使的都可。等我摘些下来，带着这叶子编个花篮儿，采了各色花放在里头，才是好顽呢。"说着，且不去取硝，且伸手挽翠披金，采了许多的嫩条，命蕊官拿着。

莺儿一行走一行编花篮，随路见花便采一二枝，编出一个玲珑过梁的篮子。枝上自有本来翠叶满布，将花放上，却也别致有趣。喜的蕊官笑道："姐姐，给了我罢。"莺儿道："这一个咱们送林姑娘，回来咱们再多采些，编几个大家顽。"说着，来至潇湘馆中。 莺儿原是巧手，前编梅花络，此编柳叶篮。

黛玉也正晨妆，见了篮子，便笑说："这个新鲜花篮是谁编的？"莺儿笑说："我编了送姑娘顽的。"黛玉接了笑道："怪道人赞你的手巧，这顽意儿却也别致。"一面瞧了，一面便命紫鹃挂在那里。莺儿又问候了薛姨妈，因此时薛姨妈住潇湘馆。方和黛玉要硝。黛玉忙命紫鹃包了一包，递与莺儿。黛玉又道："我好了，今日要出去逛逛。你回去说与姐姐，不用过来问候妈了，"妈"，指薛姨妈，因上回已交代黛玉亦"如宝钗之称呼"也。也不敢劳他来瞧我，梳了头同妈都往你们那里去，连饭也端了那里去吃，大家热闹些。"

莺儿答应了出来，便到紫鹃房中找蕊官，只见藕官与蕊官二人正说得高兴，不能相舍，因说："姑娘也去呢，藕官先同我们去等着岂不好？"紫鹃听如此说，便也说道："这话倒是，他这里淘气的也可厌。"

> 黛玉自带餐具,还是用"洋巾"(进口布料)包裹。从此一细节,亦见当时进口商品已深入上层社会生活。《红楼梦》中此类描写甚多,读者可以注意。

一面说,一面便将黛玉的匙箸用一块洋巾包了,交与藕官道:"你先带了这个去,也算一趟差了。"

> 写得细极。可见黛玉餐具亦随身自带。

藕官接了,笑嘻嘻同他二人出来,一径顺着柳堤走来。莺儿便又采些柳条,越性坐在山石上编起来,又命蕊官先送了硝去再来。他二人只顾爱看他编,那里舍得去。莺儿只顾催说:"你们再不去,我也不编了。"藕官便说:"我同你去了再快回来。"二人方去了。

> 一群莺燕都到柳边。

这里莺儿正编,只见何婆的小女春燕走来,笑问:"姐姐织什么呢?"正说着,蕊官二人也到了。春燕便向藕官道:"前儿你到底烧什么纸?被我姨妈看见了,要告你没告成,倒被宝玉赖了他一大些不是,气的他一五一十告诉我妈。你们在外头这二三年积了些什么仇恨,如今还不解开?"藕官冷笑道:"有什么仇恨?他们不知足,反怨我们了。在外头这两年,别的东西不算,只算我们的米菜,不知赚了多少家去,合家子吃不了,还有每日买东买西赚的钱在外。逢我们使他们一使儿,就怨天怨地的。你说说可有良心?"

> 补叙旧账。

春燕笑道:"他是我的姨妈,也不好向着外人反说他的。怨不得宝玉说:'女孩儿未出嫁,是颗无价之宝珠;出了嫁,不知怎么就变出许多的不好的毛病来,虽是颗珠子,却没有光彩宝色,是颗死珠了;再老了,更变的不是珠子,竟是鱼眼睛了。分明一个人,

> 引出宝玉一段奇谈怪论来。此一段奇论,实是从李贽《童心说》衍变而来,"女孩儿未出嫁,是颗无价之宝珠"者即尚葆童心、真心也。"出了嫁,不知怎么……

第五十九回　柳叶渚边嗔莺咤燕　绛芸轩里召将飞符

怎么变出三样来？'这话虽是混话，倒也有些不差。别人不知道，只说我妈和姨妈，他老姊妹两个，如今越老了越把钱看的真了。先时老姐儿两个在家抱怨没个差使，没个进益，幸亏有了这园子，把我挑进来，可巧把我分到怡红院。家里省了我一个人的费用不算外，每月还有四五百钱的余剩，这也还说不够。后来老姊妹二人都派到梨香院去照看他们，藕官认了我姨妈，芳官认了我妈，这几年着实宽裕了。如今挪进来也算撒开手了，还只无厌。你说好笑不好笑？我姨妈刚和藕官吵了，接着我妈为洗头就和芳官吵。芳官连要洗头也不给他洗。昨日得月钱，推不去了，买了东西先叫我洗。我想了一想：我自有钱，就没钱要洗时，不管袭人、晴雯、麝月那一个跟前和他们说一声，也都容易，何必借这个光儿。好没意思。所以我不洗。他又叫我妹妹小鸠儿洗了，才叫芳官，果然就吵起来。接着又要给宝玉吹汤，你说可笑死了人？我见他一进来，我就告诉那些规矩。他只不信，只要强做知道的，足的讨个没趣儿。幸亏园里的人多，倒没人分记的清楚谁是谁的亲故。若有人记得，只有我们一家人吵，什么意思呢？你这会子又跑来弄这个。这一带地上的东西都是我姑娘管着，一得了这地方，比得了永远基业还利害，_{利之所在也。}每日早起晚睡，自己辛苦了还不算，每日逼着我们来照看，生恐有人遭踏，

_{春燕已认同宝玉的见解，且以自己切身感受为证。}

是颗死珠了；再老了，更变的不是珠子，竟是鱼眼睛了。"是说入世愈深，愈失童心真心也。故宝玉此论，仍是对封建浊世及男权社会之批判也。

用春燕写出婆子们得梨香院女儿的种种好处，但仍贪得无厌，故而引出矛盾。

春燕一副天真公平眼睛，写出其母的自私。

春燕以其母及姨母为例，论证了宝玉的女人三阶段论中的第三阶段，即"鱼眼睛"阶段。春燕以一双天真纯洁公心的眼睛，评论其母及姨母愈老愈贪利的情景。"鱼眼睛"者，实际上即是失去童心真心，一心于私利，待人势利无情者也。

又怕误了我的差使。如今进来了，老姑嫂两个照看得谨谨慎慎，一根草也不许人动。你还掐这些花儿，又折他的嫩树，他们即刻就来，仔细他们抱怨。" _{已为预先报警。}

莺儿道："别人乱折乱掐使不得，独我使得。自从分了地基之后，每日里各房皆有分例，吃的不用算，单管花草顽意儿。谁管什么，每日谁就把各房里姑娘丫头戴的，必要各色送些折枝的去，还有插瓶的。惟有我们说了：'一概不用送，等要什么再和你们要。'究竟没有要过一次。我今便掐些，他们也不好意思说的。" _{莺儿也有莺儿的算法。}

一语未了，他姑娘果然拄了拐走来。莺儿、春燕等忙让坐。那婆子见采了许多嫩柳，又见藕官等都采了许多鲜花，心内便不受用；看着莺儿编，又不好说什么，便说春燕道："我叫你来照看照看，你就贪住顽不去了。倘或叫起你来，你又说我使你了，拿我做隐身符儿你来乐。"春燕道："你老又使我，又怕，这会子反说我。难道把我劈做八瓣子不成？" _{不好说莺儿，却拿燕儿出气。}

莺儿笑道："姑妈，你别信小燕的话。这都是他摘下来的，烦我给他编，我撵他，他不去。"春燕笑道："你可少顽儿，你只顾顽儿，他老人家就认真了。"那婆子本是愚顽之辈，兼之年近昏眊，惟利是命，一概情面不管。正心疼肝断，无计可施，听莺儿如此说，便倚老卖老，拿起拄杖来向春燕身上击了几下，骂道： _{莺儿原是说句玩话逗她，岂知却惹出祸来。}

第五十九回　柳叶渚边嗔莺咤燕　绛芸轩里召将飞符

"小蹄子，我说着你，你还和我强嘴儿呢。你妈恨的牙根痒痒，要撕你的肉吃呢。你还来和我强梆子似的。"打的春燕又愧又急，哭道："莺儿姐姐顽话，你老就认真打我。我妈为什么恨我？我又没烧煳了洗脸水，有什么不是！"

莺儿本是顽话，忽见婆子认真动了气，忙上去拉住，笑道："我才是顽话，你老人家打他，我岂不愧？"那婆子道："姑娘，你别管我们的事，难道为姑娘在这里，不许我管孩子不成？"莺儿听见这般蠢话，便赌气红了脸，撒了手冷笑道："你老人家要管，那一刻管不得，偏我说了一句顽话就管他了。我看你老管去！"说着，便坐下，仍编柳篮子。

偏又有春燕的娘出来找他，喊道："你不来舀水，在那里做什么呢？"那婆子便接声儿道："你来瞧瞧，你的女儿连我也不服了！在那里排揎我呢。"那婆子一面走过来，说："姑奶奶，又怎么了？我们丫头眼里没娘罢了，连姑妈也没了不成？"莺儿见他娘来了，只得又说原故。他姑娘那里容人说话，便将石上的花柳与他娘瞧道："你瞧瞧，你女儿这么大孩子顽的。他先领着人遭踏我，我怎么说人？"

他娘也正为芳官之气未平，又恨春燕不遂他的心，便走上来打耳刮子，骂道："小娼妇，你能上去了几年？你也跟那起轻狂浪小妇学，怎么就管不得你们了？干

> 偏又来一个不晓事的。

> 把一口气都出在春燕身上。

的我管不得,你是我屄里掉出来的,难道也不敢管你不成!既是你们这起蹄子到的去的地方我到不去,你就该死在那里伺候,又跑出来浪汉。"一面又抓起柳条子来,直送到他脸上,问道:"这叫作什么?这编的是你娘的屄!"莺儿忙道:"那是我们编的,你老别指桑骂槐。"那婆子深妒袭人、晴雯一干人,已知凡房中大些的丫鬟都比他们有些体统权势,凡见了这一干人,心中又畏又让,未免又气又恨,亦且迁怒于众,复又看见了藕官,又是他令姊的冤家,四处凑成一股怒气。

> 满口脏话,不堪入耳,则其人可知矣。

那春燕啼哭着往怡红院去了。他娘又恐问他为何哭,怕他又说出自己打他,又要受晴雯等之气,不免着起急来,又忙喊道:"你回来!我告诉你再去。"春燕那里肯回来。急的他娘跑了去要拉他,他回头看见,便也往前飞跑。他娘只顾赶他,不防脚下被青苔滑倒,引的莺儿三个人反都笑了。莺儿便赌气将花柳皆掷于河中,自回房去。这里把个婆子心疼的只念佛,又骂:"促狭小蹄子!遭踏了花儿,雷也是要打的。"自己且掐花与各房送去不提。

> 活活写出一个蛮横蠢婆子。

> 趣文妙文,真正活该。

却说春燕一直跑入院中,顶头遇见袭人往黛玉处去问安。春燕便一把抱住袭人,说:"姑娘救我!我娘又打我呢。"袭人见他娘来了,不免生气,便说道:"三日两头儿打了干的打亲的,还是卖弄你女儿多,

第五十九回　柳叶渚边嗔莺咤燕　绛芸轩里召将飞符

还是认真不知王法？"这婆子虽来了几日，见袭人不言不语，是好性的，便说道："姑娘你不知道，别管我们闲事！都是你们纵的，这会子还管什么！"说着，便又赶着打。

袭人气的转身进来，见麝月正在海棠下晾手巾，听得如此喊闹，便说："姐姐别管，看他怎样。"一面使眼色与春燕，春燕会意，便直奔了宝玉去。众人都笑说："这可是没有的事都闹出来了。"麝月向婆子道："你再略煞一煞气儿，难道这些人的脸面，和你讨一个情还讨不下来不成？"那婆子见他女儿奔到宝玉身边去，又见宝玉拉了春燕的手说："别怕，有我呢。"

春燕又一行哭，又一行说，把方才莺儿等事都说出来。宝玉越发急起来，说："你只在这里闹也罢了，怎么连亲戚也都得罪起来？"麝月又向婆子及众人道："怨不得这嫂子说我们管不着他们的事，我们虽无知错管了，如今请出一个管得着的人来管一管，嫂子就心伏口伏，也知道规矩了。"便回头叫小丫头子："去把平儿给我们叫来！平儿不得闲就把林大娘叫了来。"那小丫头应了就走。众媳妇上来笑说："嫂子，快求姑娘们叫回那孩子罢。平姑娘来了，可就不好了。"那婆子说道："凭你那个平姑娘来也凭个理，没有娘管女儿大家管着娘的。"众人笑道："你当是

真不知天高地厚。

春燕伶俐乖觉。

请出管得着的人来了。

还不知道厉害，还要蛮顶蛮撞。

1109

那个平姑娘？是二奶奶屋里的平姑娘。他有情呢，说你两句；他一翻脸，嫂子你吃不了兜着走！"说话之间，只见小丫头子回来说："平姑娘正有事，问我作什么，我告诉了他，他说：'既这样，且撵他出去，告诉了林大娘在角门外打他四十板子就是了。'"那婆子听如此说，自不舍得出去，便又泪流满面，央告袭人等说："好容易我进来了，况且我是寡妇，家里没人，正好一心无挂的在里头服侍姑娘们。姑娘们也便宜，我家里又省些搅过。我这一去，又要去自己生火过活，将来不免又没了过活。"

> 人未到，板子先到，奇绝！

> 活画出一个无知蛮横的婆子。

> "搅过"，是"嚼裹"一语的音转。意思是吃穿，"嚼"指吃，"裹"指穿，延伸为日用开销。这是一句古老的带儿化的北京土语。读时"裹"字轻读。语源是满语，老满洲人都这么说。今天北京的老人也常用这句话。在东北，也还用这句话，读"嚼咕"，"沽"字轻音，意思已偏重在吃。

袭人见他如此，早又心软了，便说："你既要在这里，又不守规矩，又不听说，又乱打人。那里弄你这个不晓事的来，天天斗口，也叫人笑话，失了体统。"晴雯道："理他呢，打发去了是正经。谁和他去对嘴对舌的。"那婆子又央众人道："我虽错了，姑娘们盼咐了，我以后改过。姑娘们那不是行好积德。"一面又央春燕道："原是我为打你起的，究竟没打成你，我如今反受了罪，你也替我说说。"宝玉见如此可怜，只得留下，盼咐他不可再闹。那婆子走来一一的谢过了下去。

只见平儿走来，问系何事。袭人等忙说："已完了，不必再提。"平儿笑道："'得饶人处且饶人'，得省的将就省些事也罢了。能去了几日，只听各处大小人儿

> 平儿一段话，写出贾府种种不安，亦为后文张本。

第五十九回　柳叶渚边嗔莺咤燕　绛芸轩里召将飞符

都作起反来了，一处不了又一处，叫我不知管那一处的是。"袭人笑道："我只说我们这里反了，原来还有几处。"平儿笑道："这算什么。正和珍大奶奶算呢，这三四日的工夫，一共大小出来了八九件了。你这里是极小的，算不起数儿来，还有大的可气可笑之事。"不知袭人问他果系何事，且听下回分解。

【回后评】

因贾母诸人入朝守制送灵,贾府无主事之人,故"两处下人无了正经头绪,也都偷安,或乘隙结党,与权暂执事者窃弄威福","种种不善,在在生事,也难备述"。这是上回所写贾府因贾母等人不在府中而出现的混乱情况。这是总写一笔。此回则写大观园里老婆子们与丫鬟女孩之间的矛盾,这种矛盾,一是因年龄差距而形成的,用今天的话来说叫"代沟"。二是因大观园已实行分别包管,利益各归所管者,为保护既得利益,承包者不许别人折一草一花,当莺儿折了一些柳条编织花篮时,便引发了这场矛盾,又因莺儿是宝钗的丫鬟,老婆子们不好发作,恰好春燕在场,于是春燕之妈和春燕姑妈就一起以责打春燕为名,发生吵闹,连袭人、麝月、晴雯等都压不住,最后传平儿的话,用高压平息。上回是写阖府下人们在无主子主持家务的情况下即情弊丛生,此回是写大观园下人的无秩序、乱闹的情况。这前后两种情况综合,即是一幅封建大家庭内部纪律松弛、失去控制的现实图景,使人感到这是一种衰朽没落的先兆。

春燕所说宝玉说女孩儿的三个阶段,即宝珠、死珠、鱼眼睛的三个阶段,从思想的意义来说,还是李卓吾《童心说》的内涵。李卓吾认为人的童心是绝假纯真的,后来读了《四书》《五经》或入世以后,便失去真心,成为假人了。宝玉所论,即这一思想的运用和变化。

平儿所说,贾母等"能去了几日,只听各处大小人儿都作起反来了,一处不了又一处,叫我不知管那一处的是",则是作者又借平儿之口,说出封建官僚家庭的统治秩序已陷入混乱和无序,这是再次预示着贾府的衰败。

第五十九回　柳叶渚边嗔莺咤燕　绛芸轩里召将飞符

【校记】

〔一〕"听说贾母等回来，遂"八字及下句"了。贾母等"四字，底本无。己卯、列藏、戚序、杨本同底本。此据甲辰、程甲本增。

第六十回　茉莉粉替去蔷薇硝
　　　　　　玫瑰露引来茯苓霜

话说袭人因问平儿,何事这等忙乱。平儿笑道:"都是世人想不到的,说来也好笑,等几日告诉你,如今没头绪呢,且也不得闲儿。"一语未了,只见李纨的丫鬟来了,说:"平姐姐可在这里,奶奶等你,你怎么不去了?"平儿忙转身出来,口内笑说:"来了,来了。"袭人等笑道:"他奶奶病了,他又成了香饽饽了,都抢不到手。"平儿去了。不提。

这里,宝玉便叫春燕:"你跟了你妈去,到宝姑娘房里给莺儿几句好话听听,也不可白得罪了他。"春燕答应了,和他妈出去。宝玉又隔窗说道:"不可当着宝姑娘说,仔细反叫莺儿受教导。"宝玉无微不至。

娘儿两个应了出来,一壁走着,一面说闲话儿。春燕因向他娘道:"我素日劝你老人家再不信,何苦闹出没趣来才罢。"他娘笑道:"小蹄子,你走罢,俗语道:'不经一事,不长一智。'我如今知道了。你又

第六十回　茉莉粉替去蔷薇硝　玫瑰露引来茯苓霜

该来支问着我。"春燕笑道："妈，你若安分守己，在这屋里长久了，自有许多的好处。我且告诉你句话：宝玉常说，将来这屋里的人，无论家里外头的，一应我们这些人，他都要回太太全放出去，与本人父母自便呢。脂批："补前文不足处。"你只说这一件可好不好？"他娘听说，喜的忙问："这话果真？"春燕道："谁可扯这谎做什么？"婆子听了，便念佛不绝。可见婆子亦愿女儿回家得自由之身。

当下来至蘅芜苑中，正值宝钗、黛玉、薛姨妈等吃饭。莺儿自去泡茶，春燕便和他妈一径到莺儿前，陪笑说"方才言语冒撞了，姑娘莫嗔莫怪，特来陪罪"等语。莺儿忙笑让坐，又倒茶。他娘儿两个说有事，便作辞回来。

忽见蕊官赶出叫："妈妈，姐姐，略站一站。"一面走上来，递了一个纸包与他们，说是蔷薇硝，带与芳官去擦脸。春燕笑道："你们也太小气了，还怕那里没这个与他，巴巴的你又弄一包给他去。"蕊官道："他是他的，我送的是我的。好姐姐，千万带回去罢。"所谓礼轻人情重也。春燕只得接了。

娘儿两个回来，正值贾环、贾琮二人来问候宝玉，也才进去。春燕便向他娘说："只我进去罢，你老不用去。"他娘听了，自此便百依百随的，已经学乖了。不敢倔强了。

春燕进来，宝玉知道回复，便先点头。春燕知意，

> 一段情节，全靠点头眼色，写得何等真切。

便不再说一语，略站了一站，便转身出来，使眼色与芳官。芳官出来，春燕方悄悄的说与他蕊官之事，并与了他硝。宝玉并无与琮、环可谈之语，因笑问芳官手里是什么。芳官便忙递与宝玉瞧，又说是擦春癣的蔷薇硝。宝玉笑道："亏他想得到。"

贾环听了，便伸着头瞧了一瞧，又闻得一股清香，便弯着腰向靴桶内掏出一张纸来托着，笑说："好哥哥，给我一半儿。"_{活画贾环。}宝玉只得要与他。芳官心中因是蕊官之赠，不肯与别人，_{芳官珍重蕊官之赠，不肯与别人，是珍惜情意，不是悭吝。}连忙拦住，笑说道："别动这个，我另拿些来。"宝玉会意，_{宝玉亦知其意，非不愿给也。}忙笑包上，说道："快取来。"

芳官接了这个，自去收好，便从奁中去寻自己常使的。启奁看时，盒内已空，心中疑惑，早间还剩了些，如何没了？_{原是想取与此一样的，谁知竟出意外。}因问人时，都说不知。麝月便说："这会子且忙着问这个，不过是这屋里人一时短了，你不管拿些什么给他们，他们那里看得出来。快打发他们去了，咱们好吃饭。"芳官听了，便将些茉莉粉包了一包拿来。贾环见了，喜的就伸手来接。芳官便忙向炕上一掷，_{传神，连芳官都不愿亲手交与他。}贾环只得向炕上拾了，揣在怀内，方作辞而去。

> 贾环逃学与宝玉逃学事同而理异也。

原来贾政不在家，且王夫人等又不在家，贾环连日也便装病逃学。如今得了硝，兴兴头头来找彩云。正值彩云和赵姨娘闲谈，贾环嘻嘻向彩云道："我也

第六十回　茉莉粉替去蔷薇硝　玫瑰露引来茯苓霜

得了一包好的，送你擦脸。你常说，蔷薇硝擦癣，比外头的银硝强。你且看看，可是这个？"彩云打开一看，"嗤"的一声笑了，说道："你是和谁要来的？"贾环便将方才之事说了。彩云笑道："这是他们哄你这乡老呢。这不是硝，这是茉莉粉。"〔彩云是无心，只是论事实。〕贾环看了一看，果然比先的带些红色，闻闻也是喷香，因笑道："这也是好的，硝粉一样，留着擦罢，自是比外头买的高便好。"〔贾环倒并不计较。〕彩云只得收了。

赵姨娘便说："有好的给你！谁叫你要去了，怎怨他们耍你！依我，拿了去照脸摔给他去，趁着这回子撞尸的撞尸去了，挺床的便挺床，吵一出子，大家别心净，也算是报仇。莫不是两个月之后，还找出这个渣儿来问你不成？便问你，你也有话说。宝玉是哥哥，不敢冲撞他罢了。难道他屋里的猫儿、狗儿，也不敢去问问不成！"贾环听说，便低了头。彩云忙说："这又何苦生事。〔彩云也不愿生事。〕不管怎样，忍耐些罢了。"〔赵姨娘之教子如此。〕

赵姨娘道："你快休管，横竖与你无干。乘着抓住了理，骂给那些浪淫妇们一顿也是好的。"〔自以为抓到理了。〕又指贾环道："呸！你这下流没刚性的，也只好受这些毛崽子的气！平白我说你一句儿，或无心中错拿了一件东西给你，你倒会扭头暴筋，瞪着眼蹬摔娘。这会子被那起屄崽子耍弄也罢了，你明儿还想这些家里人怕你呢。你没有屄本事，我也替你羞。"贾环听了，〔赵姨娘总是满腹怨恨。〕

不免又愧又急，又不敢去，只摔手说道："你这么会说，你又不敢去，指使了我去闹。倘或往学里告去挨了打，你敢自不疼呢？遭遭儿调唆了我闹去，闹出了事来，我挨了打骂，你一般也低了头。这会子又调唆我和毛丫头们去闹。你不怕三姐姐，你敢去，我就伏你。"只这一句话，便戳了他娘的肺，便喊说："我肠子里爬出来的，我再怕不成！这屋里越发有的说了。"一面说，一面拿了那包子，便飞也似的往园中去了。彩云死劝不住，只得躲入别房。贾环便也躲出仪门，自去顽耍。

> 贾环说出以往之事，"遭遭儿调唆了我闹去"，可见闹非一次，每闹必是赵姨娘调唆。

> 反而激起赵姨娘来。

> 确是戳了她。

> 开口便是赵姨娘的话，真传神妙笔。

> 一段描写，活画出一个赵姨娘来。

> 反而是赵姨娘去闹事。文章随事而变。

赵姨娘直进园子，正是一头火，顶头正遇见藕官的干娘夏婆子走来。见赵姨娘气恨恨的走来，因问："姨奶奶那去？"赵姨娘又说："你瞧瞧，这屋里连三日两日进来唱戏的小粉头们，都三般两样掂人分两放小菜碟儿了。若是别一个，我还不恼；若叫这些小娼妇捉弄了，还成个什么！"夏婆子听了，正中己怀，忙问因何。赵姨娘悉将芳官以粉作硝、轻侮贾环之事说了。夏婆子道："我的奶奶，你今日才知道，这算什么事。连昨日这个地方他们私自烧纸钱，宝玉还拦到头里。人家还没拿进个什么儿来，就说使不得，不干不净的忌讳。这烧纸倒不忌讳？你老想一想，这屋里除了太太，谁还大似你？你老自己撑不起来；但凡撑起来的，谁还不怕你老人家？如今我想，乘着

> 赵姨娘的干柴碰到了夏婆子的烈火。

> 先大大一捧。

第六十回　茉莉粉替去蔷薇硝　玫瑰露引来茯苓霜

这几个小粉头儿恰不是正头货，得罪了他们也有限的，快把这两件事抓着理扎个筏子，我在旁作证据，你老把威风抖一抖，_{煽风点火，唯恐不乱，但也不想想赵姨娘有何威风！两个歪货，互相鼓气，只想闹事耳。}以后也好争别的礼。便是奶奶姑娘们，也不好为那起小粉头子说你老的。"_{因为对方是这些小丫头，所以赵姨娘敢放肆大闹。}赵姨娘听了这话，益发有理。便说："烧纸的事不知道，你却细细的告诉我。"_{想不到又将烧纸的事提起，真死灰复燃也。}夏婆子便将前事一一的说了，又说："你只管说去，倘或闹起，还有我们帮着你呢。"_{可见夏婆子心里一直不服。}赵姨娘听了，越发得了意，仗着胆子便一径到了怡红院中。

可巧宝玉听见黛玉在那里，便往那里去了。芳官正与袭人等吃饭，见赵姨娘来了，便都起身笑让："姨奶奶吃饭，有什么事这么忙？"_{此间是一团和气，想不到来者却是煞神！}赵姨娘也不答话，走上来便将粉照着芳官脸上撒来，指着芳官骂道："小淫妇！你是我银子钱买来学戏的，_{还未脱离奴才身份，便急于充主子。}不过娼妇粉头之流！我家里下三等奴才_{请问你自己是下几等的奴才？}也比你高贵些的，你都会看人下菜碟儿。宝玉要给东西，你拦在头里，莫不是要了你的了？拿这个哄他，你只当他不认得呢！好不好，他们是手足，都是一样的主子，那里有你小看他的！"_{赵姨娘也用了心思，骂芳官时先把宝玉撇开，并说宝玉与贾环是手足。如此则欺贾环亦是欺宝玉也。}

芳官那里禁得住这话，_{芳官自然禁受不了。}一行哭，一行说："没了硝，我才把这个给他的。若说没了，又恐他不信，难道这不是好的？我便学戏，也没往外头去唱。我一个女孩儿家，知道什么是粉头面头的！姨奶奶犯不着_{芳官几句话，连赵姨娘的奴才身份一并揭出，都是"奴几"。你也高不到哪里去！其言如刀，怪不得袭人要拉他。}

来骂我，我又不是姨奶奶家买的。'梅香拜把子，都是奴几'呢！"袭人忙拉他说："休胡说！"赵姨娘气的便上来打了两个耳刮子。袭人等忙上来拉劝，说："姨奶奶别和他小孩子一般见识，等我们说他。"芳官挨了两下打，那里肯依，_{芳官被打，岂肯罢休，更不相让。}便抬头打滚，泼哭泼闹起来。口内便说："你打得起我么？你照照那模样儿再动手！我叫你打了去，我还活着！"便撞在怀里叫他打。_{看赵姨娘威风何在。}

众人一面劝，一面拉他。晴雯悄拉袭人说："别管他们，让他们闹去，看怎么开交！如今乱为王了，_{晴雯恶赵姨娘，故让芳官闹去。}什么你也来打，我也来打，都这样起来，还了得呢！"

外面跟着赵姨娘来的一干的人听见如此，心中各各称愿，都念佛说："也有今日！"又有那一干怀怨的老婆子见打了芳官，也都称愿。_{原来心怀怨恨者竟不少，可见贾府地下之火也。作者之笔，精微至此！}

当下藕官、蕊官等正在一处作耍，湘云的大花面葵官、宝琴的荳官，两个闻了此信，慌忙找着他两个说："芳官被人欺侮，咱们也没趣，须得大家破着大闹一场，方争过气来。"四人终是小孩子心性，只顾他们情分上义愤，便不顾别的，一齐跑入怡红院中。荳官先便一头，几乎不曾将赵姨娘撞了一跤，_{荳官先上，来势甚猛。}那三个也便拥上来，放声大哭，手撕头撞，把个赵姨

_{乱成一团，打成一团，哭者哭，打者打，笑者笑，看者看，气者气，真好看煞人。}

第六十回　茉莉粉替去蔷薇硝　玫瑰露引来茯苓霜

娘裹住。晴雯等一面笑，_{晴雯是笑。}一面假意去拉。急的袭人拉起这个，_{袭人是急。}又跑了那个，口内只说："你们要死！有委曲只好说，这没理的事如何使得！"赵姨娘反没了主意，_{至此没了主意，可见原本就是蠢妇。}只好乱骂。蕊官、藕官两个一边一个，抱住左右手；葵官、荳官前后头顶住。四人只说："你只打死我们四个就罢！"_{让你动弹不得，真威风扫地。}芳官直挺挺躺在地下，哭得死过去。

正没开交，谁知晴雯早遣春燕回了探春。当下尤氏、李纨、探春三人带着平儿与众媳妇走来，将四个喝住。问起原故，赵姨娘便气的瞪着眼、粗了筋，一五一十说个不清。_{连话都说不清楚，真是蠢妇。}尤、李两个不答言，只喝禁他四人。探春便叹气说："这是什么大事，姨娘也太肯动气了！我正有一句话要请姨娘商议，怪道丫头说不知在那里，原来在这里生气呢，快同我来。"尤氏、李纨都笑说："姨娘请到厅上来，咱们商量。"

赵姨娘无法，只得同他三人出来，口内犹说长说短。探春便说："那些小丫头子们原是些顽意儿：喜欢呢，和他说说笑笑；不喜欢，便可以不理他。便他不好了，也如同猫儿、狗儿抓咬了一下子，可恕就恕，不恕时，也只该叫了管家媳妇们去说给他去责罚。何苦自己不尊重，大吆小喝失了体统。你瞧周姨娘，怎不见人欺负他，他也不寻人去？我劝姨娘且回房去煞煞性儿，别听那些混账人的调唆，_{一句话点醒。}没的惹人笑话，

只好跟着走，一出闹江州，就此结束。

探春一番封建主子的大道理，视小丫头子们如猫狗。

自己呆,白给人作粗活。心里有二十分的气,也忍耐这几天,等太太回来自然料理。"一席话说得赵姨娘闭口无言,只得回房去了。

偃旗息鼓,威风扫地,低头败兴而归。

这里探春气的和尤氏李纨说:"这么大年纪,行出来的事总不叫人敬服。这是什么意思,也值得吵一吵,并不留体统,耳朵又软,心里又没有计算。这又是那起没脸面的奴才们的调停,作弄出个呆人替他们出气。"越想越气,因命人查是谁调唆的。媳妇们只得答应着,出来相视而笑,都说是"大海里那里寻针去?"只得将赵姨娘的人并园中人唤来盘诘,都说不知道。众人没法,只得回探春:"一时难查,慢慢访查。凡有口舌不妥的,一总来回了责罚。"

下人们都通同一气,看好看,不肯揭发。

探春气渐渐平服方罢。可巧艾官便悄悄的回探春说:"都是夏妈和我们素日不对,_{终于被揭出来。}每每的造言生事。前儿赖藕官烧纸,幸亏是宝玉叫他烧的,宝玉自己应了,他才没话说。今儿我与姑娘送手帕去,看见他和姨奶奶在一处说了半天,嘁嘁喳喳的,见了我才走开了。"探春听了,虽知情弊,亦料定他们皆是一党,本皆淘气异常,便只答应,也不肯据此为实。

探春知此情弊,但何以处之,只好暂时按下。

谁知夏婆子的外孙女儿蝉姐儿便是探春处当役的,_{蝉姐又在探春处当役,真是错综复杂,蛛网密布。}时常与房中丫鬟们买东西呼唤人,

第六十回　茉莉粉替去蔷薇硝　玫瑰露引来茯苓霜

众女孩儿都和他好。这日饭后，探春正上厅理事，翠墨在家看屋子，因命蝉姐儿出去叫小幺儿买糕去。蝉儿便说："我才扫了个大园子，腰腿生疼的，你叫个别的人去罢。"翠墨笑说："我又叫谁去？你趁早儿去，我告诉你一句好话，你到后门顺路告诉你老娘，防着些儿。"说着，便将艾官告他老娘的话告诉了他。蝉姐儿听了，忙接了钱道："这个小蹄子也要捉弄人，等我告诉去。"说着，便起身出来。

<small>翠墨又是多事，可见世间无不漏风的墙也。</small>

<small>翠墨又从中生事。</small>

<small>又挑起事端。</small>

至后门边，只见厨房内此刻手闲之时，都坐在阶砌上说闲话呢。他老娘亦在内。蝉姐儿便命一个婆子出去买糕。他且一行骂，一行说，将方才之话告诉与夏婆子。夏婆子听了，又气又怕，便欲去找艾官问他，又欲往探春前去诉冤。蝉姐儿忙拦住说："你老人家去怎么说呢？这话怎得知道的，可又叨登不好了。说给你老防着就是了，那里忙到这一时儿。"

<small>又气，又怕，又不敢说，情事逼真。</small>

正说着，忽见芳官走来，扒着院门，笑向厨房中柳家媳妇说道："柳嫂子，宝二爷说了：晚饭的素菜要一样凉凉的、酸酸的东西，只别搁上香油弄腻了。"柳家的笑道："知道。今儿怎么遣你来告诉这么一句要紧的话？你不嫌脏，进来逛逛儿不是？"

芳官才进来，忽有一个婆子手里托了碟糕来。芳官便戏道："谁买的热糕？我先尝一块儿。"蝉姐儿一手接了道："这是人家买的，你们还稀罕这个。"柳家

<small>活画出一个刁钻的芳官。</small>

的见了，忙笑道："芳姑娘，你喜吃这个？我这里有，才买下给你姐姐吃的，他不曾吃，还收在那里，干干净净没动呢。"说着，便拿了一碟出来，递与芳官，又说："你等我进去替你炖口好茶来。"一面进去，现通开火炖茶。芳官便拿着热糕，问到蝉姐儿脸上说："稀罕吃你那糕，这个不是糕不成？我不过说着顽罢了，你给我磕个头，我也不吃。"说着，便将手内的糕一块一块的掰了，掷着打雀儿顽_{芳官满身骄顽刁钻，可恶。}口内笑说："柳嫂子，你别心疼，我回来买二斤给你。"

> 柳家的极意奉承芳官，蝉儿不给糕，柳家的拿出糕来，芳官将糕堵蝉儿，又撕糕打雀儿，种种举止，芳官活现纸上。

> 芳官刁钻可恶，故意气小蝉。

小蝉气的怔怔的，瞅着冷笑道："雷公老爷也有眼睛，怎不打这作孽的！他还气我呢。我可拿什么比你们，又有人进贡，又有人作干奴才，_{一句话刺到柳家的。}溜你们好上好儿，帮衬着说句话儿。"众媳妇都说："姑娘们，罢呀，天天见了就咕唧。"有几个伶透的，见了他们对了口，怕又生事，都拿起脚来各自走开了。当下蝉儿也不敢十分说他，一面咕嘟着去了。

> 小蝉的嘴亦不弱。

这里柳家的见人散了，忙出来和芳官说："前儿那话儿说了不曾？"_{可见柳家的有事求她。}芳官道："说了。等一二日再提这事。偏那赵不死的又和我闹了一场。前儿那玫瑰露姐姐吃了不曾，他到底可好些了？"柳家的道："可不都吃了。他爱的什么似的，又不好问你再要的。"芳官道："不值什么，等我再要些来给他就是了。"

> 柳家的走芳官门路，欲进怡红院，故一味奉承芳官。

原来这柳家的有个女儿，今年才十六岁，虽是厨

第六十回　茉莉粉替去蔷薇硝　玫瑰露引来茯苓霜

役之女，却生的人物与平、袭、紫、鸳皆类。因他排行第五，因叫他是五儿。<脂批："五月之柳，春色可知。">因素有弱疾，故没得差。近因柳家的见宝玉房中的丫鬟差轻人多，且又闻得宝玉将来都要放他们，故如今要送他到那里应名儿。正无头路，可巧这柳家的是梨香院的差役，他最小意殷勤，服侍得芳官一干人比别的干娘还好。<原来有以前的老关系。>芳官等亦待他们极好，如今便和芳官说了，央芳官去与宝玉说。宝玉虽是依允，只是近日病着，又见事多，尚未说得。

再提宝玉要释放丫鬟奴仆之事，可见此信息不胫而走也。

前言少述，且说当下芳官回至怡红院中，回复了宝玉。宝玉正在听见赵姨娘厮吵，心中自是不悦，说又不是，不说又不是，只得等吵完了，打听着探春劝了他去后方从蘅芜苑回来，劝了芳官一阵，方大家安妥。今见他回来，又说还要些玫瑰露与柳五儿吃去。宝玉忙道："有的，我又不大吃，你都给他去罢。"说着，命袭人取了出来，见瓶中亦不多，遂连瓶与了他。

芳官便自携了瓶与他去。正值柳家的带进他女儿来散闷，在那边犄角子上一带地方儿逛了一回，便回到厨房内，正吃茶歇脚儿。芳官拿了一个五寸来高的小玻璃瓶来，迎亮照看，里面小半瓶胭脂一般的汁子，还道是宝玉吃的西洋葡萄酒。母女两个忙说："快拿旋子烫滚水，你且坐下。"芳官笑道："就剩了这些，连瓶子都给你们罢。"

宝玉慷慨赠与，芳官亦并不私取。

宝玉吃西洋葡萄酒，可见当时洋酒亦常吃。

1125

五儿听了，方知是玫瑰露，忙接了，谢了又谢。芳官又问他："好些？"五儿道："今儿精神些，进来逛逛。这后边一带，也没什么意思，不过见些大石头、大树和房子后墙，正经好景致也没看见。"芳官道："你为什么不往前去？"柳家的道："我没叫他往前去。姑娘们也不认得他，倘有不对眼的人看见了，又是一番口舌。明儿托你携带他有了房头，怕没有人带着他逛呢，只怕逛腻了的日子还有呢。"芳官听了笑道：芳官也是个爱揽事的。"怕什么，有我呢。"柳家的忙道："嗳哟哟，我的姑娘，我们的头皮儿薄，比不得你们。"说着又倒了茶来。芳官那里吃这茶，只漱了一口就走了。柳家的说道："我这里占着手，五丫头送送。"

　　五儿便送出来，因见无人，又拉着芳官说道："我的话到底说了没有？"芳官笑道："难道哄你不成？我听见屋里正经还少两个人的窝儿，并没补上。一个是红玉的，琏二奶奶要去还没给人来；一个是坠儿的，所缺两人，皆是实缺。也还没补。如今要你一个也不算过分。皆因平儿每每的和袭人说，凡有动人动钱的事，得挨的且挨一日更好。如今三姑娘正要拿人扎筏子呢，连他屋里的事都驳了两三件，如今正要寻我们屋里的事没寻着，何苦来往网里碰去。倘或说些话驳了，那时老了，倒难回转。不如等冷一冷，老太太、太太心闲了，凭是天大的事先和老的一说，没有不成的。"五儿道："虽如此

第六十回　茉莉粉替去蔷薇硝　玫瑰露引来茯苓霜

说，我却性急等不得了。趁如今挑上来了，一则给我妈争口气，也不枉养我一场；二则添上月钱，家里又从容些；三则我的心开一开，只怕这病就好了——便是请大夫吃药，也省了家里的钱。"芳官道："我都知道了，你只放心。"二人别过，芳官自去不提。_{总是一厢情愿。}

单表五儿回来，与他娘深谢芳官之情。他娘因说："再不承望得了这些东西，虽然是个珍贵物儿，却是吃多了也最动热。竟把这个倒些送个人去，也是个大情。"五儿问："送谁？"他娘道："送你舅舅的儿子，昨日热病，也想这些东西吃。如今我倒半盏与他去。"五儿听了，半日没言语，随他妈倒了半盏子去，_{五儿心里不大愿意，但未阻止。}将剩的连瓶便放在家伙厨内。五儿冷笑道："依我说，竟不给他也罢了。倘或有人盘问起来，倒又是一场事了。"_{五儿想得周到。}他娘道："那里怕起这些来，还了得了。我们辛辛苦苦的，里头赚些东西，也是应当的。难道是贼偷的不成？"说着，一径去了。直至外边他哥哥家中，他侄子正躺着，一见了这个，他哥嫂侄男无不欢喜。现从井上取了凉水，和吃了一碗，心中一畅，头目清凉。剩的半盏，用纸覆着，放在桌上。

可巧又有家中几个小厮同他侄儿素日相好的，走来问候他的病。内中有一小伙名唤钱槐者，乃系赵姨娘之内侄。他父母现在库上管账，他本身又派跟贾环_{事有凑巧，又生枝节。}

上学。因他有些钱势，尚未娶亲。素日看上了柳家的五儿标致，和父母说了，欲娶他为妻。也曾央中保媒人再四求告。柳家父母却也情愿，争奈五儿执意不从，虽未明言，却行止中已带出，父母未敢应允。近日又想往园内去，越发将此事丢开，只等三五年后放出来，自向外边择婿了。钱家见他如此，也就罢了。怎奈钱槐不得五儿，心中又气又愧，发恨定要弄取成配，方了此愿。今也同人来瞧望柳侄，不期柳家的在内。

柳家的忽见一群人来了，内中有钱槐，便推说不得闲，起身便走了。他哥嫂忙说："姑妈怎么不吃茶就走？倒难为姑妈记挂。"柳家的因笑道："只怕里面传饭，再闲了出来瞧侄子罢。"他嫂子因向抽屉内取了一个纸包出来，拿在手内送了柳家的出来，至墙角边递与柳家的，又笑道："这是你哥哥昨儿在门上该班儿，谁知这五日一班，竟偏冷淡，一个外财没发。只有昨儿有粤东的官儿来拜，送了上头两小篓子茯苓霜。余外给了门上人一篓作门礼，你哥哥分了这些。这地方千年松柏最多，所以单取了这茯苓的精液和了药，不知怎么弄出这怪俊的白霜儿来。说第一用人乳和着，每日早起吃一钟，最补人的；第二用牛奶子；万不得，滚白水也好。我们想着，正宜外甥女儿吃。原是上半日打发小丫头子送了家去的，他说锁着门，连外甥女儿也进去了。本来我要瞧瞧他去，

<small>相府门吏七品官，此言不差。</small>

<small>你送玫瑰露，我报茯苓霜。</small>

给他带了去的，又想主子们不在家，各处严紧，我又没甚么差使，有要没紧跑些什么。况且这两日风声，闻得里头家反宅乱的，倘或沾带了倒值多的。姑娘来的正好，亲自带去罢。"

柳氏道了生受，作别回来。刚到了角门前，只见一个小幺儿笑道："你老人家那里去了？里头三次两趟叫人传呢，我们三四个人都找你老去了，还没来。你老人家却从那里来了？这条路又不是家去的路，我倒疑心起来。"那柳家的笑骂道："好猴儿崽子……"要知端的，且听下回分解。

【回后评】

宝玉要把"屋里的人,无论家里外头的,一应我们这些人,他都要回太太全放出去,与本人父母自便呢"。按贾府奴才下人,一般不得人身自由,七十四回惜春把丫鬟入画撵出去时对尤氏说:"快带了他去。或打、或杀、或卖,我一概不管。"本回探春对赵姨娘说:"那些小丫头子们原是玩意儿:喜欢呢,和他说说笑笑;不喜欢,便可以不理他。便他不好了,也如同猫儿、狗儿抓咬了一下子,可恕就恕,不恕时,也只该叫管家媳妇们去说给他去责罚。"以上两处所述,即可见这些丫鬟下人们是完全没有人身自由的,所以当宝玉说到要把奴才们"全放出去"时,春燕妈便要"念佛不绝"了。这一情节,真接反映了曹雪芹的人文主义思想,表达了他尊重人、爱护人,希望人们获得自由的思想。

因芳官用茉莉粉当作蔷薇硝给了贾环,遂引出一场大风波,赵姨娘竟亲自上阵,又碰上夏婆子的煽风点火,才一发而不可收。先与芳官大闹,芳官言辞锋利,句句针锋相对,最后说"梅香拜把子,都是奴几",一句话,气的赵姨娘即动手打人。芳官更是"拾头打滚,泼哭泼闹起来"。藕官、蕊官、葵官、荳官一齐跑入怡红院,"手撕头撞,把个赵姨娘裹住",几乎形成五鬼闹钟馗的局面。最后是尤氏、李纨、探春、平儿四人同来,喝止了四官,赵姨娘由探春带走,被探春"训教"了一番,落得偃旗息鼓而回。上回结束时,平儿说贾母、王夫人等"能去了几日,只听各处大小人儿都作起反来了,一处不了又一处"。这段赵姨娘大闹怡红院,也就是"作起反来"的一次,显得赫赫皇皇的封建官僚大家庭,已是内部纲纪废弛、

第六十回　茉莉粉替去蔷薇硝　玫瑰露引来茯苓霜

混乱无章，它暗示着这个封建大家庭正在逐渐衰败。

芳官将玫瑰露送给柳五儿，柳家的又将玫瑰露倒出一些送她娘家的侄子，她娘家嫂子又把为贾府守门所得的门礼茯苓霜送给了柳家的。柳五儿又将茯苓霜拿去送芳官，却被林之孝的撞见，又酿成一场大祸。此段情节与下回相连，当于下回论评。

14